오스카와 루신다 1

OSCAR AND LUCINDA
by Peter Carey

세계문학전집
197

Peter Carey : Oscar and Lucinda

오스카와 루신다 1

피터 케리 장편소설

김시현 옮김

문학동네

일러두기

1. 번역 대본으로는 Peter Carey, *Oscar and Lucinda*(Faber and Faber Ltd, UK, 2001)를 사용했다.
2. 본문 중의 주석은 모두 옮긴이주다.
3. 고딕체는 원서에서 이탤릭체로 강조한 부분이다.

앨리슨 서머스를 위해
내 모든 사랑을 담아

차례

1
교회

어머니는 주교가 방문하면 차를 대접했다. 의외일 테지만 주교를 커다란 타원형 탁자의 상석이 아니라 기다란 쪽 중간에 앉혔다. 벨린저강을 등지고 앉은 주교의 시선이 벽에 걸린 나의 증조부 오스카 홉킨스 신부(1841~66)*의 성스러운 은판 사진에 가도록 말이다.

우리집을 방문한 주교들은 대부분 그래프턴** 주교였다. 한번은 여행 중이던 울런공*** 주교가 들른 적이 있었다. 대성당 참사회 위원이 오기도 했고, 객원 신부나 보조 신부가 방문하기도 했다. 간혹 그들이 근시

---

* 한국 성공회는 사제에게 '신부'라는 호칭을 쓰므로 한국어판에서는 이를 따랐다. 성공회는 개신교이면서도 가톨릭과 유사점이 많으나 사제가 결혼을 한다.

** 오스트레일리아 뉴사우스웨일스주 북동부 도시.

*** 오스트레일리아 뉴사우스웨일스주 남부 연안도시.

이거나 사진에 관심을 보이지 않으면, 사진을 벽에서 떼어 탁자 너머로 건넸다. 어머니는 찻잔을 들 때 새끼손가락을 살짝 구부려 교양 있는 척했다. 증조부가 착용한 성직자용 흰색 칼라가 반항의 표지였다는 점은 언급하지 않았다. 주교들은 빅토리아시대의 성직자를 들여다보았다. 곧추세운 허리, 꾹 다문 입술, 좁은 콧볼, 쭉 뻗은 기다란 목이 설마 오스카가 숨을 참고 이 분간 꼼짝 않고 있느라 취한 자세일 줄은 짐작도 못한다. 사실 그는 단 일 초도 가만있지 못하고 발목을 긁거나 다리를 꼬는 산만하기 짝이 없는 사람이었다.

나는 그런 사실을 빤히 알면서도 한마디도 하지 않았다. 긴장한 채 양손을 허벅지 아래 깔고 앉아 있었다. 곧이어 주교는 우리의 큰 코를 비롯해 여러 상이한 증거를 무시한 채 우리가 이 개척 신부를 닮았다고 말했다. 우리는 주르르 앉아 있었다. 어머니, 형, 나, 누나. 하나같이 배배 꼬인 고무줄처럼 가느다란 긴 목에 붉은 머리였다.

어머니는 자신이 사진과 닮았다고 여기며 즐거워했다. 나는 아버지를 닮기를 바랐다. 아버지는 우리와 딴판이었다. 넓적한 얼굴에 새가슴이고 키가 작았다. 눈가에 주름이 자글자글하고 이가 들쑥날쑥했다. 아버지는 껄껄 웃고 방귀를 요란하게 뀌었다. 뛰어난 크리켓 투수였다. 한 손으로 담배를 말 수도 있었다. 우리와는 달랐다. 오스카가 자그마한 세인트존교회를 벨린전으로 싣고 온 사연을 어머니가 주교에게 늘어놓을 때면 아버지는 넓은 손톱으로 성냥에서 인을 벗겨내거나, 그의 결혼의 위대한 실체적 기념비인 루퍼트 왕자의 유리공장이—1930년대 당시에는 지붕이 선홍색으로 칠해져 있었다—벨린저강 위로 우뚝 솟은 곳을 창문 너머로 바라보았다.

어머니가 그 교회 이야기를 할 때면 나는 늘 당혹스러웠다. 지나치게 감정적으로 전하는데다 거짓이 섞여 있었다. 우리 모두 그 점을 알면서도 잠자코 입을 다물었다. 나는 차마 지적할 수가 없었다. 어머니는 교회에서도 마찬가지였다. 성가곡(〈거룩하신 하느님〉)을 부를 때면 보란듯이 몸을 흔들며 큰 소리로 불러댔다. 아버지는 곧잘 우스갯소리를 했지만 이것만은 결코 농담거리로 삼지 않았다.

이제 와서 생각해보면 이유는 몰라도 아버지는 그 교회를 질투했다. 교회는 글레니퍼*의 스위트워터 크리크 옆 범람지에 서 있다. 골함석 지붕을 얹고 비막이널로 벽을 덮은 자그마한 건물이다. 오십 년 동안 다양한 빛깔의 갈색으로 칠해졌다가 1970년에는 튀는 라임색으로 변신했다. 지금은 색이 바래 마치 이끼가 낀 듯한 몰골로 드넓은 골짜기에 서 있다. 강줄기를 따라 길게 늘어선 카수아리나나무** 아래 교회가 파묻혀 있다. 이 강줄기 뒤쪽, 나무들 너머로 1킬로미터 높이의 산들이 골짜기를 뒷벽처럼 두르며 깎아지른 듯 솟아 있다. 오솔길도 못 낼 정도로 가파르지만 저 산속에 오래된 주석 광산이 있어 2차세계대전 때 일본군이 침략하면 그곳에 여자와 아이들을 숨기려고 했다는 일화를 들은 적 있다. 당시 나는 멀리 떠나 있었지만 아무래도 그 이야기는 믿기 어렵다. 나는 지역사를 곧이곧대로 믿어선 안 된다는 걸 일찌감치 깨우쳤다. 예를 들어 역사협회에서는 다크우드가 빽빽한 나뭇잎 때문에 볕이 들지 않아 '어두운 숲'이라는 뜻의 이름이 붙었다고 말하지만,

* 벨린전의 북서쪽과 접경한 지역.

** 오스트레일리아에 서식하는 열대 침엽수.

얼마 전까지만 해도 주민들은 그곳을 다키스 포인트*라고 불렀고, 그전에는 호러스 클라크의 할아버지가 친구들과 함께 그곳으로 올라가—모든 오래된 가문은 이 고장의 지배자가 누구인지를 두고 논쟁할 때면 반드시 이 일화를 언급한다—원주민 남자와 여자와 아이들까지 부족 전체를 절벽에서 밀어버렸다.

바로 이 사람들이 지금 세인트존교회를 트레일러에 실어 옮기기를 원하고 있다. 벨린전으로 가져가 주일학교로 사용하고 싶어하는 것이다.

일단 아버지는 환영했을 것이다. 앞서 말했듯이, 교회를 질투했으니까. 교회를 제 것인 양 여기는 아내의 태도를 못마땅해했다. 어쩌면 교회가 벨린전 읍내에만 있었어도 상황은 달랐을 것이다. 하지만 글레니퍼는 15킬로미터나 떨어져 있다. 어머니는 벨린전에 있는 교회를 다닐 생각이 눈곱만치도 없었다. 기어코 차를 몰아 글레니퍼까지 가야 했다. 전쟁 기간에는 배급받은 석유를 그저 교회에 가는 데 썼다. 우리 모두 그곳에서 세례와 견진성사를 받았다. 나는 거기서 결혼식을 올렸다. 아버지가 돌아가시자 장례식을 치르기 위해 글레니퍼까지 15킬로미터를 관을 싣고 갔다가 다시 벨린전으로 싣고 와서 매장했다.

술을 즐기지 않는 아버지가 한번은 맥주 두 잔을 마시고 내게 말했다. 너희 엄마는 울타리를 따라 오줌 누는 개처럼 세인트존교회 주위를 맴돌지.

---

* Darkies' Point. Darky는 오스트레일리아 원주민을 가리키던 속어.

2
재림절 화환

아버지는 손전등을 쓸 수 없었다. 전날 밤 내가 뒷간에 손전등을 빠뜨렸기 때문이다. 손전등은 오줌과 똥으로 된 흥미진진한 시커먼 바다 속에 잠기면서도 여전히 빛줄기를 쏘아올렸다. 이전과 달리 아버지는 밖으로 나가 손전등을 건져내지 않았다.

그래서 다음날 밤 폭풍이 몰아치고 전기가 나가자 아버지는 손전등 없이 두꺼비집을 살펴야 했다. 사방에서 번개가 내리쳤다. 먼 곳에 떨어진 번개가 전화선을 타고 흘러 전화기가 나지막이 애처롭게 울어댔다. 순간적으로 높은 전류가 역류해 퓨즈가 나간 듯했다. 아버지는 촛불을 들고 베란다로 나갔다. 바람에 촛불이 꺼졌다. 아버지는 퓨즈를 가져오지 못한 채 다시 집안으로 들어왔다.

우리는 식탁에 조용히 앉아 있었다.

아버지가 말했다. "퓨즈 선이 어디 있지?"

당시 열 살인 나는 어머니 옆에 앉아 있었다. 열여섯 살인 누나는 내 옆에 앉아 있었다. 열네 살인 형은 누나 옆에 앉아 있었다.

"내가 썼어." 어머니가 말했다. 사람들은 그녀가 키가 크다고 말하지만 그렇지 않았다. 167센티미터 정도였으나 강철 같은 의지와 의심 많은 성격이 유리공장 주인이라는 권위와 결합되어 커 보일 뿐이었다.

초에서 연기 냄새가 났다. 정작 그 초를 들고 있으면서도 아버지는 냄새를 못 맡았다. 후각이 아예 마비되었기 때문이다.

"어디다 썼어?" 아버지가 보이지 않았다. 나는 다음 번개를 기다렸다. "어디다?" 아버지가 쉰 목소리로 말했다. 이는 마비된 후각과 얼마간 관련있었다. 아버지는 아침마다 소금물로 코를 세척했다. 그러고는 종종 물었다. "냄새나니?" 그의 코에서 냄새가 나느냐는 것이었다.

"대림절* 화환을 만드는 데 썼어."

어머니의 목소리에서는 미안해하는 기색이 일절 없었다. 번개가 부엌을 환히 밝혔다. 어머니는 집안사람들이 낙타를 닮았다고 묘사하는 거만한 자세로 고개를 갸웃하고 있었다.

나는 바짝 긴장했다. 대림절 화환을 만드는 어머니를 거든 사람이 바로 나였다. 호랑가시나무나 담쟁이덩굴은 없었지만 내가 윤이 나고 푸르른 녹나무 잎을 찾아냈다. 어머니는 화환을 만드느라 퓨즈 선뿐만 아니라 형의 토끼장 철망까지 가져다 썼다. 그 탓에 지금 토끼들은 옷장의 신발상자 안에 있었다. 어머니는 토끼들이 오줌을 눌 거라고 생각

---

* 예수 성탄 대축일을 준비하는 성탄 전 사 주간.

하지 않았다. 그런 생각을 아예 떠올리지도 못했다.

아버지가 촛불을 켰다. 그는 식탁으로 다가오지 않았다. 문으로 돌아가지도 않았다. 그저 부엌 한가운데 서 있었다.

"화환은 어디 있는데?"

"교회에. 데이비드, 제발 앉아."

"어느 교회?"

"그게 뭐가 중요해?"

"나한텐 중요해."

나는 그때 왜 그렇게 무서웠는지 모르겠다. 아버지는 그런 식으로 말하는 사람이 아니었다. 그는 조용한 삶을 추구했다. 죽어갈 때조차 아내가 속상하지 않도록 조용히 숨을 거두고 싶어했다.

"세인트존교회." 어머니가 말했다.

물론 세인트존교회였다. 달리 어디겠는가? 하지만 무슨 연유인지 그 말에 아버지는 격분한 듯했다. 그가 머리카락을 움켜쥐었다. 켈빈네이터 냉장고에 초를 내려놓자마자 다시 불이 꺼졌다.

"아, 하느님 아버지, 씨팔 성모마리아."

번갯불에 어머니의 입이 쩍 벌어지는 게 보였다.

어머니가 일어났다. 그녀의 사전에 살며시 혹은 슬그머니란 말은 없었다. 벌떡 일어나는 바람에 의자가 뒤로 쓰러졌다. 바닥이 쿵 울렸다. 전화가 짧게 두 번 잉잉 울리다 멈추었다.

"무릎 꿇어." 어머니가 말했다. 그 말인즉슨 아버지의 신성모독에 대해 하느님에게 용서를 빌자는 것이었다. 우리는 그 뜻을 알아차렸다. 하지만 워낙 비상 상황이었다. 오직 '이혼'만이 이보다 끔찍하고, 오직

'섹스'만이 이보다 당혹스러울 터였다.

"무릎 꿇어." 어머니가 새된 목소리로 외쳤다.

나중에는 우리도 어머니가 불량배처럼 위압적으로 군다는 걸 알았다. 하지만 아직 어렸던 우리는 너무도 많은 게 혼란스러웠다. 그저 어머니의 사랑을 잃고 싶지 않은 마음에 우리는 그녀 곁으로 가 무릎을 꿇었다. 심지어 밤늦도록 아버지와 크리켓 이야기를 즐겨 나누던 형조차 무릎을 꿇었다.

이윽고 아버지도 무릎을 꿇었다.

우리는 단단한 리놀륨 바닥에 가만히 무릎 꿇고 있었다. 형은 나직이 울먹였다.

이윽고 전기가 들어왔다.

고개를 든 나는 승리로 형형히 빛나는 어머니의 눈을 보았다. 어머니는 숨을 거두는 순간까지도 그때 퓨즈를 고친 게 하느님이라 믿었다.

3
크리스마스 푸딩

크리스마스 푸딩이 아니었더라면 글레니퍼에 교회는 없었을 것이다. 벨린저 강둑 위 집에 오스카 홉킨스의 초상 사진이 걸리는 일도 없었을 것이다. 나도 태어나지 않았을 것이다. 이 책 자체가 나오지 않았을 것이다.

그것은 여느 크리스마스 푸딩이 아니었다. 테니스공만한 지극히 작은 푸딩이었다. 설탕에 절인 체리 두 티스푼, 건포도 세 디저트스푼, 오렌지 한 개의 껍질과 과즙, 밀가루 반 컵, 소기름 반 컵, 브랜디 몇 방울로 만든 것이었다. 크기는 그렇다 치고, 영국 데번주 헤나컴에 위치한 나의 고조부 티오필러스 홉킨스의 작은 집에서 만들어졌다는 사실 때문에 여느 푸딩이 아니었다.

티오필러스 홉킨스는 제법 유명한 사람이었다. 1860년판 『브리태니커백과사전』에 이름이 오를 정도다. 그의 산호, 산호말, 말미잘과 불가사리에 대해 세 단이 꽉 차게 기술되어 있다. 하지만 사람 자체에 대해서는 쓸 만한 언급이 전혀 없다. 그가 어떤 사람이었는지 알 수 없다. 세 번을 거듭 읽어도 그가 크리스마스 푸딩에 대해 어떤 특정한 견해를 가졌는지 짐작하기 어렵다.

거무스름한 피부에 체격이 늘씬한 사십대 홀아비인 그는 덥수룩한 턱수염과 탄탄한 근육 덕분에 냉엄하고 성말라 보였지만 내면은 부드러운 사람이었다. 전율하는 부드러움이 옆에서 느껴질 정도였다. 자신은 천국에 갈 것이라고, 무한한 영원 속에 은빛으로 펼쳐진 천국에서 지상의 어떤 기쁨에도 비할 바 없는 기쁨을 누리리라고 열렬히 믿었던 감각론자였다. 그는 일시적 기분에 휘둘리지 않도록 스스로를 다잡았는데, 마치 술집에서는 재미난 술꾼이면서도 근무중에는 파리가 눈꺼풀 위를 기어다녀도 표정 하나 바꾸지 않는 근위병 같았다. 플리머스 형제회* 소속으로, 기독교 교회의 축일을—하등 이상하지 않게도—일절 인정하지 않았다. 욱하는 성격이 문제이긴 했지만, 이는 오해의 소지가 있는 표현이다. 열정이 문제였다고 해야 옳다. 그의 육신은 그 열정을 담아내기에 턱없이 부족했으니, 매년 크리스마스가 되면 그가 할 수 있는 일이라곤 스스로를 억누르는 것뿐이었다. 대개 그는 자신의 열정을 건설적으로 이용했다. 설교자로서 청중을 감복시키는 데 탁월한 재능이 있었다. 그는 크리스마스를 크리스마스라고 부르지 않았다. 율타이드**라고 불렀다. 신도들에게 크리스마스는 이교도적일 뿐만 아니

---

* 19세기 초 영국과 아일랜드에서 시작된 엄격한 개신교 종파.

** 게르만족의 겨울 축제.

라 가톨릭교적인 행사인 만큼 그날도 여느 때처럼 들판과 거리로 나가 일을 하라고 강력히 설득했다. 농부와 이엉장이와 사냥터지기와 숯꾼과 어부로 이루어진 소수의 신자들은 하얗게 세탁한 옷을 입는 신실한 사람들로, 설령 글을 읽을 줄 안다 해도 손가락으로 단어를 짚어가며 더듬더듬 읽을 뿐이었다. 이웃의 침례교도들이 비웃었지만 그들이야말로 지옥불에 떨어질 것이었다.

오스카는 열다섯 살이었다. 소년이 퉁명스럽고 비밀스러워지는 나이였다. 하지만 아버지의 견해에 의문을 제기하지는 않았다. 자신의 영혼이 확실히 보장되어 있음을 아는 그는 난롯가에서 성경을 소리 내어 읽을 때면, 작은 쇠살대를 찔러 석탄을 뚫고 수선스럽게 자꾸 뒤적이는 아버지와 조금도 다른 해석을 내놓지 않았다. 두 사람 다 성실한 박물학자가 작성한 보고서를 읽듯 성경을 읽었다. 성경에 얼굴이 네 개인 괴물이나 사자 이빨이 달린 사람이라는 표현이 나온다면 그들은 곧이곧대로 믿었다.

바로 그 1856년 크리스마스에 그들은 이전까지 한 명이던 가정부를 두 명으로 늘렸다. 첫번째 가정부인 윌리엄스 부인은 덩치가 크고 부산스러운 사람이었는데 불안할 때면 부스스하고 철사 같은 회색 머리를 귀갑 빗으로 빗는 버릇이 있었다. 런던에서 십 년, 데번에서 오 년, 도합 십오 년간 이 집안에서 일해왔다. 헤나컴에서는 머리를 더욱 자주 빗었다. 그녀는 푸줏간 주인과 생선장수와 싸웠다. 소금기 가득한 공기 때문에 기관지염이 악화되었다며 욕을 했지만 그녀 말대로 '이제 와서 환경을 바꾸기에는 너무 늦었다'. 그녀는 '구원'을 받지 못했지만 그들 집에 머물렀다. 이따금 스크램블드에그에서 머리카락이 나오더라도 그녀는 그들 삶의 일부였다.

하지만 두번째 가정부는 '구원'만 못 받은 게 아니었다. 하물며 '탐구중'으로도 분류될 수 없었다. 성공회 교도이지만 처지가 딱해 집안에 들였는데, 막노동자 남편에게 버림받고 두 교구에서 빈민구제 신청을 거절당했던 것이다. 양 교구는 그녀의 구제를 서로 미루었다. 그녀가 바로 주근깨투성이 패니 드래블로, 크리스마스 푸딩 사건의 배후였다. 하얗고 앙상한 손마디가 빨간 그녀는 막노동자들이 시끌벅적 깔아놓은 철길 옆 빌어먹을 판자촌에서 힘겨운 삶을 살았었다. 아기는 죽고 말았다. 옷가지라고는 얇은 면옷 한 벌이 다였다. 집으로 일하러 온 첫날 아침에 이가 하나 빠질 정도였다. 하지만 오스카가 한 번도 크리스마스 푸딩을 맛본 적이 없다는 사실을 알고는 분개했다. 기분좋게 차를 마시던 윌리엄스 부인은—그래선 안 되었지만—패니 드래블의 도덕적 분개에 그만 휩쓸리고 말았다. 어린애라면 크리스마스 푸딩을 먹어보아야 하고, 집주인이야 모르고 넘어가면 그만이었다.

패니 드래블은 이 푸딩이 '우상숭배자나 먹는 살'인지 몰랐다.

작은 집이었지만 두꺼운 데번 석회석으로 지어진 건물이었다. 난롯가에 앉아 있을 때조차도 코 안쪽에서 차가운 석회석 냄새가 느껴졌다. 부엌에서는 식당으로 쓰는 작은 옆방에서 말하는 소리가 하나도 들리지 않았다. 문이 낮고 방 사이에 계단이나 문턱이 있어 발이 걸리기 일쑤인 좁아터진 집이긴 해도 비밀을 유지하기에 좋았다. 티오필러스는 부엌에 들어오지 않았기에(아마도 윌리엄스 부인이 스토브 옆의 긴 의자에서 잠을 자기 때문이었으리라) 우상을 들키지 않고 만들 수 있었다.

하지만 오스카는 부엌을 좋아했다. 밀가루가 날리는 건조한 온기가 좋았다. 물을 길어오거나 난로의 쇠살대를 체질하거나 윌리엄스 부인이 자갈 바닥을 문질러 닦는 동안 식탁에 앉아 있었다. 그는 무슨 일이 일어나고 있는지 곧장 알아차렸다. 체리와 건포도가 보였다. 건포도를 먹는 일은 좀처럼 없었다. 체리는 생전 처음 보았다. 지금까지 크리스마스에도 여느 때와 다름없는 식사를 해왔었다.

티오필러스가 윌리엄스 부인을 서재로 불렀다. 서재는 오스카의 교실이기도 해서 그도 지시사항을 듣게 되었다. 아버지의 지시는 상당히 구체적이었다. 그의 성격이 그랬다. 자신이 관련된 어느 일에나 지극히 사소한 사항까지 점검했다. 말미잘을 그릴 때면 촉수에 달린 털 한 가닥 놓치지 않았다. 그는 감자를 '보통 크기'로 썰라고 지시했다. 킹조지 양배추 반 통, 기타 등등.

하지만 부엌에서는 반역의 여인들이 소기름을 치대고, 건포도와 술타나건포도의 양을 재고, 하나뿐인 소중한 오렌지의 껍질을 벗겼다. 오스카가 풀무 옆에 앉아 바람을 일으키자 주전자 소리가 높아져 패니 드래블의 콧노래도 들리지 않았다. 윌리엄스 부인은 주인의 관심을 딴 데로 돌릴 셈으로 다르위시*처럼 계단을 뛰어올랐다. 마른 걸레를 들고 소란을 떨며 먼지 장막을 풀풀 일으켰다. 현관 계단에 앉아 머리를 빗으면서 물이 뚝뚝 듣는 회색 가지 사이로, 녹이 슨 듯한 갈색 고사리 수풀 너머로 차가운 잿빛 바다를 바라보았다. 그리고 집을 빙 돌아 우물을 지나 퇴비 더미에 머리카락을 버렸다. 오스카는 윌리엄스 부인의 머리카락이 썩지 않는다는 것을 알고 있었다. 기다란 나뭇가지로 퇴비를

* 이슬람교 탁발수도자로, 빠르게 회전하는 춤을 추며 기도한다.

쑤시다가 머리카락을 발견했다. 처음에는 끈적끈적하지만 물로 지저분한 점액을 씻어내면 새로 난 머리카락처럼 온전했다. 윌리엄스 부인이 그에게 말한 대로였다. 그는 그녀의 말이 옳았다는 사실에 깜짝 놀랐다. 아버지는 윌리엄스 부인의 믿음을 대수롭지 않게 여겼다. 과학적이지 않다는 것이었다. 그녀는 그저 망자의 머리카락을 훔치려고 무덤을 파는 도굴꾼이 있다고 했다. 머리카락 상인에게 팔려 세척과 분류를 거친 뒤 가발업자에게 넘어가 파마 머리나 땋은 머리가 된다는 것이었다. 이런 머리카락은 가닥 끝에 여전히 뿌리가 달려 있어 '묘지 머리칼'이라고 불렸다. 윌리엄스 부인은 머리카락 때문에 늘 불안해하며 지냈다. 헤나컴에는 없겠지만 틴머스나 뉴턴 애벗에는 언제든 살아 있는 여자의 머리카락을 훔치기 위해 날카로운 면도칼을 지니고 다니는 '날치기 잭'이 있다고 주장했다. 그녀는 계단과 위층 서재에서 머리를 빗었다. 그리고 매번 빗에서 머리카락을 뽑아 둥글린 다음 매듭을 지어 앞치마 주머니에 넣었다. 크리스마스 푸딩을 만들던 날, 그녀는 평소보다 훨씬 오래 머리를 빗었다. 티오필러스는 박물학자답게 그 점을 눈치챘으리라.

오스카는 크리스마스 푸딩에 대해 아무 말도 못 들었지만 알고 있었다. 그는 자신이 아는 바를 애써 외면했다. 하지만 푸딩 생각이 의식 깊숙이 파고들어왔다. 커튼 친 방에 깃든 한줄기 햇살 같았다. 난류에 먼지가 춤을 추었다. 가만있는 것이 하나도 없었다. 크리스마스 날 점심을 먹을 때 오스카는 흥분한 나머지 다리가 쑤실 지경이었다. 발목을 꼬고, 양손에 든 나이프와 포크를 꽉 움켜쥐었다. 열린 부엌문 쪽으로 귀를 곤두세웠지만 아버지가 식사를 하며 코로 숨쉬는 소리 외에는 아무것도 들리지 않았다.

오스카는 작게 칸이 나뉜 자그마한 나무상자를 갖고 있었다. 딱정벌레나 조개껍질을 보관하는 용도로 만들어진 물건이었다. 오스카는 단추를 넣어두었다. 아무도 그렇다고 말해주지 않았으나 어머니의 단추가 분명했다. 아버지의 단추는 아니었다. 다리 대신 놋쇠 고리 하나가 달린 무당벌레처럼 생긴 작고 둥근 단추가 있는가 하면, 유리 단추도 있었다. 구멍이 네 개 뚫린 금속 단추와 두 개 뚫린 진주 단추가 있었다. 다른 남자애들이 장난감 병정을 가지고 놀듯 그는 단추를 가지고 놀았다. 줄을 세우고, 명령을 내리고, 점호를 했다. 모두 560개였다. 배열을 새로 하다보면 도중에 머리가 아플 때도 있었다.

그해 크리스마스에 아버지가 말했다. "단추 분류를 다시 했더구나."

단추는 창턱에 놓여 있었다. 넓은 창턱이었다. 식탁을 차리면서 윌리엄스 부인이 단추 상자를 거기 올려놓았던 것이다.

오스카가 대답했다. "네, 아버지."

"색을 기준으로 분류했구나. 왼쪽에서 오른쪽으로, 두번째 기준은 크기이고."

"네, 아버지."

"아주 잘했다." 티오필러스가 말했다.

오스카는 스튜를 그릇 바닥까지 박박 긁어먹었다. 유리잔에 든 물을 다 마셨다. 아버지와 함께 고개를 숙이고 은혜를 베푸신 하느님에게 감사했다. 윌리엄스 부인이 문으로 와서는 돼지 여물에 밀기울 섞는 일을 도와달라고 부탁하자 가느다란 몸매에 피부가 파리하고 머리칼이 금빛인 소년은 재빨리 조용히 움직였다. 단추 생각으로 머릿속을 채워 이제 곧 하게 될 일을 생각하지 않으려 했다.

두 여인은 선반 위의 물병처럼 나란히 서 있었다. 한 명은 덩치가 크고 밀가루투성이였고 다른 한 명은 자그마하고 주근깨투성이였지만, 거울상처럼 똑같은 미소를 머금고 똑같이 양손을 모아쥐고 있었다.

접시에 '그것'이 있었다. 네 조각으로 자르고 훌륭한 커스터드 소스를 바른 것이었다. 윌리엄스 부인이 빗을 앞치마 주머니 깊숙이 찔러넣고는 푸딩을 그에게 내밀었다. 확 내미는 바람에 숟가락이 뒤로 넘어가 자갈 바닥에 쟁그랑 떨어졌다.

윌리엄스 부인이 우뚝 멈추었지만 패니 드래블이 속삭였다. "그냥 둬." 그녀는 떨어진 숟가락을 발로 차버리고 오스카에게 새것을 건넸다. 발각될까봐 갑자기 불안해했다.

오스카는 숟가락을 들고 푸딩을 맛보았다가 벌떡 일어났다.

상상도 못할 만큼 황홀한 맛이었다. 입안에 소중히 물고 있으니 푸딩이 살살 녹아내렸다.

고개를 들어보니 거울상 같은 둘의 미소가 더 커져 있었다. 패니 드래블이 턱을 바짝 당겼다. 오스카도 거의 졸린 듯한 미소를 짓고 있었다. 그가 더욱 기대에 차서 숟가락을 입으로 가져가 두번째 조각을 막 입안으로 넣으려던 찰나, 뒤에서 문이 삐걱 열리더니 티오필러스가 자갈 바닥을 성큼성큼 걸어왔다.

오스카는 그 모습을 보지는 못했고 느꼈다. 뒤통수에 충격이 가해지며 머리가 앞으로 쏠렸다. 숟가락이 이에 부딪히더니 바닥으로 떨어졌다. 커다랗고 굳은살이 박인 손이 그의 뒤통수를 움켜잡고 다른 손은 아래턱을 감싸쥐었다. 그는 삼키려고 했다. 뒤통수에 두번째 타격이 가해졌다. 입안에 있는 것이 남김없이 튀어나왔다.

티오필러스는 아들이 독이라도 먹은 양 행동했다. 오스카를 부엌으로 데려가 소금물을 마시게 했다. 유리컵을 아들의 입에 어찌나 세게 들이대던지 아플 정도였다. 오스카는 입을 꽉 다물고 버둥거렸다. 아버지의 눈은 미쳐 있었다. 아들이 보이지 않는 듯했다. 오스카는 소금물을 마셨다. 또 마셨다. 돼지 여물통에 토할 때까지 마셨다. 그러고 나자 티오필러스는 남은 푸딩을 불에 던져버렸다.

오스카는 그전까지 한 번도 맞은 적이 없었다. 참을 수가 없었다.

아버지는 일장 연설을 했다. 오스카는 그 말을 믿지 않았다.

아버지는 푸딩이 사탄의 열매라고 했다.

하지만 오스카는 푸딩을 맛보았다. 전혀 사탄의 열매 같지 않았다.

4
푸딩 사건 후

그의 아들은 목이 길고 외모가 섬세했다. 새털로 만들어진 듯 가볍디가벼웠다. 하얗고 연약했다. 삼각형 얼굴, 가느다란 콧대, 활 모양 입술, 뾰족한 턱. 눈은 껍질을 갓 벗긴 과일처럼 깨끗하고 연약한 상태였다. 상대를 전적으로 믿는 얼굴, 보호의 책임을 상대에게 온전히 지우는 바로 그 순간 마음속에 기쁨이 샘솟게 하는 얼굴이었다. 그 정직한 얼굴을 보노라면 이 험한 세상에서 과연 잘 살아갈 수 있을까 걱정되는 동시에 이토록 순수한 존재를 만들어주신 하느님에게 절로 감사하게 되었다. 심지어 이탈리아 회화의 바람에 휜 나무처럼 수평으로 비쭉비쭉 뻗친 붉은 곱슬머리에서도 '욱하는 성격' 같은 자기보호 본능은 조금도 엿보이지 않았다.

그는 아들을 때리지 말았어야 했다.

양배추를 삶느라 눅눅해진 부엌에서 마네킹처럼 굳은 채 말도 못하는 사람들 앞에서 손으로 바람을 가르며 아들을 때리면서도 그는 분명히 알고 있었다. 윌리엄스 부인의 손이 빗으로 향하는 게 보였다. 패니 드래블이 한 손을 들어 쩍 벌어진 입을 가리는 것도 보였다. 추잡한 간식 찌꺼기가 씩씩대며 타들어가는 소리를 들으면서도 그는 아들을 때리지 말았어야 했다는 걸 알고 있었다.

티오필러스는 아들의 목에 생긴 푸른 멍 두 개를 보았다. 그의 엄지와 검지 자국이었다. 후회되었지만 달리 어쩔 수 있었겠는가? 소년은 어머니를 닮아 피부가 여렸다. 핌리코의 병원에서 닥터 핸슨은 15밀리리터짜리 피펫으로 그녀의 피부에 질산을 떨어뜨렸었다. 대기실에서 기다리던 아들은 어머니가 울부짖는 소리를 들었을까? 암이 발병하자 핸슨은 그녀의 여린 피부에 산을 떨어뜨려 암덩어리를 제거했던 것이다. 온갖 고통 끝에 마침내 시커멓고 단단한 덩어리가 떨어져나왔다. 어쨌든 그녀는 죽었다.

그는 이제껏 한 번도 아들을 때리지 않았다. 섣부른 말로 상처를 건드리지 않기를 바랐던 그들은 조용히 서로를 지지했다. 이 고장에서 이방인인 그들에게는 둘밖에 없었다. 헤나컴의 붉은 흙에 놓인 런던 벽돌 두 장 같은 신세였다. 아버지가 묵상에 잠기면 아들은 말없이 쪼그리고 앉아—사춘기 소년의 기다란 팔다리를 어쩌지 못해 어설픈 자세로—아버지의 무릎과 굳은살이 박인 손을 꼭 쥐었다. 그들은 피로 맺어졌고, 국교에 반대하는 근본주의자의 확고한 믿음으로 하나되었고, 직접 입에 올리기를 꺼리는 죽은 여인에 의해 묶여 있었다.

그는 아내의 옷을 바다에 내던졌다. 분노와 슬픔에 반쯤 취해 있었다. 아들을 침대에 남겨둔 채 달콤한 라벤더향이 풍기는 아내의 옷들을 나무 옷걸이째 들고 나가 골짜기의 터널을 달려내려갔다. 바다는 옷을 해초인 양 집어삼키더니 해안가에 도로 뱉어냈다. 그는 옷을 다시 끌어내며 조류를 살폈다. 바다가 옷을 거부했던 것이다.

면플란넬 잠옷 차림으로 유령처럼 서 있는 자그마한 오스카를 보고서야 그는 제정신이 들었다.

그후 그들은 이 일에 대해 일절 언급하지 않았지만 침묵 속에서 눈빛으로 서로를 이해하고, 감히 입 밖에 꺼내는 건 생각할 수도 없는 것들을 나누었던 것이다.

윌리엄스 부인이 머리를 빗기 시작했다. 체구도 키도 큰데다 풀 먹인 흰 앞치마를 두른 배가 터질 듯 불룩한 여인은 늘 제멋대로 얽히고설키는 회색 곱슬머리를 서서 빗질했다. 그러면서 살짝 상체를 구부려 창문으로 바다를 내다보았다. 쓱-쓱-쓱. 그녀는 사적 공간인 자기 방에 있는 듯이 빗질을 했다. 머리를 빗기만 하면 그곳이 곧 자기 공간이 된다는 듯이, 부엌 안에 자그마한 유리 우리가 생겨난다는 듯이 확신에 차 있었다. 문이 있고 자물쇠가 있어 아무도 들어오지 못하는.

"그래." 티오필러스가 말했다. 스토브의 쇠살대를 체질하는 중이었다. 지나치게 흔들어대고 있다거나 석탄이 쇠살대 틈으로 빠져나오고 있다는 말은 감히 누구도 하지 못했다. 윌리엄스 부인의 기다란 머리카락 한 올이 그의 머리로 떨어졌다. 그는 느끼지 못했다. 패니 드래블은 보긴 했지만 집어들 엄두를 못 냈다.

"그래, 친애하는 홉킨스, 나를 도와 양동이를 들고 오너라." 그는 여전히 쇠살대를 앞뒤로, 앞뒤로 흔들며 말했다.

"제가 하겠습니다, 주인님." 패니 드래블은 토하기 일보 직전이라 속이 울렁거리는데도 끼어들었다. 자신이 해고 위기에 처해 있다는 건 잘 알았다. 푸딩과 관련있는 게 분명했지만, 그 이상은 짐작이 되지 않았다. "부탁드려요. 제가 하겠습니다, 주인님." 그녀는 그의 머리에서 회색 머리카락을 떼어냈다. 참을 수가 없었다.

"아니." 티오필러스 홉킨스는 머리카락이 떨어졌다는 사실도 모른 채 대꾸했다. 그는 쇠살대를 안으로 밖으로, 밖으로 안으로 계속 흔들었다. "그럴 필요 없어요, 드래블 부인. 홉킨스와 나는 표본을 수집할 거니까."

그러고는 그녀를 바라보았다. 그녀는 그의 표정을 이해할 수 없었다. 눈물 어린 나약한 얼굴이었다. 목소리와 어울리지 않았다.

"하지만 주인님, 오늘은 크리스마스인걸요." 패니 드래블은 이제는 몸을 숙여 바닥에서 숟가락을 집어들어도 괜찮겠거니 느끼며 말했다.

바로 그때 티오필러스가 고개를 돌려 아들의 눈을 응시했다. 그제야 그는 자신이 가한 상처를 보았다.

"크리스마스예요. 엑서터의 성에 때문에 보일러가 온통 터져나갈 지경이래요." 패니 드래블이 다정히 말했다.

그녀를 보는 티오필러스의 얼굴은 방금 목격한 것에서 비롯된 감정으로 가득차 있었다. 드래블 부인과는 전혀 상관없는 얼굴이었다.

"크리스마스예요." 그녀는 자신이 무슨 일을 하는지도 모른 채 부드럽게 말했다.

"어떤 사람들은 그렇게 부르죠." 티오필러스는 쇠살대를 놓고 일어나며 말했다. 숟가락을 달라는 표시로 그가 손을 내밀었다. 그녀는 그것을 건넸다. “어떤 사람들은 그렇게 부르지만 내가 부리는 사람들은 절대 그렇게 부르면 안 됩니다.”

‘그래, 인정머리라곤 눈곱만치도 없는 시커먼 놈팡이군.’ 패니 드래블은 생각했다.

5
기도

오스카는 바다를 무서워했다. 바다에서는 죽음의 냄새가 풍겼다. 이 '죽음'에 대해 생각해보면 한 단어로 이름붙일 수 있는 단일한 것이 아닌 듯했다. 견고한 독립체가 아니었다. 죽음은 산산이 부서져 흩어지는 것으로, 물고기떼처럼 무리를 지었다가 유리처럼 갈라졌다. 죽음은 꿈속의 유령처럼 그를 찾아와 자유자재로 변신하고, 원형질같이 흐물흐물하고, 포근하고, 다정했다. 아버지의 방수복처럼 일순 차갑고 축축한 느낌에 아이는 화들짝 놀라 소리지르며 깨어나 단단히 뭉쳐진 플란넬 시트를 가슴에 꼭 끌어안았다. 그러고 나면 때로 죽음은 따스하고 부드러우며 어머니의 어슴푸레한 미소를 띠었다.

바닷가의 조개껍데기에서 그는 경이를 보았지만, 아버지는 그것에 이름표를 붙이고 해부하고 죽이는 일이 일상이었다. 그는 사체, 뼈, 죽은 생물도 보았다. 영혼이 없는 생물이었다. 바다가 뒤엉킨 시커먼 해초를 들어올릴 때면 소매에 팔이 들어 있지 않은 저지 셔츠들이 떠올랐다. 그는 가을부터 우물 옆 뒷벽에 걸려 있던 양동이들을 가져왔다. 그는 바닷물이 발목에 닿는 느낌이 싫었다. 보글보글 이는 포말도 그의 피부에는 강철 족쇄처럼 느껴졌다. 고운 손을 가슴에 얹은 채 미동도 없이 서 있는 그의 얼굴이 새하얗게 얼어붙었다. 포식자 앞에서 투명해지기를 바라는 생물 같았다.

윌리엄스 부인이 스웨터를 입혀주었다. 서두르느라 스웨터 네 벌을 입히다가 실수로 그의 머리카락을 잡아당기고, 첫번째 스웨터의 소맷자락이 두번째 스웨터의 소매 안으로 말려들어가는 등 허둥댔지만 어쨌든 그는 커다란 모직 가슴을 지니고 여기저기 울룩불룩한 튼튼한 생명체가 되었다.

그녀는 그와 눈도 마주치지 않고 푸딩과 관련해서는 입도 뻥긋하지 않았다.

"패니 아주머니는 어떻게 될까요?" 오스카가 물었다.

윌리엄스 부인은 패니 드래블을 걱정하지 않았다. 자기 자신을 걱정하고 있었다. 앞치마에서 머리빗을 꺼내 오스카의 머리를 빗어주려고 했다. 그녀만큼이나 머리 꼴이 말이 아니었다. 오스카는 날카로운 빗살 아래에서 버둥거렸다.

"그만두세요." 오스카가 말했고, 윌리엄스 부인이 멈추자 그는 놀랐다.

"그럼 가봐라, 실컷 헤엄치고." 윌리엄스 부인이 양동이와 밧줄 뭉치를 건네며 심술궂게 말했다. 그녀는 그가 바다를 무서워한다는 사실을 알고 있었다. 여느 남자아이들이 자질구레한 물건으로 가득한 주머니에 노끈과 줄을 가지고 다닌다면 그는 엉키고 돌돌 말린 공포를 내면에 지니고 다녔다. 다른 사람은 눈치채지 못했다. 그저 활기차고 행복하고 친절하고 공손한 아이라고만 여겼다. 실제로 그랬다. 물론 신앙심이 아주 깊지만 음울하지는 않았다. 신을 말할 때면 단순함과 기쁨을 느꼈다. 그는 아버지보다도 아버지의 믿음에 더 걸맞은 얼굴을 가졌다.

윌리엄스 부인은 공포를 찾아 그 얼굴을 가만히 들여다보았다. 보이지 않았다. 다른 무엇이 있었지만, 그는 그것의 정체를 그녀에게 드러내지 않을 작정이었다.

그것은 분노였다.

얻어맞은 오른쪽 귀가 아직도 얼얼했다. 그는 아버지를 따라 현관문을 나서(그러다 문에 부딪혔다—그는 늘 문에 부딪혔다) 질퍽거리는 가파른 오솔길을 내려가(걸음 수를 세었다—늘 그랬다) 바다로 향하는 내내 분노를 단검처럼 가슴에 단단히 품고 있었다. 걸음 수를 적절히 맞추기 위해 보폭을 줄였다. 금속 양동이 여섯 개와 자루 세 개와 밧줄 한 뭉치를 들고 있었는데, 여기저기 긁힌 파리한 정강이에 양동이가 자꾸 부딪혔다. 양말목이 짧아 종아리가 훤히 드러나 있었다. 흘러내린 양말은 반짝이는 갈색 레이스 부츠에도 묻은 붉은 진흙으로 범벅이 되었다. 블랙베리 관목에 반바지 엉덩이 부분이 찢어져 모직 속옷에 붉은 진흙이 잔뜩 묻었다. 누가 보아도 잉크가 번지고 얼룩진 교과서를 들고 다닐 법한 아이였다. 그는 미끄러지고 비틀거리며 바다를 향해 내려가는 내내 걸음 수를 헤아렸다.

티오필러스가 이 길을 내려가 얼음장 같은 바닷물에 가슴까지 담그려는 것은 해양생물학 때문이 아니었다. 물론 그는 박물학자이고 표본을 수집했다. 하지만 지금 그는 증명하고 싶은 열정에 휩싸여 있었다. 손바닥 깊숙이 손톱을 박아넣었다. 두개골 중앙에 있는 가상의 실을 당겨 몸을 곧추세웠다. 헤나컴의 모두에게, 특히 아들에게 보여줄 것이었다. 진정한 기독교인은 크리스마스를 어떻게 생각하는지. 얕은 숨을 쉬고 있는 그의 얼굴은 낯선 사람이 보았더라면 미소 짓고 있다고 오해할 만한 표정을 띠었다.

높은 구릉지와 바다 사이에 자리한, 뿌리덮개를 깐 듯 습하고 이슬이 뚝뚝 떨어지는 숲을 아직 벗어나지 않았지만 오스카는 이미 죽음의 냄새를 맡았다. 헤나컴*이라는 마을 이름이 유래한, 붉은여우 빛깔의 절벽 아래 멜라노스페름이라고 불리는 해조류가 잔뜩 밀려와 깔끔한 검은 벨벳 더미처럼 깔려 있으리란 건 안 봐도 뻔했다. 유독한 소금 냄새도 맡았다. 근시라서 바다가 부드러운 회색으로만 보였다, 구덩이를 덮고 있는 새틴 천처럼. 하지만 벌써부터 파도 소리가 들렸고 바다가 어떨지 익히 알았다. 잠자는 호랑이같이 얌전하고 잔잔하리라. 진줏빛이 섞인 회색 바다는 나직이 찰싹이며 포말과 함께 모래를 적시리라. 하지만 멜라노스페름은 이 잔잔함이 거짓임을 보여주는 명백한 증거였다. 바다는 제아무리 힘센 사람도 뽑기 어려운 해초를 가뿐히 제거하고, 사람의 꼬르륵대는 목구멍 속으로 하얀 물기둥을 밀어넣어 숨통을 끊고, 옷을 찢어발기고 형체를 알 수 없게 흩뿌려, 해파리 같은 연분홍 물질을 하얀 포말이 감싼 해안가에 늘어놓을 수 있었다.

그는 걸음을 세었다. 습관이었다. 딱히 의식하지도 않았다. 365걸음

* '헤나(henna)'는 적갈색 염료, '컴(combe)'은 골짜기를 뜻한다.

에 절벽 아래 다다르면 잘은 모르지만 어쨌든 좋을 것 같았다.

폭력적으로 빼앗긴 건포도 푸딩 맛이 여전히 입안에 남아 있었다. 귀가 화끈거리고 욱신거렸으며, 분노가 사그라들지 않았다. 분노는 생각도 할 수 없는 것이었지만, 분노하는 건 생각으로 하는 게 아니었다. 분노가 그를 사로잡고 흔들었다. 그는 분노의 아가리에 물린 토끼나 다름없었다. 붉은 암석이 잘게 부서져내리는 절벽을 미끄러져내려가는 동안(그것은 다섯 걸음으로 간주했다) 양동이끼리 부딪쳐 쨍강대고, 진흙에 박힌 자갈에 손마디 피부가 벗겨졌다.

아버지는 바로 그렇게 얕은 숨을 쉬고 있었다. 두꺼운 모직 스웨터와 탄 토스트 색깔의 얼룩덜룩한 방수 재킷 차림이었다. 그 위로 걸친 허리띠와 밧줄에는 망치와 끌, 양동이와 주머니가 매달려 있었다. 까무잡잡한 피부에 근육질인 그는 타르를 칠한 로프로 만든 사람 같았다. 검은 머리 사이사이에 은색 불꽃이 번뜩였다.

아들의 금빛이 도는 뻣뻣한 붉은 머리는 언제나 헝클어져 있었다. 거센 바람에 머리를 흩날리며 바닷가에 서 있는(사백 걸음이었다) 그는 막 지상에 내려온 천사 같았다.

"채워라." 티오필러스가 말했다. 아들을 때리지 말았어야 했지만, 달리 어떻게 그것을 삼키지 못하게 막을 수 있었겠는가?

오스카는 양동이들을 '채우기' 시작했다. 녹처럼 붉은 바위의 웅덩이 가장자리에 서서 양동이를 내려 물을 담아 끌어올린 뒤, 아버지의 몸에 묶인 양동이들에 부었다. 양동이가 채워질수록 무거워서 아버지는 신음했다. 우스꽝스러운 신음이었다.

하지만 오늘 오스카는 아버지를 바라보지 않을 것이다. 자신의 눈에 무엇이 드러나 있을지 두려웠다. 대신에 아버지의 입을 보았다. 그것이 바다생물, 검은 털이 난 엽상체와 붉은 입술로 이루어진 말미잘이라도 되는 양 관찰했다. 쉭쉭대는 뱀으로 가득한 구덩이 위에 서 있듯 그는 바다 위에 서 있었다.

이윽고 아버지가 바다로 걸어들어갔다. 바다는 아메바이자 원형질이었다. 소금기로 끈적대는 팔을 활짝 벌려 그를 감싸안았다. 파도가 모래 위로 밀려와 소년의 부츠 아래에서 쉭쉭거렸다. 그는 바다로부터 물러섰다. 상복 같은 멜라노스페름의 엽상체에 올라서며 뒤로, 앙상한 어깨뼈에 단단한 절벽이 닿을 때까지 뒤로. 무지갯빛 진주광택이 섞인 부드러운 잿빛 구름은 바닷물이 서서히 빠진 모래밭 같은 형상이었다. 뚜껑처럼 수평선을 꽉 내리누르고 있었는데 남쪽만 가느다란 띠 모양의 연한 금빛으로 물들어 창턱에 아무렇게나 놓인 단검 같았다.

형체를 분간하기 힘들어진 아버지는 흐릿한 검은 형체, 꿈속의 덩어리였다.

오스카는 나뭇단이나, 너무 길기만 한 뼈대로 지은 달개집처럼 자리에 앉았다. 무릎을 끌어안자 딱딱 소리가 났다. 붉은 절벽에 등을 단단히 기대고 앉아 있자니 추위에 음낭이 달랑 2페니가 든 쪼글쪼글한 가죽 주머니처럼 쪼그라들어 피부가 닭의 모래주머니처럼, 아버지가 서 있는 구멍이 뻥뻥 뚫린 암석처럼 거칠고 두꺼워졌다. 가슴까지 바닷물에 잠긴 아버지는 바윗덩어리를 끌로 떼어내 철사 바구니에 담고 있었다.

오스카는 헤나컴 절벽에 등을 단단히 밀어붙였다. 바람이 불어와 발목 주위에 작은 모래 폭풍이 일자 그는 하느님에게 말을 걸었다. 성공회의 스트래턴 신부가 한다는 식으로 무릎을 꿇고 십자가를 그으며 의례적이고 냉담한 태도로 말하는 것이 아니었다. 그는 똑바로 앉았다. 두 손을 모아(한 손은 모래가 묻어 깔끄럽고 다른 손은 매끈했다) 열심히 비비며 말했다. 기도하는 아버지의 모습을 저도 모르게 흉내냈다. 죄인의 심장에서 떠들어대는 온갖 잡상인들의 목소리 사이에서 순수하고 타락하지 않은 하느님의 말씀을 듣기 위해 애쓸 때면 아버지는 온몸을 비틀곤 했다.

"주여," 그는 피리처럼 높은 목소리로 크게 말했다. "당신이 인간으로 태어나신 날을 기리기 위해 주의 신도들이 푸딩을 먹기를 바라신다면 이 가엾은 탄원자에게 징표를 보여주옵소서."

그는 눈을 꼭 감았다가 얼른 떴다. 무엇을 기대했던 걸까? 천사? 친구인 토미 크라우처는 천사를 본 적이 있다고 주장했다. 키가 3미터나 되어서 외양간 지붕 위로 우뚝 솟은 머리를 그의 어머니도 보았다고 했다. 오스카를 데려가 천사가 남긴 징표를 보여주었다. 세 개의 자갈이 삼각형 모양으로 놓여 있었다. 토미는 그것이 '성부'와 '성자'와 '성령'을 나타낸다고 말했다. 오스카는 토미 크라우처의 말을 믿지 않았지만, '따라야 마땅한' 수학적 상징인 그 징표를 막상 보고 나니 마음이 바뀌었다.

하지만 크리스마스의 해변에는 아무런 징표도 없었다. 그저 남쪽의 금빛 단검이 아주 약간 환해진 게 다였다.

그는 투덜대며 양손을 비볐다. 아까 맞은 귀가 아직도 얼얼했다. 입 안에는 토사물 맛이 남아 있었지만, 그가 기억하는 것은 자두, 건포도, 체리, 소기름, 그리고 달걀노른자와 유크림으로 만든 커스터드였다. 그것은 사탄의 열매가 아니었다. 우상숭배자가 먹는 살이 아니었다.

"주여, 당신의 신도들이 푸딩을 먹는 것이 당신의 뜻이라면 저를 내리치옵소서!" 기도하는 그의 입술 사이로 고른 치열이 드러났다.

그는 기도실의 모래 회랑 주위로 팔다리를 비틀었다. 고개를 드니 아버지가 바다에서 거의 다 나왔다. 오스카는 버둥대며 일어났다. 무릎에서 딱 소리가 났다. 처음에는 왼쪽이, 그다음에는 오른쪽이. 순종적인 아들은 죄책감을 느끼며 아버지가 포획한 작은 생물들을 받아들려고 달려갔다. 말미잘, 연약한 흰 촉수를 가진 앤시아*, 붉은 현수막을 두른 덜스**, 어쩌면 매끈한 초록색 새우, 아니면 연약하지만 살아 있는 꽃, 하느님이 존재한다는 증거, 상앗빛 장밋빛 오렌지빛 혹은 자수정빛 속에 깃든 기적.

그는 팔을 마구 흔들고 다리를 어색하게 차며 달려갔다. 탄 토스트 색깔의 번쩍이는 방수복과 물이 뚝뚝 떨어지는 모직 스웨터에 감싸인 아버지가 코가 퍼레진 채 머리칼이 들러붙고 입술이 붉은 포세이돈처럼 물에서 나왔을 때, 그는 형편없는 운동신경에도 불구하고 파도가 쉭쉭대는 바닷가에 다다랐다. 바로 그때, 그가 묵직한 양동이들을 받아들려고 무릎을 꿇고 밧줄을 풀 때, 아버지의 몸에서 얻어맞은 자국을 발견했다.

티오필러스의 이가 맞부딪치고 팔다리가 후들거렸다. 허벅지의 상처에서 붉은 피가 흐르고, 박물학자의 바위용 끌이 여전히 손에 들려 있었다. 바닷물에 연신 피가 씻겼지만 인위적이리만치 선명한 붉은 꽃

---

* 말미잘의 한 종류.

** 식용 홍조류.

이 푸른 서지 직물을 뚫고 피어올랐다.

오스카는 더이상 화가 나지 않았다. 그는 양동이를 내리며, 자신이 시작한 것에 두려움을 느꼈다.

6
성공회 교회

휴 스트래턴 신부는 기도하고 있는 오스카를 보았다. 아이가 기도중이라는 것은 몰랐다. 골짜기 꼭대기의 오솔길 굽이에 서 있는 소년은 기다랗고 파리한 양 손목 끝에 물이 찔끔찔끔 흘러넘치는 양동이를 하나씩 걸고 있었다. 입술은 움직이지 않고 '내면의' 목소리로 기도하고 있었다. 아버지가 죽지 않게 해달라고 빌었다. 가슴이 싸늘해지며 죄어들었다. 팔의 고통은 양동이와 상관없는 듯했다. '오 주님, 아버지가 통탄할 착각에 빠져 있다 할지라도 부디 구원해주옵소서. 아버지의 피가 당신이 주신 벌로 독에 감염되지 않게 하소서. 무지하다 하여 목숨을 앗아가지 말아주옵소서. 우리 인간을 위해 돌아가신 주 예수그리스도여, 아버지의 눈에서 비늘을 벗겨 참된 빛을 보게 하옵소서. 지옥에 떨어지지 않게 하옵소서. 천국의 성인과 함께 앉게 하옵소서.' 그는 자신을 위해서는 기도하지 않았다. 하지만 기도의 날실과 씨실 사이로 자꾸 딴생각이 끼어들었다. 잡념을 몰아내려 했지만 소용없었다. 조그마한 손잡이가 달린 소나무 관에 누워 있는 아버지가 보였다. 윌리엄스 부인이 짐을 꾸리고 있는 모습이 보였다. 그녀는 '양로원'에 들어갈 것이다. 그렇게 되리라고 전에도 겁을 주었다. 그는 그녀를 고용할 만한 돈이 없었다. 모두 이기적인 잡념이었다. 그는 그것들을 몰아냈다. 마음을 회당처럼 순결하게 다졌다. 그리고 다시 시작했다.

이렇게 기도중이라는 것을 휴 스트래턴이 알 리 없었다. 그저 양동이를 든 소년이 보일 뿐이었다. 등이 아파왔다. 좌골신경통이 도졌다. 통증이 허벅지를 타고 내려가 종아리까지 저릿했다. 왼쪽 엉덩이와 왼쪽 고환이 욱신거렸다. 그는 소년에게서 남다른 특색을 보지 못했다(천사나 도자기 인형이 연상되지도 않았다). 그저 양동이를 든 채 길을 막고 있는 소년이 보였고, 그 아이가 몇 안 남은 신도를 빼앗아간 자의 아들이라는 점만이 떠오를 뿐이었다. 천연두처럼, 흑사병처럼, 티오필러스 홉킨스는 한 번에 한 가족씩 신도석에서 앗아갔다.

스트래턴 신부는 자신이 모든 사람을 좋아한다고 생각했다. 개인적으로 어떤 고난을 겪을지라도 다양한 관점을 살펴 공정해지려고 노력했다. 하지만 우렁차고 리드미컬한 목소리로 문맹인 시골 일꾼들을 홀려 데려간 그 유명한 티오필러스 홉킨스만은 견딜 수 없었다. 이제 남은 신도라곤 지극히 보수적인 성공회 교도 두 가족과 대지주에게 적대적인 늙은 선동가뿐이었다. 작년 부활절에 걷은 헌금이 2실링 6펜스 반 페니였다. 석탄을 잔뜩 때느라 7실링 6펜스를 썼건만.

헤나컴은 성공회의 구멍이자 구덩이였다. 수렁이었다. 성공회라는 바퀴가 늦게 들어온 시골에서의 '삶'은 거의 삶 같지도 않았다. 썰매가 달리면 달릴수록 길이 점점 깊이 패어 태양으로부터 멀어지는 곳이었다. 그는 붉은 진흙이라면 지긋지긋했다. 접착제처럼 부츠에 쩍쩍 들러붙었고, 걸음을 옮길 때마다 왼쪽 다리가 쑤셨다. 절벽에서 올라오는 상승기류를 타고 붉은등말똥가리 두 마리가 날아올랐다. 20미터도 채 떨어져 있지 않았지만 휴 스트래턴은 알아채지 못했다. 그는 좁은 길에서 꿈쩍도 않는 소년을 빙 돌아 지나갔다. 휴 스트래턴은 무례함에, 심지어 적대감에도 익숙했다. 그는 소년이 일부러 길을 막고 있다고 짐작했다.

좁은 등에 순무 포대를 짊어진 그는 절뚝거리는 말을 끌며 가고 있었다. 말이 포대 무게를 견디지 못했던 것이다. 그는 소년을 돌아서 갔다. 포대가 오스카의 어깨를 치는 순간 말이 소년을 가시금작화 덤불로 밀었다. 휴 스트래턴은 소년이 비틀대는 모습을 보지 못했다. 그저 등이 아프다는 생각뿐이었다. 크리스마스 날에 인사를 주고받거나 다른 사람들 '눈에 띄지' 않고 싶었다. 주여, 부디 용서하소서. 우리집 가금류를 먹는 이웃들에게 건강을 주시고 저를 용서해주옵소서.

마흔 살인 휴 스트래턴은 키가 크고 등이 약간 구부정했다. 둥그스름한 뺨과 작고 뾰족한 턱과 느슨하게 늘어뜨린 모래색 앞머리로 인해 멀리서 보면 싱그러운 사과 같은 젊음이 느껴졌지만, 가까이에서 살펴보면 버터드 럼으로도 달래지 못할 고통과 실망의 미세한 흔적이 얼굴에 고스란히 드러났다. 그는 평판이 좋은 침례교도 대지주가 다스리는 지역에 임명된 성공회 신부였다. 이런 상황은 그의 지위를 약화시켰고 경제적 사정도 빈궁하게 만들었지만 절망적일 정도는 아니었다. 심지어 런던에서 온 티오필러스 홉킨스가 신도들을 빼앗아갔는데도 스트래턴은 그럭저럭 먹고살 수 있었다. 사제관에 사만 제곱미터가 넘는 비옥한 목초지가 딸려 있었기 때문이다. 하지만 그는 농사에 소질이 없었다. 그나마 아내는 좀 나았으나 그래 봤자였다. 그녀는 런던농업학회의 학술지를 읽었다. 복합 종자와 비료 조파기에 관해 열성적으로 서신을 주고받았다. 하지만 아무 소용 없었다. 우푯값을 내기가 버거웠고, 그가 짐을 들다가 등을 다치거나 귀리가 제대로 자라지 않거나 암퇘지가 유산을 하는 등 위기가 끊이지 않았다. 오늘은 딱 시장에 내다 팔기 좋게 토실토실 살이 오른 가금류들이 병이 나 죽어버렸다. 한 마리당 9페니는 받을 수 있었는데. 그는 손해를 감당할 수 없었다. 하느님 부디 용서하소서. 그는 멀쩡한 닭인 양 멱을 따고 털을 뽑았다. 그러느라 안식일을 어겨야 했다. 음울한 오전 예배가 끝나자마자 손질한 가금류를 들고 선물인 척 대지주의 저택으로 가져갔다. 물론 물물교환을 하려는 것이었지만 크리스마스 날인 만큼 아닌 척해야만 했다. 그는 부엌문으로 갔다. 그들은 침례교도였다. 그들은 거래 때문이 아니라 크리스마스 날 거래를 하는 행동 때문에 그를 비웃었다. 이게 선물이 아닌 건 그들도 알고 있었다. 요리사는 답례로 순무를 주었다. 그는 더 나은 것을 바랐었지만 선물 교환인 척하는 이상 흥정을 할 수도 없는 노릇이었다. 그는 죽은 가금류가 안전할지 걱정되었다. 대지주의 식솔들이 병에 걸리지 않기를 빌었다. 대지주는 높다란 모자를 쓰고, 하이칼라 안에 머플러를 두르고 있었다. 기다란 회색 머리가 귀를 덮었다. 흔들림 없이 정면을 똑바로 응시하는 그의 눈초리는 악마도 쫄게 만들 정도였다. 그는 식중독을 참아 넘기지 않을 것이다. 코는 넓적하고 콧

구멍은 거만하게 들려 있었다. 엄하고 화통하고 친절한 그는 식솔들이 식중독에 걸린다면 성공회 교도의 얼굴에 '비국교도'의 채찍을 휘두르고도 남을 것이다.

휴 스트래턴은 절뚝거리는 말을 앙상한 느릅나무 아래 가파른 오솔길로 이끌었다. 그의 눈에는 숲의 아름다움이 전혀 들어오지 않았다. 늘어진 검은 나뭇가지 사이로 세인트앤교회의 노르만양식 탑이, 약간 왼쪽으로 사제관의 높이 솟은 초가지붕이 보였다. 회색 돌벽은 이끼와 지의류와 바위채송화로 덮여 있었지만, 그는 오리얼*에서 막 내려와 평화로운 시골생활과 '받들고 다스릴지니'라고 새겨진 정원의 작은 해시계에 매혹되었던 총명한 사람이 더이상 아니었다. 초가지붕은 잔뜩 썩고, 벽은 여기저기 물이 샌다는 것을 잘 알았다. 그의 머릿속은 돈 생각뿐이었다. 아울러 돈을 어떻게 벌 것인가도.

* 옥스퍼드대학의 칼리지.

7
청진기

등받이가 없는 삼발이 의자는 오스카가 잠을 자는 다락방의, 얇은 칠이 벗어져 떨어지는 비스듬한 하얀 벽에 붙어 있었다. 다락방에 가구라곤 거의 없었다. 철제 간이침대, 자잘한 헝겊을 엮은 깔개, 작은 알코올램프가 다였다. 하지만 공기가 건조하고, 오래된 향기로운 목재에서 달콤한 수액 냄새가 배어나왔다. 데번 참나무로 만든 의자로, 전체적으로 거무스름하지만 이백 년 동안 이 작은 집에서 사람 손에 잡히고 흔들리고 놓이면서 다리 중간이 벌꿀 색깔로 반질반질해졌다.

아침에 오스카가 의자 위에 올라서서 잠옷을 끌어올리면 아버지는 청진기로 그의 가슴을 검사했다. 그는 왜 의자가 필요한지 의문을 품은 적이 없었다. 아버지가 습관적으로 해온 일들의 다른 여러 면에 대해 의문을 품게 된 지금도 마찬가지였다. 그는 의자 위에 올라섰다. 플란넬 잠옷을 끌어올리자, 미숙한 젊은이가 빗살수염벌레*를 찾듯 아버지는 걱정스레 그의 가슴을 톡톡 두드렸다. 잠에서 깨자마자 맨 처음 하는 일과였다. 방광이 꽉 차 있기 일쑤였다. 성기가 단단해져 있을 때도 있고, 아닐 때도 있었다. 단단한 성기의 기능에 전혀 관심이 없었기에 그는 당황하지 않았다.

오스카가 잠옷을 들어올리고 있는 동안 아버지는 성기 주위에 자라나는 연한 적갈색 털을 관찰했다. 박물학자의 눈으로 관찰했지만, 단지 그것 때문만은 아니었다. 그는 음모의 출현이 달갑지 않았다. 음모와 함께 인생의 큰 어려움도 찾아올 것이니.

의자는 또한 깊은 밤 오스카가 잠들었을 때도 사용되었다. 그 시간이면 티오필러스의 눈은 피로하고 손가락은 글을 쓰느라 뻣뻣해졌다. 계단 꼭대기에 있는 그의 서재(오스카의 교실이기도 했다)는 다락방과 마주하고 있었다. 새벽 두시면 그는 신발을 벗고 섬세한 노란 양말에 나무 가시가 박히지 않도록 발꿈치를 들고 복도를 가로질렀다. 그러고는 의자를 들어 아주 조용히 아들의 침대 곁에 놓았다.

그는 가만히 앉아 아들의 숨소리에 귀를 기울였다.

아침이면 청진기로 아들의 가슴을 검사했다. 폐는 깨끗했다. 언제나 깨끗했다. '종소리처럼 맑구나'라고 말했지만 마음의 평화를 느끼지는 못했다. 소년의 어디가 잘못되었다고 하느님이 말했던 것이다. 그가 들은 것이 과연 하느님의 목소리였느냐고 물을 수도 있겠지만, 어쨌든 이 문제는 그냥 넘어가자. 홉킨스 부자가 하느님이라고 부르는 것에 다른

* 이 곤충의 울음소리가 죽음의 전조라는 속설이 있다.

이름을 붙일 수도 있으리라. 뭐라고 부르든 상관없다. 티오필러스에게 그 목소리는 하느님이었다. 두려움, 양심, 뭐라 부르든, 그에게는 명확했다. 어쨌든 소년의 가슴은 그 누이의 가슴과 똑같이 생겼다. 티오필러스의 백일몽 속 꽉 막힌 배수구에서는 딸애의 작은 폐포에 든 액체가 여전히 꾸르륵거렸다.

작은 의자에 앉은 그는 오리털 이불을 오스카의 작은 턱까지 끌어올려주었다. 손톱을 물어뜯은 흔적이 있는 손이 이불을 걷어내면 티오필러스는 빙그레 웃었다. 불안감에도 불구하고 이불을 다시 고쳐 덮어주지는 않았다. 하얀 플란넬 잠옷 차림의 아들은 따뜻한 우유 같은 숨을 쉬었다. 고민에 빠진 아들의 마음 상태를 드러내는 흔적은 어디에도 없었다. 지금 아들은 아버지가 틀렸다고, 그저 푸딩만이 아니라 다른 많은 것도 잘못 알고 있다고 믿는데도.

하지만 티오필러스는 사후 세계에 대해 일말의 의심도 없었다. 그의 근심거리는 현세였다. 아들을 '앗아갈까봐' 두려웠다. 하느님에게 제발 아들을 데려가지 말아달라고 간청했다. 아무 응답이 없었다. 그는 그래야 한다면 응당 인내할 터였다. 그의 하느님이 욥처럼 온몸을 종기투성이로 만들어도 그는 인내할 터였다. 하느님은 딸 세라와 아들 퍼시와 사랑하는 아내를 데려갔다. 견디기 힘든 고통이었지만 그는 인내했다. 인내하지 못할 것은 없었다. 사자의 이빨도, 순교자가 겪는 고문도, 영원 앞에서는 한낱 벼룩에 물린 상처에 지나지 않았다.

그는 스스로를 나약한 인간, 감각론자라고 여겼다.

때때로 침대에 누워 아들을 안고, 깨끗이 감은 머리칼에 코를 박고, 새처럼 연약한 아들의 몸을 인간 새장처럼 감싸서 해악으로부터 보호하고만 싶었다. 이 얼마나 큰 자만이고 오만이란 말인가, 그는 생각했다.

오스카는 이미 하느님의 자녀였다. 선택된 사람들 중 하나였다. 구원의 진리가 거룩하게 그에게 임하지 않았던가. 하느님의 손을 단단히 잡았으니 지옥불로 내던져질 리 없었다. 이 모든 은혜가 아들에게 주어졌다.

마지막 생각에 이르자 티오필러스의 몸에서 긴장이 풀렸다. 가슴과 팔뚝의 근육에서 힘이 빠지고 깊은 숨을 규칙적으로 쉬었다. 산소가 공급되면서 선명하고 짙은 붉은색으로 변해가는 혈액이 마음의 눈에 보였다. 기지개를 켜자 지금껏 꽉 쥐고 있던 손가락에 피가 돌면서 얼얼해졌다.

이 얼마나 놀라운 하느님의 기적인가.

그는 아들에게로 몸을 숙여 이마 위 허공에 입을 맞춘 뒤, 무뚝뚝하고 자기 일로 분주한 티오필러스 같은 남자가 가장 여린 감정에 못 이겨 일종의 춤을 출 때면 흔히 그러하듯 살짝 과장되고 우스꽝스럽게 발끝걸음으로 걸어갔다.

8
이교도의 표시

그곳은 데번주 토키 근방이었다. 티오필러스가 그랬듯이 그곳이 거의 열대에 가까운 지역인 척하는 것은 멜버른의 특정 지역을 '콜린스 거리의 파리 구역'이라고 부르는 것과 마찬가지다. 파리에 가본 적이 없다면 그러려니 하겠지만, 한 번이라도 가보았다면 이런 표현이 그저 단순한 소망에 지나지 않는다는 사실을 알 수 있다.

데번주를 찾아간 내 눈에 열대다운 것이라곤 하나도 안 보인다. 오히려 그런 작은 고장에 그토록 광대하고 무심한 하늘이 펼쳐져 있어 놀랄 뿐이다. 데번주는 혹독하고 추운 지역처럼 보인다. 황무지에 요상하게 놓인 바위들을 보면 무지와 가난이, 추위가, 한결같이 추위가 떠오른다.

하지만 오스카는 벨린저강을 본 적이 없었고 '거의 열대'에 가까운 지역에서 살다니 대단한 행운이라는 아버지의 주장을 믿어 의심치 않았다. 농부와 어부의 아들들이 쫓아다니며 놀려대거나, 대지주네 요리사의 아들이 억지로 돌을 먹이는 것은 문제되지 않았다. 이곳은 지상천국이었다. 그들은 런던 신문을 하루 늦게 받았다. 서리 때문에 시들지 않은 도금양과 푸크시아*를 보며 그들은 흡족해했다.

티오필러스의 신자들 중 반은 부활절 아침에 태양이 춤을 추며 솟는다고 여전히 믿었으며, 많은 이들이 그 태양과 더불어 춤을 추는 양을 보았다고 주장했다. 이곳에서는 여전히 동지에 어린 수탉을 제물로 바쳤다. 티오필러스는 벌거벗은 남자아이를 사과나무 위에 앉히고 사과주에 적신 토스트를 먹여 취하게 만드는(그는 그렇게 짐작했다) 축제를 기록한 바 있었다. 그는 이교도의 어둠을 찾아 이곳에 온 게 아니었다. 해양생물을 연구하려고 왔지만 정작 부활의 기적을 증언해야 했다. 자신을 둘러싼 어둠의 깊이와 복잡성에, 유구한 전통의 날실과 지금도 살아서 벌떡대는 씨실에 그는 종종 경악했다.

어느 날 아침 길바닥에 그려진 이교도의 표시를 발견한 그는 수첩에 기록했다.

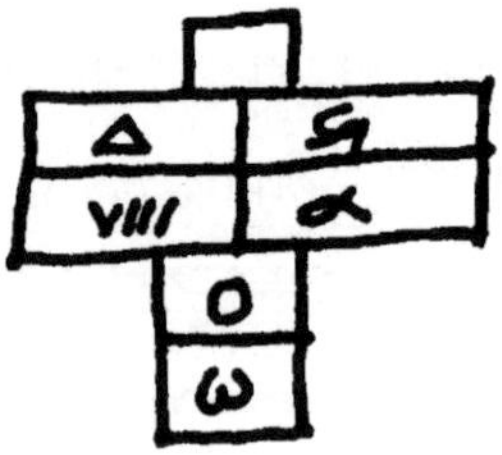

* 둘 다 열대가 원산지인 꽃.

티오필러스는 과학적 정신에 입각해 기록하는 것이라고 생각했다. 정확한 비율대로 꼼꼼하게 베껴 그리긴 했지만 감정 없이 냉철한 관찰은 아니었다. 표시를 보니 덜컥 겁이 났다. 축제 때 십자가에 매달린 예수를 조롱하는 광경을 보았을 때처럼 지금 그는 신성한 십자가에 대한 이교적인 모독을 목도했다.

이대로 내버려둘 수는 없었다. 반격해야만 했다. 하지만 어디에다 반격해야 할지 몰랐다. 그는 술집에서 마땅한 누군가를 찾아낼 수 있으리라는 생각에 기운차게 몰리까지 한달음에 걸어갔다. 그가 염두에 둔 사람은 사냥터지기였다가 지금은 교회지기가 된 바거스였다. 하지만 몰리의 스완에 가보니 텅 비어 있었다. 뒤돌아나온 그는 들판을 가로질러 6킬로미터나 걸어 되돌아갔다.

티오필러스는 허비한 시간 때문에 속이 상했다. 그의 책 『데번의 산호』에 실릴 삽화를 한창 작업중이었다. 마감을 지키려면 매일 두 개씩 그려야 했다. 오늘은 신성모독적인 표시 하나 빼고는 아무것도 그리지 못했다. 헤나컴의 울타리계단*을 헉헉대며 오르니 개울을 가로지르는 자그마한 돌다리에 앉아 있는 바거스가 보였다. 그는 미신을 믿지 않았지만 이런 '우연'에 당혹스러웠다.

티오필러스는 어떤 종류의 힘이 작용했다고 인정했다. 노인이 이를 알았더라면 대단히 놀랐으리라. 일흔 살이 넘은 바거스는 키가 작고 가슴이 떡 벌어지고 붉은 뺨 아래 눈처럼 하얀 턱수염을 삽 모양으로 길렀다. 다른 이의 호감을 사는 것을 인생에서 무엇보다도 중요하게 여기

---

* 사람만 지나가고 가축은 드나들지 못하도록 울타리에 설치된 계단.

는 사람으로, 그 점에서는 대체로 성공적인 삶을 살아왔다.

신사가 수첩을 내밀기에 그는 받아들었다. 그 표시를 그린 그림을 본 뒤 다른 그림들도 살폈다. 양치류와 가시금작화와 일찍 핀 바이올렛과 맛좋은 다시마를 그린 멋들어진 스케치에 감탄하고는 미소 지으며, 하지만 어리둥절해하며 수첩을 돌려주었다.

"훌륭하군요." 그렇게 말한 바거스는 파이프에 담배를 채워넣기 시작했다. 마지막 남은 담배는 술집에서 피울 요량으로 아껴두었던 것이지만 마음이 영 불편했다. 해골같이 히죽거리는 상대방에게 어떻게 응대해야 할지 알 수 없었다. 저런 웃음은 생전 처음 보았다. 그는 담배를 채워넣으며 생각했다. '대체 날 보며 왜 저딴 식으로 웃는 거지?'

그는 고개를 들고, 눈을 약간 가늘게 떴다. 마치 그렇게 하면 그 웃음의 의미가 분명해지기라도 하듯. 해가 진 뒤라 날씨가 빠르게 쌀쌀해지고 있었다. 그는 그 사실에 대해 몇 마디 했다.

티오필러스는 수첩을 탁탁 두드리고 돌다리에 발을 굴러 부츠에 묻은 진흙을 떨어내면서도 여전히 웃고 있었다. "이게 무슨 뜻인지 알겠나?"

"짐작도 못하겠군요."

"십자가일까?"

"아, 네. 아무렴요." 아이들의 장난 같다고 생각했던 바거스는 그냥 그렇게 대꾸했다.

티오필러스는 불쑥 작별인사를 했다. 바거스의 말을 전혀 믿지 않았다. 그는 이교도였다. 운구 행렬을 이끌고 세인트앤교회의 화강암 십자가 주위를 세 번 돌기를 좋아했다. 관 앞에서 푸른 눈을 이글거리며 삽을 앞으로 내밀었다 내렸다 하며 걸었다. 그가 모르겠다고 대꾸했을 때 티오필러스는 그 말을 그가 잘 알고 있다는 확실한 증거로 받아들였다.

하지만 바거스가 이 표시를 그린 것은 아니었다. 그는 파이프에 여전히 불을 붙이지 않은 채 몰리의 스완을 향해 들판을 천천히 가로지르고 있었다. 티오필러스는 누가 이 표시를 그렸는지 짐작도 못한 채 수첩을 집어넣었다.

윌리엄스 부인의 짐작은 한층 정확했다. 이틀 후 그녀는 몰리의 우체국으로 가던 중 이제 이 고장에서 '마녀의 표시'라고 알려진 것을 맞닥뜨렸다. 커다란 엉덩이에 하얀 앞치마를 걸친 모습으로 기다란 붉은 언덕을 시근거리며 서둘러 오르고 있었다. 그녀는 어디서든 앞치마 차림이었다. 몰리 사람들은 그녀를 '간호사'라고 불렀다. 그녀는 그 호칭에도 개의치 않았다.

오스카는 그녀와 함께 가며 마을까지 걸음 수를 세고 있었다. 약간 뒤처져 옆에서 걸어가며 뾰족한 막대를 길바닥에 끌어 여정의 흔적을 남기고 있었다.

윌리엄스 부인은 가만히 서 있는 것을 질색하는 사람이었다. 가만히 있기란 거의 불가능에 가까웠다. 어머니의 자궁으로 뛰어들어 들썩거린 이후로 줄곧 뛰고 들썩거렸다. 하지만 그 표시를 맞닥뜨렸을 때는 한참을 가만히 서 있었다.

오스카가 느닷없이 상징들을 앞뒤로 뛰어넘으며 춤을 추지 않았더라면 그녀는 그의 얼굴을 유심히 보지도 않았을 것이고, 오스카의 짓이라고는 꿈에도 생각지 않았으리라. 그는 상징을 깡충 뛰어넘는 동시에—두 가지 목표가 상충되게—발꿈치를 끌어 자국을 내려 했다.

"사방치기." 그가 새된 목소리로 말했다.

그때 그녀는 그의 얼굴을 보았다. 새빨갰다. 뺨은 판판하고, 마치 실로 당기듯 윗입술이 팽팽히 늘어나 있었다. 그는 그녀와 눈을 마주치지 않았고, 그녀는 불현듯 아주 묘한 기분이 들었다.

9
돌 던지기

물론 그 '마녀의 표시'를 남긴 것은 오스카였다. 그것은 하느님의 참된 뜻을 헤아리기 위해 그려진 배열이었다.

Δ는 티오필러스를 상징했고, 따라서 그는 오스카가 지금껏 의문 없이 받아들인 플리머스 형제회와 그 모든 엄격한 신앙 체계에 따라야 한다는 계시를 의미했다.

이것은 푸딩을 먹으면 지옥에 떨어진다는 징표였다.

'Sq'는 침례교도를 상징했는데, 이 고장의 대표적 침례교도인 대지주Squire의 약자였다. 오스카는 침례교도가 저주받았다고 믿으며 자랐다. 하지만 아버지를 내리친 것으로 보건대 하느님은 침례교도를 더 좋아하는지도 몰랐다. 그 표시는 이를 직접 묻기 위한 방법이었다.

VIII은 헨리 8세의 8로, 종교개혁에 대한 간접적인 언급이었다. 가톨릭교회가 적그리스도의 창조물이 아니라 유일하게 참된 교회라는, 믿어지지 않는 가능성에 살짝 문을 열어둔 것이다. 나중에 오스카는 기호가 너무 뻔한 것이 두려워 X를 덧붙여 XVIII로 읽히게 만들었다.

α는 'A' 즉 성공회Anglican를 상징하는 기호였다. 성공회는 아예 염두에 두지도 않았지만 빈칸에 달리 넣을 것이 없었다. 성공회는 바깥세상에서는 막강했지만, 이곳 헤나컴에서는 동정의 대상이었다. 스트래턴 신부를 구원이라는 험난한 길을 이끌어줄 적절한 안내자로 여길 사람은 아무도 없었다. 그는 심지어 닭털도 제대로 못 뽑아 살을 찢어발기곤 했다.

오스카는 네 칸을 완성한 뒤 사각형 두 개를 '꼬리'에 덧붙여 아이들 장난처럼 보이게 했다. 첫번째 칸은 아무것도 아니기에 '0'을, 두번째 칸은 끝에 자리해서 ω를 그려넣었다. 그러고는 계시록 1장 8절의 알파α와 오메가ω가 우연히 인용된 것을 보고 이것이 결코 우연이 아님을 알았다. 다른 이들은 우연이나 우연의 일치라고 하겠지만 그는 이것이 하느님의 말씀이자 축복임을 알았다.

그는 위쪽에 사각형 하나를 더 그린 후 빈 채로 남겨두었다. 그리하여 성스러운 형태가 만들어졌다.

처음 그린 표시는 바로 아버지가 수첩에 기록했던 그 그림이었다. 오스카는 골짜기가 시작되는 서쪽 자락 위쪽의 좁은 오솔길에 표시를 그렸다. 담쟁이덩굴로 뒤덮인 채 반쯤 썩어들어간 낡은 나무 벤치 근처에 표시를 그리던 그의 몸이 부들부들 떨렸다. 오후 세시경이었는데, 이미 사방이 어둠에 잠기다시피 했다. 북풍이 불어댔지만, 그래서 몸이 떨리는 것은 아니었다. 말 그대로 영원의 가장자리에 위태롭게 서 있는 듯 느껴졌다. 가랑잎이 무리 지어 오솔길을 가로질러 달리다 뿔뿔이 흩어졌다. 그는 열다섯 살이었다. 그의 마음은 죽음과 천벌과 천국으로 가득했다. 바닷가에 널린 수많은 돌 중에서 특별히 고른 노란 돌로 표를 그렸다. 우유 들통을 씻으러 아래쪽 개울로 가던 길이었다. 개울물이 바위에 부딪히는 소리가 바람에 실려왔다. 소년은 특별한 돌로 선을 그었다. 길이가 4센티미터도 채 안 되는 돌은 그의 얼굴처럼 약간 하트 모양이었다. 그는 이 우연의 일치를 알아차리지 못했다. 어쨌든 우연의 일치라는 개념을 믿지 않았다. 쪼그려앉아 표를 그리며 뒷걸음치는데 이가 맞부딪쳐 딱딱거렸다.

상징을 다 그려넣은 뒤 오메가가 적힌 칸에 뒤꿈치를 댄 채 등지고 서자 바다 냄새가 풍겼다.

그는 입술을 움직이지 않고 소리 없이 사사기 구절을 읊었다. "정말로 제가 눈에 드셨거든, 저에게 이렇게 말씀하시는 분이 당신이라는 징표를 보여주십시오."

바람에 빗방울이 날려왔다. 얼굴이 따끔거렸다. 그는 노란 돌을, 자신의 '바윗덩이'를 들어 어깨 너머로 던졌다.

돌은 알파에 떨어졌다.

그는 어깨를 숙이고 가만히 돌을 응시했다. 무거운 마음으로 한참을 그렇게 서 있었다. 이것이 진실일 리 없었다. 하지만 진실임이 분명했다. 이게 진실이라면 그는 아버지의 집에서 살 수 없었다. 성공회 교도의 집에서 살아야 했다. 그는 재빨리 몸을 숙여 돌을 주머니에 집어넣었다.

그는 아버지의 재킷과 똑같은 재질의 탄 토스트 색깔 방수 롱코트를 걸치고 있었다. 다른 천을 잘라 붙인 주머니들은 땅바닥 가까이 달려 있었다. 그는 주머니에 다른 뭔가가 있을까 싶어 뒤져보았지만 손이 바닥에 닿지 않았다. 아랫단 근처 주머니에 손을 집어넣은 채로 소년은 어색하게 걸어가 담쟁이덩굴로 뒤덮인 벤치 끝에 걸터앉았다. 우유 들통이 개울로 굴러떨어지는 소리가 들렸다. 소년은 주머니를 끌어당겼다. 손수건 뭉치가 잡혔다. 꺼냈다. 이어서 연필이, 마지막으로 두툼한 수첩이 나왔다.

빗줄기가 거세지자 그는 방수 코트 단추를 끄르고 옷자락을 앞으로 잡아당겨 일종의 텐트를 만든 뒤 결과를 기록했다. "첫번째 월요일 오후. 공현대축일*: 알파." 그리고 수첩과 연필과 '바윗덩이'와 손수건 뭉치를 주머니에 넣고 '사방치기' 그림을 대충 문질러 지운 뒤 우유 들통을 찾으러 비탈을 부랴부랴 내려갔다. 바들바들 떨며 들통을 후다닥 씻고는 썩은 낙엽과 잡풀 때문에 바닥이 무르고 미끄러운 비탈을 기어올라 길에 들어섰다.

걸음 수를 세며 집으로 달려갔다. 성공회 사제관을 지나쳐야 했다. 무릎에서 딱딱 소리가 났다. 무릎과 비 때문에 소년은 인상을 찌푸렸다. 차가운 석회석으로 만들어진 깨끗한 집의 난롯가에서 차분하고 어른스러운 태도로 유명 살인사건에 대해 아버지와 상세히 토론하며 윌리엄스 부인을 겁주던 때로 돌아가고 싶었다. 그때 부자지간은 더없이 가까웠다. 그러다가 아버지가 그를 와락 끌어안고 뺨에 턱수염을 비벼대면 오스카는 깔깔 웃으며 바르작댔다. 이를 '마른 면도'라고 불렀다.

---

* 1월 6일. 동방박사들이 아기 예수를 만나기 위해 베들레헴에 온 것을 기리는 기독교 축일.

사랑의 표현이었다.

하지만 하느님은 알파를 선택했다. 이에 대해 아버지와 상의하기란 불가능했다.

표시부터 성공회 사제의 쥐똥나무 울타리까지는 125걸음이었다. 산울타리는 병자의 턱수염처럼 듬성듬성 부러져 있었다. 오스카는 그곳에서 숨을 골랐다. 산울타리 너머로 사제관 뒤편이 보였는데, 성공회 사제 부부가 푸주한의 도움 없이 돼지를 잡느라 고생하고 있었다. 돼지는 지금이 아니라 만성절*이 지나고 몇 주 안에 잡았어야 했다. 그들은 돼지의 뺨에 칼을 꽂았다. 돼지가 새된 비명을 질러댔다. 오스카의 얼굴이 일그러졌다. 성공회 사제가 아내에게서 칼을 받아들었다. 그의 손은 붉었지만 피가 아니라 진흙 때문이었다. 돼지의 온몸을 덮은 미끈거리는 붉은 진흙이 묻은 것이었다. 사제가 여러 차례 칼을 찔렀다. 그의 얼굴은 오스카보다 더 일그러져 있었다. 마침내 돼지의 기도에서 바람이 빠져나가며 쌕쌕대는 소리가 들렸다. 소년이 주먹을 풀자 손바닥의 살 두덩에 초승달 자국들이 나 있었다.

저들이 하느님의 종이라니 말도 안 되었다. 그렇지만 하느님의 종이 틀림없었다.

"야훼께서 사무엘을 부르셨다. 사무엘은 '예' 하고 대답했다."

그 말을 성공회 사제가 들었을 리 없지만, 어째서인지 울타리 너머에 서 있는 소년을 보았다.

"저리 꺼져, 망할 자식, 집으로 가." 스트래턴 신부는 그에게 진흙투

---

* 11월 1일. 모든 성인을 찬미하는 기독교 축일.

성이 전나무 방울을 던지며 말했다.

오스카는 집으로 가서 수첩을 감추었다.

10
거짓 가르침

오스카의 주머니에는 새로운 신성한 '바윗덩이'가 들어 있었다.

맨 처음 '바윗덩이'처럼 노란색이 아니라 황적색이었다. 아버지라면(볼 기회가 있다면 말이다) 해골이라는 뜻의 카푸트 모르툼 색이라고 알려주었을 것이다. 누가 부탁하든 말든 아버지는 모든 것에 이름을 붙임으로써 제 것으로 만들었다. 아버지는 신성한 노란 '바윗덩이'를 찾아냈다. 오스카가 목욕하고 있는데(날씨에 상관없이 야외에서 목욕하는 것이 가풍이었다. 체력 강화를 위해서였다) 아버지가 지하실 문 옆의 판석이 깔린 곳으로 나왔다. 오스카는 커다란 함석 바가지로 차가운 물을 끼얹고는 헐떡대고 입김을 뿜으며 좁은 가슴을 문지르고 발을 굴렀다. 옷을 걸어두도록 벽에 못이 박혀 있었지만 오스카는 우물가에 옷을 걸쳐두기를 좋아했다. 씻으러 밖으로 나온 아버지가 우물가의 셔츠와 반바지를 보더니 셔츠는 못에 걸고 반바지 주머니를 뒤지기 시작했다. 사생활 침해가 아니었다. 그런 개념은 존재하지조차 않았다. 아버지는 아들이 그날 수집한 자잘한 것을 빠짐없이 검사했다. 연구 대상인 물고기의 내장 내용물이라도 되는 양 엄지와 검지로 집어들었다.

수첩은 숨겼지만, 노란 '바윗덩이'는 주머니에 있었다. 아버지는 '바윗덩이'를 자신의 주머니에 넣은 이유를 말해주지 않았다. '압수한다'고 말하지도 않았다. 아무 의견도 보이지 않았다. 그저 가운 주머니에 집어넣었다. 딴 데 정신이 팔려 그런 건지 아니면 트집을 잡으려는 건지 분간이 되지 않았다. 얼굴이 달아오르는 게 느껴진 오스카는 몸을 돌려 어깻죽지가 앙상한 등을 보였다.

기도중에도 '바윗덩이'에 대한 언급은 일절 없었다.

다음날 아침 그 돌은 식탁에 올려져 있었다. 비난의 뜻으로 소년의 자리에 놓여 있었다. 오스카의 심장이 방망이질하듯 뛰었다. 아무래도 들통난 듯했다. 그는 그 지역 어부들이 입는 형태의, 기름을 먹인 저지 천으로 만든 옷을 입고 있었다. 갑자기 옷 안이 무척 덥게 느껴졌다.

"예쁜 돌이구나." 오스카가 식전 감사기도를 마치자 티오필러스가 말했다.

"예, 아버지."

"어디서 찾았니?"

티오필러스는 귀리죽에 설탕을 뿌리고 있었다. 그는 단것을 좋아했다. 기분좋게 설탕을 뿌릴 뿐 그가 사로잡혀 있는 끔찍한 불안은 전혀 내색하지 않았다. 뭔가가 잘못되었다. 끔찍하게 잘못되었다. 딱하게도, 아들과 가까워질 수 있을까 싶어 돌을 빼앗았다. 하지만 지금 뭐라고 말문을 떼야 할지 막막했다. 그가 뱉은 질문은 어리석기 짝이 없었으나 달리 할말이 없었다.

오스카는 그 질문에 대답하고 싶지 않았다. 저의가 깔린 질문 같았다. 설령 액면 그대로 받아들인다 해도 그는 대답할 수가 없었다. 바로 그 돌을 통해 하느님은 아버지가 통탄할 잘못에 빠져 있다고 말씀하셨던 것이다.

아버지는 신앙에서 어떤 질문도 용납하지 않을 사람이었다. 하느님이 그에게 직접 이야기한다고 믿었다. 오스카는 그렇게 착각하는 아버지가 가여웠다. 하지만 아버지에게 왜 그때 다쳤는지를 말해줄 수는 없었다. 하다못해 상상 속에서라도.

오스카는 매일 돌을 던졌다. '바윗덩이'는 Δ가 아니라 α에 계속 떨어졌다. 그는 자신이 돼지였으면 싶었다. 지옥에 떨어지고 말고 할 영혼도 없고, 소시지가 되어 먹힐 운명이 되어 영원의 끔찍한 압박에서 놓여나고 싶었다. 아버지의 눈을 똑바로 볼 수조차 없었다.

아버지는 어디에서 돌을 찾았느냐고 물었다. 오스카는 그의 의도를 알 수 없었다. 그는 차를 저었다. 작은 원탁 옆 창문에 김이 서려 있었다. 바깥에는 갈색 고사리가 안개에 잠겨 있었다.

대답이 없다는 사실을 아버지는 알아채지도 못한 듯했다. 그렇긴 해도 눈이 이상했다. 하느님 아버지, 부디 그의 눈에서 비늘을 벗겨내소서. 지금 당장 비늘을 벗겨주소서.

"이 색의 이름을 아니?"

오스카는 그것에 이름이 붙는 게 싫었다. 아버지가 이제 하려는 행위에 화가 났다.

"인디언 옐로란다."

"감사합니다, 아버지."

윌리엄스 부인이 토스트 꽂이에 빵을 채웠다. 주인의 엄격한 지시에 따라 한 칸씩 건너뛰어 토스트를 꽂았다. 그녀는 그 자리에 있기가 고통스러웠다. 안개에 대해 언급했지만 아무도 대꾸하지 않았다. 누구네 개가 크라우처의 암양을 잡아먹었다고 말해보았으나, 이 소식에도 아무 반응이 없었다. 그녀는 두 사람이 완벽한 가족이었을 때부터 함께 살았다. 팔다리 하나가 잘려나간 듯 백주대낮에 균형을 잃고 꼴사납게 부딪치는 그런 가족이 결코 아니었다. 그녀는 함께 있기가 고통스러웠다. 두 사람의 대화가 들리지 않는 부엌으로 가버렸다.

"인디언 옐로라고 부르는 데는 아주 그럴싸한 이유가 있지." 티오필러스가 토스트 한 조각을 들고 엄지와 검지로 꾹 눌러, 꽂이에 세워져 있었는데도 혹여 축축해지지는 않았는지 세심하게 검사했다. "무척 흥미로운 이유지."

오스카는 고개를 들었다. 하지만 아버지의 눈에 담긴 무언가에 당황했다. 그것은 부드럽게 간청하는 눈빛이었다. 저 검은 턱수염을 기른 굳은 얼굴에 걸맞지도, 어조에 어울리지도 않았다. 오스카는 그 눈빛을 알았다. 전에도 본 적이 있었다. 도깨비불이 그랬다. 달려가면 물러섰고, 껴안으면 양팔 사이에는 허공뿐이었다. 아버지의 마음속 저 부드럽고 다정한 핵심은 결코 잡을 수 없었다.

"내 그림물감통에 인디언 옐로라는 색이 있는데, 이것과 똑같아. 그래서 인디언 옐로라고 한 거란다. 그 색은 좀 별난 과정을 통해 만들지. 쉬야로 만들거든."

오스카는 고개를 들었다. 아버지가 우스꽝스러운 표정을 지었다. 쉬야는 친밀한 단어였다. 평소라면 '소변'이라고 말했을 아버지가 '쉬야'라고 하다니 이상했다. 오스카는 아버지의 부담스러운 눈길을 피해 고개를 숙였다.

하느님 아버지, 부디 제 아버지의 눈을 뜨게 해주옵소서.

하지만 눈을 뜰 리 없었다. 그는 완고하고 자만에 가득차서 하느님의 음성을 듣지 않았다.

하느님 아버지, 제발 저를 성공회에 보내지 말아주옵소서.

"망고나무 잎을 먹은 암소의 쉬야로 만들지."

식탁보는 하얀색이었다. 그 위에, 작은 녹색 설탕 그릇 옆에 노란 돌이 놓여 있었다. 인디언 옐로라고 이름 붙은 그 돌은 이제 쓸모없었다. 오스카는 굳이 돌을 주머니에 도로 집어넣지 않았고, 윌리엄스 부인이 식탁을 치우다가 그 돌을 티오필러스의 수족관에 넣어버렸다.

일주일 후 티오필러스가 다시 쉬야에 대해 말했다. 그래도 이번에는 적절한 단어를 사용했다. 작년에 스케치를 했던 유난히 큼직한 주름버섯의 삽화를 마무리하려 준비하던 차에 이야기를 꺼냈다. 그리스어 작문을 하고 있던 오스카를 아버지가 불렀다. 소년은 잉크로 손이 지저분해지는 작문에서 해방되어 기쁜 한편으로 또 무슨 일이 기다리고 있을지 걱정되었다. 아버지에 대한 사랑은 허락되지 않았다. 소년은 연민으로 무너질지도 모른다는 두려움 때문에 그에게 심적으로 거리를 두었다.

"마녀가 이 식물을 먹는다는 건 너도 알겠지." 티오필러스가 말했다.

오스카는 잉크로 범벅된 손으로 주머니 속 묵직한 새 '바윗덩이'를 더듬어 꼭 쥐었다. 고함을 지르고 싶었다. 아버지의 영혼은 위험에 처해 있어요. 잘못 알고 있는 거라고요.

아버지는 친근하고 익숙했다. 너무 익숙해서 누구에게도 그 얼굴을 묘사하지 못하리라. 그는 형체이자 느낌이고, 아이가 '아빠'라고 부르는 것이었다. 서지 모직물이자 포름알데히드이자 안전한 장소였다.

그는 안전한 장소가 아니었다. 더이상은.

"마녀는 그 식물을 먹은 이의 소변을 마신단다." 오스카는 고개를 들지 않았다. "그러고는 악마와 이야기하지. 아니면 흥분 상태에서 그런다고 착각하거나."

주머니 속 돌이 무거웠다. 너무나 무거웠다. 손을 어찌나 꽉 움켜쥐었는지 돌을 놓을 수가 없었다. 단정한 작은 턱 주위의 근육들이 손의 경련에 반응했다. 그가 안전한 곳은 하느님 안이었다.

여호와께서 사랑하시는 자는 그분 안에 안전하게 쉬게 될 것이다. 그분이 온종일 그를 방패처럼 지키시니 여호와께서 사랑하시는 자가 그분의 어깨 사이에서 쉬고 있구나.*

"이 지역에는 마녀가 여럿 있다지." 티오필러스는 안개 속에서 이야기하고 있는 느낌이었다. 아들은 그를 보려 하지 않았다. "근방에 마녀가 있다는 건 아무래도 사실인 듯싶구나."

오스카는 아버지가 그림을 그리던 도화지의 가장자리를 쓰다듬었다. 모서리는 날카로웠지만 표면은 부드러운 벨벳 같았다.

"너도 그렇게 생각하니?"

---

* 신명기 33장 12절.

"네." 오스카는 고개를 들었다가 아버지의 눈 때문에 겁이 났다.

거짓 예언자를 조심하라. 그들은 양의 탈을 쓰고 다가오지만 속은 사나운 늑대다.*

"그래, 내 생각도 그렇다." 침묵이 이어졌다. 오스카는 아버지가 연필을 뾰족하게 다듬는 소리를 들었다. 연필심의 매캐한 금속성 냄새와 향긋하고 촉촉한 나무 연필밥 향이 풍겼다.

"주름버섯을 먹는 이들이 돌아다닌다는 증거가 길가에 있더라. 너도 그 흔적을 봤니?"

"네."

이어서 티오필러스는 전혀 그답지 않은 행동을 했다. 실제로 본 적도 없는 것을 묘사한 것이다. 아들의 애정어린 관심을 되찾고, 그 초록색 눈이 불안한 기색 없이 자기 얼굴을 마주보게 만들고 싶다는 간절한 갈망 때문에 그는 스마트 잭에게서 들은 이야기를 해주었다. 사냥터지기인 그가 토끼를 팔려고 들렀다가 말씀에 대해 의견을 나누었다.

"맨 위에는 빈 사각형이 있지." 티오필러스가 말했다. "거기다 염소를 제물로 바친단다. 가엾은 동물의 목을 친 다음 우리 구세주를 조롱하기 위해 그 사각형 안에 두지."

또 그들은 진리에서 돌이켜 허황된 이야기에 귀를 기울일 것이다.**

아버지는 일할 때 늘 마시는 차가운 홍차 잔을 들어올렸다. 입이 살짝 열렸다. 혀끝이 보였다. 오스카는 사랑하는 아버지를 보는 동시에, 티오필러스 홉킨스가 극도로 비방하는 사람 또한 보았다. 바로 거짓 가

---

* 마태복음 7장 15절.

** 디모데후서 4장 4절.

르침을 늘어놓는 자였다.

오스카는 돌을 꼭 쥐었다. 목의 힘줄이 손의 긴장을 드러냈다.

그는 주머니에서 손을 꺼내 아버지 앞에 펼쳤다. 바로 눈앞에!

티오필러스는 잉크로 얼룩진 손바닥에서 돌을 집어들었다. 따스했다. 돌을 도화지에 내려놓고 연필로 뒤집었다.

"카푸트 모르템." 그가 말했다.

오스카는 눈물을 터뜨렸다.

11
배교

침례교도 아이들은 그에게 억지로 흙을 먹였다. 그가 불러선 안 되는 노래를 부르도록 강요했다. 수정궁에 전시된 이교도 신상의 판화 그림들을 보여주었다. 아이들은 그의 하얗고 보드라운 피부가 못마땅해 껄끄러운 진흙을 처발랐다.

그는 '이곳' 출신이 아니었다. '저곳' 출신이었다. 그는 자신의 목소리가 싫었다. 티미 크라우처의 부드럽고 성량이 풍부한 목소리를 흉내 내려 했다. 아버지가 아니라 '아아부지'라고 말했지만 집에서는 그러지 않았다.

그의 세계는 얼마나 작았는지. 그는 개의치 않았다. 더 좁은 세계에서 살았으면 싶었다. 두더지나 오소리로 태어났더라면 좋았을 텐데. 높은 구릉지와 바다를 나누는 오크나무와 느릅나무가 뒤엉켜 자라는 숲에서 살고 싶었다. 그곳이라면 바람의 방해 없이 몽상에 잠겨 낙엽과 부엽토와 홀씨와 균류와 뭐라 규정하기 어려운 하얀 생물—엎지른 밀가루처럼 생기고 영혼이 없는—을 들여다보며 몇 시간이고 가만히 서 있을 수 있으리라. 그는 어느 나무 구멍에 어머니에게 보내는 편지를 부쳤다. 올리브색 피부에 뼈대가 굵고 입가에 솜털이 돋은 티미 크라우처가 고안한 특별한 기도문으로 그들은 자신들만의 예배를 드리고, 지옥의 속성에 대해 논의했다. 그의 영역이 표시된 불룩하고 뾰족하니 솟은 지도에서 숲은 큰 자리를 차지하고 있었다. 지도에 마을은 포함되어 있지 않았다. 심부름을 갈 때만 마을에 갔는데, 가급적이면 안전을 위해 윌리엄스 부인을 동반하려고 했다. 그는 개처럼 자기 영역에 대한 확고한 감각을 지니고 있었다. 지도 밖의 지역을 지날 때면, 예를 들어 몰리를 향해 다운스를 가로지를 때면 옆구리가 당기도록 숨이 차오르고 무릎이 딱딱거리는데도 후다닥 달려갔다.

아버지의 집이라는 안전한 장소를 떠나고 싶지 않았다. 세계를 직접 보겠다거나 대영제국의 위대한 모험에 참여하겠다는 야망은 눈곱만치도 없었다. 대영제국은 한 치 앞이 보이지 않는 안개 너머에 존재했다. 그곳 어딘가에는 '디즈레일리'와 '러셀 경'과 '엘긴 경'*이 있었다. 그는 그들을 상상할 수 없었다. 아는 사람이라곤 윌리엄스 부인과 티미 크라우처와 스마트 잭이 다였다.

성공회 사제 부부를 본 적은 있었지만, 그의 삶과는 무관한 사람들이었다. 물론 헤나컴이 성공회 교회인 세인트앤과 사제관을 중심으로

---

* 모두 19세기 영국의 정치가.

지어진 것은 사실이다. 하지만 촌락인 헤나컴은 심이 썩어버린 나무와 같았다. 나무속이 텅 비어 먼지와 거미들만 있었다. 그럼에도 하느님은 소년더러 그 속으로 가라고 했다. 그가 돌의 말을 들으려고 하지 않자 하느님은 몇 번이고 같은 메시지를 전했다. α=성공회.

그렇게 하느님이 말씀하셨다. "가거라." 마음이 전혀 움직이지 않는 권고였다.

그는 하느님에게 성금요일* 전에 떠나겠다고 약속했다. 하지만 하얀 긴 셔츠 차림의 플리머스 형제회 신자들 사이에서 거짓된 믿음으로 부활절을 경축했다. 예배중에 그들에게 성경을 낭독했다. 하느님이 말씀하셨다. "이 위선자야."

부활절이 왔지만, 그렇다고 할 수 없었다. 산벚꽃의 봉오리는 부활절 아침에도 그대로 단단히 닫혀 있었다. 4월 24일이니 부활절치고 늦은 때였다. 부활절에 산벚꽃이 피지 않다니 전무후무한 일이었다. 갯버들도 피지 않았다. 헤나컴 사람들은 갯버들을 '종려나무'라고 부르며 종려주일**에 종려나무를 대신해 썼다. 따라서 종려주일에 종려나무는 없었다. 부활절에 쓸 앵초꽃도 피지 않았다. 멧노랑나비도 없었다. 칼새도 날아다니지 않았다. 이 역시 징표였다.

날씨 때문에 그는 겁이 났다. 그래서 그는 배교하게 되었다.

그는 자신이 무엇을 하고 있는지 차마 알고 싶지 않았다. 형제회 신도들이 길고 애절한 찬송가를 부르는 동안—부활절이 지나고 두번째 일요일이었다—그는 예배당 문을 조용히 빠져나갔다. 주머니에 든 것

---

* 부활절 전 금요일로 예수가 십자가에 못박힌 날을 기린다.

** 부활절 전 일요일.

이라고는 3페니짜리 동전 한 개와 지저분한 손수건 한 장이 다였다. 아버지의 집 옆을 지나가는데, 윌리엄스 부인이 정원에서 집안으로 들어가며 문을 쾅 닫는 소리가 들렸다. 저 아래 약간 왼쪽으로 세인트앤교회의 사각탑이 보였다. 앙상한 나무들로 둘러싸인 탑은 짙은 그림자에 잠겨 있었다. 매력적인 목적지는 아니었다.

그는 열다섯 살로, 조만간 열여섯 살이 될 터였다. 부츠가 꽉 끼었다. 소매에서 파리한 손목이 삐죽 튀어나와 있었다. 30센티미터는 될 듯했다. 오솔길에 접어들었지만 세인트앤으로 가는 가장 가까운 길은 아니었다. 그는 지금 무슨 짓을 벌이는지 생각하지 않으려고 했다. 짧은 기도문을 읊었지만 단어가 마치 벽돌 같았다. 단어를 하나하나 천천히 조심스레 쌓아올려 맑은 정신에 악몽 같은 이미지가 침입하지 못하도록 막았다. 지옥불 속에서 타고 있는 아버지의 얼굴 같은 이미지가.

플리머스 형제회의 노랫소리가 들렸다. 그들은 태피 사탕을 뽑듯 노랫말을 길게 늘여 불렀다. 그는 기도했다. "하느님 아버지, 저는 겨우 열다섯 살입니다."

길이 갈라졌다. 왼쪽 길은 골짜기로 내려가니 거의 세인트앤으로 곧장 이어지는 셈이었다. 그는 맨스 노즈로 이어져 다운스로 올라가는 오른쪽 길로 향했다.

고개를 숙여 번쩍번쩍 광을 낸 갈색 부츠와 붉은 자갈과 헐벗은 길가를 바라보았다. 여름을, 꽃이 핀 하얀 산사나무를, 야생자두를, 단풍나무를, 눈덩이를 얹은 듯한 불두화나무를, 반들대는 하트 모양의 잎이 돋은 브리오니아*를 생각했다. 환한 저녁이 그리워 가슴이 아프고 저렸다. 어여쁜 들제비꽃, 흰 별이 천 개나 돋은 별꽃, 산쪽풀, 선옹초를 축복하듯 아버지의 등나무 지팡이가 살살 탐색하는 광경이 그려졌다.

그는 생각했다. 다시는 행복해지지 못할 거야.

코를 푼 뒤 잠시, 호기심 어린 눈으로 손수건에 묻은 걸 살펴보았다. 손수건을 도로 주머니에 넣었다. 오솔길은 거의 바다에 이르렀다. 그는 길 저쪽이 내키지 않았다. 그래서 몸을 돌려 왔던 방향으로, 세인트앤 쪽으로 달려내려갔다. 새로운 길로 들어섰다. 시커먼 잡목림 사이로 길이 이어졌다. 대륙검은지빠귀가 플루트 소리 같은 노래를 불렀지만 귀에 들어오지 않았다. 머릿속에서 마른 콩 같은 게 달각대는 듯했다. 풀과 나무가 제멋대로 자라 어지러이 얽힌 길이었다. 그는 풀을 헤치고 나아갔다. 들장미의 굵은 줄기를 짓밟았다. 숨쉬기가 점점 힘들어졌다. 비틀대고 휘청거렸다. 스트래턴 신부의 텃밭이 내려다보이는 높다란 비탈에 이르자 그는 길을 따라가지 않고 비탈에 앉아 미끄러져내려갔다. 발뒤꿈치가 비탈 아래의 얕은 배수로에 먼저 닿았다.

동전던지기를 할 셈으로 3페니짜리 동전을 찾아 주머니를 뒤졌다. 하지만 동전은 사라지고 없었다. 주머니에 조그만 구멍이 나 있었다. 그는 풀이 무성한 돌담을 바라보며 잠시 그대로 힘겹게 숨을 쉬었다.

비탈과 돌담으로 앞뒤가 막혀 있었다. 돌담을 따라 빙 돌아 울타리 계단을 찾아낼 수도 있었다. 그랬더라면 전임 사제가 떠난 후 사용하지 않고 방치되어 습기에 썩어들어간 나무계단에 다쳤으리라. 하지만 오스카는 어쨌든 마음이 너무 조급한 나머지, 공포에 떠는 병사가 자포자기의 심정으로 참호 꼭대기를 타넘듯 돌담 위로 몸을 날렸다. 몸의 호

---

* 박과의 덩굴풀.

르몬이 일시에 분출되고 악다문 입은 고함을 지르느라 이미 벌어져 있었다.

돌담을 잡으려다가 피부와 이끼 양쪽 다 벗겨졌다. 한 발을 위로 올렸다가 미끄러지며 바짓자락이 찢어졌지만 두번째에는 성공적으로 발을 걸쳐 울퉁불퉁한 꼭대기에 올라 토마토 묘목과 갈색 흙과 멧노랑나비를 내려다보았다. 스트래턴 신부가 정원용 삽을 들고 달려왔을 때는 이미 담에서 뛰어내린 뒤였다. 사제는 모판을 하나, 둘, 셋 뛰어넘었다. 통로가 넓어 사이사이를 큰 보폭으로 한 번에 뛰어넘을 수 있어 다행이었다. 이튼 칼리지 시절 운동회 이후로 이렇게 달리기는 처음이었다.

토마토 묘목들 옆에 지지대가 꽂혀 있었다. 그러다보니 사제는 토마토밭을 쉽게 뛰어넘을 수 없었다. 사제는 이쪽에, 어린 침입자는 저쪽에 있었다. 둘 다 숨을 헐떡이며 서로를 바라보았다.

"야, 이 녀석아!" 휴 스트래턴이 말했다.

오스카의 입이 헤벌어져 있었다. 비탈을 미끄러져내려올 때 반바지의 엉덩이 부분이 찢어진 것이다. 그는 성공회 사제가 한참 전에 뽑아버린 채소처럼 보인다고 생각했다. 낯선 냄새가 풍겼는데 술이 분명했다. 자신이 잘 모르는 성공회 성찬식 때문이려니 짐작했다.

신부가 토마토밭을 빙 돌아 걸어왔다. 아까 그렇게 달려선 안 되었더랬다. 등이 지독히 아팠다. 치통 같은 좌골신경통이 양다리를 타고 퍼지며 아픈 고환이 욱신거리고 엉덩이 전체가 쑤셔댔다.

"야, 이 녀석아, 너희 집으로 꺼져."

"안 돼요." 오스카는 한 걸음 물러서다가 새로 돋은 양상추를 밟았다.

"양상추에서 발 치우지 못해." 휴 스트래턴이 한 걸음 앞으로 나섰다.

그것은 실수였다. 오스카가 뒤로 물러서는 바람에 양상추를 하나 더 밟아버렸다.

"부름을 받았어요." 오스카는 대꾸했다.

그가 말뜻을 이해하기까지는 얼마간 시간이 걸렸다.

12
받들고 다스릴지니

스트래턴 부인은 교수가 아니었다. 교수가 되려고 해도 될 수 없었다. 대학은 (주머니에 끈과 마른 벌레가 잔뜩 든) 열네 살짜리 남자아이는 입학시켰지만 여자는 무슨 일이 있어도 받아주지 않았다. 하지만 스트래턴 부인은 대학에 어울리는 걸음걸이를 지녔다. 그녀의 온몸이 소명을 드러내고 있었다. 오늘날 맥파이 레인이나 머턴 스트리트*에서 흔히 볼 수 있는 걸음걸이였다. 이런 걸음의 역학은 앞으로 뻗은 양팔에 1미터 높이의 참고도서를 올리고 가는 사람을 상상해보면 쉽게 이해된다. 여기서부터는 물리학의 영역이다. 벡터로 풀 수 있다. 수직 화살표는 책의 질량이고, 수평 화살표는 움직이는 인체의 추진력을 가리

* 둘 다 옥스퍼드대학 주변의 거리.

킨다. 그럼 명백해진다. 이런 사람은 왜 몸이 앞으로 60도 기울어지는지 곧장 이해된다. 책 때문이다. 혹은 책을 좋아하는 성향 때문이다. 책의 높이를 보면 이런 사람들이 왜 항상 고개를 쳐드는지도 알 수 있다. 근시 때문이라고 오해했겠지만 그렇지 않다. 그것은 상상 속의 책더미 너머를 바라보기 때문이다.

스트래턴 부인의 아버지는 교수였다(아주 잠깐으로, 이 점에 대해서는 논란의 여지가 있다). 하지만 그는 그렇게 걷지 않았다. 그녀의 어머니는 당연히 교수였던 적이 없고 몸이 기울어진 채 걷지도 않았다. 하지만 그 딸은 스스로에게 걸맞은 걸음걸이를 만들어낸 듯했다. 데번의 가파르고 붉은 흙길을 오르는 그녀를 보면 엉뚱한 곳에 있는 사람 같았다. 그녀는 거북한 사람이었는데, 어찌나 거북한지 제아무리 당신이 그녀에게 호감을 느낀들 테니스를 치자고 초대할 리 없었다. 그녀는 옥스퍼드에 속했지, 여기 헤나컴에 속하지 않았다. 그런데도 이 점을 깨닫지 못했다. 진흙으로 더께 진 부츠로 흙길을 터벅터벅 걷는 모습에는 끈기와 선의가 뒤섞여 있었다. 그래서 고개를 들어 기다란 턱을 내밀어도 그녀에게서는 짜증이 느껴진다거나 고집불통 같은 불쾌한 성정이 보이지 않았다. 오히려 온갖 장애를 극복하고 성공하고자 하는 단호한 의지가 보였다.

그녀의 아버지는 버킹엄셔*의 어느 교구사제였는데, 사제관에 딸려 있는 넓은 경작지를 직접 일구었다. 그녀는 농촌 생활이 좋았다. 부사제, 교구사제(대성당 주임사제는 아니더라도), 소작인, 농장 일꾼, 찬사

* 영국 잉글랜드 남부의 주.

를 받는 살결을 햇볕으로부터 보호하기 위해 하나같이 커다란 하얀 보닛을 쓴 다양한 신분의 젊은 여자들이 추수철에 와글와글 모여들 때면 흥이 절로 났다. 걸음걸이에서 드러나는 것처럼 지적인 대화를 나누는 거실 생활만큼이나 그녀는 농사일을 좋아했다. 아버지는 베티가 '쓸모 있는 아내'가 될 것이라고 말하기를 좋아했다. '쓸모'에 대한 그의 평가는 정확했지만—그녀가 아니었다면 남편은 굶어죽었을지도 모른다—미래의 헤나컴 교구사제가 청혼한 것은 그녀가 이미 노처녀가 된 스물여덟 살 때였다.

그전까지 젊은 남자들을 겁먹게 한 것은 추수에 대한 그녀의 열광이 아니라, 옥스퍼드 운동*과 웨슬리 분파운동**이 남긴 전례없이 광범위한 각성 분위기에서 영국국교회를 괴롭힌 큰 사안들에 대해 토론하기를 즐기는 열정이었다. 몇몇은 신학이 여자의 영역이 아니라는 생각 때문에 그녀의 열정을 싫어했다. 몇몇은 거실에서 그녀의 목소리가 늘 다소 지나치게 크다는 점 때문에 싫어했다. 물론 이들 중 일부는 첫번째 이유로도 그녀를 마다했다. 개중에는 개인적으로 그녀가 마뜩잖지만 그 아버지에 대한 호감과 더불어, 허구한 날 벽에 부딪혀 상처 입는 눈먼 사람을 보면 그러듯 그녀에게 보호본능을 느끼는 사람들도 있었음을 언급하고 넘어가야겠다. 하지만 그녀의 대화에 열광하는 젊은 남자들도 있었다. 그들이 꼭 소수파였던 것은 아니었지만 지구력이 부족

---

* 1833년 이후 옥스퍼드대학을 중심으로 일어난 영국성공회의 개혁운동으로, 퓨지주의라고도 불린다.

** 18세기에 존 웨슬리가 성공회를 부흥시킨다는 취지로 시작한 운동으로, 감리교의 시초가 되었다.

했으므로, 삽시간에 강렬하게 빠져드는 경험을 하고 나면 똑같이 빠르게 피로를 느꼈다. 이들은 연달아 두세 번 찾아왔다가 다시는 모습을 보이지 않았다. 똑똑한 여자이긴 해도 논쟁하고 반대하는 버릇 탓에 못 쓰겠다고 결론내린 것이다. 그들이 어떤 입장에 서든 크로스 양은 비난의 대상으로 여기고 재빨리 반격해 때려눕혔다. 구혼자가 복음주의에 공감하면 그녀는 광교회파*를 편들었다. 또는 구혼자가 퓨지주의적 성향을 드러내면 그녀는 손쉽게 종교적 열광과 복음주의를 옹호하고 나섰다. 아타나시우스 신경信經의 의문스러운 면을 열렬히 옹호하다가도, 상대방이 당혹스러워하든 말든 종전에 자신이 한 주장을 뒤엎어버리는 재주가 있었다. 아버지의 대성당 주임사제는 자신의 식물학 지식이 도전받는 것을 달가워하지 않는 딱딱한 노인이었는데, 그녀의 행동을 다섯 시간이나 걸려 모래성을 쌓았다가 단번에 열광적으로 무너뜨리는 덩치만 큰 어린아이에 빗대었다. 이는 공평하지 않았다. 대성당 주임 사제가 그 말을 할 때 새침하게 꼭 다문 입에 잔주름이 자글자글했기 때문이 아니었다(유명한 여성 소설가가 사제관 화장실에 흘리고 간 음모에 대해 이야기할 때—브랜디가 세 잔째 들어가면 어김없이 나오는 그 이야기—와 똑같이 끈으로 졸라매는 듯 입을 오므렸다). 베티 크로스는 어떤 입장도 고수하지 않고, 어떤 무리에도 속하지 않으며, 어떤 종파도 옹호하지 않고 그저 '진실'이 무엇인가에만 집중하기 때문이었다. 그녀는 절대적인 진실을 추구했지만 찾지 못했다. 그녀는 어떤 선입견에도 얽매이지 않았기에 논쟁적이 될 수밖에 없었다. 다행히 걸

* 자유주의적인 신학 경향을 보이며 전통보다는 이성에 의존하려 하는 성공회의 일파.

음걸이와 마찬가지로 자신은 이 점을 의식하지 못했다.

1838년 오리얼 칼리지에서 인문학 우등 코스를 밟고 있던 휴 스트래턴에게는 참으로 다행스러운 일이었다. 그는 성미카엘 축일에 친구인 다우니를 보러 버킹엄셔로 왔다. 다우니는 베티 크로스의 아버지 밑에서 부사제로 일하는 한편, 초기 그노시스파 복음서를 몰래 번역하고 있었다. 휴는 베티 크로스에게 꽤 매력을 느꼈고 싫증나지도 않았다.

오리얼의 뛰어난 학자들—훌륭한 남자들, 유명한 남자들—도 그에게 일깨워주지 못한 가능성을 사제의 맏딸이 새로운 전망과 함께 제시해주었다는 사실을 그는 부끄럼 없이 인정했다. 그녀의 모순된 정신이 일으키는 바람 앞에서 그는 머리가 어질어질했다. 학자 같은 걸음걸이도, 큰 목소리도, 벌써 기미가 앉은 커다란 손도 거슬리지 않았다. 그녀는 뼈대가 굵었지만, 좋든 싫든 어느 쪽으로도 그의 눈에는 들어오지 않았다. 그는 사람의 외모를 전혀 인식하지 못했다. 네 번이나 만난 사람도 얼굴을 못 알아보기 십상이었다. 교구사제로서는 심각한 결함이었다. 그런 까닭에 그는 생판 남을 만나면 애매한 미소를 지었다가 상대가 반응을 보이면 활짝 웃고, 상대가 반응을 보이지 않으면 재빨리 미소를 거둬들였다. 그러다보니 그는 손의 기미를 알아채지 못했다. 그녀의 머리가 아마색인 것은 알았지만, 누가 눈 색깔을 물으면 어림짐작으로 대답했을 터였다. 그의 기억 속에서 그녀의 얼굴은 온화하고 형체 없는 것이었다. 한 살배기 아기가 엄마에게 가질 법한 감정 속에서 그녀의 이목구비는 부드럽게 흐릿해져 있었다. 그러나 그는 그녀의 사고가 풍성하다는 면에서 정원과 비슷하다고 여겼다. 정원에서는 어느 게 진짜 꽃이냐는 논쟁을 하지 않는데, 그가 생각하기에 그녀의 사고와 논쟁 역시 마찬가지였다. 그녀가 그의 직업에 골칫거리가 되리라는 생각은 그때도, 그후로도 들지 않았다. 그녀가 후임 대성당 주임사제와 주교들을 못살게 괴롭힌 나머지 언젠가 방문할지도 모를 친척이 선물할 끔찍한 토비 저그*처럼 그들 부부가 외진 곳에 처박히는 신세가 되리라고는 생각하지 않았다. 토비 저그는 버릴 수 없다. 눈에 보이는 곳에 보관하되 눈에 잘 띄는 곳에 두지는 않는다. 즉, 엑서터 주교의 관할지인 헤나컴처럼.

스트래턴 부부에게는 자식이 없었다. 그들의 포옹이 지닌 순결한 본질을 감안하면 자식이 없는 것도 당연했다. 그들은 문명인다운 합의를 했다고 생각했다. 결혼식 날 밤 그런 결론에 이르러 안도했고, 그후로도 마음을 바꾸고픈 유혹은 일절 들지 않았다. 스트래턴 부인은 조금도 상실감을 느끼지 않았다. 삶의 거의 모든 면에서 행복했다. 자신에게 주어진 것 이상으로 행복하다고 생각했다. 시골 풍경, 바다, 계절 덕분에 거듭 생기를 찾았다. 그녀는 이리저리 돌아다녔다. 읽을 학술지가 있고, 대화를 나눌 지적인 사람이 곁에 있는데다 시골 사람들과 어울리는 것도 좋아했다. 사냥터지기와 양치기와 이엉장이와 농부의 자식 들이 무슨 생각을 하는지 알고 싶었다. 물론 그녀는 가난했다. 일찍이 예상했던 것보다 훨씬 더 가난했지만, 이 끔찍한 일이, 이 가장 두려운 일이 겪어보니 상상했던 것과는 얼마간 달랐다. 그들의 이웃들은 대부분 가난했다. 근처에 사는 남자애들은 누나 옷을 물려받아 입고 다녔지만 아무도 비웃지 않았다. 남편이 행복했다면 그녀는 삶이 완벽하다고 평

* 유명인 모양의 도자기 맥주잔.

가했으리라.

하지만 휴는 가난이 싫었다. 그는 안달복달했다. 침례교도인 대지주나 늘 바다에 서 있는 티오필러스 홉킨스를 비난했다. 습기가 차서 거실 벽에 얼룩이 조금만 생겨도 어린애처럼 울 지경이 되었다. 초가지붕을 걱정하며 훗날 이엉장이에게 지불하기 위해 양철통에 동전을 모았다. 부활절 헌금이 넉넉히 들어오거나 토마토에 진딧물이 생기지 않거나 밀이 녹병에 걸리지 않게 해달라고 특별 기도문을 썼다. 그녀의 의견은, 늘 이래왔다는 것이었다. 대지주가 천박하고, 벽이 축축하고, 이것이 이러하고, 저것이 저러해도, 그들은 늘 살아남았다. 하지만 이렇게 주장해봐야 소용없었다. 오히려 사태를 더욱 악화시켰다. 그는 그녀를 데리고 집 주위를 돌며 새로 곰팡이가 핀 곳과 새로 썩은 곳을 하나하나 지적했다. 해시계('받들고 다스릴지니') 옆의 무성한 풀밭에 누워 울었다. 옥스퍼드와 런던의 학술지 구독을 그만두라고 아내에게 간청했다. 그녀는 듣지 않았다. 그는 고함을 쳤다. 그녀는 차라리 한 달간 순무만 먹고, 맨발로 다니고, 말을 팔겠다고 했다. 그는 그래야 할지도 모른다고 대꾸했다. 그녀는 그가 이따가 스스로를 위로하기 위해 마실 셰리주 값에 대해서는 아무 말도 하지 않았다.

바로 이 남자가 α가 상징하는 사람이자 하느님이 오스카에게 당신이 선택한 종이라고 밝힌 사람이었다. 마침내 그가 오스카의 의도를 이해했을 때, 이 선택받은 종을 움직인 감정은 어린 양상추 두 포기를 잃은 순간 일어난 감정보다 훨씬 복잡한 것이었다.

휴 스트래턴은 눈을 가리는 곧은 금발을 휙 넘기고는 두 손을 주머니 깊숙이 찔러넣었다. 그는 작은 동작을 보여주었다. 고개를 까닥하고, 끄덕이고, 한쪽 무릎을 꿇어 절을 했다. 그런 다음 돌아서서 텃밭 사이로 난 드넓은 미로 같은 길을 안내하며 떨어진 갈퀴나 녹슬어가는 쇠스랑, 반쯤 파인 채 가장자리가 무너져내린 오물구덩이 등을 조심하라고 주의시켰다. 충분히 예상 가능하듯이 그의 일부는 먹이고 입혀야 할 입이 늘었다는 데 절망했지만, 다른 일부는 강렬한 승리감에 고취되었다. 한 영혼이, 신학적 난민이 그를 찾아온 것이다. 그는 성큼성큼 재빨리 걸었다. 초췌한 잿빛 얼굴은 그저 좌골신경통 때문이었다. 그는 뒷문이나 앞문으로 가지 않고, 가정부에게 달걀이나 채소를 건넬 때 곧잘 사용하는 부엌 창문으로 갔다. 다급하고 요란하게 창문을 두드려 커스터드를 만드는 까다로운 작업을 하고 있던 밀러 부인을 방해했다.

"저녁식사에 한 사람 추가요, 밀러 부인." 그가 말했다. 자신도 모르게 히죽히죽 웃었다.

"저애는 자기 집에서 먹잖아요." 그녀가 반문했다.

"여기서 식사할 겁니다, 밀러 부인." 휴 스트래턴이 큰 소리로, 하지만 신이 나서 아랑곳하지 않고 말했다. "우리와 함께 식사할 겁니다. 직사각형 냅킨 고리를 이 아이 자리에 놓아요."

평소라면 밀러 부인은 이런 일을 그냥 넘어가지 않았을 것이다. 고리를 직사각형이라고 하다니. 하지만 그의 기분 때문에 혼란스러웠다. 그녀는 상체를 숙여 소년을 유심히 살피는 척했지만, 실은 집주인의 입에서 무슨 냄새가 나는지 맡아보려 했다. 그렇지만 커스터드 냄새 때문에 쉽지 않자 인사도 없이 자리를 뜨더니 창문을 쾅 닫아버렸다.

13
건포도

건포도를 보는 것은 그의 생애 두번째였다. 셰퍼드 파이*라고 그들이 주장하는 음식에서 소년은 건포도를 골라냈다. 정찬용 접시 가장자리를 따라 나란히 늘어놓았다. 접시에는 이교도적 장면이 그려져 있었다. 소년은 건포도로 그 그림을 가리기 시작했다. 계산된 행동은 아니었다. 계산까지 하기에는 너무 고통스러운 상태였다.

그가 처음으로 건포도를 맛본 것은 소위 '사탄의 열매'라는 크리스마스 푸딩을 먹었을 때였다.

좁은 가슴의 근육이 모조리 빳빳이 굳었다. 그는 나이프와 포크를 움켜쥔 채 냄새를 맡지 않으려 했다. 사제관의 공기는 시큼했다. 이토

* 으깬 감자에 다진 고기를 넣은 파이.

록 생경한 곳은 난생처음이었다. 손에 닿는 것이 하나같이 습기로 쩍쩍 들러붙을 것 같았다. 아까 집안을 구경할 때 커다란 고동색 소파의 장식 덮개에 어쩌다 손이 닿았었다. 축축한 것이 마치 시체 같았다. 역겨워서 그는 손을 홱 치웠다. 얼굴이 찡그려졌다. 집주인이 그 모습을 눈치챘다. 그의 얼굴이 빨갛게 달아오른 채 양손은 재킷 주머니 속 모서리에 낀 마른 빵부스러기를 찾아 파고들었다.

하지만 스트래턴 부부의 집에서 풍기는 냄새가 습기보다 더 심각했다. 장갑 낀 손이 그의 코를 곰팡내나는 책갈피에다 눌러대는 듯했다. 방에 들어선 순간 냄새가 장미 덤불에 낀 진딧물처럼 스멀스멀 기어올라 온몸에 엉겼다. 사방에 책, 논문, 신문이 쓰러질 듯 쌓여 있었는데, 책장만 그런 게 아니라 바닥 곳곳에도 탑처럼 높다랗게 올라와 있었다.

그들 셋은 의자에 앉아 노란 저녁 불빛을 마주보았다. 오스카는 후회와 우울로 인해 목이 메었다.

이 방은 사제 부부의 거실인 듯했다. 헤나컴에는 거실이 있는 집이 없었다. 하지만 힐긋 보니(아버지가 기르는 가금의 건강 상태에 대해 질문을 받던 중이라 유심히 볼 수가 없었다) 성공회 교도 하인이 커다란 독서용 탁자 앞에 있었다. 그녀는 신문과 학술지를 치워 벽을 따라 늘어선 종잇더미 위에 얹었다. 나머지는 더러워진 침구류를 갖다넣는 곳처럼 보이는—리넨이 있어야 할 곳에 종이가 있긴 했지만—벽장에 쑤셔넣었다. 탁자를 치운 후 그녀는 식탁보를 깔고 나이프와 포크를 놓기 시작했다.

스트래턴 부부는 티오필러스의 어린 수탉에 대해 낱낱이 알아낸 후 소년을 식탁 상석에 앉히고 그 양쪽에 자리잡았다. 그는 이것이 옳지 않다고 여겼지만, 따지고 보면 옳은 것이 거의 없었다. 빛이 어둑해서 동양의 신을 알아볼 수도 없었고(버드나무 무늬를 오해한 것이었다), 특히나 두꺼운 감자 반죽 아래 얇게 소스를 바른, 셰퍼드 파이라는 음식도 제대로 분간이 되지 않았다. 굉장히 괴상한 맛이었다. 카레 소스였는데, 그는 생전 먹어본 적이 없는지라 그게 무엇인지도 몰랐다.

파이에도 건포도가 들어 있었다. 이것이 무슨 의미인지 소년은 몰랐다. 크리스마스 푸딩이 그를 여기로 이끌긴 했지만 건포도는 왠지 옳지 않게 느껴졌다. 오 분 만에 플리머스 형제회의 가르침을 저버리기란 어려운 법이다. 그는 건포도를 이교도의 얼굴 위에 늘어놓았다.

음식을 다 먹는 것은 중요했고, 그도 이를 잘 알고 있었다. 건포도만 빼고 남김없이 다 먹자 스트래턴 부인이 몸을 굽혀 한 국자 가득 더 부어주었다.

"감사합니다." 그는 여기에 오지 않았더라면 하고 생각했다.

"그냥 건포도일 뿐이야." 스트래턴 부인이 어스름 속에서 활짝 웃어 보였다.

"그냥 건포도! 400그램에 4페니나 하는데 그냥 건포도라니." 스트래턴 씨가 코웃음쳤다.

"그래요, 여보." 그 건포도는(최고급 엘름이었다) 스트래턴 부인의 아버지가 '필수품'으로 분류하여 차 상자에 가득 채워 옥스퍼드에서 기차 편으로 보내준 물품들 중 하나였다. "이 아이는 건포도가 아마 낯설 거예요. 건포도가 낯설지?"

"아, 네. 맞아요." 오스카는 건포도를 먹지 않는 데 그런 단순한 이유를 댈 수 있어 기뻤다. 그는 그만 접시를 치워달라고 안주인에게 마음속으로 간청했다. 차를 홀짝였다. 마찬가지로 선의를 보이려 애쓰고 있는 스트래턴 씨에게 그는 고통스레 미소를 지었다.

스트래턴 씨는 긴장한 상태였다. 빈 접시에 포크를 쨍강 내려놓더니 뭔가를 한 모금 마셨고, 오스카는 그게 '술'임을 깨달았다.

"오렌지는 본 적 있니?" 스트래턴 부인이 물었다. 오스카가 보기에, 그녀는 커다란 부드러운 입술과 상냥하게 깜박이는 옅은 빛깔의 눈을 가진 예쁜 얼굴이었지만, 모든 부분이 적절한 정도 이상으로 큼직했다.

"네."

"잘됐구나!" 마치 소년이 이곳에 있는 것이 오렌지 때문이기라도 한 듯 그녀는 상체를 뒤로 젖히고 두 손을 깍지 끼어 무릎에 올렸다.

그는 형편없는 음식을 더 먹었다.

소년은 생각했다. '이들이 당신의 종입니다, 주님.'

스트래턴 부부 둘 다 그에게 무슨 말을 해야 할지 모르는 듯했다. 스트래턴 씨는 포크로 접시를 두드리다 '술'을 더 마셨다. 스트래턴 부인은 그에게 다양한 과일에 대해 묻더니 퓨지 박사의 추종자들이 재건하는 중인 토키의 작은 교회를 묘사했다. 그곳에는 주主제단 외의 제단이 여럿 설치될 계획이었다. 성구 보관실에는 각 제단별로 옷장과 서랍장이 비치될 테고. 그녀는 오스카에게 이에 대해 어떻게 생각하느냐고 물었다.

"글쎄요, 잘 모르겠습니다." 그는 비참한 심정으로 대꾸했다. 제단이란 이교도들이 제물을 바치는 곳이라고 배웠다. 제단에 대해 아는 바는 그뿐이었다. 그는 건포도를 먹어야 한다는 것을, 그러지 않으면 접시가 치워지지 않으리라는 것을 알았다. 그들은 오스카가 건포도를 먹기를 기다리고 있었다.

건포도는 크리스마스 푸딩의 상징으로 그의 마음속에 자리잡고 있었다. 건포도를 먹어야 한다는 것을 알았지만 그럴 수가 없었다.

"제단이 여럿인 것에 대해 너는 입장이 명확하구나." 스트래턴 부인이 넌지시 말했다. "난 잘 모르겠어요, 휴. 정말 모르겠어. 그게 옳은지 그른지. 우리가 별생각 없이 받아들이는 게 많잖아요. 설령 당신이 제단을 성찬대라고 불러도 나는 광신적이라고 하진 않을 거예요."

소년은 건포도를 접시 가장자리로 밀어올렸다. 너무나도 불행한 얼굴이었다.

스트래턴 부인이 웃었다. "사실 그건 미묘한 구분인 것 같아요. 그렇게 생각하지 않아요, 여보?" 확신에 차서 이야기를 꺼냈던 그녀가 이제 고개를 숙인 채 다소 애원하듯 숨가쁜 어조로 매듭지었다.

스트래턴 씨가 불쑥 오스카의 건포도를 집었다.

그는 포크로 하나, 둘, 계속 찔렀다. 건포도를 다 먹을 때까지 아무 말도 안 했다.

"네 아버지가 여기로 달려오지 않을까?" 그가 오스카를 호전적인 눈으로 응시했다.

오스카는 그 시선을 견딜 수 없었다. 스트래턴 부인이 그의 손을 두드려주어도 위로가 되지 않았다.

"나를 위협하려 들겠지?" 스트래턴 씨가 물었다.

이때까지만 해도 오스카는 조만간 닥칠 일에 생각이 미치지 않았었다. 영원에 대한 생각에만 열중해 있었다. 그저 상상할 수도 없는 짓을 한다는 생각뿐이었다. 아버지가 어떤 반응을 보일지 생각했더라면 성공회 사제관 담을 기어오를 뜻을 세우지 못했을 터였다. 하지만 이제, 성난 아버지가 이곳으로 찾아와 스트래턴 씨를 위협하리라고 상상하니 마음이 가벼워졌다.

"네, 그럴 겁니다." 이 말이 스트래턴 씨에게 불러일으킨 효과를 보자 그는 갑자기 힘이 났다. 소년은 아버지가 애정과 관심을 쏟는 대상이었다. 당연히 아버지는 올 것이다. 그는 한낱 어린애이므로, 이 문제는 그의 손에서 벗어날 터였다.

그는 스트래턴 부인에게 미소 지었다. 질문의 심각성에 어울리지 않는다는 것을 알면서도.

"위협해봐야 아무 소용 없을 거야." 스트래턴 씨가 말했다. 그리고 종을 들어 흔들었다. 밀러 부인에게 어서 오스카의 접시를 치우게 하고 싶은 듯했다. 그는 잔에 '술'을 가득 따랐다. "아버지한테 그렇게 전해도 좋아."

"여기서 지낼 생각이니?" 불현듯 스트래턴 부인의 눈에 불안이 가득했다. 그녀의 시선이 오스카에서 남편으로, 다시 오스카에게로 옮겨갔다. "휴?"

스트래턴 씨가 돌연 씩 웃어 보였다. 스트래턴 부인은 셰리주 때문에 저렇게 웃는 거겠거니 여겼다.

"예, 부인." 오스카가 대답했다.

"그럼 가엾은 너희 아버지는 어쩌고? 아들이 10미터도 안 떨어진 우리집에서 산다는 걸 알면 아버지가 얼마나 고통스러워하겠니?"

오스카의 눈에 눈물이 글썽글썽 맺혔다. 그는 머리를 긁었다. 그리고 방을 둘러보았다(그 몸짓이 약간 거칠다고 스트래턴 부인은 생각했다).

"압니다, 부인. 상심이 크겠지요."

침례교도 아이들이 런던 억양이라고만 여겼던 소년의 말투에서 스트래턴 부인은 영국 남서부 지역 억양을 감지했다. 새삼 그녀는 참으로 표현력이 풍부한 억양이라고 생각했다. 오스카가 '상심'이라고 내뱉자 마치 악기라는 혀에서 단조 음이 나온 듯 그녀에게 즉각적인 반응이 일었다.

"그래, 더없이 상심이 클 거야."

"압니다, 부인. 알아요. 하지만 아버지는 잘못된 믿음에 빠져 있어요."

"그래도 아버지와 함께 살아야지." 그렇게 말하며 남편을 바라본 그녀는 그의 예상 밖의 태도와 마주하게 되었다. 그녀는 근심으로 얼굴을 찡그린 남편을 보게 되리라 예상했다. 돈은 그에게 언제나 골칫거리였다, 가장 큰 골칫거리. 그래서 그의 웃음이 자애로운 미소로 변하는 광경을 목도하고 놀랐다.

"그래도 어찌되었든 아버지와 함께 살아야지." 스트래턴 부인은 계속 남편을 쳐다보며 말하고는 덧붙였다. "그렇죠, 휴?"

"아, 안 돼요." 오스카가 극도로 동요하며 손으로 무릎을 탁 쳤다. 내려치는 손에 무릎이 들썩이며 투르크멘인처럼 발을 굴렀고, 그러자 휴 스트래턴은 승리감에 젖은 상태에서도 썩은 마루 장선을 걱정했다.

"아무리 그러고 싶어도 그럴 수가 없어요." 오스카는 아직 울지는 않았지만 작고 고운 턱을 앙다문 탓에 너무도 여리고 하얀 얼굴에 주름이 몇 가닥 생겼다.

"하지만 아버지는 너를 진심으로, 진심으로 사랑하지?"

"네, 네. 더없이 끔찍이 아끼죠." 이제 눈물이 흐르고 있었지만 소년은 자제력을 잃지 않았다. 스트래턴 부인이 냅킨을 넌지시 내밀었으나 그가 받아들지 않자 냅킨을 도로 내려놓았다. 들썩이는 그의 어깨에 손을 얹었지만 친밀감이라고 부를 만한 느낌은 들지 않았다. 소년은 사마귀처럼 이질적인 존재로 보였다—감정적 동요로 인해 가늘고 기다란 팔다리를 달달 떨고, 긁어서 피부가 벗겨진 손으로 삼각형 얼굴을 훔치고 있었다. 그런 생각이 드는 와중에도 그녀는 여전히 커다란 연민을 느꼈다.

"저도 아버지를 사랑해요." 오스카가 힘겹게 말했다.

구스베리와 커스터드를 가지고 들어온 밀러 부인은 스트래턴 씨가 직접 소년에게 음식을 건네는 광경에 깜짝 놀랐다. 그는 과하리만치 잔뜩 커스터드를 담아주었다. 손님에게 이토록 관대하다니 그답지 않았다. 스트래턴 부인 역시 그 광경을 흥미롭게 지켜보았다.

"안 그럴 수가 없어요."

"안 그러다니?" 스트래턴 부인은 말을 이었다. "원하면 설탕을 타렴."

"아버지를 사랑하지 않을 수가 없어요." 그는 스트래턴 부인이 건넨 자그마한 손수건을 받아들었다. 이런 것은 난생처음 보았다. 가장자리에 고운 레이스가 달려 있었다. 그는 힘껏 코를 풀고는 이런 데 쓰기에 레이스는 부적절하다고 판단했다. "하지만 이 문제는 개인적인 게 아니에요." 그는 손수건을 어떻게 해야 할지 몰랐다("가지고 있으렴." 스트래턴 부인이 말했다). "이건 개인적인 문제라기보다는 신학적인 문제예요. 아시겠지만, 아버지는 구원받지 못해요."

"정말 영특한 아이구나." 스트래턴 부인이 말했다.

오스카는 극도로 고통스러운 와중에도 칭찬을 들어 기분이 좋았다. 따뜻하고 축축한 손수건을 단단히 뭉쳐 주머니 깊숙이 찔러넣듯 그 말을 조심스레 마음에 담았다. 그는 영특한 아이다.

"하지만 올리버, 우리가 너희 아버지한테서 너를 뺏어올 수는 없지 않겠니. 설령 그러고 싶다 해도." 스트래턴 부인이 말했다.

"올리버가 아니야." 스트래턴 씨가 말했다(다소 잘난 체하는 어조라고 스트래턴 부인은 생각했다).

"그럼 뭐죠?"

"오스카야."

"오스카?"

"그래."

"굉장히 특이한 이름이구나."

"아버지의 옛친구 이름을 딴 거예요."

"외국인이었나보지?" 스트래턴 부인은 그렇게 물었지만 정작 정신은 다른 데 있었다. 남편 때문에 불안했다. 그의 얼굴을 이해할 수 없었다. 몇 년간 볼 수 없었던 차분하고 강인한 표정이었다. 그는 매우 고요했고, 그 고요함이 아마도 힘의 원천인 듯했다. 어쨌든 더없이 드문 표정이었다.

"영국인이었어요. 아버지의 눈에서 비늘을 벗겨준 분이죠."

스트래턴 부인은 오스카라는 이름의 유래에 대해 흥미를 잃었다. 그녀는 보다 절박한 다른 문제 때문에 남편을 불렀다. 사적으로 이야기할 성격의 사안이라는 점은 염두에 두지도 않았다.

"휴, 비용은 어쩌고요."

"이 아이는 부름을 받았어."

"무슨 뜻이에요?"

"사제의 소명을 받은 거야. 오리얼에 가야 해. 내가 이 아이에게 우리의 신조를 가르쳐줄 거야."

스트래턴 부인은 심장을 진정시키기 위해 손을 가슴에 갖다대고 살짝이 아니라 꾹 눌렀다. "당신 술을 세 잔이나 마셨어요."

"괜찮아."

"내일 제대로 논의하도록 해요." 스트래턴 부인은 고개를 모로 꼬고 남편을 바라보았다.

"그러지." 스트래턴 신부가 의자에서 일어났다. 처음에는 약간 비틀거렸지만 몸을 쭉 펴자 전보다 생기 넘치고 탄탄해 보였다. 그는 이마를 덮은 머리칼을 쓸어넘겼다. 그리고 가슴을 펴고 팔을 앞뒤로 흔들며 말했다. "오스카에게 지금 가장 필요한 건 잠자리에 드는 거야."

스트래턴 부인은 남편의 미소를 바라보았다. 사랑스러웠다. 마치 등 뒤에 장미를 감추고 있거나, 장미가 아니라면 보다 더 희귀한 뭔가를, 지금껏 이 고장에서 볼 수 없던 품종을 감추고 있는 소년 같았다.

14
시련

등불을 든 남자들과 여자들이 겨울 귀리가 자라는 들판을 가로질렀다. 잠에 취한 아이들을 깨워 차가운 난롯가에서 기도하도록 했다. 크라우처 집안 남자인 티머시, 사이러스, 피터가 티오필러스를 찾아와 소년을 완력을 써서라도 데려오겠다고 제안했다. 불룩한 가슴과 대장장이 같은 팔을 가진 건장한 사내들이었다. 기다란 나무 장대를 들고 와서는 대화에 강조점을 찍듯 바닥을 탁탁 쳤다.

윌리엄스 부인은 말없이 크라우처 형제 편을 들었다. 머리빗으로 소년의 엉덩짝을 때리고 늦기 전에 침대에 재울 생각이었다. 하지만 그녀의 고용주는 '그저' 소중한 잠을 포기하고 기도를 해달라고 부탁하며 크라우처 형제를 돌려보냈다.

윌리엄스 부인은 피곤했다. 자고 싶었다. 하지만 고용주는 그녀가 옆에서 기도하기를 바라는 듯했다. 바닥이 딱딱한데다 기도용 매트도 없었고, 심지어 바닥을 닦을 때 쓰는 펠트천도 없었다.

집주인이 큰 소리로 기도했다. 거드름을 피우는 기도였다. 마치 자신이 우주의 중심이며, 아들이 달아난 유일한 이유는 하느님이 그 아버지를 벌하기 위해서라는 듯 기도했다. 그는 하느님에게 다른 방식으로 자신을 벌해달라고 간청했다. 요란하게 쉬지 않고 간청했다. 하지만 윌리엄스 부인이 보기에 그는 스스로 부르짖듯 '가엾은 죄인'이 아니라 왕을 알현하는 공작 같았다. 윌리엄스 부인은 쉰다섯 살이었고, 이런 터무니없는 짓을 하기에는 너무 늙었다. 만약 그녀가 신이라면 그의 귓방망이를 갈긴 뒤 침대로 보냈을 것이다.

열한시 십오분에 성공회 교도 두 명이 찾아와 석회석으로 지은 작은 집에 술집 냄새와 붉은 진흙을 끌어들였다. 그제야 그녀는 바닥에서 일어나도록 허락받았다. 차를 끓였지만, 그들은 차를 마실 만큼 오래 머물지 않았다. 그녀는 다시 기도를 해야 했다. 하지만 그럴 필요가 없어졌다. 홉킨스 씨가 등불도 없이 집밖으로 달려나갔던 것이다. 그녀는 식탁에 앉아 기다렸고, 오 분 또는 십 분 후 바람이 그의 목소리를 실어왔다. 그는 해변에서 큰 소리로 기도하고 있었다.

그런 히스테리를 마지막으로 본 것은 소년의 어머니가 죽었을 때였다. 그때는 그를 달래려고 했다. 하지만 이번에는 그냥 잠자리에 들었다.

15
사제관 부엌

루시 밀러가 부엌을 탐탁지 않아하는 것은 사실이었다. 부엌이라고 할 수도 없었다. 어느 전임 사제가 스토브와 싱크대를 널따란 식료품실에 옮기고는, 마땅한 자리가 없다는 이유로 정작 부엌을 부엌답게 만들어주는 찬장과 선반과 탁자는 그대로 내버려두었던 것이다. 스트래턴 부부가 이 점에 대해 양해를 구하지 않았던 건 아니다. 그녀가 (리본으로 묶은 추천서를 갖고) 이 집을 방문했을 때 그들은 부엌에 대해 분명히 이야기했다. 단단하고 실리적인 여성인 척했던 스트래턴 부인에게 밀러 부인은 깜빡 넘어갔다. 너덜대는 풀무에 커다란 손가락을 푹 찔러댔을 때나 음울한 북쪽에 면한 코딱지만한 창문을 열려다 결국은 포기해야 했을 때 분개하며 "이것 좀 봐요!"라고 외치던 모습이 지금도 생생했다. 웬 참견쟁이 사제가 스토브와 싱크대를 식료품실에 욱여넣느라 돈을 낭비하기 전까지만 해도 부엌이 얼마나 멋졌을지 상상해보라고 그녀는 말했다.

스트래턴 부인은 그런 일들에 자신은 아무 책임이 없는 양 행동했다. 멋진 여름을 '끔찍한 식료품실'에서 보내야 하는 루시를 가엾게 여겼다. 그러면서 일주일에 겨우 6페니를 주었다. 루시에게는 구빈원에 들어가지 않도록 돌봐야 할 자식 넷과 늙은 부모가 있었지만 형편이 여의치 않으면 겨우 3, 4페니 받을 때도 있었다. 루시는 수프에 침을 뱉을 만큼 짜증이 났다.

그녀는 늘 짜증을 냈다. 새벽 다섯시에 다운스를 가로질러 여기까지 걸어왔다가 저녁 여덟시에 반은 걷고 반은 뛰어 도로 집으로 돌아갔다. 짜증날 이유는 수도 없이 많았다. 부엌에서만 찾더라도 백 가지는 되었고, 그녀가 그것을 일일이 늘어놓을 때면 가족들은 긴장하며 불행하다고 느꼈다. 급기야 두려워하기까지 했다. 그들은 고개를 푹 숙인 채 수프를 먹었다.

오늘 그녀는 평소보다 더 짜증이 났다. 주인 부부가 바보 같은 티오도거스인지 티오 뭔지를 탁자에 앉혔던 것이다. 그들은, 적어도 스트래턴 부인은 그 때문에 그녀의 작업 방식이 엉망이 되리라는 것을 알았다. 아니, 알아야 마땅했다. 낡은 식료품실은 비좁았기에 그녀는 되도록 원래 부엌이었던 곳에 있는 큰 탁자에서 일했다. 설거지용 대야가 두 개 있어서 요리 재료를 미리 다 다듬어놓고, 작은 대접과 이 빠진 컵을 모두 탁자에 올려두었다. 한 그릇에는 달걀노른자가, 다른 그릇에는 다진 골파가, 또다른 그릇에는 잡내를 없애려고 썰어서 허브 소스에 재워둔 다진 고기가 담겨 있는 식이었다. 그녀는 이 넓은 방을 좋아했다.

식료품실이 인색한 만큼 이 방은 넉넉했다. 집에서 오직 이곳만 눅눅하지 않았다. 남향으로 창이 나 있어 겨울에는 종종 폭풍의 영향을 고스란히 받았지만, 그 너머로 고요하고 푸른 바다와 더불어 헤나컴이라는 지역의 이름이 유래한 붉은 절벽이 언뜻 보였다—이 풍경을 보기 위해 그녀는 쥐똥나무를 다듬는 일을 도맡았다.

하지만 티오홀리어스가 탁자에 앉아 그녀의 하루를 망치고 있었다. 원래 손님을 맞는 곳은 그녀가 돼지우리라고 부르는(사람들 앞에서는 다른 이들처럼 '거실'이라고 불렀지만), 책 곰팡내 풍기는 방이었다. 그는 이 방에 있으면 안 되었다.

"당신은 구원받았나요?" 앞뒤 설명도 없이 그가 대뜸 물었다. 그녀는 본인 일이나 신경쓰라고 대꾸했다. 양 다리의 살을 발라내야 했다. 하지만 이 남자가 빤히 바라볼 뿐 먹지도 가지도 않는다면 요리를 할 수 없었다. 그녀는 부엌이라 부르는 곳으로 들어가 스콘 반죽을 만들었다. 점심식사를 위해서가 아니었다. 스트래턴 부인은 노인들에게 차를 대접하기를 좋아했다(대지주가 어련히 알아서 그들을 돌보는데다, 가뜩이나 어려운 사제관 형편을 더 어렵게 만들 이유가 없는데도). 스콘을 빚으려면 큰 탁자가 필요했지만 티오필러스가 버티고 앉아 있으니 식료품실에서 아침식사용 나무 쟁반의 뒷면을 이용해 어떻게든 반죽을 하기로 했다. 스툴의자에 쟁반을 조심스레 얹고는 바닥에 무릎 꿇고 반죽을 밀어야 했다. 하지만 쟁반이 미끄러져 반죽이 떨어졌다. 그녀는 아무 소리도 내지 않았다. 그저 반죽을 바닥에서 긁어내어 조막만한 부엌 창문으로 가져가 살펴봤다. 쑥 들어간 검은 눈을 가진 마르고 신경질적인 그녀는 바삐 움직이는 사람이었지만 반죽을 들여다보는 동안은 대단히 차분했다. 주인 부부가 닭모이통에서 반죽을 발견할 경우 벌어질 난리법석을 감안하며 이리저리 재봤다. 그녀는 반죽을 뭉쳐 쟁반에 얹었다. 그러고는 문가로 가서 슬픔에 잠긴 남자를 살폈다. 그는 그녀를 보지 않았다. 그녀가 지켜보는 동안 그는 한숨을 쉬었다. 그녀는 너무 짜증이 나서 그를 가여워할 여력이 없었다. 창밖을 지나가는 스트래턴 부인의 그림자가 작은 부엌창에 비쳤다. 불투명 유리는 기포가 잔뜩 낀 다소 싸구려 제품이었지만, 스트래턴 부인이 스콘을 기다리고 있다는 것을 알 수 있었다. 반죽에 밀가루를 뿌려 치대자 바닥에서 묻은 재가 보이지 않았다. 하지만 이 반죽으로 빵을 굽는 것은 여전히 내키지 않았다. 그녀는 이도저도 아닌 상태로 반죽을 내버려두었다.

고기 보관용 찬장에서 양 다리를 꺼냈다. 약간 녹색을 띠었지만 이 집에서 살림을 하는 동안 이보다 심한 고기도 보았었다. 그녀는 아끼는 셰필드 칼을 집어들었다. 다행히도 일하러 올 때 이 멋진 칼을 갈아서 가져왔다. 반죽을 한쪽에 치우고 쟁반을 씻은 뒤 다시 스툴의자에 조심스레 얹었다. 양 다리를 들어 쟁반에 올려놓았다. 고기를 썰 때 이 쟁반을 쓰는 것이 마뜩잖지만 별도리가 없었다. 그녀는 무릎을 꿇고 고기를 썰었다. 훌륭한 칼인데다 아주 예리했다. 양 다리를 뼈까지 절단해 가르며 자신의 솜씨와 살이 찢기는 희미한 소리를 즐겼다. 면도날처럼 깔끔하게 절단했는데도 소리가 났다.

바로 그때 신음하듯 복음서를 읊는 소리가 들렸다. 병자가 자다가 내는 그런 소리였지만, 하느님 아버지, 말짱하게 깨어서, 그녀의 탁자에서 그러다니 말도 안 될 일이었다. 그녀는 로드아일랜드레드종 닭처럼 고개를 갸웃한 채 일이 분간 귀를 기울였다. 닭들이 빵 반죽을 먹을 일은 없을 것이다. 그녀는 마음을 분명히 정했다. 양 다리를 내려놓고 칼을 그 옆에 조심스레 놓은 뒤 일어나 내다보러 나갔다.

물론 전에도 그를 본 적이 있었지만 이렇게 가까이에서 보기는 처음이었다. 그가 가까이 이웃해 살고, 매일 같은 길을 오간다는 점을 감안하면 의외였다. 확실히 그는 괴상한 사람으로, 춤추는 것도 반대할 것 같았다. 마르고 강단 있는 몸에 눈이 흑단처럼 까맸다. 허리를 꼿꼿이 펴고 앉아 눈을 어찌나 질끈 감았는지 윗입술이 코 아래에서 비틀릴 정도였다. 두 손을 서로 싸우듯 문질러댔다. 오른손이 왼쪽 손목을 낚아채고 싶어하는 듯했다. 그의 입술이 움직이기 시작했다. 입술만은 강직한 외모와 어울리지 않았다. 도톰하고 붉은 입술은 열정적으로 보였다. 그런 입술을 바라보고 있자니 당혹스러웠다.

그녀는 똑똑히 들리도록 요란한 소리를 냈다. 반감이 실린 소리였다. 그는 소리를 들었는지 못 들었는지 아무 내색도 하지 않았다. 그녀는 돌아서서 빵 반죽에 대해 다시 고민하다가 양 다리를 마저 손질하러 갔다. 너무나 불공평했다. 자기는 여기서 아프게 무릎 꿇고 일해야 하는데 그는 탁자를 독차지하고 있다니 너무나 불공평해 참을 수가 없었다. 그런데 그는 그런 자신을 겸손하다고 여기고 있었다. 그가 크고 거드름 피우는 목소리로 말하는 것을 들었더랬다. "부엌에서 기다려도 괜찮습니다."

그녀는 다시 양 다리를 손질했다. 그때, 화가 난데다 방이 어둑했기 때문에, 쟁반에 힘을 싣지 않으면서 양 다리의 균형을 삼으려다가 그만 검지가 깊이 베이고 말았다. 터키시 레드 빛깔이 삽시간에 피어나, 완벽한 원이 순식간에 씨앗만하게 커졌다. 쟁반과 앞치마에 붉은 피가 후

드득 튀었다.

"하느님도 지랄맞지." 그녀가 독살스럽게 외쳤다.

옆방에서 소리가 그쳤다. 붕대를 찾으러 나가니 그가 그녀를 흥미롭게 지켜보고 있었다.

"그렇군요." 그가 저음의 목소리로 말했다. 사람들은 그에 대해 말할 때면 대개 목소리부터 언급했다. 하지만 그녀는 이미 그 목소리를 들어봤기에 놀라지 않았다. 충격적인 것은 목소리에 깃든 어조였다. 고뇌에 찬 양손과는 완전히 딴판으로 밝고 의기양양했다.

"그렇군요, 부인, 손을 베였군요."

그녀가 이 승리감을 이해하지 못했던 것은 그가 지닌 믿음이 그녀에게는 없었기 때문이다. 즉, 누가 다치거나 병이 난다면, 예를 들어 다리가 부러진다면 죄를 지어 벌을 받는 것이라고 그는 믿었다. 하느님도 지랄맞지라는 소리를 듣고 상처를 본 그는 사건의 순서를 착각해 원인과 결과를 바꾸어 생각했던 것이다.

그녀는 리넨천을 찢어 붕대를 만들었다. 탁자에서 그러면서 양해를 구하지 않았지만, 사실 심장이 마구 방망이질했다. 스트래턴 부인이 복도에서 우산대를 가지고 법석을 떠는 소리가 들렸다. 그저 스콘이 준비되기를 기다리면서 지팡이와 우산을 바로 세우는 것이었다.

밀러 부인은 양 다리를 큰 탁자로 가져왔다. 도전적으로 행동하니 신이 났다. 티오필러스 맞은편에 양 다리를 내려놓았지만 그를 바라보지는 않았다. 그녀는 고개를 숙인 채 서서 일했다. 그 아들이 왔을 때도 양 다리 손질에 여념이 없었다. 전날까지만 해도 창문 너머로 소년을 종종 바라보곤 했었다. 소년은 헤나컴의 다른 남자애들과 전혀 달랐다.

성인 남자처럼 행동하는 여자애 같았다. 뒷길에서 찬송가를 부르는 소년의 목소리가 종종 들려왔지만 딱히 음성을 높이 사지는 않았다.

그후 스트래턴 부인이 불쑥 들어왔다. 양계장에 들러 들쑤시고 온 참이었다. 그릇에 담긴 달걀 중에는 암탉이 품으려던 달걀도 있을 것이다. 제대로 된 횃대를 설치하고 바람에 비가 들이치지 않도록 가림막을 친다면 좋을 텐데. 스트래턴 부인은 탁자에 달걀을 놓으며 밀러 부인에게 윙크했다. 윙크를 받아서 기쁘고, 식료품실로 내쫓기지 않아 더욱 기쁜 와중에도 그녀에게 또다른 짜증의 파도가 밀려왔다. 한숨을 쉬고 눈을 감았다. 스콘 굽는 것을 더이상 미룰 수 없었다.

"아빠." 소년이 부르는 소리가 들렸다. 목소리가 테너에서 알토로 높아졌다. 그럴 만한 나이였다. 그녀는 탁자에 밀가루를 뿌린 뒤 반죽을 밀었다. 밀가루가 손님의 영역이라고 간주될 만한 곳에 뿌려졌다는 점을 충분히 의식하고 있었다. 반죽에 박힌 재 알갱이가 나무 밀대를 통해 느껴졌다. 그녀는 저런 별난 사람들은 서로 무슨 이야기를 나눌지 궁금했다.

16
욥과 유다

아버지의 모든 것이 너무나 익숙하고 달콤한 나머지, 순간적으로 그는 아버지가 왜 여기 있는지는 잊은 채 여기 있다는 사실에만 집중했다. 아버지에게 달려가 안거나, 포름알데히드 냄새가 희미하게 풍기는 거친 푸른 서지에 얼굴을 부비고 싶었다. 예의범절 때문에 그럴 수 없다면 바위와 바다를 탐색하느라 늘 긁히거나 딱지가 앉은 강인한 손이라도 잡아보고 싶었다.

별로 건전하지 못한 무언가에 홀려서 정신이 나갔던 것만 같았다. 건조하고 좋은 곳으로 얼른 가고 싶었다. 그 순간 부엌 문가에 서 있자니 건조한 것과 좋은 것이 동의어처럼 느껴졌다.

그는 아버지가 일어서는 것을 보았다. 의자가 뒤로 밀쳐지는 소리를 들었다. 하인이 호기심을 보이며 주시하는 것을 알아챘다. 아버지가 모든 문제를 알아서 해결하리라고 그는 생각했다. 훌륭한 목자이자 탕자의 아버지인 그가 두 팔을 벌려 소년을 품에 꼭 안아 검소한 면 셔츠에 아들의 얼굴을 파묻고는 집으로 돌아가자고, 이 온갖 퀴퀴한 냄새로부터 벗어나 바닥 광택제의 사랑스럽고 금욕적인 향기로 돌아가자고 말하리라.

아버지가 그를 안았다. 하지만 오스카가 어떻게 해석해야 할지 알 수 없는 열정으로 전율하며 그를 꽉 쥐고 도로 밀어냈다. 아버지는 분노보다는 사랑에 휩싸여 있었지만 아들을 엄격하게 대하고 싶은 듯했다. 오스카는 하인 때문이겠거니 여겼다. 낯선 사람이 이런 상봉을 지켜보고 있으니 당혹스러웠다. 마찬가지로 아버지도 쑥스러운 것이 분명했다. 두 사람은 하인에게 바람을 담은 눈빛을 보냈다. 하인이 칼과 핏빛 뼈 토막을 챙겨들고 방에서 나갔다. 하지만 아버지와 아들이 의자에 앉기도 전에 이내 솔을 들고 돌아왔다. 솔질이 끝나자 이제는 놓여나겠거니 했다. 하지만 그녀는 다시 돌아와 탁자의 다른 쪽 모퉁이에 밀가루를 뿌렸다. 미안해하거나 서두르는 기색도 없이 반죽을 밀기 시작했다. 그때 스트래턴 부인이 달걀을 가지고 불쑥 들어와 밀러 부인에게 아침식사를 준비하라고 말했다. 하지만 밀러 부인은 무례하게도 그 지시를 무시하는 듯한 태도를 보였다.

낯선 사람들 앞에서 심중을 털어놓아야 한다는 점을 의식하자 두 사람은 서로 고통스러웠다. 덜 심각한 상황이었다면 정원으로 나가거나 길을 따라 걸었겠지만 아버지는 평소의 권위의식을 잃었고, 아들은 갈피를 못 잡고 아버지가 이끌어주기만을 기다리고 있었다.

2인분의 음식이 차려졌다. 오스카의 자리에 하얀 냅킨과 은 냅킨고리가 놓였다. 과시적인 은 고리는 아버지에게 모욕적으로 느껴질 것이다. 그것을 알기에 오스카는 부끄러웠다. 자신은 유다였다. 그의 알파와 델타는 이 사실 앞에서 아무 무게도 없었다. 키스를 받고 하물며 용서도 받겠지만 그는 유다였다. 집으로 돌아가도 그의 행복은 영원히 손상된 채로 남을 것이다. 신도들 앞에서 성경을 읽으라는 요청은 두 번 다시 받지 못하리라.

"너를 위해 기도한단다." 아버지가 말했다.

오스카는 그를 바라보다가 고개를 숙였다. 누르스름하고 핏발이 선 흰자위, 왼쪽 눈가에 생긴 붉은 타박상이 자기 때문이라고 생각하니 부끄러웠다. 이런 사달을 벌이다니. 아버지의 이마에는 베인 상처가 하나 있고, 턱수염 두 곳에 모래가 묻어 있었다.

스트래턴 부인이 둥근 모양을 좋아하는 걸 알면서도 루시 밀러는 스콘 반죽을 사각형으로 잘랐다. 옥스퍼드식으로 멋부릴 시간이 없었다. 독실한 위선자가 아들에게 속삭이고 있었다. 아들의 손가락을 묘하게 잡고는 탁자 모서리 위로 상체를 숙였다. 아들은 코를 훔쳐야 했다. 그녀는 고개를 돌렸다.

"너는 시간의 조수에 떠내려가고 있는 거란다." 아버지가 말했다. 헝클어진 목소리는 토피 사탕처럼 표면에 상처가 덕지덕지했다. 오스카의 귀에 그 목소리는 뼈를 잃은 것처럼 들렸다. 확신 없이 흐느적흐느적 늘어졌다.

하지만 티오필러스의 목소리를 듣는 순간 불쾌함까지는 아니어도 기이한 느낌이 루시 밀러의 뒷목을 스쳤다. 그녀는 쟁반에 기름칠을 했다.

"간밤에 스트래턴 씨가 말하길, 네가 하느님이 너를 위해 계획하신 바를 저버리기로 했다고 하더구나. 최후의 날 주님께서 '그대에게 축복이 내리길'이라고 말씀하실 때 너는 들을 수 없다니 참으로 끔찍하구나."

밀러 부인의 온몸에 소름이 돋았다.

오스카는 권위를 상실한 아버지의 모습에 당황했다. 아버지의 손아귀에서 손가락을 빼내고 싶었지만 어떻게 해야 할지 몰랐다.

"이건 네가 유혹을 받아 넘어간 것과는 다르다."

오스카는 티오필러스의 말을 귀담아듣지 않았다. 그가 듣고 있는 것은 어조였다. 소년은 생각했다. 아버지는 잘못된 믿음에 빠졌고, 그 점을 알고 있어! 그가 가여웠지만 화가 났다.

"네 육신의 약함 때문이 아니야. 육신의 약함은 쉽게 극복할 수 있지. 이건 영혼의 오만함 때문이야. 너는 하느님의 목소리에 귀기울여야 해."

아들의 입은 붉게 얼룩져 있었고, 초록색 눈은 낯선 사람을 보듯 아버지를 바라보았다. 그는 이 애정 없는 시선을 견딜 수 없었다. 그가 턱수염을 문질렀다. 모래가 탁자에 떨어졌다. 그는 모래를 바닥으로 쓸어내렸다. 그리고 생각했다. 오 주여, 제가 무엇을 잘못했나이까?

"하느님의 목소리에 귀기울였어요, 아빠."

계집애처럼 뼈대가 약해서, 걸음도 흐느적거리네, 밀러 부인은 생각했다. 꺽꺽대며 갈라지는 목소리에 설득력이라곤 조금도 없었다. 미약한 바람에도 물결이 이는 연못처럼 소년의 얼굴에는 감정이 고스란히 드러났다. 하지만 세상에, 저런 아이가 나중에 치안판사가 되기도 한다. 그녀는 스콘 쟁반을 들고 부리나케 오븐으로 갔다.

그녀는 아침식사에 대해 물으려고 다시 돌아왔다. 수선을 피우기에는 너무 늦었다. 차와 토스트 정도 권할 생각이었다. 아버지가 아들에게 묻고 있었다. "그럼 왜 여기 있는 거니, 아들아? 왜 이런 집에 앉아 있니?"

소년은 안절부절못했다. 나무의자 등받이에 대고 몸통을 배배 꼬았고 무릎 위의 두 손은 서로 전쟁중이었다. 다리가 탁자를 걷어찼다. 하지만 그 모든 몸짓이 일종의 공포를 암시하고 있는데도 눈만은 고요했다. 밀러 부인은 헤나컴 사람들이 쏟아낼 모든 비난에 맞서 아이를 보호하고 싶어지는 무언가를 보았다. 그저 '선하다'고 부를 수밖에 없는 무언가를.

그녀는 그들에게 아침식사를 어떻게 할지 물었다. 그 집 형편에 당치도 않은 음식을 권했다. 훈제 청어와 달걀을 요리하려고 했다. 그들이 원하는 대로 달걀을 약한 불로 삶거나 아니면 돼지비계에 튀겨 빵과 함께 줄 수 있었다. 소년에게 선물을 주고 싶은 마음이었다. 하지만 그들은 그녀를 보더니 무시했다. 참으로 거만한 아버지인 듯했다. 그녀의 판단이 얼추 옳았다. 하지만 아들 역시 아버지를 흉내내고 있었다. 그녀는 빵덩어리를 얇게 잘라 토스트를 만들러 갔다.

토스트를 가지고 돌아온 그녀가 맞닥뜨린 것은 힘줄이었다. 아버지와 아들의 힘줄. 둘 다 목의 힘줄이 팽팽히 불거져 있었다. 눈물이 아버지의 뺨을 타고 흘러내려 턱수염으로 사라졌다. 그녀는 아버지가 아들에게 애원하고 있나보다고 추측했지만 잘못 생각한 것이었다. 그는 애원할 수 없었다. 그저 견딜 뿐이었다.

바로 그 순간 오스카는 아버지의 자아도취가 얼마나 심각한지 깨달았다. 오스카가 행하고 느낀 이 모든 일이 아버지의 눈에는 하느님이 아버지 자신에게 내린 벌로 비친 것이었다. 오스카는 그저 하느님이 분노를 표현하기 위한 수단에 지나지 않았다.

아버지는 집으로 돌아오라고 하지 않을 것이다.

그는 숨을 잘 쉴 수 없었다. 배가 욱신거렸다. 공포가 그를 덮쳐 꼼짝 못하게 옭아맸다. 그는 물에 빠진 아이처럼 고개를 이상하게 높이 쳐들었다. 그래서 기다란 목에 힘줄이 불거졌던 것이다.

그들은 냅킨을 집어 무릎 위에 펼쳤다. 공기가 눈물로 축축했다.

"집으로 돌아오라고 명령하지 않겠다, 오스카. 매일 너를 위해 기도하마."

"저도 아버지를 위해 기도하겠어요."

그리고 둘 다 울었다. 밀러 부인은 토스트를 그들 앞의 꽂이에 놓고 잔에 차를 따랐다. 그들은 손을 놓고 서로 떨어져 앉아 마치 기도라도 하듯 고개를 숙이고 울었다.

17
흠집난 부츠

틴머스와 토키에 그 일이 알려졌다. 스트래턴 부인은 뉴턴 애벗의 시장터에서 아무리 봐도 기독교인 같지 않은 두 여인네가 그 일에 대해 떠드는 것을 들었다. 일요일이면 대지주의 예배당까지 걸어가는 바바컴의 침례교도들이 일부러 에두르는 길을 택해 헤나컴을 지나가며 이 새로운 현상을 구경했다. 플리머스 형제회 신도들이 성공회 사제관의 무너진 대문 앞에서 무릎 꿇고 기도하고 있었다. 대문 앞은 잘 다듬어진 잔디밭도 아니어서 무릎 꿇고 있기가 불편했다. 블랙베리와 쐐기풀투성이였지만 신도들은 아랑곳하지 않았다. 바람을 피할 오두막을 찾는 소떼라도 되는 듯 대지를 평평하게 다졌다. 어찌나 차분하고 단정하게 무릎을 꿇고 있는지 그들의 무릎이 찔린다거나 발목에서 피가 나리라고는 생각할 수 없었다. 남자들은 목에 붉은 손수건을 묶고, 여자들 중 일부는 주황색 술을 두르고 있었다. 한두 명은 검은 양복 차림이었지만 대부분의 남자는 긴 셔츠를 입고 있었다. 가슴에 하얀 무늬를 수놓은 푸른색 셔츠도 이따금 눈에 띄었으나 대체로 눈처럼 새하얗게 빛나는 셔츠였다. 그들 모두 정원의 꽃처럼 만개해 있었고, 어떤 고통의 기색도 비치지 않았다.

침례교도들은 조용히 줄지어 그들 곁을 지나쳐 길굽이를 돈 후에야 입을 열었다.

플리머스 형제회는 무엇을 위해 기도하는지 결코 밝히지 않았다. 스트래턴 신부는 자신의 몰락을 위해 빈다고 생각했지만, 기도하는 이들은 스트래턴 신부가 어차피 구원받지 못하리라는 걸 알고 있었다. 그들의 기도는 오스카, 어린 오스카를 위한 것이었다. 하얀 턱수염을 기른 어르신들과 새하얀 보닛을 쓴 젊은 여자들이 얼굴을 찌푸리자 이마에 주름이 패었다. 이 죄인이 우리에게로 돌아와야 주님의 집에 큰 기쁨이 퍼질 것이다.

옆을 씩씩하게 걸어서 지나치는 성공회 교도들은 티오필러스가 여전히 기도에 동참하지 않는다는 점만 주목했다. 성공회 교도는 많지 않았다. 겨우 넷이었다. 티오필러스가 이 기도에 동의하지 않는다는 것을, 자신의 교만 때문에 아들을 빼앗겼다고 믿는다는 것을 그들 역시 다른 사람들과 마찬가지로 알고 있었다. 그는 이런 일이 벌어진 건 그의 죄 때문이고, 따라서 벌을 받아야 할 사람은 다른 누구도 아닌 그 자신이며, 신도들이 블랙베리 사이에 무릎 꿇는 일을 찬성할 수 없다고 주장했다. 하지만 누구도 이 일을 그의 잘못으로 여기지 않았다.

헤나컴 사람들은 오스카를 비정상적이라고 보았다. 혈기 왕성한 사내아이라면 몰라도 오스카가 그러다니 받아들일 수 없었다. 열여섯에 벌써 어부 노릇을 거뜬히 해내는 다부진 젊은이라면 아버지 얼굴에 주먹을 날리고 심지어 코피를 터뜨릴 수도 있으리라. 바람직한 행동은 아니지만 그렇다고 해서 사람들이 대문가에 모여 기도할 일은 아니다. 예배당 가는 길을 돌아갈 일도 없었을 것이다. 하지만 오스카는 너무 여자애 같고, 남에게 피해를 끼치는 법도 없는 아둔한 아이였다. 하트 모양의 무구한 얼굴을 한 아이가 그런 짓을 저지르다니 자연스럽지 않았다. 이야기에 나오는 도깨비나 마귀 같았다. 어린애의 몸에 어른의 목소리를 지닌 존재가 달리 또 뭐가 있겠는가? 소년의 마음은 효심으로 들끓고 있었지만 아무도 그러리라 믿지 않았다. 소년은 결혼이 파탄나거나 자식을 잃은 어른이나 겪을 만한 고통을 당하고 있었다. 고독 속에서 마음이 갈가리 찢기며 죽을 것 같았다. 아버지의 규율은 더이상 지킬 필요가 없었다. 이제는 음악과 춤과 시와 푸딩이 악마의 짓거리로 여겨지는 집에서 살지 않으니 마음이 한결 가벼워져야 마땅할 텐데 전혀 그렇지 않았다. 그의 세계는 열리기는커녕 닫혔고, 슬픔과 당혹을 덜어낼 길 없이 사제관 안에 갇히고 말았다. 아버지가 이런 곳에 자신을 버려둬서 화가 났다. 하지만 어찌 아버지를 탓할 수 있겠는가? 그는 위통에 시달렸고 세 번이나 침대에 오줌을 쌌다.

스트래턴 부부의 집은 마음에 들지 않았다. 습기며 곰팡이며 썩어가는 이엉의 시큼한 냄새가 한데 섞여 끔찍했다. 훗날 그의 기억 속에서 그 냄새는 실패와 실망과 뒤섞였다. 스트래턴 부부는 친절했지만 집안에는 긴장감이 흘렀다. 소년은 이해되지 않았다. 시간도 안 되었는데 울어대는 시계가 잔뜩 있었다. 신경이 날카롭게 곤두섰다. 확실히 신학적인 가르침을 받기는 했지만 가장 중요한 주제는 돈과 엑서터 주교였다. 그가 집안 형편에 짐이 되고 있다고는 아무도 말하지 않았으나 그로서는 의식하지 않을 수가 없었다. 밤마다 그는 하느님에게 스트래턴 부부에게 돈을 주십사 빌었다. 깨끗하고 하얀 뭔가에 닿으면 잉크가 고스란히 찍혀버리는 조악한 신문처럼 때때로 잡념이 기도중에 끼어들었다. 이것 때문에라도 하느님은 소년이 다른 어딘가로 가고 싶어한다는 걸 분명 아실 것이다.

그의 지도가 줄어들었다. 지도의 경계 주위에 한 치 앞도 보이지 않는 안개가 내려앉았다. 그 너머로 플리머스 형제회 신도들이 입은 셔츠가 흐릿하니 어슴푸레한 형체로 덩어리져 보였다. 이 말없는 불분명한 얼굴들로 인해 죄책감이 세차게 소년을 후려쳤다. 모자로 덮인 이마와 비틀린 입술과 비판적인 눈이 생생히 그려졌다. 혹시 자신이 악마의 속임수에 넘어간 것은 아닐까 두려웠다. 사제관 안으로 살금살금 들어가 쥐똥나무 뒤에 숨었다. 스트래턴 부인을 따라나가지 않으려고 원예에 관심이 있는 척했다. 그녀는 일명 '우리의 작은 양떼'인 침례교도들에게 기부를 하려고(시들어빠져서 더는 보관할 수 없는 당근이었다) 안개에 싸인 다운스로 갔다.

우체국으로 심부름을 가는 길에 그는 커다란 하얀 형체와 마주쳤는데, 그것이 윌리엄스 부인으로 변하더니 막대기를 들고 쫓아왔다.

한번은 컴 패퍼드에서(스트래턴 씨를 찾으러 나간 것이었지만 알고 보니 그는 위층 침대에서 코를 골며 자고 있었다) 양동이를 들고 가는 아버지와 마주쳤다. 시간이 흘러, 삼위일체 축일* 후 열번째 일요일 즈음이었다. 석 달 만의 부자 상봉이었다. 세찬 바람이 몰아쳤다. 그들의 입이 바람에 짓눌려 꼼짝도 하지 않아 숨이 막혔다. 아버지는 몸이 쪼그라들어 있었다. 키가 족히 7센티미터는 줄어든 듯 보였다. 눈 아래 상처가 났다가 아물어가는지 피부가 주글주글하고 시퍼렜다. 입가에는 침이 허옇게 말라붙어 더께져 있었다.

아버지가 걸음을 멈추었다. 그리고 양동이를 내려놓았다. 오스카는 양동이 안을 들여다보지 않았다. 앤시아 말미잘의 섬세한 촉수는 이제 그에게 허용되지 않았다. 이것들의 이름을 배우는 일도, 현미경으로 들여다보는 일도 없을 터였다.

"안녕, 꼬맹이 오스카." 아버지가 말했다.

"안녕하세요, 아빠."

"너를 위해 기도한단다, 아들아. 너도 나를 위해 기도하니?"

"네, 아빠."

티오필러스는 웃으려고 했지만 미소는 이내 사그라들어 수염이라는 피신처로 도로 빨려들어갔다. 그는 고개를 끄덕이고는 몸을 숙여 양동이를 집어들고 집을 향해 발걸음을 떼었다. 조용히 걸어가려 했던 듯하지만, 세찬 바람 탓에 양동이들끼리 부딪치며 멀어져가는 가운데 쨍강대는 소리는 기이하리만치 오랫동안 아들의 귀를 괴롭혔다.

티오필러스는 아들이 이른바 성체성사에서 성공회 사제를 보조한다는 사실을 알고 있었다. 붉은 수단과 하얀 중백의를 걸치고 제병이 담긴 은쟁반을 들고 있는 아들의 모습이 끊임없이 뇌리에 떠오르며 그를 괴롭혔다. 한 시간 동안 열 번도 넘게 마음의 눈으로 그 모습을 생생히

* 삼위일체인 하느님을 기리는 대축일.

그렸다. 하지만 이제, 컴 패퍼드에서 그는 아들의 부츠를 마음에 담아 갔다. 여기저기 흠집이 나고 긁히고 발끝이 하얗게 바래 있었다. 제대로 관리되지 않았다. 오른쪽 부츠 끈이 끊어졌건만 새것으로 바꾸지 않고 위에서 세번째 구멍에 형편없이 작은 매듭으로 묶여 있었다.

18
39개 신조*

"오리얼 학장 앞에서는 이렇게 유쾌하지 않을 거야." 스트래턴 씨가 말하며 낫으로 풀을 벤 자리를 가리켰다. 정말 유쾌했다. 삼위일체 축일 후 세번째 일요일은 따스하고 화창했다. 설령 풀 사이에 엉겅퀴가 있다 해도 눈에 띄지 않았다. 해시계는 마침내 무성한 잡초에서 구출되어 시간을 알려주었다. 나비들이 연한 그림자를 기우뚱하게 드리웠다. 스트래턴 씨는 담요를 풀밭에 펼치고는 손차양을 하고 오스카를 응시했다.

오스카는 등받이가 곧은 의자에 앉았다. 신부가 담요에 같이 앉자고 권했지만 그는 얼굴을 그늘 아래 두고 앉는 게 더 좋았다.

---

* 39개의 조항으로 이루어진 성공회의 요강.

"거기도 나름 유쾌할 거야." 도로 일어나 산울타리 안을 이리저리 서성이던 스트래턴 부인이 말했다. 가만있을 수가 없는 듯했다. "거기도 나름 유쾌할 거야. 차도 내줄 거고."

스트래턴 씨가 대꾸했다. "유쾌하기야 하겠지. 하지만 그들은 퓨지 박사를 잊지 않았어. 시험은 무척 엄격하게 치러질 거야."

"엄격하겠죠. 하지만 설마 여보, 앵무새처럼 달달 외우리라고는 그 사람들도 기대하지 않을걸요."

스트래턴 씨는 등이 안 좋아 끙끙댔지만 편한 자세를 찾을 수가 없었다. "트리니티에서는 완벽하게 외워야 할걸."

"하지만 오리얼에서는 안 그렇잖아요."

"그야 그렇지."

"교리문답 같진 않다는 걸 이애도 알아야 해요, 휴. 말하자면, 신앙의 기본 토대를 알아야 하는 거잖아요. 내 말 알겠니, 오스카?"

"네." 오스카는 대답했다. 바짓가랑이가 뜯어지고 있었다. 몸이 계속 자라서 처음 여기 왔을 때 입은 옷이 맞지 않았다. 흰털발제비가 그의 머리 위로 이리저리 날다가 지붕 박공에 틀어놓은 둥지로 향했다.

스트래턴 부인이 '신앙의 기본 토대' 이야기를 할 때면 소년은 마뜩잖았다. 그녀는 종종 그 이야기를 꺼냈고, 그럴 때면 지금처럼 서성이기 시작했다. 오스카는 마음의 눈으로 그 토대를 보았다. 늪과 도랑투성이였다. 높다란 풀과 짙은 안개로 가득한 지대였다. 스트래턴 부인은 오스카가 어서 그곳으로 들어가기를 간절히 바라지만, 그런 곳에서는 길을 잃기 십상이었다.

그도 39개 신조를 믿고 싶었다. 성경을 믿듯 신조를 믿을 준비가 되어 있었다. 스트래턴 부인이 늪이 많은 '토대'로 끌고 가려 하자 그는 허리를 곧추세워 앉고 얼굴을 당겨 미소를 지었다.

스트래턴 부인은 풍성한 푸른색 치맛자락을 한 손으로 든 채 들쑥날쑥 다듬어진 풀밭을 성큼성큼 걸었다. 남편의 제자를 혼란스럽게 하려는 시도는 아니었다. 하느님의 은총이 직접적으로 주어지는 것인지, 아니면 성서를 통해 구해지는 것인지 그저 묻고 싶을 뿐이었다. 남편은 보리차를 홀짝였다. 제자는 그녀에게 상냥하게 미소를 지었다. 스트래턴 부인은 매우 행복했다.

오스카의 미소는 가면이었다. 그는 그녀가 하는 말을 모조리 흘려들으려고 했다. 그녀는 의심과 논쟁을 불러왔다. 그는 그저 확실성을 원했다. 그렇기에 귀를 닫아버렸다. 그리고 소리 없이 아타나시우스 신경, 니케아 신경, 사도 신경을 읊었다.

스트래턴 부인은 '토대'를 정신없이 내달렸다. 언덕으로 향하다가 이내 그만둬버렸다. 그리고 도랑으로 뛰어들어 환한 초록 계곡에서 당당하게 종종걸음쳤다. 그녀는 질문을 상정하고, 이어서 그것을 무너뜨렸다. 자신의 질문이 부정확함을 증명했다. 불을 붙이고 타들어가는 것을 구경했다. 그녀는 이제, 하느님의 은총은 주어지는 것도 구해지는 것도 아니라고 주장했다.

오스카는 계속 미소 짓느라 얼굴이 땅겼다.

스트래턴 부인이 멀리 모과나무까지 갔다가 돌아와서는 하느님의 은총은 교회에 의해 제시되고 개인에 의해 증명되는 것이라고 주장했다. 이 점에 대해 남편과 열렬히 토론하며 음악을 지휘하듯 손을 올렸다 내렸다 하며 흔들었다.

오스카는 거의 못 견딜 지경이었지만, 스트래턴 부부가 논쟁을 대단히 즐기고 있다는 사실은 명확했다. 스트래턴 씨는 차를 새로 끓여달라고 밀러 부인에게 세 번이나 부탁했으나 차가 얼마나 남았고 언제 떨어질지에 대해서는 한 번도 걱정하지 않았다.

스트래턴 부인은 교리를 정할 때 판단력을 발휘해야 한다고 했다.

또한 의심하는 마음은 죄악이라고도 했다.

또한 의심하는 마음은 기독교인에게 최고의 정신 상태라고도 했다.

오스카는 드넓은 바다의 높다란 돛대 위에 있는 겁먹은 소년처럼 참아냈다.

19
기독교 이야기

나의 아버지, 어머니, 형, 누나, 그리고 나는 다음을 믿었다.

오병이어의 기적.

처녀 잉태의 기적.

병자를 치유하고 마귀를 내쫓은 모든 기적.

예수가 죽은 나사로를 되살린 것을 믿었다.

하나님이 불타는 나무에서 말씀한 것을 믿었다.

모세의 지팡이가 뱀으로 변한 것을 믿었다.

아론의 지팡이가 뱀으로 변한 것을 믿었다.

강물이 피로 변한 것을 믿었다.

하나님이 개구리떼를 보낸 것을 믿었다.

하나님이 이를 보낸 것을 믿었다.

하느님이 역병을 보낸 것을 믿었다.

종기를 보낸 것을.

우박을 보낸 것을.

메뚜기를 보낸 것을.

하느님이 이집트인들의 장자를 데려갔다고 믿었다.

요나와 고래 이야기를 믿었다.

롯의 아내가 소금 기둥으로 변했다고 믿었다.

하느님이 홍해를 갈라지게 했다고 믿었다.

예수가 갈릴리호수 위를 걸었고, 물을 포도주로 변하게 했고, 죽은 뒤에 부활하여 천국으로 올라갔다고 믿었다.

우리는 1860년대 사람들이 가졌던 의심을 전혀 품지 않았다. 크리스마스에는 판지와 은박지로 베들레헴의 별을 만들었다.

20
뉴사우스웨일스의 종려주일

고향인 엑서터에는 마땅한 종려나무가 없었다. 하지만 패러매타*에는 교회 장식에 쓸 종려나무가 두 종류나 있어서, 식민지에 막 도착한 열 살 소녀 엘리자베스 멀린스는 신이 났다.

주일학교 아이들이 교회를 장식하기로 되어 있었다. 고향과는 풍습이 달랐다. 이곳 관례였다. 아이들이 거리에서 기다리는 동안 어른들이 수레에서 종려나무 잎을 끌러 길바닥에 던져놓았다.

의사인 새비지 씨의 딸 레티 새비지가 두 남동생과 함께 있었다. 레티 새비지는 엘리자베스의 손을 쥐고 있었고, 그녀에게 벌써 비밀 두 가지를 말해주었다. 시장의 아들도 있었는데, 창백하고 자그마한 소년

* 오스트레일리아 뉴사우스웨일스주의 도시.

으로 무척 조용했다. 사제의 예쁜 두 딸도 있었다. 그들 모두 좋은 집안 출신으로, 예의범절에 맞게 행동했다. 아이들은 수레 옆에, 하지만 적당히 떨어져 얌전히 서 있을 뿐 수다를 떨거나 낄낄대지 않았다.

엘리자베스는 자신이 왜 그랬는지 끝끝내 몰랐다. 흥분한 탓도 있었다. 그토록 따뜻한 햇살 속에서 부활절을 준비한 탓도 있었다. 그녀가 종려주일에 대해 훤히 알고 있다는 점을 주일학교 선생님인 아현 양이 알아주었으면 싶기도 했다.

수레가 멀어지자 엘리자베스는 종려나무 잎을 집어들고 흔들었다. 그녀는 활달한 성격은 아니었다. 사실 다소 수줍음을 타는 편이었다. 하지만 그날의 예루살렘에 있기라도 한 양 열렬히 종려나무 잎을 흔들었다.

검은 턱수염이 무성하고 자그마한 귀가 툭 튀어나온 남자가 배가 불룩한 작은 말을 타고 처치 스트리트를 지나갔다. 그녀는 그의 모습을 보았고, 앞으로 영원히 그 모습을 보게 될 것이다.

그녀는 그저 말발굽 아래에 종려나무 잎을 놓으려고 했을 뿐이다.

"호산나. 거룩하시도다." 그녀가 외쳤다. 훗날 기억 속에서 그 목소리는 새되고 어리석게 들릴 것이다.

이때 일어난 일은 평생토록 그녀에게 선연했다. 말이 앞발을 번쩍 들고, 남자의 입이 벌어지고, 끔찍한 궤적을 그리며 그가 추락했다. 그의 머리에서 호두가 깨지듯 선명한 소리가 났다.

21
루신다

그 인형은 흙바닥 오두막집의 잼 단지에서, 아니 여러 잼 단지 중 하나에서 꺼낸 돈으로 산 것이었다. 루신다 르플래스트리어가 태어난 뉴사우스웨일스의 집에는 수많은 잼 단지가 있었는데, 일부는 보이고 일부는 보이지 않았다. 두껍고 땅딸막하고 묵직한 잼 단지들은 별로 중요하지 않은 것으로, 반 페니 동전이나 4분의 1페니 동전이나 웅크린 두꺼비 등 은의 입맞춤을 받지 못한 것들로 가득찬 채 가보인 벽시계 옆의 뒤틀린 벽난로 선반에 놓여 있었다. 그중 하나는 교회 헌금 접시에 바칠 돈을 모으는 푸르스름한 단지였고, 다른 하나는 우표나 잼이나 다른 사치품을 넣는 흠집난 초록 단지였다. 이 두 단지는 결코 꽉 차는 법이 없었다. 하지만 무쇠 스토브 뒤에 좀더 키 큰 단지들이 숨겨져 있었고, 엮은 욋가지에 진흙을 바른 초벽 속에도 단지가 여럿 있었다. 벽 속의 단지들은 마른 진흙으로 덮여 있어서 누가 그 자리를 본들 평범한 초벽으로 여길 수밖에 없었다. 설령 진흙이 덜 말라 있더라도 또 바람구멍이 생겨서 그녀의 아버지가 여느 때처럼 낡은 신문과 진흙으로 메웠나보다고 짐작하고 말 터였다.

멋진 책들 뒤에도 잼 단지가 감춰져 있었다. 어머니는 늘 다른 일을 하다 말고(화이트소스를 만들거나, 중앙 탁자에서 비누를 네모나게 자르다가도) 헝겊으로 책의 먼지를 쓱쓱 떨었는데, 마치 도마뱀의 혀가 칼라일, 발자크, 세네카, 디킨스, 조르주 상드, 존 스튜어트 밀, 그리고 어머니의 오랜 친구인 메리 앤 에번스의 소설들에서 하얀 흙먼지를 핥는 듯했다. 메리 앤이 애정을 담아 서명해준 책들 뒤에서 재 냄새를 풍기는 단지에는 1페니와 심지어 3페니가 가득했다. 그것은 생일 단지였다.

인형을 산 돈은 바로 이 생일 단지에서 나왔다. 때로는 어머니의 뜻에 반해 구입한 게 아닐까 싶었다. 인형을 꼭 끌어안은 루신다를 보며 어머니가 종종 날카로워졌기 때문이다. 하지만 때로는 어머니의 생각이지 않았을까 싶었다. 아버지가 지지부진한 농장 일이나 무지한 이웃 때문에 지치거나 우울할 때면 어머니의 사치욕을 놀려댔기 때문이다. 사치란 그 인형을 의미했다. 그 외에는 달리 사치라 부를 것이 없었다.

그 인형은 그녀의 아홉번째 생일 선물이었다. 엄마와 아빠처럼 인형도 배를 타고 세계를 가로질러왔다. 밝은 파란색 눈과 밀 같은 노란색 머리칼을 가진 매우 예쁜 인형이었다. 도자기처럼 매끈한 인형의 뺨을 더운 날 목에 대면 시원했다. 특별히 이 인형을 구입하기 위해 메리 앤 에번스*가 마차를 타고 박람회장을 찾았었다. 그때만 해도 루신다는 박람회가 무엇인지도 모른 채 '탐험'**이라는 말에 깊은 인상을 받았다. 그러다 훗날 그 인형이 그녀가 어른이 된 후 그토록 찬양해 마지않던 바로 그 건물에서 온 것이 틀림없다는 사실을 깨달았다. 바로 수정궁이었다.

그날 그녀는 인형을 갖고 뒤편 개울로 놀러가려고 허락도 없이 '아기 서랍'에서 코바늘로 뜬 하얀 숄을 꺼내 인형을 쌌다. 숄로 인형을 싼 것은—비록 기억에도 없을 만큼 남동생들이 모두 어린 나이에 죽긴 했지만—아기를 품에 안을 때 그렇게 해야 한다고 알았기 때문이다.

"나쁜 바람이 불고 있대." 그녀가 인형에게 말했다. 어머니는 그녀가 인형과 이야기하는 걸 싫어했다. 어머니가 들었다면 '그만'이라고 말했을 것이다. 하지만 어머니는 거기 없었다. '어리석고 불쌍한 것'(오헤이건 부인)의 출산을 도우러 간 것이었다. 오헤이건 부인이 지난번 아기를 낳았을 때를 또렷이 기억하는 루신다는 오늘은 더이상 잔소리를 듣지 않으리라는 것을 알았다.

뒤편 개울에 가려면 우선 집 뒤쪽의 다른 개울을—실제로는 강이었다—먼저 건너야 했다. 개울에는 징검다리가 놓여 있었지만, 징검돌이 기우뚱하고 위험한데다 비만 오면 늘 위치가 바뀌었다. 그녀는 장화를 신었다. 또한 아버지의 작업대에서 아교 단지를 '빌렸다'. 바로 이 점 때문에 그녀가 마침내 팔만 제곱미터의 방목장을 가로질러 노란 모래밭에 찻물처럼 물이 흐르는 곳에 이르렀을 때 그런 사고가 벌어진 것이,

* '조지 엘리엇'이라는 필명을 쓴 19세기 영국 소설가.

** exhibition(박람회)을 expedition(탐험)으로 잘못 알아들은 것.

그런 일을 행한 것이 결코 충동적인 행동이 아니었음이 명백해졌다. 온화하고 무심한 아버지가 전혀 그답지 않게 그녀를 향해 '고집쟁이'에다 '비밀스럽다'고 비난했을 때, 그조차도 자신의 말을 믿지 않았다.

노인들의 얼굴 같은 자그마한 흰구름이 빠르게 흘러가는 화창하고 맑은 겨울날이었다. 바람만 피할 수 있다면 꽤 따스한 날씨였다.

루신다는 무너져내리는 강둑을 기어올라 뒤편 개울을 향해 목초지를 가로질러갔다. 어머니가 그녀의 아기 시절 품었던 기대와 희망과는 반대로 그녀는 나이에 비해 키가 작았다. ("아기 발이 어찌나 큰지!" 엘리자베스는 메리 앤 에번스에게 자랑스레 썼지만 헛된 기쁨이었다.) 그녀의 보폭은 좁고 일정했으며, 빠르지만 서두르는 기색은 없었다. 사실 그녀는 긴장했지만 신이 났다. 혼자 뒤편 개울에 가기는 처음이었다. 아무도 금지하지는 않았지만 만약 그녀가 물어본다면 허락하지 않을 게 뻔했다.

뒤편 개울은 한때 원줄기였지만, 1821년에 내린 큰비로 물길이 느닷없이 바뀌었다. 그 결과 르플래스트리어 가족이 세운 오두막 바로 뒤쪽의 미첼스 크리크는 새로운 미첼스 크리크가 되었다. 그 주변에 자라는 나무들은 삼십 년도 채 안 된 반면, 뒤편 개울에는 옹이진 늙은 나무들이 빽빽이 우거졌으며 원주민들이 카누와 각종 도구를 만드느라 나무껍질을 벗긴 흉터가 심심찮게 보였다.

뒤편 개울 옆 숲속은 어두웠고 낙엽이 떨어져 알록달록 수놓인 개울물은 느릿느릿 흘렀다. 우거진 나뭇잎 사이사이로 티끌 같은 빛이 새어들었고, 땅에서 사는 작은 새들이 바로 옆의 덤불에서 놀라 소란스레 종종거렸다. 이곳은 원주민의 땅이었다.

루신다는 푹신푹신한 카키색 풀다발에 인형을 누이고 칙칙한 먼지 빛깔 자갈에 아교 단지를 올려놓았다. 그러고는 잔가지와 나무껍질을 모았다.

작은 모닥불을 지필 장소로는 바위와 자갈로 이루어진 널따란 섬 한가운데를 골랐다. 그 주위로 느릿느릿 흐르는 타닌색 물은 이파리나 조그맣고 둥근 아카시아꽃이 떠내려가지 않았다면 정말 흐르는 것인지 긴가민가할 정도였다.

그녀는 능숙하게 장작을 쌓았다. 아교 단지를 놓을 돌덩이 두 개를 갖다두었다. 앞치마 주머니에 밀랍성냥이 들어 있었다. 불을 붙인 뒤 쪼그려앉아 옥양목 앞치마로 무릎을 덮고 가만히 불꽃을 바라보았다. 지적이고 사려 깊은 얼굴이었다. 높은 이마, 완벽한 아치형의 짙은 눈썹. 살짝 얇지만 예쁘게 활 모양을 그리는 윗입술은 쉴새없이 늘어났다 줄어들었다 하며 그녀의 열정을 드러낼 만큼 표현력이 풍부했다. 도톰한 아랫입술은 언젠가는 관능적으로 보일 테지만, 지금은 눈꺼풀이 반쯤 감긴 커다란 초록 눈과 대비되어 조숙한 냉소적 유머가 있는 듯 착각하게 만들었다. 머리카락은 붉은 기가 도는 갈색으로, 빨간색보다 갈색에 가깝지만 여기 개울가에서는 티끌 같은 빛이 한 조각 드리워, 살짝 후광을 띤 꼬불꼬불한 머리가 붉게 빛났다.

그녀는 자신의 머리카락이 마음에 들지 않았다. 어머니의 귀갑 머리빗에 머리가 걸리기 일쑤였다. 어머니와 아버지 모두 검은 직모인지라 빗이 물을 가르듯 술술 지나갔다. 그녀는 펜으로 그은 선처럼 나란히 단정하게 뻗어 있는 부모님의 머리카락을 사랑했다. 이다음에 나이가 들면 머리카락이 바뀌어 빗이 걸리지 않고, 머리핀도 마침내 그녀 뜻대로 단정히 꽂히리라고 생각했지만, 아버지가 그 오해를 조심스럽게 바로잡아주었다.

사실 뒤쪽 방목장을 가로지르는 금지된 여정을 떠난 목적도 오직 검은 직모에 대한 사랑과 관련있었다. 인형에게 선물을 줄 계획이었다. 아교 단지가 편안하면서도 독특한 향을 내뿜기 시작하자 (겨, 잘라낸 나뭇가지, 트위드, 사과 껍질, 잉크 냄새와 마찬가지로) 필연적으로 아버지를 연상시켰고, 그녀는 인형을 무릎에 얹고 머리카락을 뽑기 시작했다.

루신다처럼 인형의 머리카락도 꼬불꼬불했다. 물론 갈색인 그녀의 머리와 달리 금발이었다. 그녀는 인형의 머리카락을 한 줌씩 잡아뽑으며 찡그린 얼굴로 눈을 꼭 감았다.

"아, 얌전히 있어. 몸을 비틀고 빠져나가려 해봐야 더 아프기만 할 뿐이야."

뒷면에 왕립학술원 회원 존 벨의 이름이 적힌 봉투에 머리카락을 넣었다. 그건 그렇고, 에이블 르플래스트리어가 『브리태니커백과사전』에 그토록 긴 설명과 함께 등재될 수 있었던 것은 바로 존 벨 덕분이었다.

이윽고 봉투가 푹신하니 두툼해졌다. 예상과는 달리 인형의 머리는 반짝반짝 빛나는 대머리가 아니라 끈적거리는 갈색 포대와 약간 비슷한 물질로 덮여 있었다.

"자, 봐. 그리 아프지 않잖니."

하지만 그녀는 약간 겁이 났다. 자신이 한 짓 때문이 아니라 지금 있는 장소 때문이었다. 그녀는 주위를 둘러보며 짙게 그늘진 무성한 덤불을 응시했다.

"나는 원주민들을 좋아해. 패러매타 시장市長보다도 더 좋아해." 그녀는 인형에게 소리 내어 말했다. 하지만 아까의 평정을 얼마간 잃었다. 아버지가 짐말의 검은 꼬리를 다듬을 때 그녀가 챙긴 털을 담아둔 다른 봉투로 손을 뻗어 쥔 뒤 손가락을 놀리는데, 순식간에 모든 것이 잘못되고 말았다.

풀이 인형의 얼굴을 타고 흘러내리며 커다란 푸른 눈을 가로질렀다. 솔로 풀을 닦아내려 했지만, 지워지기는커녕 오히려 지저분한 갈색 얼룩이 생겼다. 그래서 개울물에 인형을 씻으려고 했다.

검은 머리카락이 찰랑찰랑 떨어지는 모습은 이미 마음의 눈으로 충분히 보았었다. 특히 기도를 한 후 잠에 빠져들면서 종종 자세히 상상했다. 하지만 예상과 달리 머리카락은 제멋대로였다. 끈적끈적하니 서로 엉겨붙어 납작해졌다. 그녀는 인형을 자갈밭에 놓고 이제 어떻게 할지 고민했다. 자신의 목과 이마를 문지르자 갈색 자국이 남았다. 이윽고 인형에 풀을 더 바르고 털을 한 움큼씩 붙였다. 떨어져내리는 털을 다시 붙였다. 상상했던 장면과는 딴판이었다. 마음 한구석은 식겁했지만, 다른 한구석은 자신이 인형에 가한 커다란 변화에 짜릿했다. 마치 마법처럼 인형이 다른 사람이 되었다. 아직 지도에 그려지지 않은 땅의 원주민 같았다. 아버지라면 어딘지 알 것이다. 만약 모른다면, 그럼 아는 척이라도 해주겠지.

그녀는 자신이 야기한 소동에 준비가 되어 있지 않았다. 오후 느지막이 인형을 가지고 오두막으로 돌아가니 빵도 버터도 없었다. 사실은 저녁 자체가 없었다. 끔찍한 일이 벌어지기 시작했다. 어머니가 그녀의 다리를 때렸다. 전에도 한 번 이런 적이 있었다. 어머니는 노발대발

했다. 그러고는 화가 빨리 가라앉았다. 하지만 아버지는 격분하는 법이 없고 몸이 떨리지도 않았다. 흔들림 없고 침착하고 결코 야단법석을 떠는 법이 없었다. 심지어 고향에서 온 편지를 패러매타 어딘가에서 잃어버렸을 때도 그랬다. 그런 아버지가 인형을 보았다. 그녀는 인형을 아버지에게 높이 쳐들었다. 아버지가 우뚝 멈춰 서더니 입을 벌리고 몸을 부들부들 떨었다. 그러더니 가장 좋은 접시를 벽에 던지는 바람에 하마터면 기름이 타던 램프가 깨질 뻔했다. 루신다는 인형을 머리 높이 쳐들었다. 어머니가 열린 문으로 프라이팬을 던졌다. 어찌나 세게 내던졌는지 개울가 바위로 쨍그랑대며 떨어졌다. 날아다니는 물건들이 소녀를 겨냥하지는 않았지만, 집안에 폭력적인 분위기가 팽배했다. 훗날 그녀는 전 재산을 나의 증조할머니에게 잃고 하룻밤새 알거지가 되었을 때에야 그 폭력의 근원을 이해했다. 그때 그녀는 그 인형이 얼마나 값비싼 물건이었을지 궁금해졌다.

왜? 그들이 물었다. 왜?

그녀가 눈물을 흘리며 할 수 있었던 대답은 인형이 단정해졌으면 싶어서 그랬다는 말뿐이었다.

쉽게 잊힐 사건이 아니었다. 루신다는 잊지 않았다. 하지만 역설적이게도 훗날 청소년이 되어 고질적인 깔끔 떠는 습관 때문에 고민하게 되었을 때(그런 기질은 관용의 부족과 과중한 속박감을 암시했다) 어찌된 일인지 그녀는 그것이 매우 이른 나이에 형성되었다는 사실을 깨닫지 못했다. 유아기에 깔끔함이라는 미덕이 얼마나 크게 그녀 안에 자리잡았는지 기억하지 못했다. 그녀는 자신의 유아기를 늘 '지극히 평범하다'고 회상했다. 그러면서 아버지의 죽음 이후 어머니의 영향 아래

남겨진 탓에 깔끔함에 '사로잡혔다'고 생각했다. 당시 농장에 홀로 남은 엘리자베스는 이전 자아의 캐리커처에 지나지 않게 되더니 얼토당토않을 정도로 깔끔 떨기를 요구해댔다.

말했다시피, 루신다는 잘못 알고 있었다. 이런 기억의 혼란은 아버지의 죽음 역시 머리카락과 연관 있다는 기묘한 우연으로 설명할 수 있을지도 모른다. 죽음에 대해 생각할 때면 그녀에게는 오래전 뒤편 개울에서 직접 만들었던 것과 같은 끈적대는 검은 머리털 뭉치가 늘 떠올랐다.

1852년 종려주일을 앞둔 토요일, 그녀의 아버지는 패러매타의 처치 스트리트를 지나다 말에서 내동댕이쳐졌다. 정수리가 깨져 거의 즉사했다.

채스 아헌 씨가 새비지 식료품점에서 빌린 마차에 시신을 싣고 미첼스 크리크로 옮겨왔다. 아버지를 덮은 화려한 체크무늬 담요는 시신 아래로 가장자리를 밀어넣어 단단히 여며져 있었다. 홍수가 난 강에서 들썩대는 통나무를 꽉 끌어안은 사람처럼, 말없는 어머니에게 단단히 매달려 있던 루신다는 담요를 끄르는 순간 머리카락을 보았고, 그것은 악몽의 음울한 덤불 속에서 엉겨붙고 끈적대는 숨막히는 몰골로 영원히 자라나게 될 터였다.

바로 이 사건 후 그들은 병적인 깔끔 떨기로 고통받게 되었다고 루신다는 기억했다.

오늘날에도 많은 사람들이 그렇게 믿고 있듯, 엘리자베스 르플래스트리어는 창고와 울타리 상태를 보면 농부의 능력을 가늠할 수 있다고 믿었다. 어떤 면에서는 맞는 말이지만, 엘리자베스는 창고와 울타리를 양과 밀보다 우선적으로 돌봐야 한다는 신조를 고집하기에 이르렀다. 어딜 봐도 건강하고 열매도 많이 맺는 수령 십 년짜리 바틀릿 배나무를 줄에서 벗어나 있다는 이유만으로 베어버린 사건은 그 고장의 개신교도와 가톨릭교도 모두에게 악명을 떨쳤다.

이런 작은 광기는 성격의 극단적인 면이라고 부를 만한 정도에 지나지 않았다. 루신다에게 영향을 미치긴 했지만, 그녀가 생각하는 것과는 달랐다. 어머니의 영향에 '사로잡혔다'기보다는, 어머니의 견해와 습관으로 이루어진 우리에 익숙해져 벗어날 수 없게 된 것이었다. 자신을 그토록 깔끔하게 억누르는 게 무엇이든 그녀는 그것을 잡아늘여 파열을 일으키고 싶어했다. 그녀가 어떤 성격의 어른으로 자랐는지 들여다보면 이 해소되지 않은 욕구의 밀고 당기기를 어렵지 않게 알 수 있다. 루신다 르플래스트리어는 억제와 질서와 깨끗이 풀을 먹인 고요로 대변되는 '유리 공주'로 알려지게 되었다. 하지만 그 고요는 똬리를 틀고 납작 엎드려 있었다. 고양이털에 문지른 흑단 막대처럼 그녀에게 정전기가 흘렀다.

22
엘리자베스

아, 너는 마녀야, 사악하고 냉혹한 마녀. 그녀는 생각했다. 하느님, 굽어 살피소서. 하느님, 이 가련한 영혼을 버리지 마소서. 엘리자베스 르플래스트리어는 중얼거렸다.

그녀는 입안을 깨물었다. 세게 무는 바람에 입에서 피맛이 났다.

"식탁 치워라." 그녀는 식탁의 쿠션 의자에 여전히 앉아 있는 루신다에게 말했다.

그이가 죽었어, 엘리자베스는 생각했다. 앞치마를 벗어 깔끔하게 개면서 길을 따라 오는 마차를 바라보던 그녀는 바퀴가 수렁에 미끄러져 휘청대기를 고대했다. 새비지 식료품점의 마차였고, 여섯 남자가 하나같이 독수리처럼 무릎과 팔꿈치를 굽힌 시커먼 모습으로 마차에 매달리다시피 앉아 있었다. 아직 해는 지지 않았으나 그림자가 길게 늘어지고 공기가 서늘했다.

남편의 말이, 그 멍청하고 신경질적이고 껑충대는 말이 마차 뒤를 따라오고 있었다. 암말의 이름은 판도라였다. 이보다 더 적절한 이름이 또 있을까?

바보 같으니, 그녀는 생각했다. 저런 형편없는 말을 사다니. 잠자코 있었지만 한마디했어야 했어. 왜 입 다물고 있었을까? 말에, 말에 30파운드나 쓰게 내버려두다니. 덕분에 당신은 스스로 명을 재촉했어.

고향으로 돌아갈 거야, 그녀는 생각했다. 여기에 머물 이유가 전혀 없어. 하느님, 부디 굽어 살피소서. 이딴 생각 하지 마.

그녀는 양손을 문질렀다. 건조하고 거칠었다. 그녀는 생각했다. 나는 수필가야. 지적인 사람이야. 이런 손을 가져선 안 돼.

예수그리스도여, 제발 그이를 죽게 하지 마소서. 팔이 부러지거나 쇄골이 골절되게 하소서. 뼈가 부러졌을 거라고 생각하자 남편에게 화가 나지 않았다. 그녀는 남편을 사랑했다. 기꺼이 간호해줄 것이다.

하지만 남자들이 탄 마차가 방목장 입구에 멈추고 거북목인 채스 아헌이 대문을 만지작거리자 수레 안에 노란색과 검은색의 체크무늬 담요로 감싸여 있는 누군가가 보였다. ("서둘러, 루신다. 어서 치워. 주전자, 주전자. 주전자를 올려.") 아헌이 그녀 쪽을 보았다. 해가 사라졌다. 싸늘해졌다. 몸이 떨렸다. 그녀는 생각했다. 뉴사우스웨일스에서 십일 년을 허비한 끝에 이런 꼴을 보게 되었군. 저 어리석은 남자 때문에 과부가 되었어. 하지만 그녀에게로 고개를 돌린 아헌의 얼굴—눈 밑이 처지고 거북처럼 느린—을 본 순간 슬픔이 차올랐다. 배에 주먹을 맞은 것 같았다. 세게 내리꽂혀 숨이 콱 막혔다. 입을 벌린 채 그녀는 진흙을 바른 먼지투성이 벽에 몸을 기대고 깔끔하게 땋은 머리를 쓰다듬었다. 비통함이라는 세찬 돌풍이 그녀의 벌어진 입으로 들이쳐 공기가 잔뜩 들어와서 서 있기도 힘들었다. 그녀는 돛이었다. 뱃속에서 거대하고 팽팽히 부풀어 안으로 밀어댔다.

검은 널빤지로 된 마차 옆면에 새비지 씨의 이름이 금색으로 쓰여 있었다. 'victual'(식품)이 'vicual'이라고 잘못 적혀 있었다. 살인마殺人馬가 풀을 뜯으려고 고개를 숙였지만 풀이 없었다. 머저리 짐승 새끼.

채스 아헌은 여인이 상황을 이해하지 못했다고 생각했다. 그녀가 손을 내밀어 악수를 했다. 그리고 어렴풋이 미소 지었는데, 그녀는 냉담하고 꽤 별난 사람이라고 소문이 나 있었다. 어쨌든 높은 이마에 팬 주름이 이해했음을 그나마 내비치고 있었다. 사람들이 수레에서 시신을 내려 식탁에 올려놓자 그녀는 남편의 부츠 한 짝이 사라졌다고 수선을 피웠다.

엘리자베스는 런던을 생각하고 있었다. 그녀는 생각했다. 나를 막을 것은 없어. 나는 자유야. 내가 여기에 머물 이유는 더이상 없어. 바로 그 순간 입안을 세게 깨무는 바람에 다음날 상처가 감염된 것을 발견하고 한 달 동안 소금물로 가글을 해야 했다.

하지만 그 생각은 옳았다. 그녀는 뉴사우스웨일스에 머물 이유가 없었다. 농사가 싫었다. 농사는 남편의 관심사였다. 그는 토양 연구자였지만, 은근히 낭만적인 사람이었다. 시골 생활을 꿈꾼 게 그였다면, 그의 꿈이 튀어나온 우물을 괜히 엿보았다가 어리석은 뭔가를 마주하고 남편에 대한 애정이 싸늘히 식지 않도록 주의한 사람은 그녀였다.

엘리자베스 르플래스트리어는 엘리자베스 피셔였다. 삶의 가장 큰 열정이 공장인 바로 그 피셔였다. 런던에서 이런 열정은 농담거리였었다. (칼라일이 편지에서 '공장'이라고 언급한 사람이 바로 그녀였다).

피를 물려받은 딸처럼 자그마한 체구에 허리가 꼿꼿한 그 여인은 대단히 열정적이라서, 그녀가 '올가미'로 낚아채 좋아하는 화제로 끌고 가지 못할 대상이나 생각이나 사람은 없다고 했다. 그녀는 산업화를 여성을 위한 커다란 희망으로 보았다. 심미주의자들과 낭만주의자들이 혐오하는 공장이, 머지않은 미래에 여성에게 자유를 위한 경제적 기반을 마련해줄 터였다. 그녀는 건물 내 탁아소를 겸비하고 조리 직원을 따로 둔 주방이 있는 공장들을 보았다. 공장 용광로에서 화력을 얻는 주방 덕분에 매일 아침 여자들이 가족의 저녁식사 거리를 가져와 구울 수 있었다. 그녀에게 공장이란 돌봄의 바큇살이 뻗어나가는 바퀴통과 같았다.

남편이 뉴사우스웨일스에 마음을 빼앗기자 엘리자베스는 자기가 집착하는 관점에서만 그 문제를 고려했다. 그녀가 옹호하는 형태의 혁신이 새로 태어나는 사회에서는 더 쉽게 이루어지리라 보았다. 혹은 보았다고 생각했다. 게다가 슬론 스퀘어의 상속받은 집이 주는 거북한 부담감(엘리자베스에게는)을 떨쳐낼 수 있었다. 마침내 자본을 쓸 수 있었다. 바로 이것이, 오직 이것만이 그녀가 식민지로의 이주에 열광한 이유였다. 내 공장을 가질 수 있으리라. 그녀는 공장을 마음속으로 그려보았다. 다섯 개의 높은 굴뚝에서 연기가 뿜어져나오는 길고 무시무시한 게 아니라 소중한 광물 같았다. 반짝반짝 빛이 났다.

하지만 현실은 그렇지 않았다. 어쩌다 그만 상냥하고 소극적인 에이블의 설득에 넘어가 미첼스 크리크의 땅 팔천만 제곱미터에 단기적으로 투자하는 게 더 현명한 판단이라는 데 동의해버렸던 것이다. 그렇게 헐값에 토지를 구입한 결과 그들은 가난해졌다. 패러매타에서 공장 건물을 빌리자던 그의 약속이 한낱 꿈에 지나지 않는다는 사실이 즉시는 아니어도 이내 분명해졌다. 차라리 런던에서 꾸던 꿈이 더 나았다.

그 두서없이 모인 사람들이 종려주일 전날 토요일에 길을 따라 올 때까지만 해도 그녀는 자신이 얼마나 화가 나 있는지 몰랐다. 뒤이어 그런 희망차고 고약한 생각들을 하다가, 자신이 악마에게 홀렸었나 싶었다.

그녀는 남편의 승마용 부츠가 사라졌다며 채스 아헌을 질책했다.

오두막은 이내 아일랜드인 냄새로 진동했다. 축축한 퍼스티언 직물, 퀴퀴한 모직으로 감싼 피부, 이웃들의 따뜻한 곰팡내. 개중에는 턱수염이 자란 케넬리 노부인이 있었는데, 과부더러 울라고 헛되이 설득했다. 하지만 그녀는 울지 않을 것이다. 차라리 남의 빰을 치고 말지(하느님 굽어 살피소서, 제 영혼을 지켜주소서. 그녀는 생각했다). 케넬리 부인이 고집스러운 작은 여인에게 럼주를 권했지만, 그녀는 잔을 들기 위해 꽉 쥔 손을 펼 생각조차 하지 않았다. 오헤이건 부부와 매코컬 부부가 시신을 맡기로 했다. 나중에 적당히 어두워지자 그들은 초와 등을 켜고 바깥의 추운 풀밭에서 예의를 갖춰 정숙하게 가엾은 에이블을 씻겼다. 그러는 내내 원주민처럼 낯선 새된 목소리로 노래했다. 그리고 그들도 왔다. 원주민들이 등불의 불빛 가장자리, 개울 옆 워틀나무 사이에 서 있었다.

그 어머니에 그 딸이라고 할 만한 점은 단지 외모만이 아니었다. 슬픔에 직면하자 엘리자베스는 더욱 기운이 났다. 그녀는 결정을 내렸다.

죄책감과 불확실성 앞에서 단호해졌다. 이제 그녀가 명령을 내렸다. 그들은 복종했다. 가장 작은 녀석이 180센티미터가 넘는, 키다리 매코컬네 아들들이 헛간의 건초다락에서 상자와 트렁크를 가져왔다. 밤 아홉시경이 되었다. 사방이 사람들로 북적댔다. 엘리자베스는 사회주의자이긴 했으나 이야기를 나눌 친구가 없었다. 주위에서 소곤거리는 이웃들뿐이었다. 스튜를 가져다주고, 소젖을 짜주고, 베란다에 호박을 쌓아 정리해주고, 패러매타에 버터를 가져다 팔아주겠다고 제안하는, 낯설고 상냥한 이웃뿐이었다.

엘리자베스는 딸이 그저 밀 수만 있는 문처럼 변했다. 그녀는 검은 상복을 입지 않기로 했다. 그날 밤 그렇게 선언했다. 과부가 된 추운 다음날에도 그 결심을 유지했다. 어머니와 딸 모두 상복을 입지 않았고, 장례식에서도 마찬가지였다. 굴공 묘지에서의 첫번째 매장이었다. 묘지라고 해봐야 키가 120센티미터도 안 되는 사이프러스나무가 두 그루 서 있는 방목장에 불과했다.

그들은 고향으로 돌아갈 계획이었다. 엘리자베스가 루신다와 의논한 것은 이게 전부였다.

"슬픔에 무너져선 안 돼. 아빠도 그러길 바랄 거야." 엘리자베스가 말했다.

하지만 그녀가 느끼는 지배적인 감정은 슬픔이 아니라 분노였다. 분노는 밀렵자의 덫처럼 부주의한 사람을 옭아매려 도사리고 있었다. 루신다는 그녀를 매우 조심스레 피해다니는 법을 익혔다. 오헤이건 씨도 조심스레 발을 디뎌야 한다는 것은 알았지만, 그 부분에 대해 잘 알지 못했다.

가슴이 벌어지고 키가 작은 오헤이건 씨는 신장과 체격이 에이블 르플래스트리어와 매우 비슷해서—엘리자베스가 한 말이었다—에이블의 옷가지 대부분이 800미터 떨어진 상류에서 끝을 맞을 거라고 생각하면 기분이 묘했다.

오헤이건 씨는 젊었다. 자식이 여섯이었지만 스물여섯 살이 채 안 되었다. 그는 공손하고 내성적인 사람으로, 옷을 몽땅 가질 생각은 없었지만 한 벌씩 몸에 대보았다. 그날 밤 그는 조끼 한 벌과 부츠 한 켤레만 받아들였다. 그리고 작별인사를 했다. 필시 그로서는 으레 하는 인사였을 것이다. 그는 발을 구른 뒤(진흙이 떨어졌지만 전혀, 전혀 신경쓰지 않았다) 땅을 팔기에 좋은 때라고 말했다. "숙녀들이 추수 같은 일로 예쁘장한 머리를 아프게 할 필요는 없지 않겠어요?"

그는 이렇게만 말했을 뿐이다.

하지만 침대에 누워 있던 루신다는 이 말이 문제를 야기하리라는 것을 알았다. 오헤이건 씨가 떠나자 어머니가 와서 그녀를 일으켰다. 서둘러 옷을 입어야 했다. 헝클어진 머리를 신경쓸 겨를이 없었다. 일어나, 얘야. 빨리빨리.

그 순간, 그들은 여기에 머물 것 같았다. 고향에 가지 않을 것이었다. 오헤이건 씨가 '예쁘장한 머리' 운운한 일의 직접적인 결과였다. 그들은 꼼꼼히 쌌던 상자들 속 짐을 그 자리에서 풀었다. 그리고 상자들을 도로 헛간으로 날랐다. 등불에 의지해 여섯 번을 오갔다. 헛간 건초다락에서 루신다가 오들오들 떠는 동안 어머니는 아일랜드 남자를 비난하는 장광설을 늘어놓았다. 그들이 자기네 여자를 대하는 태도나 일반적으로 여자에게 가진 편견을 어머니는 싫어했다. 아일랜드 남자는 기나긴 세월 영국 군인에게 두들겨맞고 멸시당한 나머지 농장의 닭처럼 뒤돌아서서 두들겨팰 더 약한 존재를 찾아내야 했다. 그녀는 이 모든 것을 다락 가장자리에 앉아 어둠의 구덩이로 다리를 늘어뜨린 채 대롱거리며 말했다. 벌써 생쥐들이 먹이를 찾으러 돌아다녔다. 전에는 생쥐가 없었다. 루신다는 생쥐에서 나는 시큼한 냄새를 실패의 냄새로 기억했다. 어머니는 아일랜드 남자가 여자를 전쟁 포로처럼 고개 숙인 채 자기 뒤에서 걷게 한다고 말했다.

"이 나라를 아일랜드인에게 맡기고 떠나진 않을 거야. 그러니 멋지게 해내자, 우리 딸. 엄마를 도와줘."

자정이 지난 후 그들은 에이블 르플래스트리어의 남은 옷가지를 태웠다. 강기슭에 모닥불을 지폈다. 이리하여 두 여자는 미첼스 크리크의 미첼스 런 농장을 운영하게 되었다.

23
네모난 못

루신다는 어머니를 잘 몰랐다. 그녀가 상상하는 것과는 달랐다. 그녀는 평생 어린 시절 만들어낸 가상의 이야기를 갈고 다듬었다. 그들이 자매처럼 '친한' 모녀지간이었다는 상상 말이다. 그녀의 기억 속에서 두 사람은 항상 웃음이 떠나지 않았고, 서로 머리를 빗질해주고 간질이고 껴안았다. 그런 적이 있었던 것은 사실이다. 그들은 지렁이를 물에 담가 검은 물고기를 잡았고, 불독개미에게 동시에 물리기도 했고, 빨래하는 날 아침에는 구리솥에서 끓어오르는 시트처럼 개울물 속에서 부풀어오른 하얀 속옷을 입은 채 멱을 감았다. 오헤이건의 침을 질질 흘리는 멍청한 황소에게서 달아나면서 새된 비명을 지르며 깔깔거렸고, 서리가 내린 추운 겨울날 왈라비가 오두막을 쿵쿵 두드리는 동안 서로에게 책을 읽어주었다. 이 모든 일은 실제로 일어났지만, 그토록 생생히 기억하는 까닭은 불안과 언짢은 기분이 훨씬 일상적으로 그들의 생활을 뒤덮었기 때문이다. 엘리자베스의 비통한 마음에 농사에 대한 혐오가 깃들수록 그녀는 더욱 비사교적으로 변했다.

농사가 지긋지긋할수록 그녀는 잘해낼 수 있다는 것을 증명하려고 분투했다. 울타리 문제로 마이클 오헤이건과 시비를 벌였는데, 그는 금세 썩는 워틀나무 목재 따위로 울타리를 세울 뿐만 아니라 은근슬쩍 남의 땅으로 넘어와 울타리를 박기 예사였다. 매코컬 부부에게는 엉겅퀴를 방치해둔다며 질책했다. 폐결핵 환자처럼 싹둑 자른 머리에, 다른 신도들이 보기에 우스꽝스러운 옷차림을 하고서 그녀는 굴공의 교회까지 말을 타고 다녔다. 메리 앤 에번스에게 보낸 편지는 분노로 가득했다. 그녀가 보기에 뉴사우스웨일스는 '썩어빠지고, 물질주의적이고, 부정직하고, 그나마 부정직하지 않을 때는 죽도록 멍청'했다.

> 십칠 년을 보내며 내 얼굴이 얼마나 상했는지 본다면 넌 울음을 터뜨릴 거야. 건조해지고, 기미가 끼고, 목에는 시뻘건 반점이 하나 생겼는데 도통 없어지질 않아. 지난 사 년 동안 성경이랑 기도서 외에는 책 한 권 읽지 못했어. 머릿속에는 오직 돈 생각뿐이야. 나를 속이고 있는 가축 상인한테 한 방 먹일 방법, 아일랜드인 두 명이 아니라 한 명만 고용하고도 농장일을 처리할 방법, 사료를 훔쳐가는 쥐새끼들을 익사시킬 기발한 사료통을 만드는 방법 등등. 이 모두가 내가 자초한 것이니 나야 참는다고 쳐도, 우리 가엾은 루신다를 생각만 해도 가슴이 찢어져. 눈뜬장님처럼 이 모든 것을 보지 못한 채 마냥 행복해하는 아이를 보고 있으면 종종 짜증이 나. 하지만 그애가 그러는

것도 내 탓이지. 패러매타에 절대 못 가게 하고, 교회 신도나 이웃들과도 교류하지 못하게 해서 우연히라도 세상이 정말 어떤지 못 듣게 막았으니 말이야. 내가 한 짓 때문에 주님께서 나무라실까봐 두려워. 하지만 사랑하는 메리 앤, 달리 어쩔 수가 없었어. 우리 딸은 내가 그 애를 위해 만들어준 동화 같은 세상에서 살고 있어. 뉴사우스웨일스 사람들은 그애를 용납하지 않을 거야. 우리처럼 열정적인 여자들을 질색하거든. 저들의 조그만 눈에 얼마나 분노가 차 있는지 너도 직접 보기 전까지는 못 믿을걸. 패러매타의 거리를 걸어가면 네 온몸에 소름이 돋을 거야. 부모로서 내가 거둔 가장 큰 성과는 바다와 맞닿은 육지 가장자리까지 사방에 둥근 구멍뿐인 걸 확연히 알면서도 네모난 못을 만들어냈다는 거야. 우리는 고향으로 돌아가야 해.

예의상 꾹 참고 읽고 있겠지만, 내가 농사 이야기만 늘어놓아서 지겨우리라는 것 알아. 하지만 이 소식은 예외일걸. 내가 너무 과장한 게 아니라면 너는 분명 네 강하고 예민한 손을 마주치며 소리칠 거야. 드디어!

가엾은 르플래스트리어가 '헐값'에 땅을 샀다며 내가 모진 소리를 했었지. 하지만 이제, 불쌍한 그는 자신이 옳았음을 못 보지만 대신 내가 그 이익을 얻게 될 거야. 그가 늘 말했던 대로, 여기는 농장이 다섯 들어서도 될 만큼 땅이 넓고, 아무리 제정신인 여자라 해도(나는 그렇지 않지만) 현기증을 느낄 만큼 땅값이 높지. 간단히 말해, 땅을 팔 거야. 내 변호사인 저교회파* 신도 아헌 씨를 담당자로 임명해

* 성공회의 복음주의파로, 개인의 신앙과 예배의 중요성을 강조하며 주교제 형태의 교회 정치, 성례전, 예배의식의 중요성은 낮게 평가하여 저교회파(Low Church)로 불렸다.

서 토지 측량을 진행할 거야. 여기서는 일을 그렇게 해. 식민지에서 변호사는 온갖 잡일을 도맡아 하지. 여관을 운영하고, 성경을 낭독하고, 점심시간에는 세 마짜리 모슬린을 판다니까. 아무튼 일단 토지 측량이 끝나면—주님, 부디 제 딸에게 이 말을 할 힘을 주소서—땅을 팔 거야.

포기했어, 메리 앤. 비록 손을 털긴 하지만 절대 패배한 건 아니야.

편지가 베이스워터 로드에 도착했을 무렵 편지의 작성자는 스페인 독감에 걸렸다.

오스카 홉킨스가 오리얼 칼리지에서 인문학 코스를 밟고 있을 때 루신다 르플래스트리어는 어머니를 간호하고 있었다. 닥터 새비지가(식료품점 주인과는 아무런 관계도 없다) 패러매타에 기껏 와서 들은 말이라곤 필요 없다는 것이었다. 넬슨 신부가 굴공에서 찾아왔지만 화려한 제의祭衣 때문에 비난만 받았다. 루신다는 어머니를 홀로 간호했다. 오스카와 똑같이 열일곱 살이었던 그녀는 분별 있고 유능했지만 아무리 기도하고, 몸을 닦아주고, 죽을 먹이고, 습포제를 발라주어도 시뻘게진 얼굴로 땀을 뻘뻘 흘리면서 늦기 전에 추수해야 한다는 생각만 하는 여인을 편안하게 해줄 수가 없었다.

추수는 이미 끝난 뒤였다. 루신다는 밀단을 한아름 들고 와 침대 옆에 놓았다. 하지만 그것을 보고도 어머니는 믿지 않았다. 그녀는 죽어가고 있었지만, 이를 인정하지 않았다. 수확하지 못한 밀 때문에 애를 태웠다. 환상 속에서 동고병과 녹병으로 썩어가는 밀밭 한가운데에 패러매타 풀이 쑥쑥 돋아났다. 울타리 기둥이 상해가는 잇몸에 박힌 썩은 이빨처럼 헐거워져 삐뚜름해졌다. 그녀는 울타리를 바로 세웠다. 울타리가 박힌 구멍에 새 흙을 다져넣었지만, 때까치가 내려앉기만 해도 울타리가 기울었다.

그녀는 말을 할 수가 없었다.

밀단이 새카맣게 변했다. 진짜가 아니었다. 유령이었다. 유령들이 그루터기만 남아 미끄러운 밭에 통곡하며 서 있었다.

그녀는 끔찍하게 잘못된 뭔가에 얽혀든 것이었다. 온몸이 불덩이였고, 아무리 물을 마셔도 목이 탔다. 그날은 예수공현대축일이었다. 오헤이건 부부가 벌써 그루터기를 불태우고 있어서 산맥 기슭의 작은 언덕을 가로질러 파이프 연기 같은 푸른 줄들이 그려졌다. 연기 냄새가 났다. 그녀는 지금이 여름이고, 매코컬 부부가 또 '성냥을 떨어뜨렸다'고 생각했다. 걱정되어 팔다리를 비틀었다. 침대에서 몸을 뒤집고 또 뒤집는 동안 밀단은 시커멓게 변했고, 시커먼 것이 다시 밀단으로 변했고, 밀단이 다시 시커멓게 변했다. 르플래스트리어가 직접 만든 침대였다. 요란하기 짝이 없는 장식적인 침대였다. 소총으로 원주민을 쏘아 죽이고도 남을 남자가 어떻게 이런 바보 같고 낭만적인 침대를 만들었을까? 시골풍을 의도한 침대는 어린 나무와 생가죽으로 만들어졌다. 남편은 단테이 게이브리얼 로세티를 남몰래 찬미했다. 로세티는 어리석은 반동분자였다. 그녀는 로세티와 그의 여자들에 대한 냉소적인 농담을 떠올렸지만 결코 입 밖에 내지는 않았다. 어쨌든 이보다 더 중요한 것이 있었다. 펜이 필요했다.

아주 짧은 단어이니 아마도 소리 내어 말할 수 있으리라. 루신다의 얼굴이 어렴풋이 보였다. 사랑스러운 윗입술을 가졌지만, 친할머니에게서 끔찍한 머리카락을 물려받았다. 검정파리가 날아다니는 소리가 들렸다. 펜—얼마나 짧은 단어인가, 펜이 그녀의 머릿속에서 구슬이 되었다. 자그마한 검은 구슬. 그 구슬이 목구멍에 박혔다. 버터를 발라 움직이기 쉽게 했지만 구슬이 바닥으로 떨어졌다.

아, 뉴사우스웨일스의 흙바닥 오두막을 저주할지니.

이제 구슬은 흙과 모래로 뒤덮인 채 그녀의 목구멍에 박혀 있었다. 그녀는 실수를 저질렀다. 참으로 끔찍한 실수를. 아헌도 남자로서 자존심이 있으니 그만 그의 말을 들어주었더랬다. 펜만 있으면 이 실수를 바로잡을 수 있을 텐데 말이 나오지 않았다. 내뱉지 못한 채 목에 걸려 있던 모래투성이 작은 강낭콩이 식도로 떨어졌다.

로세티, 망할 새끼.

엘리자베스 르플래스트리어는 실수를 바로잡을 시도도 못하고 죽었다. 그녀의 실수가 아니라—그게 실수라면 말이다—법을 만든 남자들의 실수였지만, 그녀는 깨닫지 못했다. 루신다가 열여덟 살이 될 때까지 상속받은 재산을 관리하지 못한 것은 바로 법 때문이었다. 설령 엘리자베스가 자신이 곧 죽으리라는 사실을 알았더라도—유언장 작성과는 별개로—그 점을 바꾸기 위해 그녀가 할 수 있었던 일은 거의 없다.

그녀는 유언장 때문에 아헌을 찾아간 게 아니었다. 그저 토지 측량을 의뢰할 생각밖에 없었다. 그녀는 '땅을 되도록 많이 토막' 내기를 원했고, 또 그렇게 말했다. 그 말과, 그 내용을 전달하는 어조에 깜짝 놀란 채스 아헌은 정신이상 초기를 감지하고 유언장 이야기를 꺼냈다.

엘리자베스는 딸을 구해 런던으로 돌아가고 싶을 따름이었다. 유언장을 쓸 시간 따위는 없었다. 진지한 늙은 거위가 고집을 부리자—아하느님, 그는 쇠심줄처럼 질긴 사람이었다—그녀는 그냥 유언장을 쓰는 편이 토지분할 문제를 빨리 처리할 수 있겠다고 판단했다.

유언장에 막 서명하려던 그녀는 루신다가 서른 살이 될 때까지 유산을 상속하지 못한다는 문구를 보았다. 채스 아헌은 걱정했다—기다란 목은 털 뽑힌 닭의 살가죽처럼 오돌토돌하고 울대뼈가 보기 흉하게 튀어나와 있었는데, '걱정' 때문에 이 부위가 움직였다—뻔뻔스러운 놈팡이가 어린 상속녀를 노릴까봐 무척 우려된다고 말했다. 만약 엘리자베스가 패러매타 빈민의 부도덕에 대한 그의 기고문을 신문에서 봤더라면 자신이 어떤 남자를 상대하고 있는지 좀더 정확히 알았을 테지만 그녀는 그 글을 대강 훑고는 한심한 노인네의 주장이라고만 여겼다. 그녀가 나이 제한 조건을 없애고 싶다고 하자 그는 씩씩대며 콧김을 뿜었다. 그리고 그녀를 '마담'이라고 부르기 시작했고, 루신다를 '꼬맹이'라고 칭했다. 엘리자베스는 그를 힐책하다가, 미안한 마음이 들어 자신이 지나치게 무례했다는 생각에 골몰한 나머지 그의 말을 흘려듣고 말았다. 그래서 루신다의 상속 나이를 열여덟 살로 정하는 데 동의했다. 그 나이가 법적으로 허용되는 최저연령이라는 사실을 모른 채. 그녀는 유언장에 서명한 뒤 채스 아헌이 활모양을 그리는 덜 마른 잉크에 톱밥을 조심스레 뿌리는 모습을 조바심치며 지켜보았다. 루신다의 열일곱번째 생일이 지난 지 얼마 되지 않아 자신이 죽으리라고는 꿈에도 상상하지 못했다.

따라서 당치않게도 채스 아헌이 루신다의 신탁관리인 노릇을 육 개월을 꽉 채워 하게 된 것은 죽어가는 여인을 괴롭힌 '실수' 때문이 아니라 법 때문이었다. 그는 나쁜 사람은 아니었다. 하지만 풍속 문제와 마찬가지로 돈 문제에서 엄격하다못해 완고했다. 양심적인 기독교인인 그는 달란트 우화*를 무척 좋아했다. 덩치는 커도 엉덩이가 어깨보다 넓게 퍼지고 근시인 듯 목을 앞으로 길게 빼고 있어 부드럽고 어줍어 보이는 사람이었다. 불룩한 배는 모직 카디건으로 가렸다. 커다란 코 끝에는 금테안경을 걸쳤다. 정수리에 난 머리카락은 가는데다 몇 가닥 안 되어 세어볼 수 있을 정도였다. 구레나룻을 위쪽은 좁고 아래쪽은 넓게 길렀고, 숨을 씨근거리며 쉬었다.

아헌 씨는 루신다를 오두막에서 데리고 나올 수가 없었다. 그녀는 힘센 여자아이였고, 비탄에 잠겨 있었다. 그는 예순두 살로 더는 건강하지도 않았다. 그래서 아일랜드인 노동자 둘을 불러 5실링을 주고(나중에 상속재산에서 제했다) 상속녀를 그의 마차에 태운 뒤—두 사람이 타도록 설계된 작은 마차에 네 명이 올라탄 채—패러매타로 달려갔다.

* 마태복음에 나오는 일화. 주인이 여행을 떠나면서 세 명의 종에게 각각 5, 2, 1달란트를 나눠준 후 돌아와보니 5달란트와 2달란트를 받은 종은 두 배로 불렸는데, 1달란트를 받은 종은 돈을 그대로 땅에 묻어서 안전하게 보관했다고 자랑하자 꾸짖으며 내쫓는다.

24
〈패러매타 아르고스〉에 실린 아헌 씨의 편지

얼마 전 어느 기자가 '수질 오염', 공중 목욕 등 몇 가지 골칫거리에 대해 대중의 주의를 환기시킨 바 있습니다. 상황이 여의하다면, 그가 이 고장의 아름다운 공원을 종종 거닐어보면 좋을 텐데 싶습니다. 혐오스럽기 짝이 없어 지면에는 적합하지 않은 세세한 부분을 저로서는 대략적으로 암시하는 데 그칠 수밖에 없으나 그 기자의 필력이라면 생생히 묘사할 수 있을 것입니다. 옥스퍼드에서 교육받은 성직자, 프랑스어를 구사하는 교사, 지적인 치안판사와 시의회 의원 등 문명사회의 필수 인력을 무수히 갖춘 이곳 패러매타가 고상한 숙녀나 순진한 어린아이가 아침이든 정오든 밤이든 선뜻 거닐 수 없는 악행의 소굴이 되다니 차마 믿기지 않습니다. 내가 공원을 산책하다가 도저히 여기서 언급하기에 부적절한 역겨운 장면을 본 것도 오후 세시도 채 안 되었을 때입니다.

문제의 무리는 교육과 종교가 제공하는 갖가지 혜택을 마음만 먹으면 얼마든지 누릴 수 있는 사회 계급에 속합니다. 용모로 평가하건대 그런 건달이 될 리 만무한 사람들이죠. 그들의 만행을 낱낱이 조사해 신문에 알림으로써 대중의 분노와 법의 심판을 끌어내주시기를 간절히 빕니다. 패러매타에서 C. 아헌 올림.

25
커즌스 부인

커즌스 부인은 신문에 실린 아헌 씨의 편지를 읽고 십 분도 채 안 되어 문을 열었다가 그와 마주했다. 그전까지 그녀는 응접실에서 그 편지의 '분노'가 정확히 어떤 것일지 상상하며 즐거워하고 있었다. 타인에게 해를 끼치지 않는 사소한 백일몽이었다. 과거의 어느 한때를 떠올린들 남이 상관할 바 아니었다. 하지만 그녀의 상상 속으로 쳐들어온 법 집행관인 것처럼 아헌 씨 본인이 눈앞에 서 있자 공포로 피부에 열감이 확 느껴졌다. 그녀의 집을 찾은 아헌 씨는 확실히 공손한 방문자의 태도를 보이지는 않았다. 영장을 들고 온 사람처럼 기세 좋게 문고리를 요란하게 열 번이나 두드렸다. 달려가 문을 열자 땀을 뻘뻘 흘리면서 씩씩대고 헉헉대며 서 있었는데, 모자를 든 두 손이 살짝 떨리는 것을 그녀는 유심히 살폈다. 커즌스 씨도 죽기 전 이 년 동안 이렇게 땀을 흘렸었다. 하지만 커즌스 씨가 모턴스 럼주 때문에 그랬던 반면, 아헌 씨는 레갑 족속* 뺨칠 만큼 술은 입에도 대지 않는 것으로 유명했다.

아헌 씨는 현관에서 할말을 거의 다 해버렸다. 그럭저럭 명확히 전달했지만, 커즌스 부인은 그가 말하는 내용을 신문에 나온 편지와 자꾸 연결시키려 하다보니 제대로 이해하기까지 약간 시간이 걸렸다. 그는 그 계집아이가(누구인지는 말하지 않았다) '비극'적 상황에 처했으며, 그가 아이의 부동산 문제를 신속히 처판處辦해야—그가 즐겨 쓰는 말이었는데, 커즌스 부인을 비롯한 많은 이들이 생전 처음 듣는 단어였다—한다고 했다. '가엾은 계집아이'는 부자가 될 것이다. 고인이 된 아이 엄마는 토지가 분할되기를 원했으므로, 그가 아이의 이익을 지킬 권한이 있는 동안 즉각 이를 수행해야 했다. 그동안 아이가 적절한 곳에서 보호받는 것이 더없이 중요한데(그는 이 점을 거듭 강조했다), 혹시 커즌스 부인의 시설에 자리가 없다면 여학생 한 명을 잠시 다른 곳에 보내도록 조치해주기를 간절히 부탁했다. 그는 여전히 현관에 서서 커다란 손에 들린 비버가죽 모자를 비틀며 말했다. 르플래스트리어 양은 기독교, 아니 성공회의 보호가 더없이 필요하다고.

커즌스 부인은 그를 거실로 들어오게 하고, 이 무렵이면 남향 쪽 방은 어스레해질 시간이라 램프를 밝혔다.

커즌스 부인은 마흔 살의 아름다운 여인이었다. 검은 머리, 창백한 피부, 아몬드 모양의 눈을 지닌 그녀는 외모가 스페인 여자 같다는 말을 종종 들었다. 이 경우 실제 스페인 사람이라기보다 오페라에 등장

* 구약성경에서 천막생활을 하며 금주를 행했던 부족.

하는 스페인 사람에 더 가깝지만. 가느다란 허리를 자랑스러워하면서도, 혹여 용모를 뽐낸다고 여겨질까봐 요즘에는 가는 허리가 돋보이지 않도록 신경썼다. 잘 차려입었지만, 다소 금욕적이었다. 딴딴하게 땋은 머리로 모양을 냈는데, 당신이 어쩌다 그녀의 어깨를 건드린다면 어깨 역시 모든 근육이 촘촘히 엮인 양 단단히 뭉쳐 있다는 사실에 놀랄 것이다. 하지만 지나치리만치 뻣뻣한 허리를 비롯해 경직된 모습에도 불구하고 램프를 밝혀 피아노 위에 올려놓는 순간 드러난 가냘프고 나긋나긋한 그림자를 채스 아헌은 보았을지도 모른다(하지만 못 봤다). 그 나긋나긋한 여인은 예전에 빅토리아주 벤디고에 살던 시절 벤디고 사회가 현명하거나 적절하다고 여기는 이상보다는 마음이 명하는 대로 살았었다. 하지만 벤디고는 그녀에게 예의범절을 일깨웠다. 가장 고통스러운 방식으로. 패러매타로 온 그녀는 그 깨우침을 그대로 따랐다.

그녀는 채스 아헌의 말에 귀를 기울였다. 예전에는 잘생긴 남자에게 약했던 그녀는 아헌 씨가 못생겼다고 생각하지 않았다(매우 잔인한 사람이 아니더라도 그를 보면 못생겼다고 생각하기 십상이었다). 그녀는 그의 수심과 엄숙함에 반응했다. 브래드퍼드산 질 좋은 모직물 같은 아늑함이 느껴지며 마음이 진정되었다. 다만 그가 성공회 부분을 재확인했을 때는 동요했다. 그녀는 허리를 펴고 어깨를 젖혔다.

커즌스 부인은 죽은 자의 부활과 영생을 믿었다. 교회에서 세례를 받지는 않았지만, 패러매타의 영국국교회에 제 권리인 양 당당히 참석했다. 견진성사도 받지 않고 성찬식에 참석하려니 찜찜했다. 신성모독이었다. 그녀는 기독교인다운 삶을 살려고 애썼지만, 아마도 이것만으로는 충분하지 않은 듯했다. 이 문제를 어떻게 바로잡아야 할지 몰랐다. 한밤중에 깨어 이 문제를 생각하곤 했다. 두려움에 휩싸여 온몸이 싸늘하게 식으며 땀범벅이 되었다. 아헌 씨가 이 문제를 언급했을 때 그녀는 흡사 거리에서 우연히 벤디고 사람을 만나기라도 한 것처럼 화들짝 놀랐다. 하지만 꼿꼿하기 짝이 없는 자세를 유지하며 그런 기색을 일절 내비치지 않았다. 그에게 차를 따라주며 다른 여학생을 내쫓을 필요 없이 르플래스트리어 양을 받아줄 수 있다고, 성공회 예배에 꼭 참석시킬 것이고, 까다로운 패러매타 사회에서 잘 처신하도록 돕겠다고 장담했다.

하지만 그 고아가 블루머 차림으로 나타나자 커즌스 부인은 충동에 사로잡혀—본능적이고, 자기보호적이며, 철학과 같은 난해한 것이 아니라 근육과 피로 이루어진 것이었다—아이의 양어깨에 손을 얹고 계단 아래로 밀쳐버렸다.

26
블루머

어밀리아 블루머는 1851년 그 유명한 '합리적 의상'을 입고 런던에 도착했다. 모두들 알다시피, 블루머는 짤막한 치마 아래 받쳐입는 헐렁한 바지였다. 멜버른에는 꽤 일찍부터 퍼졌지만, 엘리자베스 르플래스트리어는 1858년 패러매타의 처치 스트리트에서 새로운 합리적 의상을 입은 여성을 실제로 목격한 후에야 비로소 관심을 갖게 되었다.

마침내 '가당찮은 허리받이'와 '부자연스럽게 걷게 하는 크리놀린'에 대한 해결책이 나온 것이다. 그후 어머니와 딸은 블루머만 입었다. 이 때문에 때때로 패러매타의 부랑아들에게 시달린다 해도 별수 있었겠나?

당시 커즌스 부인은 어밀리아 블루머를 듣도 보도 못했다. 그저 바람직한 차림새란 무엇이고, 블루머는 해당되지 않는다는 걸 알았을 뿐이다. 아이를 방으로 데려간 그녀는 일꾼들이 마구잡이로 싼 가방에 들어 있는 옷가지를 보고 경악했다. 색깔만 다른 똑같은 디자인이 일곱 벌이나 있었다. 세탁을 한다는 핑계로 그녀는 옷을 치워버렸다. 르플래스트리어 양의 머리 모양만큼이나 패션 감각을 이해할 수 없었다(짧은 머리는 병 때문이겠거니 짐작했다). 그녀는 재봉사를 불렀다. 르플래스트리어 양은 재봉사를 원하지 않았다. 덩치는 작았지만 고집이 세고 강단이 있었다. 눈물이 터지고, 문이 잠기고, 한바탕 소동이 벌어졌다. 커즌스 부인은 어찌할 바를 몰랐다. 여자애는 무지한 동물이 다리에 감긴 붕대를 찢어발기듯 옷에서 주름장식을 뜯어내려고 했다. 허리받이를 하고는 어머니 장례식에 가지 않겠다고 고집했다. 커즌스 부인은 블루머를 돌려줄 수 없었다. 여자아이는 장례식에 가지 않았다. 어쨌든 사소하지만 슬픈 일이었다. 아이는 그날 온종일 방에서 울부짖었다. 거리에서도 그 소리가 들렸다. 영국 서리에서 온 나이트 양은 르플래스트리어 양이 도착한 날부터의 숙박비를 내기를 거부하더니 기선을 타고 시드니로 떠나버렸다.

그후 루신다는 자기 방에서 식사를 했다. 커즌스 부인의 집에서는 처음 있는 일이었다. 전에도 요청받은 적이 있으나 결코 허락하지 않았었다. 하지만 이제는 묵인했고, 그대로 계속되기를 바랐다. 르플래스트리어 양이 마침내 방에서 나왔을 때는 블루머를 입고 있었다. 세탁실에서 몰래 가져와서 옷가방에 넣고 잠가버렸던 것이다. 그녀를 어디에 소개하기란 불가능했다. 커즌스 부인은 아현 씨에게 이런 사실을 낱낱이 털어놓았다. 그의 사무실로 찾아가 이야기했다. 울지 않으려고 했지만 울고 말았다. 그녀는 소중하고도 연약한 자산을 잃을까봐 두려웠다. 바로 그녀의 명성이었다. 그녀는 그 아이를 다른 곳으로 보내고 싶었다.

하지만 아헌 씨는 선한 사마리아인에 대해 말했다. 그는 여덟 절을 통째로 읊으며 이렇게 맺었다. "예수께서는 '너도 가서 그렇게 하여라' 하고 말씀하셨다."*

커즌스 부인은 계속 아이를 돕겠다고 약속했다.

하지만 루신다는 패러매타에서 무엇을 해야 할지 몰랐다. 잘 처신하려고도 해봤지만, 허리받이를 입지 않는 한 누구도 그녀를 예의바르게 대하지 않는 듯했다. 그녀는 어머니의 무덤가에 앉아 있다가 병적일 만큼 집착한다는 판단하에 끌려갔다. 그러자 그녀는 농장으로 돌아가 살기로 결심했다. 그 선언을 들은 커즌스 부인은 너무나 마음이 놓인 나머지 마땅히 막아야 하건만 막지 않았다. 불량배와 강도와 원주민의 위험성을 언급하긴 했지만, 그런 말을 듣는다고 해서 고집쟁이 여자애가 마음을 바꾸지는 않을 것이었다.

겨우 5킬로미터 거리였다. 그녀는 한 시간 만에 도착했다. 강도 따위는 없었고, 그녀를 괴롭힌 사람이라곤 방귀 뀌는 말 등에 앉아 본데없는 말이나 외쳐대는 양털깎이들뿐이었다.

이슬에 젖어 반짝이는 그녀의 과수원에서 측량사들이 곡괭이와 도끼로 시야를 가리는 나무들을 정리하고 있었다. 향기로운 흰 나무가 부러져 햇살에 반짝였다. 도끼가 멈추었다. 그들이 그녀를 보았다. 에메랄드색 블루머를 입은 여자아이가 축축한 회색 겨울풀 사이로 옷가방을 들고 다가오고 있었다. 그녀의 심장이 얼마나 벌렁거리고 그녀가 어떤 분노를 느끼는지—얼어붙은 사랑이여, 죽음에의 분노여, 우리 목초

---

* 누가복음 10장 30~37절.

지에 엉겅퀴가 저렇게 돋다니!—꿈에도 알지 못한 채 그들은 활짝 웃었다. 푸른 셔츠와 밝은 흰색 몰스킨 바지를 걸친 그들에게 모든 분노가 집중되었다.

그녀는 그들이 미웠다. 자신을 상처 입힐 수 있는 것을 향해 모아둔 증오다. 기다란 손잡이가 달린 쇠스랑이 과수원 울타리 안쪽의 썩어가는 뿌리덮개 무더기에 꽂혀 있었다. 그녀는 그쪽으로 걸어갔다. 채스 아헌이 죄책감에 휩싸인 커즌스 부인으로부터 의뢰인의 탈출 소식을 전해듣고 놀라 추격전에 가당치도 않은 소형 마차를 타고 패러매타에서 전속력으로 달려오지 않았더라면 그녀가 무슨 짓을 했을지는 신만이 아시리라. 그녀는 몸을 돌려, 방목장에서 다음 방목장으로 옮겨갈 때마다 힘겹게 몸을 뻗어 문을 잡아당기는 그를 지켜보았다. 마침내 그가 과수원이 내려다보이는 둑 위의 그녀 곁에 이르렀다. 숨이 턱까지 차 말을 할 수 없었던 그는 마차에서 내려, 손가락 부분이 빨간 갈색 벙어리장갑을 낀 그녀의 손에 종잇장을 꼭 쥐여주었다.

그리하여 루신다는, 격분하여 씩씩대면서, 어머니의 배신을 알게 되었다. 단단히 쥐고 있던 옷가방을 웃자란 젖은 풀 위에 조심스레 내려놓았다. 그녀는 토지분할 계획을 받아들이고 이해해보려고도 했다. 귓가에 아헌 씨의 씨근거리는 숨소리가 들렸다. 남자들이 그녀를 지켜보고 있었다. 한 남자가 〈녹색을 입은 여인〉을 휘파람으로 불었다.

"이건 우리 엄마 서명이 아니에요." 그녀가 말했다.

아헌 씨는 대답 없이 그녀에게 미소 지었다. 부적절했다. 나름대로 동정을 보인답시고 한 행동이었지만.

시커먼 남자가 배나무 가지를 쳐냈다. 한 손에 도끼를 들고 설렁설

렁 일했다. 다른 손에는 기다란 하얀 막대가 들려 있었다.

"육 개월 후에는 내 마음대로 할 수 있어요." 작은 목소리로 말한 그녀의 어깨는 구부정하고, 눈은 그의 눈을 똑바로 보지도 못한 채 아버지가 그녀를 위해 찾아낸 상처투성이 붉은 땅으로 미끄러져내렸다.

"내 마음대로 할 수 있어요." 그녀는 되뇌었지만 자신이 전혀 없었다.

아헌 씨는 마음을 단단히 먹었다. 언젠가 폭스테리어를 마차로 치었다가 몸을 뒤틀며 절뚝이는 개에게 자비의 일격을 가해야만 했는데, 그때와 똑같은 심정이었다. 그는 옳다고 아는 바대로 했다. 움츠러들지 않고 계속 밀고 나가는 것이었다.

"좀더 나이가 들면 언젠가 내게 감사하게 될 거야."

"소는 누가 가져갔죠?"

아헌 씨는 눈을 깜박였다. "너는 부자가 될 거야. 적어도 그게 위안이 될 거다."

그녀는 그 말을 들었다. 말도 안 되었다. "소를 훔쳐가다니." 그녀는 울부짖었다.

"가엾은 것." 그가 말했다.

그녀의 젖은 발이 차가웠다. 햇살이 맑고 화창했지만 따스한 기운은 없었다. 꿈속처럼 모든 것이 선명히 보이는 햇살이었다. 때까치들이 울타리 기둥에 쪼르르 앉아서 지저귀었다. 도끼 찍는 소리가 다시 울려퍼졌다. 가금류 역시 훔쳐가고 없었다. 아헌 씨가 하는 말이라곤 그녀가 부자라는 것뿐이었다. 그녀는 옷가방을 직접 들고 오두막으로 걸어갔다. 그가 헐떡이며 쫓아오다 점점 뒤처졌다. 그녀는 이 모든 일을 평생토록, 생생히 기억했다. 하지만 달리 어쩔 수 없었던 당시 상황은 기억하지 못했다. 자신이 보잘것없이 약해서 농장을 간단히 포기하고 내쫓긴 거라고 여겼다.

나무 계단에 햇살이 사각형 모양으로 드리웠다. 그녀는 햇살에 눈이 부셔 눈을 가늘게 떴다. 집안에서 (찾으려는 물건 외에 다른 것은 보지 않으려고 했지만) 누군가 어머니 침대 위에 담요를 개어둔 것을 보았다.

잼 단지는 여전히 비밀 장소에 숨겨져 있었다. 그녀는 단지를 셀 수도 있었지만 다른 사람 눈에 띄고 싶지 않았다. 옷가방을 열고는 단지를 각각 다른 옷으로 싸고, 엎지르거나 소리가 나지 않도록 단지 입구에 옷소매를 쑤셔넣었다. 그러고는 다시 햇살 속으로 걸어나가 그에게 설득되어 마차에 올랐다.

1859년 5월 7일, 미첼스 크리크의 농장 다섯 채가 경매로 팔렸다.

5월 10일에 루신다 르플래스트리어는 열여덟 살이 되었다.

예수승천일에 그녀는 솔 마이어 씨의 증기선을 타고 시드니로 떠났다. 이 '도피'도 훗날 그녀가 자책하게 되는 이유 중 하나였다. 그곳에 머물며 미첼스 크리크의 일부를 사들였더라면 삶이 훨씬 행복했으리라고 종종 상상했다. 하지만 나이든 루신다는 어머니가 '노동 세계'라고 불렀던 곳을 얼른 접하고 싶어 안달했던 어린 루신다를 망각하고 있었다. '노동 세계'라는 용어는 W. G. 닉시의 판화 〈스토브 블랙〉에 묘사된 공장, 굴뚝, 그을음, 제국처럼 모호하고 다소 섬뜩한 풍경을 보도록 그녀를 이끌었다.

예수승천일에 그녀는 허리받이를 한 드레스를 입었다. 옷으로 감싼 동전 단지는 옷가방에, 전 재산의 액수가 적힌 은행환어음은 초록 구슬 장식이 달린 뜨개가방에 들어 있었다.

27
이상한 녀석

워들리피시는 지도교수인 템플 씨를 저급한 아침꾼으로 여겼다. 워들리피시가 지도교수의 집에서 아침식사를 함께 하기로 하고는 까맣게 '망각한' 건 그의 아첨 때문이라고 해도 지나치게 심리학적인 판단은 아니리라. 워들리피시는 단지 아침에 약속을 기억하지 못한 게 아니었다. 전날 밤부터 잊고 있었다. 아침을 대접하려는 템플 씨와 약속을 정한 후 십 분도 채 지나지 않아 그는 사환에게 아침식사로 요크셔 파이, 물떼새 알, 구운 칠면조 다리, 피클, 그리고 목을 축일 에일맥주 큰 잔을 가져다달라고 지시했다. 아침식사를 마치고—깜박하고 얘기를 안 했는데, 머스터드도 있었다—벽난로 앞에 앉아 두번째 맥주잔을 주문했을 때에야 지도교수와 아침식사를 같이 하기로 한 약속을 '기억해냈다'.

"제기랄." 그가 말했다.

워들리피시에게는 이상한 단어였다. 하느님이 듣고 있을지도 모른다고 여길 때만 쓰는 단어였다.

어쨌든 그는 자신의 '망각'에 대해 냉소하거나 자책하지도 않을뿐더러 자기 좋을 대로 생각하지도 않았다. 심리학적 견해는 떠오르지 않았다. 그는 어떤 식으로든 분석하지 않았다. 그저 보슬비 내리는 유리창 너머로 두번째 안뜰 위로 솟은 지붕의 흐릿한 윤곽을 응시하면서 지금쯤 사환이 식료품저장실에서 에일맥주를 따르고 있겠구나 생각했다. 멈추기에는 너무 늦었다. 그래서 그는 에일맥주를 기다렸다가 마신 뒤에 어떻게 해야 할지 궁리하기로 했다.

워들리피시는 분석하지 않았다. 분석은 그를 불편하게 했다. 그것은 지도교수의 학문적 열정이었다. 그에 못지않게 교수는 아버지가 더브렛*에 이름이 올라 있거나, 사백만 제곱미터 이상의 토지를 소유했거나, 내각의원인 사람 누구에게나 관심을 보였다. 템플 씨와의 아침식사 때문에 워들리피시는 뚱하니 침묵에 잠겼다. 말수가 줄어들다가 침울해졌다. 방 주위를 노려보며 앞으로 받게 될 모욕을 상상하다가, 오리얼의 모든 대학생이 그를 최하 등급 성적을 받고 하이토리 주교 관할권 구석에나 배치되는 게 마땅한 머저리로 여기리라 확신하기에 이르렀다.

한참 만에 사환이 맥주를 가져왔다. 워들리피시는 그를 거의 쳐다보지도 않았다. 사환이 떠난 후에야 그에 대해 생각했는데, 그것도 지린

---

* 영국 귀족 연감.

내가 잔향으로 뒤늦게 훅 끼치자 정신머리 없이 허둥대는 그 녀석이 또 빨리 달리다가 오물통을 건드려 바짓단에 오줌이 튀었다는 사실을 깨달았기 때문이었다.

두번째 잔을 비운 워들리피시는 스스로도 그러리라 예상한 대로 결정을 내렸다. 구레나룻이 클라레 포도주로 얼룩진 템플은 지옥에나 가라지. 그는 친구 비숍을 찾아가 오트무어로 사냥을 가자고 할 생각이었다. 하지만 아직 여덟시도 안 되었으니 비숍은 자고 있을 터였다. 그래서 그는 사환더러 세번째 맥주를 가져오라고 했다. 오늘 엡섬에서 경마가 있었다. 이 또한 그는 잊고 있었다. 창밖에 내리는 보슬비를 보고 길이 질퍽거리겠다고 생각한 순간 경마가 떠올랐던 것이다. 이제 무기력은 씻은듯이 사라졌다. 경기 시작에 맞춰 엡섬에 가는 것보다 더 중요한 일은 없었다. 비숍은 이런 일에 쓸모가 없었다. 경마를 함께 보기에는 지루한 녀석이었다. 그는 수학이 아니라 동물에 열정을 보였다. 그러니 웨스트가 적임자였다. 웨스트는 최근 청교도처럼 변했지만, 설득하면 넘어올 여지가 있었다. 도박병이 있는 그는 신학을 배워봐야 마음이 약간 불편해질 뿐이었다. 그리고 워들리피시는 태어날 때부터 방탕아였다. 그 아버지에 그 아들이었다. 머리는 포마드 기름을 발라 매끈하게 매만졌다. 딱 바라진 어깨와 튼튼한 목을 가진 잘생긴 젊은이였다. 금발 턱수염을 깔끔하게 다듬어 강인한 턱선과 매력적인 입, 뺨의 특징적인 사마귀가 잘 드러났다. 그는 자신에게 흡족한 미소를 지었다. 그리고 술잔을 들어 한 번에 쭉 들이켜려다 턱수염에 맥주를 흘리고 세 모금에 다 마신 뒤 콧수염에 묻은 거품을 훔치고 나서 점심식사는 필요 없다고 사환에게 소리쳤다. 그는 손을 주머니에 찔러넣은 채 계단을 달려내려가 웨스트가 있을 세인트메리 홀을 향해 안뜰을 가로질렀다.

늘 오르내리던 계단에 막 올라서려는 순간 웨스트가 건너편의 더 좋은 방으로 옮겼다는 사실이 떠올랐다. 그는 웨스트의 새 방으로 가는 계단을 알려줄 사환을 찾느라 애를 먹었다. 마침내 사환을 찾았지만 너무 서두른 나머지 말을 잘못 알아들었다. '1'을 '2'로 들은 것이다. 어쨌든 '잘난' 문을 지팡이로 두드렸을 때 그는 엉뚱한 방문 앞에 서 있었다.

워들리피시는 문을 세게 두드렸다. 대체 무슨 부정한 짓을 하기에 웨스트가 문을 이리 굳게 잠갔는지 의아했다. 그는 미친듯이 문을 두드렸고 문이 두어 군데 깊이 패었다. 어쩌면 그 자국이 여전히 남아 있을지도 모른다. 오리얼에서 종이 반죽 공예를 하듯 이십 년마다 새로 덧칠하는 바람에 벽난로 위 초콜릿처럼 살짝 녹은 듯한 질감을 띠게 된, 겹겹이 쌓인 페인트 층 아래에.

문고리를 만지작거리는 소리가 들리자 그는 문을 두 번 더 쾅쾅 쳤고 마침내 보게 되었다. 세상에, 웨스트가 아니었다. 아니, 바로 그 이상한 녀석이었다.

이상한 녀석은 살짝 열린 오크나무 문 틈새로 초조하게 눈을 깜박이며 그를 보았다.

워들리피시는 그가 초조해하는 이유를 이해했다. 오리얼 구성원들이 지지하는 노선을 따르지 않는다는 이유로 이상한 녀석의 침대가 물바다가 된 적이 있었다. 또한 그의 방이 쥐사냥 장소가 되기도 했다. 이언 워들리피시가 방금 전 그랬듯이 누가 문을 두드린 후 쥐를 배달했다. 아마도 쥐는 새장이나 바구니, 아니면 가장 높은 확률로 자루에 들어 있었을 것이다. 그들은 바닥에 쥐를 쏟아 풀어놓은 뒤 하키 스틱으로 때려잡았다. 그동안 이상한 녀석은 침대 위에 올라서서 소리 없이 입술을 달싹거렸다.

워들리피시는 사과했다. 가엾은 거지새끼를 더 겁먹게 할 생각은 없었다. 그가 만나려던 사람은 웨스트였다고 해명하려 했다. 하지만 이상한 녀석은 여전히 어리둥절하고 긴장한 상태이면서도—역력하게—뒤로 물러서며 안으로 들어오라고 초대했다.

워들리피시는 오리얼에서 이토록 텅 빈 기숙사 방을 본 적이 없었다. 걱정 많은 성격을 한눈에 드러내는, 물건 사이의 차가운 빈 공간 때문만은 아니었다. 한 번도 가본 적 없는 나라, 말하자면 스페인의 감방 안으로 들어선 듯했다. 친숙하거나, 집이라는 곳에서 볼 수 있을 만한 물건이 일절 없었다. 벽난로 선반 위 포트와인도, 카펫도, 그네를 타고 높이 날아오르는 낭만적인 아가씨나 사냥감 그림도 없었다. 침대, 아주 평범한 책상, 등받이가 곧은 단단한 물푸레나무 의자. 학구적인 분위기를 풍겼지만 선반에는 책이 몇 권 없었다. 깔끔했으나 '더미' 같은 것이 여기저기 쌓여 있었다. 종이, 옷가지. 한쪽 벽에 갈색 펠트천을 씌운 판자가 기대어 있고, 거기에 도표들이 붙어 있었다. 온갖 종류의 학문적 정보가 작은 칸마다 적혀 있었다. 도표는 더없이 꼼꼼했다. 칸 안의 글씨는 얼룩지고 가느다랬다. 학자가 아니라 자그마한 흙투성이 벌레가 남긴 흔적 같았다. 벽난로 선반에는 나무 쟁반이 마치 번화가 상점에 진열된 낚시 도구처럼 비스듬히 놓여 있었다. 워들리피시는 이 쟁반에 대해 들은 적이 있었다. 트리니티 칼리지까지 소문이 퍼졌을 정도로 유명했다. 이 쟁반에는 이상한 녀석의 어머니의 단추가 담겨 있었다.

벽난로에는 불을 지피지 않았다. 먹다 만 궁색하기 짝이 없는 아침 식사가 쟁반에 남아 있었다. 워들리피시는 충격을 받았다. 이상한 녀석은 너무나 여리고 창백하며, 대단히 친화적이면서도 고독해 보였다. 그는 이 녀석을 친절히 대하겠지만 어떻게 해야 할지 떠오르지 않았다.

"이봐, 이상한 녀석, 두근거리는 거 좋아해?" 그는 말을 뱉고서 후회했다. 이상한 녀석과 함께 경마를 보면 불편할 게 뻔했다. 소문이라도 나면 큰일이었다.

오스카는 방문객에게 의자를 권하려던 참이었다. 그는 '두근거리는 거'라는 말을 듣고 심장, 신경, 혼란과 연관된 의미로 생각했다. 실제로 문을 두드리는 소리에 겁을 먹었고, 문을 연 것도 순전히 문이 또다시 부서지는 일을 막기 위해서였다. 하지만 맥주 냄새를 풍기는 워들리피시를 마주하자 겁이 반으로 줄었다. 워들리피시는 난봉꾼 무리에 속했는데, 개중에는 명석한 사람이 없었다. 오스카는 자신이 아직까지 학문적으로 두각을 나타내지는 못했어도 저런 부유한 신사 무리보다 한 수 위라고 여겼다. 그는 두려움과 우월감을 느꼈고, 또한 저 덩치 큰 남자의 어색한 친절에 감동받았다. 방문객 쪽으로 의자를 밀었다. "두근거리다니, 뭐가, 피시? 혹시 은어라면 무슨 뜻인지 잘 모르겠어."

의자에 앉은 워들리피시는 방 주인이 앉을 데가 없음을 깨닫고 도로 일어났다.

이상한 녀석이 도박을 하리라고 생각하다니 터무니없었다. 내기에 걸 돈도 없었다. 더구나 성경을 문자 그대로 따르는 복음주의 신앙을 지녔다. 복음주의는 한결같이 도박을 극도로 죄악시했다. 워들리피시는 문으로 슬금슬금 향했다.

하지만 오스카는 방문객의 명백한 선의에 너무 기쁜 나머지 그와 친구가 되기로 결심했다. 순전히 의지의 발로였다. 자연스럽게 마음에서 우러나온 결정은 아니었다.

"부탁이야, 피시, 설명해줘."

워들리피시는 가만히 서 있었다. "경주로와 관련된 거야." 그가 마지못해 말했다.

오스카는 고개를 끄덕였다.

"경주로가 뭔지는 알아?"

워들리피시를 의자에 앉히기 위해 오스카는 침대 가장자리에 걸터앉았다. (이것은 성공했다.) "경주로는 운동경기를 하는 곳이지."

그러자 그가 미소를 지었다. 혹은 얼굴에 미소의 싹이, 굳게 다문 표정이 피어올랐다. 묘하게 매력적인 웃음이라고 피시는 여겼다.

"말들이 시합을 하는 거지." 워들리피시가 말했다.

"멋지군." 오스카는 다시 미소 지었다. 알아들었다는 뜻으로 오해될 만한 미소였다.

"말끼리 시합을 하는 거야. 이상한 녀석아, 무슨 얘긴지 알겠어?"

미소 때문에 워들리피시는 혹시 오스카가 자신을 비웃고 있는 건가 싶었지만, 그것은 뜻밖의 방문객에 대한 기쁨의 표현일 뿐이었다. (오스카는 비용이 들더라도 벽난로를 지피면 어떨까 생각하고 있었다.)

"그럼 시합의 어느 부분이 두근거린다는 거야?"

어디서부터 설명해야 할지 난감했다. 지식의 격차가 너무 컸다. 시간이 계속 흐르고 있었다. 웨스트의 방이 여기가 아니라면 위층일 게 분명했다. 그가 잠을 자고 있다면 깨우느라 시간을 잡아먹을 것이다. 워들리피시는 조바심이 났다. 그러다보니 퉁명스러워졌다. "도박, 내기, 노름 말이야." 그는 일어났다. 이내 너무 무례했지 싶었다. 그렇게 거칠게 말할 의도는 아니었다. "내기가 뭔지는 알지?" 이번에는 의도보다 한결 부드럽게 말이 나왔다.

"사실, 아니, 몰라." 오스카 홉킨스가 대꾸했다.

워들리피시가 보기에 이런 식으로 가다가는 하루종일 계속되고도 남았다. 녀석의 기분을 상하게 하고 싶지는 않지만(여린 얼굴이 쉽게 상처받을 듯 보였다) 경마를 놓치고 싶지도 않았다. "녀석들한테 돈을 줘. 그리고 네가 좋아하는 말이 1등을 하면, 녀석들이 돈을 두 배, 세 배 혹은 몇 배로 돌려주지."

"세상에."

"지금 나 놀리는 거야?"

"아니, 피시, 아니야. 맹세해. 난생처음 듣는 소리라 그래. 너도 알 거 아냐. 내 '무지함'이 학교에서 널리 회자되고 있으니. 나는 데번의 외떨어진 작은 마을에서 자랐거든. 식물학과 해양생물학 말고는 관심거리가 없었지."

('그리고 단추도'라고 워들리피시는 생각했지만 얼굴은 웃음기 없이 무표정했다.)

"내기 같은 건 한 번도 해보지 않았지만 꽤 흥미롭게 들리는걸."

이 말에 워들리피시는 더없이 난감해졌다. 잘못된 일에 연루된 것 같아 어서 그만두고 싶었다. "이봐, 이상한 녀석아."

"홉킨스라고 불러도 좋아."

"그래."

"이상한 녀석은 듣기 좋은 호칭이 아니야. 기독교 칼리지에서 그런 별명을 쓸 줄은 상상도 못했어."

이 당당한 요청에 워들리피시는 마음이 흔들려 사과했지만, 아까보다 더욱 간절히 떠나고 싶어졌다.

"혹시 다음에 경마장에 가게 되면 나를 불러줘."

워들리피시는 그러겠다고, 당연히 그러겠다고 장담했다. 그러고는 방을 빠져나가 위층의 웨스트 방으로 달려갔지만, 바로 지난주만 해도 엡섬의 경주마 예시장에서 베팅 액수와 횟수가 지나쳐서 오히려 워들리피시가 한마디해야 했던 친구는 도박의 폐해라는 제일 듣기 싫은 설교만 늘어놓았다.

웨스트의 방을 나온 워들리피시는 기분을 완전히 잡쳤다. 혼자서 경마장에 가기는 죽기보다 싫었다. 그래 봐야 아무 재미가 없었다. 이상한 녀석을 초대할까도 싶었지만 이내 그 생각을 떨쳐냈다. 이상한 녀석은 돈이 없었다. 따라서 그에게 돈을 빌려주어야 할 테고, 그러면 돌려받지 못할 터였다. 그리 되면 얼마나 당혹스럽겠는가. 게다가 그는 매우 어려 보였다. 뺨에 붉은 솜털이 보송보송한데다 턱수염도 자라지 않았다. 더구나 도박은 정학을 맞을 수도 있는 교칙 위반이었다.

하지만 워들리피시는 경마장에 홀로 가기가 너무나 싫었다. 그래서 계단을 다 내려갔다가 몸을 돌려 오스카의 방으로 향했다.

나중에 런던행 기차에 오르고 나서야 이상한 녀석은 워들리피시가 하느님이 보내주신 기도의 응답이자 신의 대리인이며, '두근거리는 거'는 자신에게 가용할 자금을 주려는 하느님의 방법이라고 털어놓았다.

워들리피시는 식은 파이프를 빨며 놀라는 동시에(동행으로 미치광이를 고르다니) 후회했다(순진한 녀석에게 나쁜 물을 들이다니).

그는 내 증조부에게 1파운드 금화 다섯 개를 빌려주었다. 신사의 예법을 모르는 오스카는 그에게 차용증을 써주었다.

28
미래를 위해 재물을 묻어두라

패딩턴에 도착해 기차에서 내린 워들리피시는 열쇠를 엉뚱한 곳에 두었다고 착각하여 수선을 떨었다. 그는 헤나컴의 마을 아이들이 곧잘 써서 오스카도 아는 종류의 말을 썼다. 조만간 신품성사를 받을 청년에게서 기대할 법한 말투는 아니었다. 그는 '제기랄'이라고 하지 않았다. '씨팔'이라고 했다. '네미'라고 했다. 매우 중요한 열쇠지만 왜 중요한지는 설명하지 않았다. 결국 시계 주머니에서 열쇠가 나왔다. 황동 번호표가 달린 평범한 열쇠였다. 35라는 숫자가 새겨진 것이었다. 오스카는 방 열쇠인가보다고 짐작했다. 사물함 열쇠일 줄은 생각도 못 했다. 여덟 살 이후 처음으로 패딩턴역에 온 것이라 기차역 사물함에 대해 아무것도 몰랐다. 그래서 워들리피시가 그 열쇠로 사물함 문을 여는 것을 보고 오스카는 더없이 놀랐다. 안에는 누군가의 옷이 있었다.

여전히 워들리피시는 설명을 하지 않았다. 라벤더꽃을 팔려는 여자를 쫓고 오스카에게 그의 비버모자를 들고 있으라며 건넸다. 그러더니 창피한 기색도 없이 프록코트를 벗고 사람들이 다 보는 곳에서 멜빵 차림으로 서 있었다.

그런 다음 사물함에서 접힌 옷을 꺼내 펼치자 요란한 하운즈투스 무늬 재킷과, 울퉁불퉁한 꽃병에 쑤셔넣은 한 움큼의 수선화 같은 손수건이 나왔다. 그는 재킷을 걸치고 손으로 약간 매만지더니 사물함으로 돌아서서 튼튼한 지팡이와 체크무늬 모자와 끝단에 마른 진흙이 묻은 긴 오버코트를 마술을 부리듯 꺼냈다.

그것을 모두 착용한 다음 오스카에게서 비버모자와 프록코트를 건네받아 조심스레 사물함에 넣고는 문을 잠그고 열쇠를 하운즈투스 무늬 재킷 주머니에 넣었다. 씩 웃는 그의 모습에 오스카는 어리둥절하고 놀란 와중에도, 행복하고 만족스러워하는 친구에게 감탄하지 않을 수 없었다.

"돌아서." 워들리피시가 말했다. 오스카가 주저하자, 그의 좁은 어깨에 워들리피시가 양손을 얹더니 자동으로 되지 않은 일을 수동으로 처리해버렸다.

오스카는 베데마 카레 가루를 광고하는 커다란 거울을 마주했다. 터번을 두른 푸른색과 노란색 인도인들이 거울 가장자리를 따라 주르르 늘어서서 서로 절하고 있었다. 지나치게 공손히 절하는 행렬 한가운데에 오스카 홉킨스와 이언 워들리피시가 서 있었다.

"세상에. 우리 좀 봐. 참으로 멋진 건달 한 쌍이로군." 워들리피시가 지팡이로 인도를 두드리며 말했다.

옷을 바꿔입지 않은 오스카는 이 말에 자신이 포함되어 어리둥절했다. 고개를 갸웃한 그는 자신의 외양을 비판적으로 보려 했다.

워들리피시는 이상한 녀석이 고개를 모로 꼬고 두 손을 입술 근처까지 올려 사마귀처럼 비비는 것을 보았다. 자신이 이상한 녀석을 모욕했던 것이다. 그럴 의도는 없었지만.

"가자, 늦었어."

워들리피시가 내달리자 오스카도 쫓아가는 수밖에 없었다. 엡섬까지 타고 갈 마차를 구해야 했다. 워들리피시는 토요일 인파를 헤치고 나아가면서, 이 북새통 덕분에 저 우스꽝스러운 조그만 녀석의 머릿속에서 아까의 모욕이 잊히기를 빌었다. 하지만 이런, 그 말은 사실이었다. 하긴 옥스퍼드에 온 지 얼마 안 된 이상한 녀석이 사각모와 학위복을 벗고, 학생감 조수의 감시의 눈초리를 요리조리 피하며 번화가를 거닐어본 적이 있겠나? 사람들은 그를 식료품점 점원으로 오해하면 했지 신사 계급이라고는 결코 생각하지 못했다. 재단사를 탓할 수도 없었다. 그에게는 재단사가 없었기 때문이다. 그의 바지는 7센티미터나 짧았고, 프록코트는 뉴먼 박사 시절의 옷처럼 보였다. 실제로 후자는 정확한 평가였다. 프록코트는 스트래턴 신부의 것이었는데, 꽤 오래되기도 했을 뿐만 아니라 낙과가 보이는 족족 주머니에 집어넣는 신부의 버릇 때문에 상태가 좋지 않았다.

마차를 구한 그들은 엡섬까지 데려다달라고 했다. 둘 다 들떠 있었다. 워들리피시는 경마를 사랑하기에, 오스카는 여러 이유로—대학 식당에 줄 돈이 곧 생길 것이기에, 또 사람과 말과 마차, 허리받이를 한 숙녀, 굴렁쇠를 든 아이, 모자 세 개를 겹쳐 쓴 남자, 배와 사과가 쌓인 손수레, 기둥에 걸린 흑인 인형, 현관문에 황동 우편투입구 덮개가 달린 높다란 집들로 가득한 런던의 거리에 와 있기에.

문에서 사람들이 쏟아져나오는 극장을 마차가 지나쳤다. 오스카는 저곳이 그가 생각하는 그런 곳인지 물었다.

"저기 간 적 없어?" 워들리피시가 물었다.

"응, 한 번도 없어."

"가볼래?"

오스카는 주저했다. 그는 극장을 두 쌍의 눈으로 보았다. 한 쌍은 그의 눈, 다른 한 쌍은 아버지의 눈이었다. 두번째 눈은 극장을 죄악에 물든 곳으로 보았다.

"우리 아버지는 셰익스피어를 한 번도 읽은 적이 없는 걸 자랑해. 별난 건가?"

"아니 전혀. 가보고 싶어?"

"응."

"좋아." 워들리피시는 지팡이로 마차 바닥을 세게 쳤다. "그럼 가게 될 거야, 이상한 녀석아. 내가 꼭 데려가주지. 장담해. 보장하지." 그러고는 풍부한 바리톤 음성으로 노래를 부르기 시작했다.

"아, 나는 경마를 좋아하네, 경마를 사랑한다네.
오, 달콤한 고문이여.
재앙이자 고통일지니.
하지만 경마를 사랑한다네, 아아 애통하구나.
경마를 사랑한다네, 아아."

한동안 그는 노래를 부르고 휴대용 술병을 건네고 지팡이를 쿵쿵 내리쳤지만, 또 한동안은 말없이 한 손에 턱을 받치고 앉아 창밖을 내다보았다. 오스카는 과열된 심신을 식히기 위해 작은 휴대용 성경을 꺼내 읽기 시작했다. 요한계시록 2장을 열심히 읽고 있는데 워들리피시가 '이봐'라고 외치는 바람에 오스카는 놀라 펄쩍 뛰었다.

"뭘 읽고 있어, 이상한 녀석아?"

오스카는 성경을 들어 보였다. 마음이 언짢았다. 이상한 녀석이라고 부르는 것이 싫었다.

"아이고, 우리는 지금 경마장에 가는 거라고."

오스카는 뭐가 문제인지 알 수 없었다.

"그러니 그것은 치워버려." 워들리피시가 소리쳤다.

"성경을 '그것'이라고 부르면 안 돼, 피시. 신성모독이야."

"아, 이상한 녀석, 넌 정말 이상해."

"내 이름은 홉킨스야. 아니면 네 이름이 괴짜 피시든지." 워들리피시를 바라보는 그의 눈빛은 도전적이었지만 손에 든 성경이 떨고 있었다. 이를 감추려고 성경을 무릎에 내려놓았다.

"성경을 문자 그대로 믿는다는 거 진짜야, 홉킨스?" 워들리피시가 돌연 나직하고도 정중히 물었다.

오스카는 홉킨스라고 불러주어 고마웠다. "나귀가 사람의 목소리로 발람에게 말했다는 걸 믿느냐고? 그래, 물론이야. 오리얼에서는 나를 구식이라 놀리고, 39개 신조를 믿는다고 맹세한 사람들이 하나같이 고래가 요나를 삼키지 않았고, 성모마리아께서 성처녀가 아님을 믿으라고 강요하긴 하지만 말이야."

"그래서 나귀가 진짜로 말했다고? '저는 그대의 선하고도 신실한 당나귀입니다. 왜 저를 세 번이나 때리시나이까?' 이렇게 나귀가 사람에게 그리스어로 말했다고?"

"그리스어였는지는 의심스러워. 불가사리를 본 적 있어? 절단면을 현미경에 놓고서? 하느님이 불가사리를 창조했다고 믿지 않아?"

"물론 하느님이 창조하셨지." 그때까지만 해도 브랜디가 든 휴대용 술병이 열려 있었으나 워들리피시가 도로 뚜껑을 닫아 주머니에 넣었다.

"그럼 발람의 나귀가 그리스어로 말하는 것도 그다지 어려운 일이 아니지 않겠어?"

"지옥의 영원한 심판을 믿는 거야?"

"그럼, 물론이지."

침묵이 이어졌다. 워들리피시는 창밖을 내다보았다. 오스카는 아직 대화가 끝나지 않은 듯해 성경을 무릎에 올려놓은 채 기다렸다.

"너도 믿어?" 마침내 오스카가 물었다.

"그래." 워들리피시는 대꾸했지만 창밖을 내다보던 시선을 돌리지 않았다. 엡섬 다운스가 시야에 들어오고서야 그는 다시 기운이 났다.

그는 밝지만 진지한 얼굴로 오스카를 돌아보았다. "오 분만 있으면 도착해. 경마장에 가면 그렇게 금화를 흔들지 마. 그랬다간 감쪽같이 없어질 테니. 사방에 소매치기야. 거기 가면 너는 바로 꾼들의 표적이 될 거야. 놈들이 좋아하는 딱 그런 타입이거든. 기가 막히게 냄새를 맡지. 너한테 들러붙어서 이런저런 말에 1, 2파운드를 걸라고 충고를 늘어놓겠지만 그놈들이 추천하는 말은 산송장이야. 그러니 괜히 시간 낭비하지 말라고. 내 말 알겠지? 좋아. 그다음으로 피해야 할 건, 무턱대고 뛰어드는 노름꾼처럼 행동하는 거야. 그런 노름꾼은……" (아까만 해도 건달 같아 보인다며 좋아했던) 워들리피시가 말했다. "모두에게 골칫거리거든. 네 방 위층에 사는 웨스트 녀석이 바로 노름꾼이지. 경마장의 아편쟁이라고 할 수 있어. 머저리에 미치광이인데, 경마장이 이렇게 명예를 잃은 것도 다 그치들 때문이야. 그자들은 도박이라면 사족을 못 쓰지. 바로 웨스트라고 생각하면 돼. 처음에는 2파운드 정도로 시작해서 따거든. 그러면 두번째 판에 그 돈을 몽땅 걸어서는 한 번에 날리고 말지."

"어떻게 해야 하는지 네 말만 따를게." 오스카는 예의바르게 말했다. 세속적 삶을 추구할 생각은 추호도 없었다. 하지만 워들리피시가 정색하는데다 긴장해서 오스카는 그가 걱정하는 게 무엇이든 예의바르게 대해서 안심시키고 싶었다.

"우선 경마장에 조용히 들어갈 거야. 우리 같은 차림을 하면 이목을 끌지 않거든. 아무 조언도 받지 않을 거야, 이상한 녀석아. 충고를 청하지도 않고, 누가 충고를 해주겠다고 해도 반응을 보이지 않는 거지. '진짜 잼'에 돈을 걸라는 꼬임에 절대 넘어가지 않는 거야."

"잼이라니?"

"확실한 우승마를 잼이라고 해. 우리는 자체적으로 정보를 수집할 거야. 우리 시스템을 따르는 거지. 미래를 위해 재물을 묻어두라. 이게 바로 우리 시스템이지. 우리는 절대 최고 인기마에 돈을 걸지 않아. 두번째나 세번째 인기마에 걸지. 배당률이 낮거나 1일 때는 절대 돈을 걸지 않아." 이 같은 조언이 쉴새없이 이어졌다. 하지만 오스카는 대부분의 내용을 전혀 알아듣지 못했다. 그럼에도 그는 차분하고 행복했다. 도박에 대해 그토록 과학적이고 용의주도한 피시를 보는 게 즐거웠다. 피시가 그토록 책임감 있는 태도를 지니다니 놀라웠다. 껄렁한 노란 손수건과 전혀 어울리지 않았다. 하운즈투스 무늬 재킷과도 상충되었다.

“하루에 5실링을 벌고 싶다면 매 경주에 5실링을 투자해야 해. 내가 일일이 설명을 해주는 건 다 너를 위해서야. 돈을 벌고 싶다면 이 원칙을 꼭 지켜야 해. 내 말 듣고 있어?”

“그럼.” 오스카는 집중하려고 애쓰며 대꾸했다.

경마장 앞에 이르자 워들리피시는 브랜디를 꿀꺽꿀꺽 들이켰다. “난 지옥에 갈 거야, 당연해. 하지만 템플 씨와 포크스 씨는 지옥이 영원할 리 없다고 주장해.”

그러고는 고개를 들어 이상한 녀석을 바라보았다. 오스카는 미소 짓고 있었지만 그의 말을 듣고 있지는 않았다. 그의 초록색 눈은 너무나 커다랗게 반짝였다.

29
엡섬 다운스

예수승천일이 가까웠지만 멍자국 빛깔의 나지막한 하늘 아래 살을 에는 듯한 매서운 바람이 불었다. 오스카는 여윈 몸을 도화지처럼 말려는 듯 어깨를 옹송그렸다. 추위 때문에 관자놀이가 아렸다. 코끝이 빨갰다. 너무 흥분되어 숨도 잘 쉬어지지 않았다. 진흙과 웅덩이를 피해 꼴사납게 큰 폭으로 발을 디디면서도 고개를 들어 담배 파이프와 말똥과 브랜디와 여자 향수 냄새를 맡았다.

이런 곳은 난생처음이었다. 그가 헤나컴에 사는 동안 이런 곳이—왕국 전체가—내내 존재하고 있었다니 믿기지 않았다. 하지만 지금은 붉은 절벽이 펼쳐진 작고 나른한 헤나컴이야말로 존재할 성싶지 않았다. 경주로가 휘발성 가스처럼 한없이 팽창해 살아 있는 우주의 구석이란 구석은 죄다 집어삼키는 듯했다. 아래로 갈수록 넓어지게 구레나룻을 기른 마권업자들은 가죽 돈가방을 걸친 커다란 배가 터질 듯 불룩 튀어나와 있었다. 바로 그 순간, 바닷물이 모래사장으로 쏴아 밀려왔다. 바다 근처가 아니라서 얼마나 좋은지. 침례교도 아이들이 황무지를 뒤덮은, 한 치 앞이 보이지 않는 안개 속 어딘가에 있을 때까마귀를 향해 돌을 던졌다. 하지만 그는 여기 있었다. 스트래턴 씨와, 그들 부부가 곧 점심을 먹을 습하고 음울한 기다란 방이 생각났다. 그는 그들을 좋아하고 그들의 행복을 위해 기도하지만, 회색 모자를 쓴 신사들과 어깨를 부딪치며 여기 있는 편이 더 좋았다.

그 순간 아버지가 떠오르자 그는 생각의 기차를 멈추고 문제가 생긴 객차를 기관차에서 분리시킨 후 전속력으로 후진했다. 그러는 동안에도 그의 몸은 워들리피시를 쫓아 서둘러 사람들을 헤치고 나아갔다. 워들리피시는 달콤한 밀짚 향이 감도는, 이 경이로운 신세계의 뒷골목인 마구간 뒤쪽에서 그가 '1등급 정보'라고 단언한 것을 얻으려 했다.

오스카는 결코 1등급 정보일 리 없다는 걸 알았다. 그는 자신의 바람과 달리 여전히 플리머스 형제회의 믿음에 젖어 있었다. 그리하여 정보 제공자를 티오필러스와 거의 똑같은 눈으로 바라보았다. 구레나룻이 없어 소년처럼 보이는 왜소한 마구간 일꾼은 코와 눈 주위에 꼬집힌 자국이 역력했는데, 주인어른이 어느 말을 '제대로' 달리게 하고, 어느 말을 그렇게 하지 않기로 했는지 은연중에 암시해주었다. 지독한 부패의 악취가 풍겼다.

오스카는 이 남자가 저주받았다고 생각했다. 그래서 악마가 그의 귀에 대고 속삭이기라도 하듯 더는 그 충고를 듣지 않았다.

하지만 워들리피시는 이런 것이 하나도 보이지 않는 듯했다. 그는 열심히 고개를 끄덕이고 약삭빠르게 혀를 찼다. 그리고 흰족제비 같은 낯짝의 정보원에게로 몸을 숙였다. 그가 너무나 믿고 싶은 나머지 무엇이든 믿을 태세라는 것을 오스카는 불현듯 깨달았다.

워들리피시는 시스템에 따라 움직이는 사람처럼 보이지 않았다. 더 이상 체계적인 구석이라곤 없었다. 그는 열정에 사로잡혔고, 이 때문에 문자 그대로 과열되어 있었다. 목깃 위로 드러난 피부가 불그스름하고, 턱수염 위의 뺨은 빨갰다. 크고 두툼한 귓불이 어찌나 새빨갛게 물들었던지 오스카는 스트래턴 부인 대신 목을 쳤던 닭들의 볏이 떠올랐다.

워들리피시가 오버코트의 단추를 풀고 재킷 주머니에 두 손을 찔러 넣어 묵직한 코트 앞자락을 젖혔다. 수탉처럼 보였다. 오스카더러는 그러지 말라더니 주머니 속 손을 꼼지락대어 동전들이 잘그락잘그락했다. 마구간 일꾼이 기대에 찬 눈으로 소리가 나는 쪽을 보았다. 그는 매딩 걸이 '잼'이라고 암시했다.

오스카는 이 정보가 일말의 가치도 없다는 것을 알았지만, 워들리피시에게 그런 말을 해봤자 귀담아들을 리 없었다. 왜냐하면 이것이야말로 워들리피시가 경주로 주변에서 가장 즐기는 것이었기 때문이다. 속삭이는 대화, '정보를 위한 정보'의 전달, 추잡한 밑바닥 인생들이 모여드는 구석, 죄책감, 저주에 대한 두려움, 환희, 이 모든 것이 그의 바지 뒷주머니에 꽂힌 술병이 선사하는 허황된 기운에 녹아들어 있었다. 그가 오버코트를 벗어 오스카에게 건넸다.

"이봐, 이상한 녀석, 곧 경주마 예시장에서 말을 선보일 거야."

그들은 달려갔다. 워들리피시가 앞장섰다. 그는 엉덩이가 불룩하고 허벅지가 굵었다. 오스카에게는 말 위에 앉아 있는 그의 모습이 그려졌다. 그는 육중한 덩치였지만 재빨리 뛰었다. 무릎에서 아프게 딱딱 소리가 나고 빌려 입은 코트를 펄럭이면서 뒤를 쫓는 오스카는 늘 그렇듯 붉은 머리가 제멋대로 뻗쳐 있어 뒤에서 소리치는 몇몇 나이든 꾼들 말마따나 허수아비 같은 몰골이었다. 그는 개의치 않았다. 도취되어 있었다.

워들리피시가 느끼는 도취와는 꽤 달랐다. 오스카는 하등 죄책감을 느끼지 않았다. 스트래턴 부부가 짊어진 어마어마한 부담을 덜어주고자 하느님이 그에게 경마장에서 돈을 주실 터였다. 이제 그들 부부는 해방될 터였다. 하느님의 이러한 은혜는 모세더러 이스라엘 부족들에게 땅을 나누어주라고 명하신 것과 마찬가지였다. "그 결과를 따라 많으면 많은 대로 적으면 적은 대로 유산을 나누어주어라."* 하느님이야말로 오스카의 '정보' 제공자가 되어주시리라.

"저 말을 봐." 매딩 걸이 예시장으로 나오자 워들리피시가 말했다. 매딩 걸은 거품 같은 땀을 흘리고 있었다. 뒷다리 안쪽에 흰 땀이 돋아 있었다. 눈빛이 이상했다.

"저 말을 봐." 워들리피시가 오스카의 코트 소매를 잡고 서둘러 앞으로 끌고 갔다. 매딩 걸이 뒷다리로 서고, 춤을 추듯 옆으로 걷고, 몸을 돌리고 또다시 돌리더니 아마도 일부러 그런 듯 그들을 향해 다가오는 바람에 두 사람은 구레나룻을 기른 군중에게로 물러서야 했다. 안 그랬다간 발이 짓뭉개졌을 것이다.

"엉덩이 좀 봐." 워들리피시가 말했다.

---

* 민수기 26장 56절.

엉덩이를 보지 않을 수가 없었다.

"이상한 녀석아, 말을 볼 때는 가장 먼저 엉덩이부터 봐야 해. 경주로가 젖어 있으면 바로 저런 강한 엉덩이를 가진 말이 유리하거든."

오스카는 이날 아침 자신이 얼마나 고독하고 무기력했던가를 떠올렸다. 춥고 비참했다. 그런데 지금은 워들리피시의 코트 안에서 따스했다. 그는 커다란 남자의 달콤하고도 시큼한 겉옷에서 위안을 느끼는 소년이었다. 형이나 삼촌이나 아버지의 따끔거리는 트위드 갑옷을 입은 듯했다. '보살핌'을 받는다는 느낌에 마치 안락의자에서 몸을 만 개처럼 엡섬의 진흙탕에서 만족스러워했다.

그는 워들리피시를 향해 씩 웃었다.

"이런, 너도 병에 걸린 모양인데." 워들리피시는 그 미소에서 자신의 열기를 감지하고는 말을 이었다. "여기 데려오는 게 아니었어. 내가 너한테 나쁜 물을 들이는군."

하지만 오스카는 나쁜 물이 든다고 전혀 느끼지 않았다. 하느님이 이미 그에게 말씀을 하셨기 때문이다. 슈어 블레이즈가 이번 경주에서 이길 것이라고. 오늘밤 그는 그 돈으로 대학 식당에 돈을 지불할 것이다. 또한 기다란 모직 양말을 사고, 스트래턴 부부에게 2기니와 커피를 보낼 것이다. 어쩌면 블랙웰 은행에 계좌를 열 수도 있으리라. 페일리 씨의 『증거』를 한 부 소장하고 싶었다.

"너 좀 봐. 미소 짓는 허수아비 같아." 워들리피시가 말했다.

오스카는 이마를 찌푸렸다. 그는 자기 외모에 대한 유머감각이 아예 없었다. 사실 자신의 외모가 실제로 어떤지 눈곱만치도 몰랐다. 체격과 얼굴이 '아주 평범하고 보통이며' 복장은 초라하긴 하지만 적절히 갖춰 입었다고 생각했다.

"물론이지. 네 코트를 입고 있으니 당연히 이상해 보이겠지." 마침내 그가 말했다.

워들리피시는 이상한 녀석의 제멋대로 뻗은 붉은 머리카락과 단정한 삼각형 얼굴과 가슴 위에 맞잡은 진지하게 '기도하는 사마귀' 같은 손을 보고 웃음을 터뜨렸다가 그제야 오스카가 농담하는 것이 아님을 알았다. 이상한 녀석은 자신이 지극히 정상이라 믿고 있었다.

사람들을 헤치며 경주마 예시장을 향해 가면서도 워들리피시는 여전히 껄껄 웃고 있었다. 도저히 멈출 수가 없었다. 돈을 거는 동안에도 낄낄거렸다. 오스카는 빙그레 웃으며 그를 바라보았다. 베팅 때문에 그러나보다고 생각했다. 워들리피시가 시스템을 깡그리 무시한 채 이 마권업자, 저 마권업자 사이를 돌아다니며 매딩 걸에게 전액을 거는 동안 눈물이 그의 뺨을 타고 줄줄 흘러내렸다.

내 증조부는 그를 충분히 지켜보며 어떤 식으로 마권을 사는지 깨우친 뒤 퍼스 걸리를 택해 배당률이 9인 슈어 블레이즈에게 3기니를 걸었다.

증조부는 첫판에서 돈을 땄다. 역사적으로 병적인 도박사들의 사례를 살펴보면 이 같은 경우가 수두룩하다.

30
탐욕

스트래턴 씨는 옥스퍼드 친구들의 안락한 방에 들어가면—예상외로 그는 인맥이 넓고, 환대받는 사람이었다—그러면 안 된다는 걸 빤히 알면서도 난로 앞 의자로 기어올라가 자리를 잡고 누워 귀가 먹은 척하며 방귀를 뀌고 쌕쌕거리는 개 같았다. 그가 얼마나 옥스퍼드를 사랑하는지. 얼마나 헤나컴을 혐오하는지. 두 곳은 얼마나 잔인하리만치 대조적인가. 그는 자신보다 잘나가는 친구들에 대해서는 생각하지 않았다. 그는 마음에 거리낌 없이 그들의 브랜디를 마셨다. 그리고 말처럼 먹고 약소한 '대출'을—1, 2크라운 정도의 대단치 않은 금액이었다—기꺼이 받아들였다. 하지만 템플 씨는 만약 스트래턴이 그 돈을 전부 기찻값에 허비하지만 않았어도 옥스퍼드에 집 한 채는 샀을 거라고 즐겨 주장하곤 했다. 예전에 스트래턴은 대단히 진지한 성향 때문에 친구들과 구별되었다. 하지만 이제 그는 '가엾은 스트래턴'이었고, 그들은 감사의 표시로 소액을 빌려주었다. 불운한 결혼으로 데번에 처박힌 것이 그들이 아니라 그라니 얼마나 감사할 일인가. 가엾은 친구가 곤경에 처한 것은 (경력에 논란의 여지가 있는 교수의 딸인) 베티 스트래턴 때문이었다.

휴 스트래턴은 옥스퍼드의 학자는 아니었지만 옥스퍼드 전문가였다. 홍콩에 사는 고독한 공무원이 나이츠브리지에 사는 사람보다도 그곳 사정에 훤하듯, 휴 스트래턴은 옥스퍼드에 사는 사람보다도 옥스퍼드 사정에 밝았다. 오스카를 호킨스(오리얼 학장)와의 면접에 데려갔을 때는 논란에 휩싸인 머턴 칼리지 선임연구원 선발에 관한 소식을 전하기도 했다. 그 소식은 머턴 스트리트의 미끄러운 붉은 자갈길을 가로지르는 것보다 더 빠른 속도로 헤나컴으로 전해졌던 것이다.

하지만 옥스퍼드와 그 산하 칼리지들에 대해 훤히 알고 있음에도 휴 스트래턴은 소외감을 지울 수 없었다. 오리얼의 소리가 울리는 문루에 들어서거나 심지어 첫번째 안뜰의 사랑스럽게 빛나는 잔디를 언뜻 볼 때도 '나는 여기 머무를 수 없어'라는 생각이 들었다.

안뜰에 들어서는 순간 오리얼 창가의 모든 시선이 자신에게로 쏟아지는 듯한 느낌이 들었다. 허름한 옷차림은 그가 이곳에 전혀 어울리지 않는 가난한 사제임을 드러냈다. 바짓단에 붉은 진흙이 더께 진 채 예배당을 향해 안뜰을 가로지르는 그와 마주친 오리얼의 신사들은 시선을 피해버렸다. 하지만 스트래턴은 올해부터 뺨과 코에 나타나기 시작한 미세한 붉은 모세혈관을 저들이 봤기 때문이라고 생각했다.

그는 오스카를 데리고 여러 입구를 지나 안뜰을 가로지르는 길 중간에 우뚝 멈춰 서더니 오스카에게 부럽다고 말했다. 하지만 애석한 미소를 띤 채 말했기에 오스카는 그가 얼마나 부러워하는지 가늠하지 못했다. 그저 젊음을 그리워하는 여느 나이든 사람을 보듯 했다. 휴 스트래턴의 마음을 찢어놓은 이 질투의 너덜너덜한 가장자리를 짐작할 따름이었다. 하루하루가 지날수록 더했고 그들이 안뜰에 서 있는 지금 이 순간 더할 나위 없이 강한 질투를. 하지만 하나는 남고, 하나는 쫓겨날 것이었다.

질투는 휴 스트래턴의 불행한 영혼 속 진흙탕을 휘젓고 있는 유일한 뱀이 아니었다. 질투는 인정하고 내려놓으려는 시도라도 할 수 있지만, 다른 것은 차마 인정할 수조차 없었다. 그를 끔찍한 죄책감에 빠뜨리는 진실은 그에게 오스카의 학비를 댈 능력이 전혀 없다는 점이었다. 아내가 이 문제를 꺼냈을 때 그는 말파리라도 쫓듯 손수건을 흔들었다. "말했잖아. 근로장학생이 되면 된다고."

"하지만 호킨스에게 이 문제에 관해 편지는 썼어요?"

"그런 문제로 학장에게 폐를 끼칠 순 없어."

"그럼 템플이나 피셔에게 부탁해요. 아니면 다른 누구라도요. 여보, 그래야 한다는 생각 안 들어요?"

그는 부탁하지 않았고, 이제 오스카가 근로장학생이 되어 학비를 대기란 불가능하다는 사실을 알게 되었다. 오리얼에는 이미 노래를 부르거나 저녁식사 시중을 들 젊은이들이 차고 넘쳤다. 오스카가 근로장학생이 되려면 순서를 기다려야 했다. 대학의 회계 담당자는 그때까지는 스트래턴 부부가 비용을 댈 것이라고 짐작했다. 스트래턴 씨는 오해를 바로잡지 않았지만, 그것은 엄두도 못 낼 일이었다. 그리하여 휴 스트래턴은 비를 맞아 잔디가 파릇파릇한 안뜰을 다시 가로지르며 궁륭형 천장이 아름다운 작은 예배당으로 피후견인을 이끌었다. 한때 금발에 사괏빛 뺨을 지닌 그가 맑은 목소리로 칭송받았던 그곳에서 지금은 질투로 비참해하며 통탄의 가장자리에서 비틀댈 뿐만 아니라 재정적 문제에 대해서도 깊은 죄책감을 느꼈다. 하등 죄책감을 느낄 필요가 없는데도 죄책감을 피할 수가 없었다. 그는 세 시간 동안 오스카를 데리고 대학을 둘러보며 둘이 함께 즐거운 시간을 보낼 계획이었다. 하지만 극심한 두통 때문에 도서관으로 향하는 문에서 돌아서서 피후견인에게 작별인사를 하고 행운을 빌어주었다.

오스카에게 스트래턴 씨의 기분은 늘 불가사의인지라 헤아릴 엄두도 내지 않았다. 그가 친구인 템플 씨와 저녁식사를 같이 할 거라고 알았는데, 이제 보니 곧장 철도역으로 가려는 것 같았다. 또 비가 내리고 있었다.

"네 아버지가 책임을 져야 해. 이렇게 나 몰라라 해선 안 돼." 문루에서 비를 피하며 신부가 말했다.

이 문제에 대한 스트래턴 씨의 생각을 가감 없이 알리면 오스카와 달리 티오필러스는 반색하겠지만, 하나밖에 없는 아들이 영원한 지옥불로 떨어지는 데 1페니도 낼 리 만무했다. 그는 초췌하고 혹사당한 신부에게는 물론이고, (열정적인 편지에서) 아들에게도 분명히 의사를 밝히며 너무 늦기 전에 달아나라고 간청했다.

따라서 이런 저간의 사정을 고려해 헤나컴의 사제관에 배달된 커피를(오스카가 슈어 블레이즈의 승리로 딴 돈으로 보낸 선물이었다) 바라보아야 한다. 커피 200그램이 그토록 큰 파문을 일으킨 적은 역사상

없으리라. 향기로운 작은 소포의 얼룩진 겉면에 2페니짜리 우표를 붙이고 발송한 지 나흘이 채 안 되어, 오스카는 아침식사 전 창 너머로 세인트메리 홀 안뜰을 내려다보다 후견인이 검은 롱코트를 꽉 여민 채 절뚝이며(도끼질을 하다 사고가 있었다) 그의 방을 향해 부랴부랴 걸어오는 모습을 보았다.

그는 생각했다. 아빠가 위독해. 가장 큰 두려움이(부자가 화해하기도 전에 아버지가 죽을 것이다) 현실이 되었다고 너무도 확신한 나머지 곧바로 창가 좌석 아래 수납공간에서 커다란 갈색 옷가방을 꺼냈다. 그리고 가방을 손에 든 채 새 부리로 쪼듯이 날카로운 스트래턴 신부의 노크 소리에 답했다.

스트래턴 신부는 그날의 볼일을 앞두고 시간을 들여 준비한 그런 얼굴을 하고 있었다. 아침마다 그는 짜증과 피곤에 찌들어 있었다. 이 시간이면 보통 안색이 형편없었다. 피부에 아무 색이 없었다. 양쪽 입가에 수술 흉터인 양 팬 가느다란 세로 주름이 더 깊어지고, 더 뚜렷해졌다. 하지만 이날 아침 그의 얼굴은 시간을 앞질러 홍조가 돌고 팽팽했으며, 눈에는 대개 셰리주에서 얻는 비밀스러운 생기가 가득했다(하지만 물기가 어려 있지는 않았다).

그는 아침인사도 하지 않고, 이 시간에 옥스퍼드에 웬일로 왔는지도 설명하지 않았다. 오히려 오스카의 손에서 빈 옷가방을 가져갔다가 그 가벼운 무게에 놀라는 듯하더니 문밖에 내놓았다. 별다른 '의도'를 지닌 행동은 아니었다. 그게 아니라면, 옷가방을 든 젊은이가 문을 열어주고 그 가방이 비어 있어 혼란스러운 와중에 가방을 골방에 넣어두려니 나보다 싶어 사환이 가져가도록 복도에 내놓은 것일 수도 있지만, 그렇더라도 그런 생각 자체를 의식하지 못했다. 그의 머릿속은 가상의 음모로 가득차 있어서 가방에 신경쓸 겨를이 없었다.

휴 스트래턴이 말했다. "식당 대금을 냈더구나."

말에 축하보다는 다소 비난이 어려 있었다. 젊은이의 기만이라는 이번 사례에 맥이 빠졌지만 체념하고 받아들이겠다는 듯 천천히 고개를 저었다.

그 무렵 오스카는 휴 스트래턴의 조바심에 꽤 적응하긴 했지만, 그렇다고 성가시지 않은 건 아니었다. 그는 자신이 무슨 말을 하든 상황만 악화시킨다는 것을 알기에 늘 그렇듯 무감각하게 마비된 상태로 대했다.

스트래턴 씨가 코트 단추를 풀자 오스카는 코트를 받아들려고 손을 내밀었지만 거절당했다. 스트래턴 씨는 구식 검은 개버딘 코트를 침대 가장자리에 걸쳐놓았다.

"그리고 커피도 마시는구나." 스트래턴 씨는 사환이 아침식사를 차린 식탁으로 걸어갔다. 비밀스러운 사치가 교묘히 숨겨져 있는 양 찻주전자 뚜껑을 열어보았다.

"아, 아뇨. 커피가 아니에요." 오스카는 귀리죽 위에 생긴 차갑고 팽팽한 막을 불행한 얼굴로 바라보았다. 배가 고팠다. 늘 그런 상태였다.

"아니라고?" 스트래턴 씨는 실눈으로 대학생을 응시하더니 찻주전자를 들여다보았다. "아니라고?"

"커피는 받으셨지요?"

"아, 그래, 받았지." 휴 스트래턴은 '받았지'를 강조함으로써 딱히 뭔가를 의미했다기보다는 지금 무슨 짓거리가 벌어지고 있든 다 알고 있다는 인상을 주려 했을 뿐이었다.

"아주 좋더구나." 배려 깊은 선물을 보내주어 고맙다는 말을 전해달라던 아내의 요청을 '망각'한 채 그는 대꾸했다.

"헤나컴에서는 다들 잘 지내시죠?"

"한 가지 의문 때문에 헤나컴에서 왔단다. 다름 아닌 이것 말이다. 너한테 수입이 있느냐? 그렇다면, 젊은이, 자네는 날 속인 거야."

"아, 아뇨, 스트래턴 씨, 아니에요."

"부디 그래야 할 거야. 그동안 나를 속여왔다면 나로선 대단히 유감스러울 테니. 아니, 됐다. 그냥 서 있을게."

"속인 게 아니에요." 오스카는 딱딱한 등받이 의자를 아침 식탁 쪽으로 밀었다. "제게 그렇게 잘해주셨는데 어찌 감히 속이겠어요."

"그럼 어떻게 커피를 보낸 거지? 설명해봐라. 내가 커피를 살 여력이 생긴 것도 겨우 십오 년 전이었지. 그런데 이 년 전까지만 해도 아타나시우스 신경을 몰랐고, 근로장학생이 되기를 '간청'해야 했을 가난뱅이가 어떻게 나한테 아무 설명 없이 그런 사치품을 보낼 만한 재력을 갖게 된 거지?"

"친애하는 스트래턴 씨, 그건 제가 두 분을 사랑하기 때문이에요. 모욕을 드릴 의도는 전혀 없었어요."

'사랑'이라는 단어에 스트래턴 씨는 눈을 깜박였다. "그리고 대학식당 외상도 갚았다고 들었다."

"신부님의 정보력에는 그저 감탄할 뿐이에요." 아첨할 의도로 한 말이었지만 오스카는 말하던 도중에 자칫 빈정거리는 투로 해석될 수도 있다는 판단이 들자 당황했다.

휴 스트래턴은 눈 깜박이는 것을 그쳤다. "나는 다 알아. 네가 기도하러 키들링턴까지 걸어간다면 그 사실 역시 내 귀에 다 전해질 거야."

오스카는 생각했다. 내가 도박을 한 것을 알고 있구나. 이어서 다시 생각했다. 아니야, 몰라.

스트래턴 씨는 그 주제를 한사코 물고늘어지며 화제를 바꿀 기세가 아니었다. 그러나 그 역시 어찌해야 할지 모르는 듯했다. "네가 여기서 지내는 비용을 어떻게 마련할지 걱정하느라 나는 잠도 못 자고, 건강도 안 좋아졌어. 세인트앤의 복구 자금을 기부해달라고 부탁한 사람들에게 편지를 썼지. 현명한 짓은 아니었어. 나한테 피해만 끼치고. 아름답고 오래된 교회의 복구가 늦어지는 건 아닌지 두렵다. 그런데 너는 내게 커피를 보냈어."

"또 식당 대금도 냈고요. 덕분에 걱정을 좀 덜지 않았나요?"

"하지만 어떻게 돈을 구했지?" 휴 스트래턴은 얼굴을 찌푸리고 턱을 한껏 당기며 물었다. "어디서 난 돈이지? 아버지가 보내준 거냐?"

"아뇨, 당연히 아니죠."

"'당연히 아니죠'라고 말하지 마라."

"신부님, 저는 그저 걱정을 덜어드리려던 것뿐이었어요. 하느님이 저를 위해 대비해놓으실 거예요."

스트래턴 신부는 이마를 주먹으로 쳤다. "부탁이니, 그렇게 단순하게 말하지 말고."

"제가 너무 단순했나봐요." 오스카는 마저 말을 하려다가 말허리를 잘렸다.

"그 아버지에 그 아들이지. 네 아버지의 단순한 사고방식에 오염됐어."

오스카는 꿋꿋하게 말을 이었다. "제가 너무 단순했나봐요. 하지만 제가 쓰는 돈은 직접 마련하고 싶습니다. 두 분에게 더이상 걱정 끼치고 싶지 않아요."

"네 아버지가 돈을 대줬군."

"맹세코 아니에요." 오스카는 십오 분 안에 엡섬으로 떠나야 했다. 워들리피시의 쌍안경이 식탁 옆 선반에 놓여 있었지만, 옷가방보다도 사제의 관심을 끌지 못했다.

"그럼 대체 어떻게 돈을 마련한 거냐?" 사제가 씩씩거렸다.

오스카는 진실을 말해야 한다는 의무감에 털어놓으려고 했지만, 바로 그 순간 생각을 고쳐먹었다. 신부가 헤나컴에 소문을 퍼뜨려 아버지에게 피해를 줄지도 몰라.

"쓸모없는 녀석. 네가 도박 패거리에 들어갔다는 거 다 안다. 내가 학교를 다닐 때에도 그런 게 있었지. 귀족의 자제도 셋이나 그러다가 모두 쫓겨났어. 절대 그런 일에 연루되지 않겠다고 약속해라. 나는 옥스퍼드에서 내 작은 교회를 복구하려고 자금을 모으고 있어. 내 이름이 그런 더러운 일에 오르내리게 할 순 없어." 휴 스트래턴이 말했다.

"친애하는 후견인님, 그런 약속을 할 필요는 없어요." 오스카는 스트래턴의 뻣뻣한 어깨에 손을 얹고서 대꾸했다.

계단에서 묵직한 발걸음소리가 들렸다. 오스카는 생각했다. 피시야. 하지만 발걸음소리는 그대로 지나쳐갔다. 피시가 아니었다.

"전혀 그럴 필요 없어요." 오스카가 말했다.

휴 스트래턴은 눈을 가늘게 뜨고 피후견인을 뚫어져라 응시했다. 만약 오스카가 그를 몰랐더라면 자신을 싫어한다고 생각했으리라. 일순

수척한 얼굴이 풀어지며 느슨해지더니 자그마한 분홍색 혀가 튀어나와 허옇게 메마른 입가를 적셨다.

"너는 좋은 녀석이다, 오스카. 내가 달리 본다고 생각하지 마라."

31
예수승천일

루신다의 옷차림은 뭔가 잘못되었다. 무엇이 문제인지는 몰라도 사람들의 이목을 끌었다. 생기 없이 고상 떠는 어리석은 패션이라는 분야에 루신다는 자신 없었다. 하지만 이 사안에 그녀의 판단은 철저히 배제되었다. 옷은 채스 아헌과 라벤더향을 풍기는 그 아내가 선호하는 것으로 구입했다. 심지어 떠나는 날인 지금도 그들은 그녀를 놓지 않고 단단히 지켰다. 한 명은 씨근거리며 콧김을 뿜고, 다른 한 명은 허약한 발목 탓에 비틀대며 부두에 위험하게 쌓여 있는 목재에 대해 불평했다. 사람들이 그들을 쳐다보자 루신다는 옷 때문이라고 생각했다. 불량배가 그녀를 놀래주려고 웅덩이에 돌을 던졌다. 어차피 그녀는 겁먹은 상태였다. 불량배나 아헌 부부가 아니더라도 이미 충분히 겁에 질려 있었다. 그녀는 부모의 삶이 응축된 전 재산을 지니고 있었다. 양떼 전부를 쥐어짜 기름으로 만든 듯, 살아 있고 숨쉬는 무언가가 종이 한 장으로 줄어들어 유치한 구슬이 달린 지갑에 담겨 있었다. 아헌 부인은 이 은행환어음 덕분에 그녀가 "판사나 총독 같은 식민지 최고의 남자와 곧바로 결혼하게 될 거다, 아무렴"이라고 장담했다.

아헌 씨는 결혼 상대로 총독은 지나치게 큰 꿈이라고 생각했다. 아헌 부인은 그렇지 않다고 생각했다. 그들은 흥분에 들뜬 나머지 어린 상속녀의 마음을 헤아리지 못했다. 그녀의 가늘게 뜬 눈에는 분노가 서려 있었다. 어떻게 감히. 이런 우스꽝스럽고 과시적인 옷을 사 입혀 놓고 그녀의 엄마 아빠가 한 푼이라도 아끼려고 얼마나 걱정하고 안달했는지는 한 번도 생각하지 않다니. 이 돈은 그들의 돈이 아닐뿐더러 그녀의 돈도 아니었다. 땅에서 빼앗은 돈이었다. 땅은 원주민들에게서 빼앗은 것이었다. 그녀는 이 돈을 가질 수 없었다. 유다가 예수를 팔고 받은 은화 30닢이나 다름없었다. 그녀는 교회에 바칠 생각이었다. 사실 이미 시도해봤다. 침례교회에 기부하겠다고 편지로 제안했지만 목사는 받아들이는 대신 성공회 교도인 아헌 씨를 찾아가 그녀가 재산을 그대로 간직하도록 계략을 짰다. 그리고 그녀는 돈을 그대로 가지고 있고도 싶었다. 세상에 그녀 혼자였다. 어디에도 기댈 곳 없는 고아였다. 그녀가 이 세상에서 믿을 수 있는 것은 돈뿐이었다. 그녀는 돈을 기부해버리고 싶은 만큼이나 간절히 그대로 소유하고 싶었다. 이런 마음에 대해 상의할 사람이 아무도 없었다. 그녀는 외로움에 사로잡혀 꼼짝달싹 못하고 마비되었다. 오후는 늘 침대에 누운 채 보냈다. 가슴속에 스프링이 단단히 눌려 있는 듯했다. 튀어오르기를 기다리는 덫처럼 양팔을 몸통 옆에 뻣뻣이 쭉 편 채였다.

루신다 르플래스트리어는 패러매타를 떠나 시드니로 가기로 했다. 충고랍시고 쏟아지는 극성스러운 반대에 맞서야겠지만 더이상 패러매타에서 못 살겠다고 느꼈다. 모두가 그녀를 이리저리 휘두르려 들었다. 그녀를 앉혔다 일으켰다 하는 내내 히죽히죽 웃으면서 그녀의 머리가 모자라다고 생각했다. 그녀는 그들이야말로 머리가 모자라다고 생각했다. 재산 덕분에 그들의 자비에 매달릴 필요가 없다는 데 하늘에 계신 하느님에게 감사했다. 이제 마지막으로 이 실랑이까지만 참으면 그녀는 떠난다. 주위를 둘러보며 비틀대는 아헌 부인의 치마 버팀살과 부딪쳐 그녀의 버팀살이 이리저리 흔들렸다. 모두들 이따위 속치마가 '진보'라고 그녀에게 우겨댔다. 하지만 그녀가 보기에 뭘 모르고 하는 소리였다. 비실용적인 옷 때문에 화가 났다. 게다가 우스꽝스러운 모자까지 써야 했다. 사람들이 그녀를 쳐다보는 것도 당연했다.

아헌 씨는 그녀가 어중이떠중이와 뒤섞여 우편 증기선을 타고 시드니로 가서는 절대 안 된다고 고집했다. 그는 그녀를 늘 친구나 동료나 지인에게 안전히 맡겨야만 직성이 풀리는 남자였다. 그녀가 어느 벽촌으로 간다면 오스트레일리아은행 지점장이나 지미 존스 경사나 들개 포획인을 소개해줄 터였다. 시드니에는 아는 이가 별로 없었지만 페티스호텔과 제임스 답스 회계사에게 소개장을 써줄 수 있었다. 회계사는 그의 아내의 친척으로, 재미난 사람이라고 했다. 르플래스트리어 양이 우편 증기선을 타는 건 있을 수 없는 일이었지만, 그의 좋은 친구이자 믿음직한 고객인 솔 마이어와 함께라면 괜찮았다. 마이어는 차가운 하얀 콜리플라워만 싣고 가는 자기 배에 그녀를 공짜로 태워 마켓스트리트부두까지 데려다주기로 했다. 그곳이라면 세미서큘러부두와 달리

어수룩한 어린 숙녀를 노리는 약탈자들과 마주치지 않을 터였다.

어수룩한 어린 숙녀의 얼굴이 억지 미소로 땅겼다.

그날은 예수승천일이었고, 물가에 뱀처럼 뻗어 있는 겨울이 느껴졌다. 루신다의 머리카락은 석 달 동안 가위질을 하지 않아 후견인들이 보기에 숙녀답다고 여길 만큼 자라 있었다. 아헌 부인은 루신다의 머리를 단단히 올려붙여 핀과 클립으로 고정시켰다. 하지만 핀과 클립으로는 어림도 없었다. 한 번도 제대로 고정된 적이 없었다. 루신다의 머리카락은 작은 뱀들이 우글거리는 바다로, 저마다 자유를 찾아 몸부림쳤다. 첫번째로 탈출한 가닥들이 느껴지자 그녀는 간질간질한 목을 쓰다듬었다. 핀은 아무 소용 없었지만 특허받은 클립은 머리카락을 꽉 잡아맸다. 모근부터 세게 당기며 머리카락을 폈다. 루신다는 도저히 이 논리를 이해할 수 없었다. 머리를 올려 짧게 만들기 위해 길러야 하다니. 피부가 땅기다못해 코와 뺨이 돌출되는 느낌이 들었다. 머리를 풀어 두통을 없애고 표정을 부드럽게 하고 싶었지만 허락받을 수 없었다. 그래서 대신 새 모자를 썼다. 숙녀용 의상을 보면 무척 재미난 척하는 아헌 씨가 모자를 보더니 호박에 난 여드름 같다고 했다.

루신다는 그 말이 그녀의 붉은 뺨을 빗댄 것이라는 생각에 모욕감을 느꼈지만, 아헌 씨는 정말로 그렇게 생각해서가 아니라 발음이 재밌어서 그 표현을 좋아했던 것이다. 모자는 그리 작지도 않았고, 그녀의 뺨은 그리 붉지도 않았다. 청교도 스타일의 주책없는 남자인 그는 그녀에게 애정을 표현하고 싶었으나 적절한 방법을 몰랐다. 그의 시도는 아내의 걸음걸이만큼이나 위태위태했다. 딴은 배려를 한다고 하는데도 결국은 부딪치거나 밀쳐내고 말았다.

벌써 정오인지라 주중이었다면 시장의 개장 시간에 대기에는 늦었지만, 토요일에는 시드니에 야시장이 열렸다. 콜리플라워는 가스등 불빛 아래 팔릴 것이다. 하지만 정오의 태양에 열기라곤 전혀 없고, 그들 뒤쪽의 금방이라도 무너질 듯한 목재 창고는 루신다가 보기에 더없이 적대적이고 냉담한 한기를 잔뜩 품고 있었다. 상한 생선 냄새에다 기적소리, 인간의 말소리, 강을 타고 내려오다 부두의 쇠고리에 부딪히는 목재의 묵직하게 덜컹거리는 소리 등 소음이 혼란스레 뒤섞였다. 부두 아래 묶여 있는 작은 배는 파도에 휩쓸려 가라앉을 듯했다. 선원들이 어서 배를 치우라고 소리치는 동안, 강 중류에 있는 다른 이들은 분주한 부두에 먼저 닿으려고 서로 다투고 있었다. 빨리 배를 빼지 않는다며 솔 마이어에게 욕설을 쏟아부었다. 루신다를 얼른 배에 태워야 한다며 야단법석이었다. 그녀는 뛰어내리다 발목을 접질렸다. 하느님에게 감사하게도, 눈물을 쥐어짜고, 포옹하고(카디건으로 가린 배를 생각하니 총독의 배만큼이나 역겨웠다), 그녀의 행동에 대해 질책받을 새도 없었다.

그녀는 옆구리에 팔을 늘어뜨린 채 갑판에 똑바로 서 있었다.

채스 아헌은 그녀의 표정을 볼 수 없었다. 그녀가 보초병처럼 정중히 경례를 올리자 그는 어떻게 받아들여야 할지 몰랐다. 번쩍이는 검은 증기엔진이 달린 바지선 때문에 그의 시야가 차단되었다. 엔진 자체도 큼직한데다 배를 부두에 대려고 엔진 주위에 선원들이 와글와글 모여 있었기에 그는 루신다를 전혀 볼 수 없었다. 어쨌든 워낙 희미한 미소여서 그렇게 먼 거리에서 보일 리도 없었다.

32
루퍼트 왕자의 유리구슬

마이어 씨의 배에는 지붕이 설치된 작은 구역이 있었는데, 선원보다는 엔진을 위한 곳인 듯했다. 어쨌든 기름투성이 깡통과 헝겊이 주렁주렁 달려 있어서 그녀는 콜리플라워 옆에서 상쾌한 공기를 즐기는 척하는 편이 낫겠다 싶었다.

얇은 구름 장막이 하늘에 깔리기 시작했다. 강기슭 농장에서 산울타리를 태우는 연기였다. 연기가 이내 사방을 뒤덮자 강은 노란 빛이 도는 진주 같은 광택을 띠었다. 그녀는 난생처음 배를 탔다. 시드니에도 생전 처음 가는 것이었다. 뱃머리의 꺼칠꺼칠한 포장 상자에 걸터앉아 무릎에 양손을 얹은 채 그녀는 바들바들 떨었다.

솔 마이어는 채스 아헌의 다른 고객들과 마찬가지로 그녀의 비극적인 사연을 알고 있었다. 그는 가만히 앉아 있는 그녀의 모습을 보았다.

꼿꼿한 허리, 각진 어깨. 그는 아까 그녀가 올린 경례의 아이러니를 간파했지만, 그녀의 위엄과 고독을 확연히 의식했다. 그녀의 작은 체구에 의해 더욱 두드러지는 자질이었다. 낯선 이에게는 드물게 일어나는 일이지만, 그는 그녀를 잘 아는 듯 느껴졌다.

그는 그녀에게 무언가 선물을 주고 싶었다. 그러면 기쁠 것 같았다. 그는 얼굴을 찡그리며 궁리했다. 하지만 가진 것이라곤 콜리플라워뿐이었고, 보아하니 어차피 그녀는 콜리플라워를 훔치고 있었다.

똑바로 앉아 있는 그녀의 뒷모습은 더할 나위 없이 훌륭하고 올발라서 군중 속에서도 신뢰를 자아낼 만했으나 손은 전혀 다른 동물인 양 허둥대며 작은 게와 그것의 친구 뱀처럼 콜리플라워의 자그마한 송이를 잡아뜯고 있었다.

솔 마이어는 낄낄대기 시작했다. 이런 이야기는 말로 표현이 안 되었다. 그저 느낄 수 있을 뿐이었다.

강을 따라 이동하는 여정은 기슭을 따라 잔뜩 늘어선 예쁜 농장들 덕분에 풍경이 그림 같았다. 농장 풍경을 보면서 루신다는 화가 치밀 수밖에 없었다. 부들부들 몸을 떨며 농장을 똑바로 바라보았다. 물론 춥긴 했지만, 단지 추위 때문에 떠는 것은 아니었다. 앞날을 생각하면 무대공포증과 비슷한 초조함을 느꼈지만, 전적으로 암담하기만 한 것은 아니었다. 그녀는 자신을 연극 속 인물로 보았다. 심지어 진짜 고통, 진짜 슬픔, 진짜 고독을 느끼는 와중에도 스스로를 솔 마이어의 시선에서 바라보며 이제 막 모험을 시작한 여주인공이라고 상상했다.

그녀는 자신이 곧 유리공장을 보게 될 것이고, 그달 안에 그것을 인수하게 되리라는 것을 알지 못했다. 하지만 놀랄 일은 아니었다. 어디까지나 그녀의 예상 범주 안의 일이었다. 엘리자베스가 딸에게 어떤 해를 끼쳤든 간에 중대한 자질 하나는 제대로 물려주었다. 그녀는 인생에서 작은 것을 바라지 않았다.

맨 처음 본 팝니다 표지가 붙은 매물에 전 재산의 반을 쏟아붓는 행동은 돈으로 인한 부담감을 덜어내려는 욕구 때문이라고 보이기 십상이나, 이는 부분적으로만 진실이었다. 그 반대 역시 진실이었다. 즉, 그녀는 어떤 자유를 누리려 하든 간에 돈이 필요하다는 것을 잘 알았다. 공장 구입은 차라리 열 가지 다른 방법을 동원해 계단 위로 올린 피아노에 가깝다. 결국 피아노를 그 위로 끌어올린 방법이 이것이었는지 저것이었는지는 알 수 없다. 심지어 가장 가능성이 떨어지는 방법도 피아노를 바닥에 내려놓으며 방향을 틀 때에는 필수적이었을 수 있다. 하지만 변화를 꾀하는 모든 힘 중에서도 굵직한 요인이 하나 있으니, 그 강하고 멋진 짐승은 바로 바타비아의 눈물 혹은 루퍼트 왕자의 유리구슬이라고 알려진 경이로운 물건이다. 이를 통해 과거에 루신다는 유리를 접했다.

루퍼트 왕자가 누구인지, 바타비아가 무엇인지 내게 물어봤자 나도 모른다. 하지만 이 글을 쓰고 있는 지금 바로 내 곁에 루퍼트 왕자의 유리구슬이 있다(오른손이 종이를 따라 좌우로 움직이는 동안 왼손 손바닥에 유리구슬을 올려놓았다). 머리부터 꼬리까지 5센티미터가량 되는 단단한 물방울형 유리. 이 특이하고 진귀한 물건이 강화유리를 만드는 바스티 기술의 근간이 되었느니, 혹은 안전유리 발명의 시초라느니 하는 논쟁에 대해서는 고민하지 말자. 어디까지나 실용적인 문제이고 유리구슬 자체가 지닌 놀라운 매력을 조명하지는 못하니까. 그보다 용광로에서 6킬로그램짜리 대형 망치를 휘둘러보면 금세 이해할 것이다. 유리구슬은 멀쩡할 것이다. 가장 경이로운 강도를 지닌 유리로, 『마파에 클라비쿨라』*에서 연금술사인 저자가 부서지지 않는 전설의 유리라고 칭한 바로 그 물질이 아닐까 싶은 생각이 순간적으로 들리라. 하지만 만약 망치를 내려놓고 펜치를 든다면—어디까지나 '만약'이라고 했다, 권하지는 않는다—이게 연금술사가 말한 전설적인 유리가 아니라 흡사 신기한 마술 같은 것임을 즉각 알게 될 것이다. 구슬은 대형 망치를 맞아도 끄떡없을 만큼 강하면서도 끝이 뭉뚝한 펜치에는 꼬리가 물린다. 그것도 별로 힘들이지 않고. 일단 꼬리가 물리고 나면 쐐기돌을 빼낸 듯, 바퀴 고정핀을 제거한 듯, 토대를 걷어찬 듯 구슬 전체가 산산이 부서진다. 조금 전까지만 해도 결코 깨지지 않던 유리가 이제는 미세한 파편이 되어 작업실 사방으로 흩어진다. 조심하지 않으면 눈에도 들어간다. 손에 남은 유리 조각을 꽉 쥐면 설탕처럼 바스러지며 손바닥에 아무 상처도 입히지 않는다.

유리 불기공이나 용액 수거공이 기름이 떠 있는 물에 팔을 깊이 담그고 유리 알갱이를 긁어모은 후 폐기된 작은 알갱이들을 고르며 루퍼트 왕자의 유리구슬을 찾는 광경은 드물지 않게 볼 수 있다. 이 유리구슬은 고온에 녹은 유리 방울이 우연히 특정 높이에서 떨어져 급속히 식은 결과 만들어진다.

평생 녹은 유리를 다룬 유리 불기공을 비롯해 유리 업계에 종사하는 다 큰 남자들은 루퍼트 왕자의 유리구슬을 보는 순간 어린애처럼 변한

* 9세기의 연금술 서적.

다. 그런 유리구슬이 내 손에 있다. 방안 내 옆에 당신이 있다면, 나는 펜치를 들어 유리구슬이 순식간에 파괴되는 장면을 보여주고 싶은 마음을 좀처럼 억누르기 힘들 것이다.

눈물방울 같기도 하고 씨앗 같기도 한 루퍼트 왕자의 유리구슬은 루신다 르플래스트리어의 삶에 막강한 영향을 끼쳤다. 이런 것에는 본디 그런 성질이 있다. 우리의 열정을 사로잡아버린다. 문제의 유리구슬, 그러니까 무릎에 옴폭 들어간 곳이 있던 나이의 루신다가 처음으로 본 유리구슬은 무라노*라는 축축한 벽돌 섬에서 만들어진 것으로, 붉은빛과 우윳빛이 감도는 특별히 아름다운 제품이었다. 에이블 르플래스트리어의 절친한 친구로 왕립학술원 회원이자 『브리태니커백과사전』에 열정적인 글을 쓴 존 벨이 보내준 것이었다. 콜리플라워 상자에 걸터앉아 시드니로 들어서던 루신다에게는 팔 년 전 패러매타에 유리구슬이 도착한 날을 기억할 만한 이유가 있었다.

우체국의 나무 계단에 굵은 띠 모양의 햇살이 내리쬐었다. 겨울인지라 햇살이 반가웠다. 그녀는 면옷을 통과해 들어오는 햇살을 느꼈다. 시드니에서 온 우편 증기선이 막 도착한 참이었다. 아빠는 그녀와 나란히 계단에 앉아 있었다. 벨 씨의 소포가 손에 들려 있었다. 소포에 온통 정신이 팔린 그는 옆을 지나가는 (시큼한 냄새가 나는 모직, 좀약 냄새를 풍기는 벨벳) 스커트나 바지의 주인이 뭐라고 불평하든 귀에 들어오지 않았다. 고향에서 온 다른 우편물들은 찬밥 신세였다. 몽땅 설탕 자루 속에 던져넣었다.

* 이탈리아 베네치아의 북쪽에 위치한 섬으로, 유리 제조로 유명하다.

그의 손은 몸과 비슷해서 크고 억세었지만 손가락이 짧았고 놀라우리만치 섬세하게 움직였다. 배가 연한 빛깔의 거미 한 쌍처럼 두 손이 벨 씨의 소포를 공격했다. 쿡, 쿡. 빨간 봉랍이 부서졌다. 갈색 종이는 재사용할 수 없게 갈가리 찢어졌다.

루신다는 아빠에게 찰싹 달라붙었다. 아빠의 거칠거칠한 재킷이 뺨에 닿는 느낌이 좋았다. 겨와 트위드와 사과 껍질 향이 섞인 푸근한 냄새가 좋았다. 그녀는 꾸깃꾸깃한 종이뭉치 속에서 나온 루퍼트 왕자의 유리구슬을 보고—아!—줄무늬 박하사탕이나 지팡이사탕으로 오해했다. 그녀가 손을 뻗었지만 아버지는 만지지 못하게 했다.

"안 돼." 아버지는 그녀를 보지 않고 소포에 동봉된 편지만 읽었다.

아버지가 작은 신음소리를 내더니 벌떡 일어났다. 루신다도 따라 일어났다.

"여기 있어, 루신다."

그녀에게 두려움이 엄습했다. 아빠의 말을 따랐다. 계단에 앉았다. 마음의 안정을 위해 무릎에 올려놓은 설탕 자루를 안고서 달음질쳐 멀어져가는 아버지를 지켜보았다. 그는 머릿기름을 바른 서기들과 어깨가 구부정한 죄수들을 지나쳐 한 번에 두 계단씩 뛰어내려갔다. 건장한 체격에 다리가 짧은 그가 처치 스트리트를 전력으로 가로질렀다. 그리고 한 팔을 들더니 치안판사 법원의 사암 벽에 유리를 내던졌다. 법원 베란다 의자에 앉아 있던 경찰이 일어났다. 그러고는 아빠가 유리 박하사탕을 집어드는 모습을 지켜보았다. 그가 어깨 너머로 소리치자 또 다른 경찰이—앞가슴을 거의 덮을 만큼 옆으로 넓게 퍼진 회색 턱수염을 기른 여윈 사내였다—나왔다. 두 경찰이 예의 주시하고 있는데도 아빠는 알아차리지 못한 채 바큇자국이 팬 거리를 도로 가로지르다 김이 나는 황소 똥을 밟자 여태 짓밟히지 않은 풀다발에 신발을 비벼 닦아냈다. 여윈 경찰이 법원으로 들어갔다. 다른 경찰은 다시 의자에 앉았다. 아빠가 느릿느릿 계단을 올라와 그녀 곁에 앉았다. 더이상 달콤한 냄새는 나지 않았다. 그는 재킷 주머니에 손을 넣어 주머니칼을 꺼냈다. 손을 떨고 있었다. 칼날을 원하는 대로 잡아빼느라 애를 먹었다. 가장 큰 칼날의 일부만 튀어나오게 했다. 아빠가 루신다를 보며 어딘가 섬뜩한 미소를 지었다. 그러더니 루퍼트 왕자의 유리구슬 꼬리를 칼날과 손잡이 사이에 끼우고 꾹 눌렀다.

당연히 유리구슬은 산산이 부서졌다. 흑설탕처럼 우체국 계단에 흩뿌려지고, 젊은 과부의 보닛에 끼얹어지고, 목면 반바지를 입고 번드르하게 꾸민 남자의 검은 수염에 내려앉았다. 다른 이들에게도 영향을 끼쳤다. 사람들이 옷을 털고 고개를 돌렸다. 패러매타는 여전히 폭력이 만연한 곳이었기에 자칫 불상사가 일어날 수도 있었다. 하지만 그토록 무례한 공격을 받은 사람들이 범인을 찾아냈을 때 정작 그는 울고 있었다. 그만이 아니라 옆에 앉은 작은 여자애도 비통하게 울고 있었다. 그들은 아버지와 딸이 똑같이 울고 있지만 각기 다른 이유로 운다는 것을 몰랐다. 어찌 알겠는가?

존 벨의 편지에는 에이블 르플래스트리어가 방금 목격한 현상에 대한 설명이 주석으로 달려 있었다. 그 유리는 약함과 강함을 동시에 상징했다. 그것은 다른 이의 마음에 대한 암호였다. 고백이었고, 비난이었고, 고통의 절규였다. 이 때문에 그는 울었다.

루신다는 훨씬 단순한 이유로 울었다. 그토록 아름다운 것이 바늘에 찔린 풍선처럼 사라질 수 있다니 슬펐다. 하지만 그녀의 감정은 단층적이지만은 않아서, 매서운 따귀 같던 실망과 더불어 더 깊고 풍요로운 감정이 뒤섞여 있었다. 그것은 경이였다.

다시 한번 그 감정을 맛보고 싶은 마음이 간절했다.

두번째 루퍼트 왕자의 유리구슬을 구해준 사람은 그녀의 어머니였다. 뜻밖의 선물이 아니라 광고지를 통해 구입한 것이었다. 냉소적으로 해석하자면, 지출에 신중한 엘리자베스 르플래스트리어도 남편과 딸의 경험으로부터 소외되고 싶지 않았던 것이다. 하지만 좀더 너그러운 설명은, 어린 딸이 계속 그 구슬 얘기를 하자 아이의 아홉번째 생일선물로 사주기로 했다는 것이다.

그것은 대단한 사치였고, 에이벌은 부루퉁해서는 냉소적인 해석을 채택했다.

그들은 오두막집 계단에서 '그것을 터트렸다'. 개울을 따라 늘어선 카수아리나나무들의 복잡하게 엇갈린 바늘잎 사이로 햇살이 비스듬히 떨어지는 이른아침이었다. 풀에 맺힌 이슬에 부츠가 젖어들었다. 바타비아의 눈물이 유리공장의 가열로에서 바로 꺼낸 녹은 유리처럼 빛을 사로잡아 안에 머금었다. 유리구슬은 아버지의 망치와 어머니의 도끼에도 끄떡없었다. 이윽고 루신다가—어쨌든 이날은 그녀의 생일이었다—끝이 날카로운 펜치로 꼬리를 집어 끙끙대며 꾹 눌렀다.

유리로 빚어진 불꽃놀이였다. 이슬의 폭발이었다. 크레셴도. 디미누엔도.* 침묵.

* 각각 '점점 세게'와 '점점 여리게'를 뜻하는 음악 용어.

세상에는 이와 똑같은 작용을 일으키는 약이 있다. 나는 우리의 창립자가 더 많은 유리구슬을 얻기 위해 유리공장을 구입했다고 주장하려는 것은 아니지만, 한 번도 아닌 두 번이나 씨앗이 뿌려진 그녀는 유리의 매혹적인 상반된 성질을 익히 알고 있었다. 따라서 달링 하버에서 유리공장을 보았을 때 유리가 변장을 한 배우이고, 결코 단단하지 않고 오히려 액체 같으며, 오래된 유리판은 왕가의 자줏빛을 띨 뿐만 아니라 바닥은 더 두꺼워지고 위는 더 얇아지면서 액체라는 실체를 드러내고, 유리가 패러매타의 웅덩이에 낀 살얼음처럼 약한 동시에 시드니 사암보다도 압력에 잘 견디며, 투명하고 단단하고, 간단히 말해 재미있는 모순적인 물질이며, 삶을 이루는 여느 다른 물질과 마찬가지로 훌륭하다는 설명을 굳이 들을 필요조차 없었다.

33
유리공장

달링 하버의 랜슨스부두에 세워진 유리공장은 시드니 최초의 유리공장이었다. 아무리 봐도 예쁜 구석이라곤 없고, 그 안에서 유리가 녹아내리며 일어나는 신비한 정경도 상상이 되지 않았다. 가열로에서 나오는 빛도 없고, 그저 검댕투성이 몰골로 차가운 석회색 하늘을 등지고 있었다. 루신다가 유리공장을 못 보고 지나치기 십상이었다. 이유가 한두 가지가 아니었다. 우선, 랜슨스부두는 마켓스트리트부두 뒤쪽에 있었다. 마켓스트리트부두가 너벅선과 바지선이 정신없이 뒤얽힌데다 증기선까지 한 대 끼어들어(증기선의 런던토박이 수로안내인은 구명보트에 매달린 중국인에게 찰진 욕설을 쏟아내고 있었다) 북적대지 않았더라면 솔 마이어는 줄기가 창백한 콜리플라워를 배 옆에 부렸을 것이고, 그랬다면 루신다는 유리공장이 자리한 달링 하버의 어귀까지 굳이 갈 필요가 없었을 것이다. 설령 배가 거기까지 갔다 해도 그녀가 유리공장을 못 보고 지나치기 십상이었다. 그 건물은 이웃한 건물들보다 두드러져 보일 만한 구석이 전혀 없었다.

작은 증기선은 털털거리며 목구멍에서 연기 덩어리를 토해내더니 복잡하게 뒤얽힌 마켓 스트리트를 지나쳐갔다. 해가 낮게 떠 있었지만 아직까지는 파이어몬트 너머로 넘어가지 않았다. 달링 하버의 동쪽 둑이—시드니를 잘 모르는 이들을 위해 설명하자면, 그곳은 도시의 뒷마당이다—햇빛에 물들었다. 하얀 부분은 반짝거렸다. 사암인 부분은 부드럽고도 사랑스러운 분홍색을 띠었다. 하지만 흰색이나 사암은 거의 보이지 않고 대체로 석탄과 녹으로 뒤덮여 있어 모래가 물을 빨아들이듯 빛을 흡수해버렸다.

솔이 엔진의 구리 파이프를 기름투성이 헝겊으로 닦자 헝겊에서 김이 모락모락 피었다. 루신다는 콜리플라워 한 송이를 집어들었다. 시드니의 풍경이 그리 마음에 들지 않았다. 포도주병이 둥둥 떠다니며 잔물결 이는 물은 다소 악마적인 아름다움을 지니고 있었다. 증기선에서 흘러내린 기름이 그리는 자개 빛깔 무늬. 수지 양초를 만들 때와 같은 악취가 풍겼는데, 아마도 솔의 뜨거운 구리 파이프에 닿은 헝겊 때문인 듯했다. 솔은 압력계 유리를 또다른 지저분한 헝겊으로 문질렀는데, 왼쪽 아래가 아니라 오른쪽 위에 박힌 못에 걸려 있다는 점 외에는 아까와 다를 바 없었다. 결과가 만족스럽지 않자 그는 팔꿈치를 이용했다. 그리고 어깨 너머를 돌아보았다. 중국인 한 명이 물 밖으로 구조되고 있었다. 그는 중국인을 구해주신 하느님에게 감사했다. 그저 혼자 하는 씁쓸한 농담이었다. 그의 배는 달링 하버의 좁다란 수로를 계속 올라갔다.

진흙이 덕지덕지 묻은 통나무를 아무렇게나 쌓아둔 월터 오브라이언 식민지 제재소를 막 지나칠 때 해가 파이어몬트 너머로 졌다. 벽의 페인트칠이 벗어진 맥아더 제분소 아래를 지나쳤다. 회색 비막이널로 덮인 제분소 건물은 좁고 높았으며 옆으로 비스듬히 기울어 있었다.

강가는 통나무와 철, 지붕 골함석, 거대한 볼트가 박혀 녹슬고 상한 목재들로 꽉 막혀 있는 듯했다. 루신다는 겁이 났다. 자신이 매우 하찮은 존재로 느껴졌다. 솔 마이어가 그녀에게 나잇값을 하라고, 패러매타로 돌아가라고 불쑥 명령을 내려주길 바랐다.

망토로 덮인 팔에 소름이 돋았다. 그녀는 면 스카프를 얼굴에 두르고 손에 입김을 불었다. 솔이 타륜을 돌려 배가 막 방향을 바꾸려는 순간 그녀는 그 글자를 보았다. 루퍼트 왕자의 유리구슬 공장. 남청색 바탕에 연녹색 글자가 적힌 간판은 비바람에 시달려 색이 바래 있었다.

모자 그림자에 가린 낯선 이의 얼굴처럼 그림자에 완전히 묻혀 있는 공장은 그 간판이 걸려 있다고 해서 딱히 마음을 잡아끄는 곳은 아니었다. 그것이 무엇이고, 어떻게 만들어지고, 어떻게 조립되는지 알 수 없었다. 작업장들이 있고, 굴뚝 하나에서 검은 연기가 피어올랐다. 유리병이 든 궤짝들이 없었다면 대장간과 별반 다르지 않았을 것이다.

유리공장은 매물로 나와 있었다. 그렇게 쓰인 표지판이 있었다. 새 표지판은 아니었지만, 루퍼트 왕자라고 적힌 간판보다는 최근 것이었다. 공장은 위협적이다못해 거의 사악해 보였다. 정말 그렇다면 잘되었군, 그녀는 생각했다. 이 도시에 꽃과 풀과 나무가 자라는 곳들도 있다는 것을 모른 채 그녀는 결정을 내렸다.

나무에 매달려 대롱거리는 사과들 사이로 조심스레 손을 넣듯 솔은 더 작은 배들 사이를 서서히 미끄러져 나아가 부두에 배를 댔다. 루신다는 일어났다. 버팀살이 흔들렸다. 그녀는 남의 눈을 의식하며 배의 가장자리를 따라 걸어갔다. 부두의 모두가 자신을 쳐다보고 있는 듯 느껴졌지만, 착각이었다. 그녀는 선실 지붕에서 가방을 내렸다. 책이 들어 묵직했다. 가방이 허벅지와 부딪치는 바람에 멍이 들었다. 그녀는 시드니에 대해 아무것도 몰랐다. 합승마차나 이륜마차를 어떻게 잡는지, 운임은 얼마인지, 어디로 가야 하고 어떻게 세우는지 몰랐다. 그녀는 마이어 씨에게 뱃삯으로 6펜스를 냈다. 그는 콜리플라워 한 송이를 주더니 무뚝뚝하게 그녀의 차가운 뺨에 냉큼 입을 맞추었다. 그리고 삼베 포대와 강철 바퀴가 달린 손수레로 북적대는 부두에 그녀를 내려주었다. 중국인 두 명이—하나는 젖고 다른 하나는 젖지 않았다—기다란 장대에 묵직한 화물을 걸고 있었다. 루신다는 익숙하지 않은 신발을 신은 사람처럼 걸었다. 부두에서부터 언덕을 힘겹게 오르는 내내 가방이 오른쪽 옆구리와 부딪쳤고, 왼손에는 콜리플라워를 꼭 쥐고 있었다. 가방 때문에 치마 버팀살이 거칠게 한쪽으로 밀려났다. 이런 모습으로 그녀는 페티스호텔에 도착했다. 처음에 그들은 그녀가 엉뚱한 주소로 왔다고 생각했다. 그녀는 프런트에 콜리플라워를 내려놓으며 호텔 근처에 괜찮은 도서관이 있느냐고 붉게 상기된 얼굴로 물었다.

유리를 공부하기로 결심했던 것이다.

34
오순절 후

울라라의 올세인츠교회 교구신부인 데니스 해싯은 「유리의 물리적 특징과 제조」와 관련해 의문점들을 논의하고 싶다는 편지를 받고 L. 르플래스트리어를 기꺼이 초대했다. 라부아지에가 아니라 르플래스트리어였지만, 프랑스 남자인 게 확실했다. 라부아지에는 기체 연구로 유명한 과학자였고, 어쨌든 이미 죽은 사람이었다. 그럼에도 데니스 해싯은 우쭐했다.

오순절*을 맞아 부모의 품에 안긴 열네 명의 아기와 모턴 식료품점의 가장에게 세례를 준 다음날이었다. 그는 하루를 느긋하게 보낼 계획이었고, 이 만남은 일종의 도락이었다. 세심하게 손님맞이 준비를 하며

* 부활절 후 오십 일째 되는 날.

즐거워했다. 서재에서 방문객이 두리번대다 시선이 반드시 닿을 만한 곳에 자신의 논문이 발표된 학술지를 신중하게(또한 자조적으로, 하지만 이는 중요하지 않다) 갖다놓았다. 코와 귓불에 번쩍이는 핀을 꽂아 태즈메이니아 나비처럼 자신을 전시할 수도 있었다. 하인이 제의祭衣를 펼쳐놓듯 잡지를 펼쳐놓을 수도 있었다. 그는 유치하기 짝이 없는 짓을 하는 자신을 비웃으면서도 까다롭게 굴었다.

"보시죠, 므슈. 이렇답니다." 그는 텅 빈 방을 향해 말했다. 이렇다니 어떻다는 건가? 자기도 몰랐다. 그는 커다란 장작 두 개를 벽난로에 집어넣고 책상 앞에 앉았다. 첫번째 붉은 장작이 식식거리며 불이 붙었다.

서재는 어두웠지만 칙칙하지는 않았다. 한쪽 구석에 놓인 책상에서는 밝고 차가운 풍경이 내다보였다. 유칼립투스나무들이 양쪽에 줄지은 노란 길이 굽이굽이 이어지다 시야에서 사라졌다. 그 너머로 바다가 5센티미터쯤 얼핏 보였다. 정오인데 램프를 네 개나 밝혔다. 창문의 밝기와 균형을 맞추기 위해 여기저기 램프를 놓았다. 데니스 해싯 신부는 이 모든 과정이 너무나 만족스러웠다. 붉은 가죽 깔개를 깐 책상 상판에 양손을 얹은 그는 클라레 포도주잔 때문에 생긴 둥근 얼룩이 안타까웠지만, 좋은 베이슈벨 포도주였음을 떠올리며 흐뭇해했다.

삼십대 초반인 그는 큰 키에 균형 잡힌 체형이었다. 미남에 가까운 얼굴이었고, 종종 그렇게 평가되었다. 상대에게 깊은 관심을 보이는 태도 덕분에 그의 외모의 결점인, 미간에도 숱이 무성한 눈썹에 사람들의 주의가 못 미치기 때문이었다. 검은 고수머리에 구레나룻을 우아하게 길렀고, 살짝 긴 얼굴은 턱의 가운데가 패어 있었다. 타고난 안색은 올리브색보다 한 단계 부족했는데, 클라레 포도주에 대한 애호가 점점 커지다보니 계절에 비해 지나치게 붉은빛을 띠게 되었다. 하지만 포도주를 마시든 안 마시든, 그의 팔에 손을 얹으면—말하자면 친구로서—놀라울 정도로 단단하게 느껴졌다. 다른 사람이야 놀라겠지만, 그가 럭비 코치를 맡고 있는 세인트앤드루 통학학교의 남자아이 스물네 명은 태연하리라.

그는 독신이었다. 독신을 고집하지는 않았다. 삶에서 아내와 아이만큼 간절히 원하는 게 없다고 말할 테지만, 실상은 까다롭기 짝이 없는 취향을 지녀서 아무리 사람 좋은 그라도 사랑하는 사람이 램프 숫자나 밝기를 바꾸는 일을 도저히 용납할 수 없다는 것이었다. 가죽 깔개 언저리의 삼나무 상판에 어스름한 불빛이 떨어지도록 책상 램프의 불꽃을 조절한 지금은 그도 잘 알고 있었다. 이게 진실일까? 아니면 진실일까봐 그가 두려워하는 그것일까? 그는 여성과 함께하는 걸 즐기지 않는 걸까? 흔히 말하듯 그가 '바로잡으려' 하지 않는 걸까?

식민지의 두 성별 중 단연코 여성이 훨씬 흥미롭다는 것을 그는 오래지 않아 발견했다. 하지만 남편이 동석한 자리에서는 상상도 못할 모습이었다. 그 경우 여성들은 더없이 지루한 사람인 척했다. 하지만 혼자 있거나 다른 여성과 함께 있을 때면 인간 마음의 벡터에 대해 과학자 같은 면모를 드러냈다.

게다가 그는 허영심이 강했다. 이것도 잘 알고 있었다. 그들은 그를 찬미했고, 그는 찬미받기를 좋아했다. 친츠 직물로 덮인 긴 소파에서 큰 체구를 쭉 뻗으며 남이 더 따라주는 차를 받는 것을 좋아했다. 사실 대단히 즐겼다. 그와 동시에 자부심의 딱정벌레와 정욕의 곤충과 마디가 물결치는 자만의 애벌레를 알아채지 못했다면 그는 비난받아 마땅할 터였다. 그러다보니 다리를 쭉 뻗어 검은 모직 양말에 싸인 발목을 드러내는 와중에도, 현미경으로 식민지 잠자리의 턱을 살펴보듯 그런 자신의 모습을 스스로 의식했다. 이것은 그의 커다란 강점이었다. 또한 커다란 약점이기도 했는데, 지나치게 자신의 삶을 거리를 두고 바라보았다.

그는 자신이 영리하지만 특출하지는 않으며, 영향력이 있지만 막강하지는 않음을 알고 있었다. 설령 영향력을 행사한다 하더라도 그것은 아들의 럭비 시합에 관심 있는 아버지들을 통해 간접적으로만 가능했다.

므슈 르플래스트리어를 기다리는 동안 그는 책상에 유리 부스러기 한 덩이를 주의 깊게 올려놓았다. 다이아몬드처럼 생긴 커다란 투명 유리는 광학용 유리로 쓰이기에 충분할 만큼 투명했는데, 보터니의 고운 침출 모래로 만든 것이었다.

그는 유리에 강한 흥미를 가졌지만 열정까지는 아니었다. 예를 들어 그는 이스트시드니 상호개선협회에서 강연('유리의 놀라운 특징')하는 것은 즐겼지만—곧 도착할 르플래스트리어가 그의 이름을 접한 것도 이 강연에 관한 신문기사를 통해서이리라고 짐작되었다—그다지 마음 쓰지는 않았다. 그의 엔진에는 뭔가가 빠져 있었다. 상승세를 유지하는 법이 없었다.

하지만 그런 자질은 이 순간 그의 집에 들어서고 있는 젊은 숙녀에게 넘치도록 내재되어 있었다. 데니스 해싯 신부는 초인종소리를 듣지 못했다. 그는 책상 위의 유리 덩이를 0.5도쯤 돌려서 굴절된 아침햇살이 케임브리지 학위를 넣어둔 액자를 비추도록 조절하고 있었다(그러면서 자신의 싸구려 연출에 낄낄거렸다). 이런 가당찮은 과시에 너무

몰두한 나머지 손님이 당도했다는 전갈을 들었을 때도 호칭이 '씨'가 아니라 '양'이라는 점을 알아차리지 못했다.

"잘됐군, 프레이저. 손님을 이리 들이도록 해." 데니스 해싯이 말했다.

물론 그는 므슈 르플래스트리어가 치마를 입고 있어서 놀랐지만 충격을 받지는 않았다. 그는 기뻐했다. 계속 므슈라고 부르는 바람에 자그마한 방문객의 얼굴이 붉어졌는데도 그는 한참 후에야 자신의 둔감함을 깨닫고 그 호칭 사용하는 것을 그만두었다.

그녀는 그의 맞은편에 앉았다. 매우 젊어 보였는데, 나이를 정확히 가늠하기 어려웠다. 여러모로 거동을 보면 이십대 여인이었지만, 이런 인상은 작은 체구뿐만 아니라 자신감 넘치는 모습과도 상반되었다. 또렷하고 명쾌하게 시작된 문장은 단어 하나하나가 그녀의 가지런하고 완벽한 아치형 눈썹처럼 또박또박 이어졌다. 하지만 차츰 자신감이 증발되는 듯하더니 웅얼대는 정도까지는 아니더라도 발음이 불분명해졌고, 처음에는 그의 눈을 거의 도전적으로 응시하던 눈이 이제는 살짝 비켜나 선반이나 창턱으로 향했다. 또한 그녀의 손짓은 다소 유럽적으로 느껴지는 매력이 있었고—손이 무척 유연하여 손목을 뒤로 젖힌 상태에서 또다시 손가락을 뒤로 꺾을 수 있었다—뭔가가 깃들어 있었다. 겉보기에는 세상사를 잘 알고 감정을 솔직히 표현하는 외향적인 사람인 듯한 이런 손짓은 저도 모르게 눈길을 돌리는 수줍음과 결합되어 대단한 용기를 내고 있다는 인상을 주었다. 데니스 해싯은 그녀에게 깊은 인상을 받았다.

그녀의 옷차림은 유별났다. 회색 실크 드레스 아래 바지 같은 것을 입고 있었다. 주교가 어떻게 생각하든 데니스 해싯은 급진주의자가 아니었기에 그녀의 옷차림에 충격을 받았다. 심한 충격까지는 아니고 얼마간 동요의 기색을 더한 정도였다. 하지만 그런 불협화음도 고급스러운 실크와 재단사의 뛰어난 실력 덕분에 누그러들었다. 그가 잘 아는 분야였다. 옷으로 보아 그녀는 부유하지만 그다지 점잖은 숙녀는 아니었다. 그녀는 '똑똑했지만' 미인은 아니었다. 그렇지만 그녀에게는 증류수 같은 느낌이 있었다. 손발은 아주 앙증맞았으나, 얼굴은 이 놀랍도록 응축된 본질을 드러냈다. 눈이 작아서는 아니었다. 눈은 컸다. 초록색 홍채는 진초록도, 밝은 초록도 아니었다. 맑고 깨끗한 홍채는 그가 이성적으로 설명할 수 없는 방식으로, 초록이 빽빽이 압축되어 있는 듯했다. 그 눈은 치열하고 활기찬 지성으로 통하는 문이었다. 껍질을 잃어버려 스스로를 보호할 수 없는 어린 생명체 같았다.

입은 작았지만 심술궂은 기색은 보이지 않았다. 그저 입을 꾹 다물고 있을 때 결단력이, 긴장이 풀려 도톰한 아랫입술이 도드라질 때면 심란한(무의식적인 것으로 보이기에) 관능이 드러났다.

챙이 넓은 회색 모자에 푸른 물총새 깃털이 꽂혀 있었는데, '근사하긴' 하지만 예의바른 차림새는 아니었다. 모자 아래로 보이는 갈색 머리카락은 다소 덜 정돈되어 있었다. 다른 모든 면은 빈틈없이 조여 있어 티 하나 없이 단정한데, 머리만 그렇지 않아 불안정한 인상을 자아냈다. 의도적인 듯했다. 머리카락이 그녀의 표현대로 '원래 그런 모양'이리라고는 여겨지지 않았다.

어쨌든 그는 특출한 젊은 여인을 만났음을 알았다.

"물론입니다. 당연히 유리공장을 사야 합니다." 그는 루신다의 첫잔에 남은 찻잎을 이런 용도로 준비해둔 작은 공작고사리 화분에 쏟았다.

그는 그녀의 취향보다 우유를 찻잔에 많이 따랐다. (그녀의 어린 나이를 고려해서였는데, 계속 그래야 한다고 느꼈다.)

"제가 소논문을 한두 편 쓰긴 했지만 유리 제조 공정에는 문외한입니다. 유리공장을 둘러본다 해도 르플래스트리어 양보다 많은 걸 알아내지는 못할 겁니다."

루신다는 꽤 덥다고 느꼈다. 그가 도움이 되지 않는다면 채스 아헌이 추천해준 회계사를 만나봐야 했다. 그러면 그에게 돈을 지불해야 할 터였다. 수표를 써주면 그가 사람을 고용해 그녀에게 필요한 일을 처리해줄 것이었다. 아니면 이 남자가 실제로 도움을 줄 수 있을까? 그는 다소 간접적으로 에둘러 말했고 그녀는 이런 화법에 익숙하지 않았다. 그녀의 어머니는 삽을 삽이라고 있는 그대로 말하는 것을 자랑스러워했다. 그들 모녀는 '돌려 말하는 인간'을 경멸했다. 차는 오헤이건 부인댁보다 더 형편없었다. 방은 너무 더웠다. 그녀는 화학실험실에서 유리를 만드는 실제적인 방법을 소개한 「실험실 공예」라는 소논문을 쓴 사람이 성직자라는 사실에 혼란스러웠다. 논문을 보고 출판사에 편지를 써서 저자의 주소를 얻었더랬다.

그녀는 성직자를 실리적인 사람으로 여기지 않았다. 호레이스 씨는 (미첼스 크리크 근처의 굴공에서) 병든 암탉을 잡으려다가 손가락 세 개를 잘리고 말았었다. 지금 이 남자 역시 자신의 무용함을 선언하는 데 자부심을 느끼는 듯해 그녀의 편견이 강해지고 있었다.

"먼저 이 점을 언급하고 넘어가야겠군요. 이론이야 그럭저럭, 아니 기꺼이 도움을 드릴 수 있지만, 상업적 측면으로는 지식이나 경험이 전무하다는 점을 말입니다."

"그럼 도와줄 수 없겠군요."

"정반대입니다." 그가 명확히 말했다.

그는 그녀가 이 말에 어떻게 반응하는지 보았다. 그녀는 감사인사는 생략하고 말했다.

"매도인은 제가 여자라는 걸 몰라야 해요."

"왜죠?"

"알았다가는 곤란하게 굴 테니까요." 그녀는 손가락과 손바닥으로 유연하게 손짓하며 눈알을 굴렸다. (사제에게 그의 노동에 대한 대가를 지불해야 할까?) "그러려면 신부님이 상당한 수고를 해야겠죠. 책도 찾아봐야 할 테고. 그렇죠?" (이런 화창한 날에 램프를 네 개나 켜둔 걸 보면 가난할 리 없어, 그녀는 생각했다.)

"네, 이래저래 할일이 많지요. 하지만 우리의 연구대상은 참으로 아름답지 않습니까? 그건 축하할 일입니다."

한껏 들뜬 그가 응시하자 그녀는 얼굴이 새빨개지며 시선을 피했다. 다시 고개를 든 그녀의 눈초리가 어딘가 매서웠다. 그녀는 턱을 들었다. 허리를 더 꼿꼿이 펴고 앉았다.

그를 오해한 것이었다.

데니스 해싯은 서둘러 이 상황을 바로잡으려 했다. 그는 유리에 대해 말했다. 마치 유리 바위에서 떨어져나온 파편처럼 생긴 커다란 유리 덩이를 그녀에게 보여주었다. 그녀는 아무것도 몰랐다. 전혀. 수천 파운드를 쏟아부을 참인데도 유리에 대해 아무것도 몰랐다. 그는 유리 덩이를 만져보라고 계속 권했다. 서랍에서 물잔 하나를 꺼냈다. 종을 울려 프레이저를 불러서는 물잔을 녹이는 데 쓸 비커를 가져다달라고 했다. 그리고 그녀에게 멜버른의 초록 유리를 보여주었다. 그 빛깔은 모래에 함유된 산화물 때문에 생겨난 것이었다. 그는 몇 세기에 걸쳐 비에 불순물이 씻겨내려간 고운 침출 모래가 족히 1미터나 쌓여 있는 보터니에서 가져온 순수한 하얀 모래를 만져보게 했다. 이 보터니 모래로 이렇게 투명한 광학용 렌즈를 만들 수 있는 반면—이 대목에서 그녀가 비교할 수 있도록 그는 렌즈 두 개를 나란히 들어 보여주었다—런던의 핼릿사가 만든 렌즈는 결코 바람직하지 않게 살짝 노란빛이 감돌았다.

루신다는 보터니 렌즈가 상당히 매혹적이라고 생각했다. 엄마의 유품인 자그마한 레이스 손수건을 지갑에서 꺼내 얼룩이 지지 않게 손수건으로 렌즈를 집었다. 얼룩이 묻어도 괜찮다고 신부가 말했지만 그녀는 맨손으로 만지려 들지 않았다. 흥분해서 손이 축축했기 때문이다.

곧이어 그가 붉은 가죽 책상 깔개에 갖가지 물건을 늘어놓았다. 프랑스인 교수를 맞이하기 위해 서재를 꾸밀 때처럼 인위적으로 늘어놓지는 않았다. 대신 이런저런 유리 조각을 놓았다. 납 산화물을 첨가해 색깔을 넣은 남청색 사각 유리. 일반적인 '맥주잔'을 녹여 만든 노인 얼굴 형태의 덩어리. 그는 이것이 자기 주교의 얼굴이라고 말했다. 그러면서 주교가 그를 좋아하지 않는다고 덧붙였는데, 그녀는 그 점을 주교의 표정에서 알 수 있었다. 정말로 그래 보였다. 그는 자신의 압착 실험을 유일하게 견딘 유리벽돌을 보여주었다. 마지막으로 루퍼트 왕자의 유리구슬도 있었다. 최근 실험용으로 쓰라며 받은 것이었다.

"아뇨, 제발. 실험하면 안 돼요."

"왜 안 되죠?" 데니스 해싯은 노여워져서 스스로도 깜짝 놀랐다. 순간적으로 방문객이 싫어졌다. 똑바로 보는 그녀의 눈이 싫었다. 말투가 기분 나빴다. 그는 펜치로 쓸 만한 것을 찾아 맨 아래 서랍을 뒤졌다. 용도에 적당한 스크루드라이버를 찾아냈지만 실험을 하고 나면 우아하지도 않을 테고, 게다가 그녀가 옳다는 걸 알기에 그냥 내버려두었다. 그래도 분이 풀리지 않았다. "왜 안 된다는 겁니까?"

"무슨 일이 벌어질지 알잖아요." 그녀는 간단히 대꾸했다. "저도 알아요. 그리고 한번 깨진 구슬은 더는 어떻게 해볼 수 없잖아요." 그러고는 그의 얼굴에서 얼마간 노기를—그는 욱하는 성질로 유명했다—알아챘다. "아." 그녀는 소리 내지는 않고 입모양만 만들었다.

"아?" 그렇게 물으면서도 그는 호전적인 말투에서 마치 아, 내 기분은 이래, 라고 말하는 듯한 분위기를 포착하고 스스로도 놀랐다.

"해싯 신부님, 결례를 범해 죄송합니다."

그는 속마음을 들킨 듯했다.

"르플래스트리어 양, 죄송할 것 없어요."

"도움을 청하러 온 저한테 친절히 대해주셨는데, 신부님 물건의 처분을 놓고 제가 왈가왈부하다니. 신부님이 부러워서 그랬나봐요."

"결코 아닙니다." 그는 맨 아래 서랍을 닫고 루퍼트 왕자의 유리구슬을 압지 더미에 올려놓았다.

"아뇨, 질투했습니다." 그녀는 눈을 내리깔며 고개를 숙이고 싶은 마음이 들었지만 꾹 참았다.

데니스 해싯은 물속의 돌처럼 영롱한 빛을 발하는 그녀의 눈을 보았다. 그녀는 기묘한 미소를 지었는데, 마치 떨리는 얼굴이 조각나 부서지지 않도록 단정하게 묶어놓은 매듭 같았다.

"그렇다면 왜, 그렇다면 왜 그런 걸까요?" 그가 상체를 앞으로 내밀고 어색하다고 느끼면서도 일부러 경박하게 아일랜드 억양을 흉내냈다.

그의 억양은 완벽했지만 그녀는 아일랜드인이 놀림감인지라 사람들이 웃기려고 그 억양을 흉내낸다는 사실을 몰랐다. 그저 아일랜드 남자는 앞서 걷고, 여자는 죄수처럼 뒤를 따른다는 것만 알았다.

"유리구슬이 제 것이 아니라 신부님 것이어서 질투했어요. 게다가 신부님은 유리공장에 들어갈 수도 있고요."

"르플래스트리어 양도 정문으로 들어가면 됩니다."

"아뇨, 그럴 수 없어요. 모르겠어요? 그들은 무슨 대단한 호의를 베푸는 양 저를 대할 거예요. 게다가 진짜 제가 아니라 그들이 머릿속에 그리는 존재로 여길 거고요. 무슨 뜻인지 알겠죠?"

그녀는 그의 눈을 가만히 응시했다. 그녀는 아이였다. 그녀는 아이가 아니었다. 그녀의 눈은 맑고 흔들림 없었지만 목소리는 아랫입술의 희미한 떨림을 확대했다.

그는 그 강인함에 사로잡히는 동시에 연약함에 마음이 움직였다. "아뇨, 잘 모르겠군요."

"그들이 저를 바라보는 시선, 저에 대한 인식에 따라 저를 규정할 겁니다. 저는 하찮은 사람이 된 듯 느끼겠지요. 남자들에게는 그런 힘이 있어요."

"하지만 저도 남자인걸요."

"아뇨." 그녀가 곧장 반박하는 바람에 그는 의견을 개진할 사이도 없었다. "남자들, 무리 지은 남자들, 확신에 찬 남자들 말이에요. 거리 모퉁이에도 홀에도 있죠. 부두교 같아요. 부두교를 아나요?"

"네." 그는 깊은 감명을 받은 나머지 점심시간이 되었다고 알려주러 들어온 프레이저를 무시했다. 그날 신부는 교구의 훌륭한 세 숙녀와 최근에 소개장을 가지고 에든버러에서 온 젠킨스 씨를 점심식사에 초대했다. 그는 손짓하는 하인에게 나가라고 손을 저었다. 루신다는 파리가 있나보다고 짐작했다. 하지만 파리가 날아다닐 계절이 아니었다.

"그럼 저를 대리인으로 삼으려는 거군요. 그렇죠?" 신부가 말했다.

"제가 우습겠지요, 하긴 당연하죠. 겁쟁이처럼 굴고 있으니." 그녀는 고개를 끄덕였지만, 상대방이 아니라 그녀 자신을 향한 것이었다. "제가 겁쟁이처럼 굴고 있는 건 누가 봐도 분명하지만, 심사숙고한 결과 저라는 사람의 한계 내에서 일해야 한다는 결론을 내렸답니다."

"전혀 우습지 않습니다."

"당연히 신부님은……"

"워워!" 데니스 해싯이 외쳤다.

루신다는 멈추었다.

"유리공장을 사고 싶은 거죠. 간단하기 그지없는 문제예요. 그렇죠?" 그가 씩 웃었다. 그 미소는 아일랜드 억양이 해내지 못한 일을 했다.

"아, 네, 그럼요!"

"그리고 작은 도움이 필요하고요."

그녀는 상체를 앞으로 내밀며 대꾸했다. "공장을 잘 알아요. 우리는, 그러니까 제 부모님은 살아생전 많은 공장을 둘러보았죠. 공장이 대개는 더없이 무시무시하고 지저분한 장소라는 건 잘 압니다. 하지만 그렇다고 물러서고 싶진 않아요. 기꺼이 맞설 거예요, 당연하죠."

"곧 가겠네, 프레이저." 데니스 해싯이 말했다. "네, 네. 걱정하지 말아요. 아뇨, 그냥 여기서 기다리세요. 부탁입니다. 금방, 금방 다시 돌아오죠. 성직자로서 꼭 참석해야 할 일이 있어서요. 유리처럼 재미난 일은 아닙니다. 하지만, 네, 기꺼이 돕겠습니다. 르플래스트리어 양, 삼십 분 전만 해도 모르던 사람에게 제가 이렇게 열성적으로 '네'라고 말하는 모습에 스스로도 놀라울 따름입니다. 하지만 맹세컨대 이 사업에 대해 진심으로 기대하고 있습니다. 물론 다른 사람을 끌어들일 필요가 있을 겁니다. 도슨이라고 아주 영리한 친구가 있는데……"

"저한테는 일만 파운드 넘게 있어요."

논의를 마무리하기 위해 일어나 있던 데니스 해싯은 눈부시게 환한 미소를 지으며 도로 앉았다. "그래요?"

"그중 절반을 이 사업에 투자하고 싶습니다." 그녀는 액수를 언급해서 미안하고 유감스러웠다. 그녀는 그저 소녀였다. 그런 거액을 가질 만한 아무 자격이 없었다. 그녀는 그의 눈에서 비난을 보았다고 상상했다.

"나머지는요?" 몸에 밴 예절이 말리기도 전에 질문이 불쑥 튀어나왔다. 만약 그가 '일만 파운드 이상' 가졌다면 내일 당장 교회의 혼란으로부터 빠져나왔을 것이다.

"남은 재산은 신중히 관리해야겠지요."

"르플래스트리어 양, 당신은 정반대로 하고 있어요. 감탄스러울 만큼 무모해요. 처음 만났을 때만 해도 저는 당신에게 열정을 버리라고 충고하는 게 제 엄중한 의무라고 여겼죠. 하지만 이제 보니 르플래스트리어 양은 그것을, 그러니까 열정을 가졌고, 열정을 다른 시시한 것에 허비하는 일이야말로 어리석은 짓이라는 걸 알겠습니다. 프레이저가 어서 오라며 회초리를 휘두르기 전에 말씀드리자면, 바로 그 때문에 제가 이토록 기꺼이 돕고자 하는 것이지요."

"유리에 대한 애정이야말로 신부님의 가장 큰 동기가 아닐까요?" 루신다는 유리 수집품들이 여전히 펼쳐져 있는 책상에 작고 단정한 두 손을 올리고 손가락을 쫙 폈다.

"지나치게 확신하는군요. 아뇨, 유리를 좋아해서가 아닙니다. 르플래스트리어 양에게 열정이 있기 때문입니다. 바로 그 열정 때문에 제가 돕고자 하는 것이지요. 저는 다른 이의 열기로만 스스로를 데울 수 있는 차가운 사람이거든요."

"하지만 열정은 찬미할 만한 것이 아닌데요."

"위험한 것이지요." 신부는 파란 유리판, 노란 덩어리, 주교의 얼굴로 녹은 맥주잔, 유리벽돌, 모래가 든 유리병, 루퍼트 왕자의 유리구슬 등 자그마한 수집품을 정리해 각각 제자리에 놓고 학술지를 덮고 덜 흥미로운 일을 위해 책상을 치우면서 오후에 있을 세례와 럭비 훈련과 성가대 연습과 저녁 예배와 설교 작성과 구입해야 할 주머니칼과 그가 좋아하는 규격인 엽서 크기로 자른 설교지를 떠올렸다. "위험한 것이지요"라고 동의하면서 또한 그의 최근 설교에 대한 '종교재판'이 겨우 이틀 뒤에 열린다는 사실을 떠올렸다. 주교는 그를 광교회파로 여겼다. 그는 그만한 믿음이라도 있으면 좋겠다고 생각했다.

"열정이 부럽습니다, 르플래스트리어 양. 그런 열정을 실행하는 일을 돕는다면 대단한 기쁨일 겁니다."

"제가 열정을 신중하게 실행하도록 도와주시리라 믿어요." 그녀도 일어나 어머니의 장갑과 지갑을 집어들었다. "열정 때문에 해를 입기 전에 저를 제지해주세요. 저는 어리고, 아직 세상사 돌아가는 방식을 모르니까요."

그녀는 남자처럼 손을 내밀었다. 그는 주저하다 손을 맞잡고 악수했다. 손은 매우 따뜻했다. 당신은 피부 반대쪽의 야성적 핏줄을, 정맥, 모세혈관, 땀샘을, 복잡한 생성을 하느라 대단히 힘들게 돌아가는 자그마한 공장들을 의식하지 않을 수 없을 것이다. 데니스 해싯은 눈을 보았다. 눈의 작용에 대해 잘 아는 그는 창조의 무한한 복잡성에 새삼 놀라움을 금치 못하며 이것, 시각을 담당하는 이 매개체가 어떻게 이토록 명확하게 간청을 전달하는 동시에 그런 짓은 일절 하지 않는다고 잡아뗄 수 있는지—이봐, 난 그저 눈에 불과하다고—경이로웠다.

35
마권

기다란 푸른 봉투를 뜯어 열었으나 안은 '텅 비어' 있었다. 오스카는 스트래턴 신부가 식탁에서 봉투를 봉하는 모습을 상상하며 빙그레 웃었다. 스트래턴 부인이 남편에게 (미안해하면서도 단호히) 상기시키곤 하는 그의 위험한 습관 때문이었다. 모든 편지를 푸딩 접시와 셰리주 잔들 사이에 뒤죽박죽 섞어놓다보니 주교와 수다스러운 친구에게 보낸 편지가 서로 뒤바뀐 적이 한두 번이 아니었다—그것은 휴 스트래턴의 경력에 심각한 피해를 끼쳤다.

하지만 이 화창한 여름 아침, 얼핏 보기에 봉투는 엉뚱한 편지가 들어 있기는커녕 아예 비어 있었다. 급작스럽고 충동적인 거동에서 짐작되는 것보다 훨씬 신중한 성격인 오스카가 봉투를 햇빛에 비춰보지 않았더라면 휴 스트래턴이 봉투에 담아 보낸 더없이 불쾌한 메시지를 발견하지 못했을 터였다.

그것은 바로 마권이었다. 휴 스트래턴이 아니라 오스카 자신의 마권이었다. 태터솔스 클럽의 마권업자 존 러시가 발행한 것이었다. 마권에는 일련의 표시가 새겨져 있었다. 첫번째 표시는 배당률 8인 암말, 니거 프린세스에 오스카의 돈을 걸어준, 존 러시의 곱사등 직원이 굵은 연필로 휘갈긴 자국이었다. 그다음 표시들은 가는 연필로 쓰여 있었다. 오스카는 돈을 날린 마권마다 발주기 번호, 경주로 상태, 그의 과학적으로 계산된 승리를 방해한 불가해한 현상(신의 섭리) 등을 경마 도박꾼의 암호로 기록해두었다. 니거 프린세스의 경우 앞뒤로 다른 말들 사이에 끼어 제대로 달려나갈 수 없었다. 이 암호들을 해독할 수 있다면 그 사실이 어떤 점에서는 오스카 홉킨스의 잘못 때문이라는 것을 추론할 수도 있었다.

승리한 마권은 물론 마권업자의 직원이 잘 간수하지만, 날려버린 마권은 오스카가 전부 옥스퍼드로 가져가 예전에 어머니의 단추를 정렬했듯이 꼼꼼히 정리했다. 자를 대고 세심하게 세로선을 그은 얼룩진 일지에 실패의 내용을 기록하고 마권을 자그마한 마닐라 봉투에 넣어 개인 물품이라고 적힌 신발상자에 보관했다. 그 신발상자는 오스카의 맨 아래 서랍 안에 있었다.

이 마권이 어쩌다 헤나컴으로 가게 되었는지는 더없이 불쾌한 불가사의였다. 신이 나다못해 우쭐하기까지 한 몸짓으로 작은 탁자 앞에 앉았던 오스카는 이제 의혹에 휩싸여 뜨거운 땀을 흘리며 오싹해했다.

사생활 침해였다. 또다른 침해와 또다른 비밀스럽고 상상할 수 없는 침입을 암시했다. 스트래턴 씨는 말했었다. "네가 기도를 하러 키들링턴까지 걸어간다면 그것 역시 내 귀에 다 전해질 거다." 마권을 뒤집으니 검은색으로 빽빽이 쓰인 교구 신부의 필체가 보였고 더는 그 말이 과장 같지 않았다.

휴 스트래턴은 마권에 이렇게 썼다. "이것이 네 것이 아니라고 하면 네 아버지가 믿을까? 아니면 정말로 수익 때문에 도박을 하는 거라고 장담할 수 있니?" H.S.라고 서명되어 있었다.

오스카는 휴 스트래턴이 미치광이라는 생각은 들지 않았다. 스승이 그를 협박하고자 한다는 사실에 놀라긴 했지만 충격을 받지는 않았다. 스트래턴에 대한 연민은 이 일만이 아니라 그가 자신의 영향력 안에 들어온 모든 이에게 끊임없이 행하는 온갖 짜증스럽고 옹졸한 행위까지 모두 용서하게 해주었다. 휴 스트래턴은 겉으로 사랑스러움을 잃어갈수록 더욱더 사랑받는 특성이 있었다.

하지만 오스카가 충격을 받은 것은 이 지극히 사적인 종이가 그의 방에서 빠져나가 그를 향한 탄약으로 사용되었다는 점이었다. 누가 도둑일까? 오스카가 확실히 수업을 받고 있을 시간에 휴 스트래턴이 직접 '짧은 방문'을 했던 것일까? 오스카는 알 수 없었다. 중요하게 여기지도 않았다.

오스카는 펜과 잉크를 가져와—다시 한번 휴 스트래턴 때문에 죽이 식게 되었다는 생각은 못한 채—편지를 썼다.

친애하는 스트래턴 신부님, 오늘 신부님의 귀한(그러므로 더욱 기대되는) 서신을 받고 얼마나 신났는지 모릅니다. 그리고 편지의 내용물이 예상과는 다르며, 우리 모두 안에 담기기를 바랐던 것이 빠진 채 봉투가 봉해졌다는 사실을 깨닫고 얼마나 실망했는지 모릅니다. 지금쯤이면 선량한 밀러 부인이 저녁 식탁의 접시들 사이에서 제가 받았어야 할 편지를 발견했겠군요. 원래 받았어야 할 편지를 더 빨리 받을 수 있지 않을까 하는 기대에 우표를 동봉합니다. 헤나컴 소식과 세인트앤교회 복구기금 모집의 진척 사항도 궁금합니다. 아널드 교수님이 신부님에게 빌려준 책에 대해 물어봐달라고 부탁하셨는데, 죄송스럽게도 그만 자세한 내용을 잊었습니다. 혹시 무슨 이야기인지 신부님이 모르겠다고 하시면, 제가 다시 교수님에게 물어보고 보다 정확히 전달해드리겠습니다. 사모님에게도 안부 전해주십시오. O. 홉킨스 올림.

그날 이후 오스카는 마권을 경마장에 버리고, 옥스퍼드에서는 자신만이 해독할 수 있는 암호로 베팅 기록을 남겼다.

스트래턴 씨는 오스카의 편지를 곧이곧대로 믿어주었다. 도박에 빠진 학생 때문에 그가 그토록 더럽혀진 기분을 느끼다니 옳지도 않고 온당하지도 않았다.

36
여자친구

루신다는 공장을 진심으로 원하지는 않았다. 공장 때문에 겁이 났다. 서식스 스트리트를 걸어가며 제분소와 부두에서 나오는 노동자들을 관찰했다. 형편없는 바짓단이나 닳아빠진 재킷을 보며 그들에게 감동받는 동시에 역겨웠다. 이질적인 생명체 같았다. 한 세기 후 델리에 착륙하는 점보제트기에서 우리가 슬럼가를 내려다볼 때 그렇듯이 그녀는 유리를 사이에 두고 그들을 바라보았다. 이 책에서 그 이야기까지 하지는 않겠지만, 이 년도 채 안 되어 그녀의 삶이 한없이 추락해 에드워드 제이슨의 드루이트 스트리트 피클 공장에서 일할 수 있어 행운이라고 여기며 손을 저 지저분한 구정물에 기꺼이 담가 빨갛게 익고 눈이 따끔거리는데도 삶에 매우 만족하게 되리라고는 상상도 못했다.

하지만 지금(1859년) 그녀의 손은 하얗고 보송했다. 그녀는 노동자의 가난과 피로를 동정했다. 하지만 그들이 쳐다보는 방식에 그녀는 겁이 났고, 그들이 미웠다. 그녀의 나이, 그녀의 성별, 그녀의 계급 때문이었다. 그녀는 그 점을 알았다. 당신만큼이나 잘 알았다. 하지만 안다고 해서 도움이 되지는 않았는데, 말하자면 그녀는 일을 진행시켜야 했기 때문이다. 그녀가 느끼기에, 울라라 사제관을 드나들 명분을 제공한 것이 바로 공장이었다. 유리 덕분에 그런 위안을 얻게 되었다. 그리고 데니스 해싯과 만난 결과 일종의 축소, 즉 강화가 일어났다. 이전까지 시드니는 바람이 불어치고 드넓으며, 거리는 거친 불량배로 넘쳐나고, 참으로 많은 '올바른' 사람들이 자기네의 좁은 인생 경험을 넘어서는 것이라면 무엇이든 비웃고 손가락질할 준비가 되어 있고, 발굽과 구르는 철로 사방이 요란하고, 침 뱉고 토하는 낯선 이들로 복닥대는 방대한 무정형 캔버스 그림 같아서 그녀는 한 시간도 안 되어 두통이 일고, 심지어 든든하리만치 벽이 책으로 뒤덮이고 볼테르와 셰익스피어의 흉상도 있는 조지 스트리트의 도서관(그녀가 선택한 안식처) 역시 높은 깃을 두른 남자들이 언짢은 얼굴로 그녀를 보며 혀를 '쯧쯧' 찰지도 모르는—실제로 그랬다—초록빛의 춥고 격식을 차리는 곳으로 그녀는 책들 사이에서조차 친구도, 방향을 알려주는 지도도 없는 이방인으로 남아 있어야 했다. 그러다 거의 우연히 울라라 교구사제를 만났고, 그녀 주위의 세계는 원래대로 줄어들었다.

그제야 비로소 그녀는 자신이 얼마나 겁먹었고, 얼마나 외로웠는지를 깨달았다.

유리가 우정을 피어나게 하는 매개체임을 발견한 이상 포기할 생각은 없었다. 그녀의 간절함이 그토록 컸기에 울라라 사제관 서재의 램프는 조지 스트리트의 불법 파카푸* 도박장에나 걸맞을 시간까지 계속 불을 밝혔다. 이런 일탈은 시드니에서 그냥 넘어갈 만한 사안이 아니었다. 하지만 이런 사실을 알려준다 하더라도 루신다는 과잉보호는 필요 없다고 대꾸할 터였다. 그 어머니에 그 딸이었다. 그녀는 해싯과 자신을 '별 볼 일 없는 사람들'보다 우위에 있다고 여겼다. 그들은 사업 문제를 논의하는 동업자이자 화학을 토론하는 제조업자이자 철학을 탐색하는 철학자였다. 위조품을 조사하는 형사들처럼 말없이 루퍼트 왕자의 유리구슬에 관한 자료를 찾아 퀴퀴한 냄새가 나는 학술지를 들여다보았다. 또한 견본용 유리병들이 있었다. 내 병들, 그녀는 생각했다. 푸른색, 호박색, 투명색. 산酸, 피클, 독극물, 맥주, 포도주, 알약, 잼 등을 담기 위한 유리병. 덩굴잎, 웃는 수탕나귀, 꽃, 고무나무 열매, 뱀, 그리고 아랫면에 회사 이름이 새겨진 유리병들.

몇 년 후 그녀는 두 사람이 소스와 피클과 잼을 만드는 시끄럽고 땀 흘리는 일에서 동떨어진 채 막연하고 거만한 호기심에 취해 병들을 살펴보았음을 기억해내고는 어렸던 자신을 질책했으나, 그때나 지금이나 자신이 별반 다르지 않다는 사실은 잊었다. 훗날의 회상과는 달리 당시 그녀는 무지하지도 순진하지도 않았다. 하지만 병을 다루는 재미에 빠진 나머지 밤늦도록 사제관에 머무르는 것을 남들이 '부적절'하게 여기리라는 점을 간과했다. 그녀는 부끄럽지 않았다. 간혹(대체로 '종종'에 가까웠다) 벽난로 곁의 가죽 안락의자에서 잠들었다가 크림을 듬뿍 넣은 코코아의 향기에 깨어나곤 했으나 부끄럽지 않았다. 그

---

* 19세기 오세아니아에서 유행한 중국식 복권.

녀는 코코아 잔을 두 손으로 꼭 쥐고 난롯불을 바라보며 호텔까지 창백한 달빛이 비치는 진흙길을 걸어가지 않아도 되면 좋을 텐데, 라는 생각만 했다.

소녀는 부르주아사회에서 평판을 지키는 법을 제대로 알지 못했다. 하지만 데니스 해싯에게는 그런 핑곗거리도 없었다. 잘 알면서도 그는 피후견인의 확고한 요구에—성가셔하지 않은 것은 아니지만—굴복해버렸다.

루신다는 어느 때고 자기 편한 시간에 찾아오는 습관이 있었다. 그녀는 늘 사과했다. 불편을 끼치거나 방해가 된 것은 아닐까 걱정했다. 하지만 턱을 갸웃하는 그녀의 태도에서 미안해하는 기색이라곤 일절 보이지 않았다. 이를테면 그가 상호개선협회에서 '식염'에 대한 강연을 하고 돌아왔다가 서재 벽난로 옆에 앉아 있거나 그의 책상에서 책을 읽고 있는 루신다를 발견하는 식이었다. 연단에서 종종 말했듯, 지상에서 천국으로 이어지는 사다리인 교육을 통해 현세의 모든 구속에서 벗어나 영광스럽고 고귀한 자리에 오를 수 있다고 그가 믿었던 건 사실이다. 하지만 그럼에도 그의 책을 읽는 루신다가 여간 신경에 거슬리는 게 아니었다. 그녀는 그의 톱니무늬 가죽 책갈피를 빼내 원래 자리보다 훨씬 앞쪽에 꽂아두었다. 그는 샌드위치를 만들어달라고 부탁하고 한참을 기다린 후에야, 식당에 편하게 자리잡고서 책을 읽고 있는 소녀를 위해 사과 팬케이크를 만드느라 요리사가 바쁘다는 사실을 알게 되기도 했다.

이런 온갖 증거에도 불구하고 그는 그녀를 상당히 독립적인 사람으로 여겼다. 밤에 그녀가 오지 않을 때면 페티스호텔에서 공부를 하고 있겠거니 생각했다. 설마 여러 집 뒷문에 늘 출몰하는 고독한 고양이처럼 별별 인간이 모이는 답스 씨의 집에서도 제 자리를 마련했으리라고는 짐작도 못했다.

답스 씨는 답스 앤드 피그 회계법인의 대표이며, 채스 아헌 씨의 오랜 친구로 여겨지는 사람이었다. 루신다는 비밀리에 답스 씨에게 자문을 구했다. 데니스 해싯의 사업 감각을 확신할 수 없었기 때문이다. 그녀는 또다른 자문을 구했으며, 그 결과 저녁식사에 초대되어 답스 씨가 '천국'이라는 별명을 붙인 지역의 풍경화들이 빽빽이 걸린 벽 아래 기다란 검은 식탁에서 거위고기를 먹게 되었다고 울라라 신부에게 고백할 용기가 없었다. 데니스 해싯을 너무 귀찮게 한 게 아닐까 싶은 밤이면 그녀는 답스 씨와 버로스 부인, 섀덕 양, 맬컴 양, 토마세티 씨와 함께 있었다. 사람들과 어울리는 것이 좋았다.

데니스 해싯의 일지에는 루신다가 그의 인생에 들어온 날이 기록되어 있다. 오순절이 지난 첫번째 화요일에 므슈 르플래스트리어와의 첫 만남에 삼십 분을 할애했고 그후로 무수한 선약에, 특히 위원회 회의(세인트앤드루 건축, 빈민학교, 빈자를 위한 따뜻한 아침식사)에 붉은 줄이 그어졌는데 동물학회, 오랜 친구와의 저녁식사도 예외는 아니었다. 심지어 교구 위원 회의는 한 달에 세 번이나 약속을 변경했다. 그는 그녀를 거절할 수 없었다. 다음번에는 그녀를 쫓아내야겠다고 종종 생각했지만 결코 그러지 않았다. 그는 서른아홉 살 성인 남자였으나 그녀의 상대가 되지 못했다. 게다가—확실히 이것이 핵심이었으리라—그의 서재 의자에 주인인 양 당당히 앉아 있는 그녀의 모습이 아무리 짜증난다 해도 일단 함께 있으면 늘 활력이 돌았다. 그는 잠든 그녀의 맞은편에 앉아 흐뭇해하며 코고는 소리에 미소를 지었다.

하지만 자신의 행동이 무모하다는 것을 알았다. 그의 성격에 맞지 않았다. 그는 성공과 안락을 원했다. 지적인 대성당 주임사제를 밑에 두고 주교의 궁정에서 삶을 마치고 싶었다. 하지만 일주일에 세 번, 때로는 네 번 이 소녀를—생물학적으로는 성인 여성인—직접 페티스호텔로 데려다주었다. 그녀는 자정 전에 귀가하는 법이 거의 없었고, 때로는 새벽 두시에 야간 문지기를 찾아 종을 울리기도 예사였다. 문지기는 이 어린 숙녀가 답스 씨의 친구이기도 하다는 걸 알고 있었다. 그는 상황이 재미있었다. 하지만 야간 문지기가 데니스 해싯에게 한쪽 눈을 찡끗했을 때 신부는 그 작자의 상스러운 오해가 너무 웃긴 나머지, 이 시각이면 악당과 파렴치한으로 득실대는 도시에서 사제복 차림으로 하인이 앉았어야 할 마부석에 앉아 집으로 가는 내내 킬킬거렸다.

본격적으로 8월에 접어들기도 전에 해싯이 '매질'이라고 즐겨 부르는 짓을 하기 위해 댄서 주교가 그를 불러들였다. 어차피 그들은 서로 좋아하지 않았다. 주교는 사냥개를 따라다니는 사냥꾼이었고, 휘그당 신학이론의 세세한 부분에 일절 관용을 보이지 않는 완고한 토리당원이었다. 그들의 반목은 이번이 처음도 아니었다. 하느님이 우리보다 도덕관념이 덜 발달했다고 추론하다니 터무니없으며, 따라서 영원한 벌이란 생각할 수도 없다고 제안하면서("자네는 제안을 하려고 거기 있는 게 아닐세"라고 주교는 소리쳤다) 지옥의 영원한 심판에 반대 의견을 표명한 데니스 해싯의 설교 때문에 두 사람은 크게 대립한 적이 있었다. 주교는 논쟁을 하느라 시간을 낭비할 마음이 없었다. 해싯더러 부조리한 광교회파 사상을 전파하지 말라고 금지시켰다. 신부가 자신은 광교회파가 아니라고 말하자 주교의 얼굴은 걸치고 있던 제의만큼이나 자줏빛이 되었다.

주교는 도발적으로 면담을 시작했다. 그러면서도 자신이 도발적이라고는 여기지 않았고, 오히려 이해심이 넓다고 보았다. 그는 문제라고 여기는 일의 핵심으로 훅 치고 들어갔다. "물론 해싯, 사람은 누구나 욕구가 있지."

데니스 해싯은 자신이 쓸데없이 깐깐한 사람이라고 여기지는 않았지만, 루신다 르플래스트리어에게 이성으로서 접근한다는 생각이 너무나 역겹게 느껴졌다. 그녀는 젖내 나는 어린애에 불과했고, 그는 그녀가 잠든 모습을 가만히 지켜볼 뿐이었다. 일순 그의 잘생긴 입술이 썩은 굴을 씹은 듯 일그러졌지만 워낙 순식간에 지나가서 댄서 주교는 눈치채지 못했다.

정작 욕구가 문제인 사람은 주교였다. 그는 사냥감에 구더기가 들끓을 때까지 매달아놓고 대단히 즐겼다. 데니스 해싯은 르플래스트리어 양과의 관계를 제대로 설명하기 위해 노력했다. 낱낱이 그리고 솔직하게 말했다. 주교는 고개를 끄덕이고 커다란 두 손으로 잘난 대머리 정수리를 문지르고 혀를 치아 사이로 내밀고 눈을 가늘게 떴다.

"그럼 결혼 예고를 하게." 주교는 완전히 오해하고 있었다.

"아뇨, 아뇨. 우리 둘은 전혀 어울리지 않는 한 쌍입니다." 울라라 신부는 껄껄 웃었다.

"어쨌든 누구랑 결혼을 할 마음은 있겠지?" 이자가 대체 무슨 말을 하는지 이해하려고 애쓰는 데 넌더리가 난 댄서 주교가 물었다.

"네, 그럼요."

이런 알쏭달쏭한 상태로 면담은 끝났다. 주교는 여자친구를 포기하도록 신부를 설득했다고 짐작했고, 신부는 두 사람의 순수한 관계를 만족스레 설명했다고 생각했다. 그들은 전혀 어울리지 않는 한 쌍이었던 것이다.

37
카드 게임

후에야 답스 씨의 집을 속속들이 알게 된—정말로 잘 알게 되었다—루신다는 자신이 그 집을 어떻게 생각했는지 회상하며 미소 지었다. 마음속에서 과장되어 어지러이 뻗어나가고 뒤엉키다못해 궁정이나 성, 일종의 귀족이 살 법한 저택이 러시커터스 베이의 해안을 따라 길게 자리하고 있다고 여겼던 것이다.

무지한 시골 소녀의 상상과 달리 그 집은 웅장하지 않았다. 하지만 과장을 유발할 만한 집이긴 했다. 마치 실뭉치 같았다. 복도와 계단이 어수선하니 혼란스럽게 이어져 있어 매번 뜻밖의 장소에 도달하게 된다. 어스레한 긴 복도를 걸어가다보면 환한 벽감이 나오고 거기에는 먼지투성이 장식 덮개를 씌운 불편한 의자 두 개만 덩그러니 놓여 있다. 도서관을 찾아가면 시멘트 바닥에 뒤엉킨 시트 더미들이 잔뜩 쌓여 있는 커다란 세탁실이 나온다. 왔던 길로 되돌아가려고 하면 계단식 오솔길이—중간중간 등장하는 층계의 단이 너무 높았다—항구까지 이어지는 정원이 나온다. 겨울에 대비해 가지치기해서 수국은 보이지 않고 정원사만이 럼주 냄새를 풍기며(짝이 안 맞는 양말을 신은 채) 등의 흉터나 왈라비 똥이나 반디쿠트가 할퀸 자국을 보여주겠다고 하거나 나뭇가지로 거머리를 터뜨릴 것이다. "이런 잡것을 죽일라면 이 방법뿐이지예."

그 집을 통해 루신다는 거의 답스 씨만큼이나 아헌 씨에 대해서도 알게 되었다. 아헌 씨가 이 집을 한 번도 본 적이 없다는 점은 분명했다. 가능한 모든 면에서 이 집은 그의 비위에 거슬렸을 터였다. 그의 눈에 이곳은 사치스럽고 과시적이고 비기독교적이었으리라. 그는 답스 씨를 전혀 몰랐지만 그녀를 '적절한 인물'에게 맡기고픈 강한 열망으로 인해 단지 들어서 아는 사람을 지인인 척했다는 것을 루신다는 깨달았다.

답스 씨는 마흔 살의 자그마한 남자로 움직임 하나하나가 독특하고 정확했다. 그는 예술적으로 호화롭게 차려입었다. 황록색이나 감청색의 코듀로이와 서지 옷감을 애호했다. 넥타이는 모직이거나, 심지어 실크였다. 다리를 절지도 않으면서 지팡이를 좋아했다. 비꼬는 듯한 미소를 살짝 머금었는데, 이 때문에 가느다란 콧수염이 뒤틀려 그다지 점잖지 않아 보였다. 그런 식으로 여겨지는 것을 재미있어했지만—시드니에서는 사업상 문제가 되지 않았다—사실 그는 전혀 그런 사람이 아니었다.

답스 씨는 결혼하여 세 아이를 두었으나 가족이 그의 마음을 다 채워주지는 못하는 듯했다. 아내는 아담하고 예뻤다. 다들 그녀의 미소와 금빛 곱슬머리를 두고 한마디씩 했다. 루신다도 즉각 그녀에게 마음이 끌렸다. 그녀와 함께 앉아 두런두런 이야기를 나누고 싶었지만, 조용히 대화하기에 적절한 환경도 아니었고, 답스 부인도 화난 눈으로 식탁에 앉아 있다가 푸딩을 끝내기도 전에 양해를 구하며 자리를 뜨곤 했다. 답스 씨가 일주일에 한 번이 아니라 매일 밤 거실에 사람들을 불러들이는 것은 아마도 결혼생활이 너무 불행했기 때문인 듯했다.

루신다는 이 같은 방은 상상도 못해봤다. 소설에서 여러 웅장한 방에 대한 묘사를 읽긴 했지만 그런 문학적 경험으로도 답스 씨 저택의 경박함에 그저 눈이 휘둥그레질 뿐이었다. 금박 테두리를 두른 등받이 소파의 터질 듯한 내장재를 감추기 위해 던져놓은 듯한 깔개. 그 길이와 폭과 수치스러우리만치 어마어마한 양의 먼지. 러시커터스 베이 동부 해안의 아찔하고도 격렬한 흙벽과 바위산 풍경. 이 거대하고 사치스러운 미로 안에서 말쑥한 답스 씨가 춤을 추었다. 그는 만발한 란타나 관목 사이에서 춤추는 꿀빨이새이자 손보지 않은 나무 정자의 가지와 잎을 할퀴어대는 금조*였다.

엘리자베스 르플래스트리어나 미첼스 크리크는 이런 종류의 거주지에 그녀를 대비시켜놓지 않았다. 젖소 우리에서 이런 분위기를 어떻게 찾아보겠나. 이 점은 답스 씨도 익히 알고 있었다. 그는 가장 좋아하는 장소에서 고급 프랑스 코냑이 담긴 잔을 든 채 유리문 책장에 기대서서 경이로운 거실을 둘러보며 정말로 자신이 '도랑 파는 인부' 답스의 아들 지미 답스가 맞는지 놀라워하곤 했다.

---

* 오스트레일리아산 새.

거실 벽에는 온갖 화풍과 수준의 그림이 빽빽이 걸려 있었다. 액자 유리에 먼지 낀 수채화, 화려한 금박 액자에 든 유화, 명화의 다색 석판화, 캐리커처, 베이징에 입성하는 엘긴 경을 묘사한 컬러 판화(〈런던 일러스트레이티드 뉴스〉에서 오려낸), 이주민의 오두막을 공격하는 원주민을 그린 조잡한 펜화 등이 빈자리 없이 들어차 있었다. 그는 왕립 미술원 회원인 아서 깁스 경의 그림을 굽도리널에 기대 세워놓고 새로 발견한 풍경화들을 걸었다. 그 그림들을 그린 토마세티 씨는 지금 베란다에 서서 러시커터스 베이의 저녁 어스름을 응시하고 있었다. 그는 토스카나 지방의 밀 품종이 여전히 식민지를 괴롭히고 있는 녹병에 면역력이 있다고 주장하며 널리 보급하는 데 상업적 관심을 가지고 있었다. 또한 그는 이탈리아인이자 화가이자 무신론자였는데, 이 모두는 대단히 흥미로운 요소였다. 그가 마음대로 떠들게 내버려둔 채 답스 씨는 즐거워했다. 그 자신은 별로 할말이 없었다, 지금으로서는. 그저 미소를 짓고 고개를 끄덕이고 파란만장한 삶에 경탄했다. 그리고 삶의 우여곡절이라는 측면에서 그는 그가 아는 것 이상으로 새 피후견인인 르플래스트리어 양과 공통점이 많았으나, 배짱이 두둑하긴 해도 그녀가 대단히 따분하다고 여겼다. 나중에 저녁이 되면 그녀가 껍질을 깨고 나오겠지만 지금은 아무 쓸모 없었다. 그녀 때문에 그는 약간 어색해졌고, 이런 기분을 느끼고 싶지 않았다. 그녀는 자그마한 호두나무 탁자에서 자수를 놓고 있는 새덕 양 옆에 앉아 있었다. 그는 르플래스트리어 양의 불행을 이해했다. 고아인데다가 시드니라는 낯선 장소에 와 있었다. 그는 그녀에게 윙크했다. 그녀는 시선을 피했다.

루신다는 무릎에 양손을 얹고 앉아 방안의 모든 이에게 벽을 쌓고 있었다. 아무도 그녀의 기분을 짐작하지 못했는데, 그토록 모순적인 감정들을 아무런 내색 없이 자기 안에 담아둘 수 있었다니 놀라울 따름이다.

첫째, 그녀는 지미 답스와 마찬가지로 자신이 이런 장소에 와 있다는 사실에 아연했다. 그림과 깔개가 어지러이 널려 있고, 세심함과 나태가 묘하게 뒤섞인 이 방은 그녀가 예전에 상상했던 것보다 삶에 한결 복잡한 가능성이 있음을 시사했다. 이 방은 그녀에게 신중하게 주입된 질서의식과 자제심에 반하지만 너무나도 매혹적이었다.

둘째, 그녀는 답스 씨의 친절에 감사했고, 그 마음을 계속 간직하며—아무리 그래선 안 된다는 증거가 나타나더라도—언제나 그에게 충실할 것이었다.

셋째, 그녀는 계속 힐끔대는 답스 부인 때문에 불안했다. 이제는 혹시 자신이 무슨 실례되는 행동을 한 것은 아닌지 걱정될 지경이었다.

넷째, 그녀는 답스 씨가 아이들을 대하는 방식이 마음에 들지 않았다. 마치 아이들이 너무도 끈적거려—심지어 목욕을 한 후에도—도저히 애정이 느껴지지 않는다는 듯 멀찍이 떼어놓으려고 했다.

다섯째, 그녀는 매우 고독했다. 답스 씨의 친구들은 이질적이었다. 맬컴 양과 섀덕 양과 버로스 부인과 토마세티 씨 모두 그녀에게 예의바르게 대했지만, 그녀를 자기네 일원으로 서둘러 받아들이고픈 마음은 없어 보였다.

여섯째, 그녀는 답스 씨와 토마세티 씨가 무신론자라는 사실 때문에 불편했다. 답스 씨가 윙크했을 때 그녀는 짐짓 못 본 척했다.

일곱째, 그녀는 자신의 침대에 누워 잠들고 싶었다. 잠과 각성 사이의 중간 영역만이 그녀의 진정한 안식처였고, 이것이 그녀가 데니스 해싯의 안락의자에서 갈구한 것이었다.

여덟째, 그녀는 토마세티 씨가 베란다에서 들어와 오늘 저녁의 진짜 용건이 시작되기를 기다리고 있었다.

그들은 버로스 부인이 떠나고 카드 게임을 할 수 있게 되기를 기다리고 있었다. 버로스 부인은 토마세티 씨가 준비된 다음에야 떠날 터였다. 토마세티 씨는 저녁 어스름이 깔린 러시커터스 베이의 풍경을 찬미하고 있었다. 그는 이 모임에 최근 합류했지만 벌써 버로스 부인과 우정을 쌓고 있었다. 이 우정이 어떤 결과를 낳을지는 아무도 분명히 말할 수 없었다.

버로스 부인은 미국의 저항운동을 강력히 지지했는데, 남편은 매닝강 상류 근처 '폴스' 지역에서 원주민에게 살해당했다. 루신다는 그녀가 전혀 마음에 들지 않았다. 버로스 부인은 원주민 문제를 놓고 루신다를 질책했었다. 밀가루에 독약인 스트리크닌을 섞어 만든 원주민식 빵 '끝장'을 원주민에게 먹이고 싶어했다. 그녀도 극단적인 생각이라는 것은 알았다. 하지만 극단적인 걸 좋아했다. 그녀는 정당방위로 원주민을 쏜 백인은 절대 교수형에 처해선 안 된다고 주장했다. 그런 주장은 코가 붉고, 뺨은 핼쑥하고, 안색은 파리한 얼굴과 잘 어울렸다. 그처럼 사나운 말을 쏟아내는 여자가 토마세티 씨와 우정을 쌓으리라고는 아무도 예상하지 못했다. 다른 건 차치하더라도 그는 무신론자가 아니던가. 그녀는 카드 게임에 강력히 반대했기에 그들이 카드를 하려면 기다릴 수밖에 없었다. 하지만 그녀는 무신론자가 베란다에서 돌아올 때까지 순순히 기다린 다음에야 집에 돌아가겠다고 할 터였다.

그러고 나면 그들은 크리비지를 할 수 있었다. 루신다는 윙백 의자에 몸을 푹 기댔다. 의문의 여지 없이 죄악이건만 크리비지가 너무나 좋았다. 어찌나 재미있는지 얼마 전까지만 해도 금색 시럽을 뿌린 경단을 고대했듯이 낮에 내내 카드 게임을 고대하게 되었다. 카드를 할 때 그녀는 더이상 따분한 사람도 아니었고, 화나 있지도 않았다. 깔깔 웃음을 터뜨렸다. 한결 예뻐 보였다. 변화를 그녀도 느낄 수 있었다. 사람들이 그녀에게 미소를 지었다.

그녀는 스스로도 설명할 수 없는 이유로 카드 게임에 감명받았다. 비숍스 플레인에서 들불과 싸울 때의 느낌과 똑같지는 않더라도 비슷했다—남녀노소 할 것 없이 모든 사람이, 심지어 추잡한 노인네인 마이클 핼로런까지 동참해 숨막히는 연기 속에 자루나 막대기를 들고 일렬로 서 있었다. 카드 게임은 그 일 같지는 않았지만 같기도 했다. 사람들이 둥글게 모여 다 같이 분투했다.

하지만 지금 그녀는 고독했고, 자신의 고립만이 아니라 모두가 서로 느끼는 고립을 의식했다.

정교히 세공한 검은 철제 틀에 우아한 형태의 하얀 갓을 얹은 네덜란드산 램프 아래 다리가 세 개인 둥근 호두나무 탁자가 자리했다. 탁자 옆에 가정교사인 맬컴 양이 앉아 있었다. 그녀는 젊고 예뻤다. 아니, 얼마 전까지만 해도 그랬다. 탁자 맞은편에는 섀덕 양이 자숫거리를 갖고 앉아 있었다. 맬컴 양이 천성이 밝고 가볍다면, 섀덕 양은 어둡고 무거웠다. 맬컴 양은 나이에 비해 대단히 순수한 인상을 주었고, 섀덕 양은 무슨 일을 도모하든 결국엔 비극으로 끝나고야 말 듯한 불길한 분위기를 풍겼다.

하지만 책장에 기대서 있는 답스 씨는 섀덕 양과 함께하게 되어 대단히 흡족해하고 기뻐했다. 그녀의 모든 면을 토마세티 씨만큼이나 높이 샀다. 루신다는 토마세티 씨의 가죽 밑창이 삑삑대는 소리를 들었다. 베란다에 있는 그가 몽상에서 깨어나고 있었다.

답스 씨는 사람들을 모았다. 그러는 게 그의 열정이었다. 버로스 대위가 고립된 이주민들을 용감하게 보호하다 살해된 점에서, 맬컴 양이 테너 가수의 누이라는 점에서, 섀덕 양의 자수가 영국 황태자에게 진상되었다는 점에서 그들은 특별했다. 때때로 호러스 버러데일 씨가 끼곤 했다. 한번은 그가 헨리 파크스* 씨를 데리고 왔었다(답스 씨는 여전히 파크스 씨의 차용증을 가지고 있었다). 이제 토마세티 씨가 열린 베란다 문가에 서서 풍경에 대해 권위적으로 말하고 있었다.

루신다는 거의 처음부터 토마세티 씨의 말을 듣지 않았다. 저택 아래쪽 맹그로브 습지에 암소가 빠져 있었다. 방에 있는 누구도 소를 구할 생각을 하지 않았다. 그들의 소가 아니었다. 그들은 버로스 부인이 떠나 카드 게임을 할 수 있기를 고대하고 있었다.

"암소를 어떻게 해야 하지 않을까요?" 그녀는 맬컴 양에게 물었지만, 상대방은 그녀를 잠자코 바라볼 뿐 관심 없어 보였다. 루신다는 분개했지만 어찌할 바를 몰랐다. 아무도 그녀를 보지 않았다. 그녀는 자신을 압도하는 거대한 권태를, 무의미를 느꼈다. 짐승이 울부짖었다. 그 짐승은 죽으리라는 걸 알고 있었다. 다른 소들이 도울 수 없다는 것도.

"네, 네. 하지만 기독교적인 풍경은 아니지요." 토마세티 씨는 섀덕

* 19세기 오스트레일리아 정치가.

양에게 이야기하고 있었다. 그는 움푹 들어간 눈과 애수어린 얼굴을 지녔다. 검은 머리카락은 곱슬거리고 검은 턱수염은 강하고 뻣뻣했다. 기다란 방 안쪽에 놓인 램프처럼, 모든 것의 뒤쪽에서 눈이 반짝였다. 그는 무언가 소중한 것을 강탈당하고서 다른 이들이 그 부당함을 알고 되찾아주기를 기다리는 사람 같았다. "기독교적인 풍경은 전혀 아닙니다."

"토마세티 씨는 기독교도가 아니잖아요." 대화가 이렇게 전환되면 늘 그렇듯 새덕 양의 목소리가 떨렸다.

"그게 핵심이 아니야, 아이린." 버로스 부인이 말했다.

"하느님이 이 모든 풍경을 만드셨어요. 그건 믿지요, 밀드러드?"

"물론이지." 버로스 부인은 그렇게 대답하면서도 토마세티 씨를 돌아보았다.

이런 대화가 계속되니 루신다는 조바심이 났다. 소가 저토록 고통받고 있는데 기독교 운운하는 것은 위선이었다. 하지만 토마세티 씨가 무슨 말을 하는지는 알았다. 그녀 자신도 느낀 적이 있었다. 생각이 뒤편 개울로 흘러갔다. 타닌 성분으로 인해 갈색으로 물든 고요하고 어두운 개울물 위로 교회에서처럼 내리비치는 빛줄기 속에 먼지가 둥둥 떠다녔다. 이곳에서 그녀는 인형의 머리카락을 몽땅 뽑았다. 이곳에서 아빠가 죽었을 때 울었다. 이곳에서 원주민 둘이 나무처럼 꼼짝 않고 서 있는 모습을 보았다. 그녀는 열여섯 살이었다. 숨을 죽였다. 원주민이 두 명 더 있었다. 또 두 명 더. 패러매타의 원주민들이 패배하던 시절이었다. 그들의 몸통은 진흙을 발라 갈색이었고 유칼리나무처럼 갈라져 있었다. 그녀는 겁이 났지만, 그들이 자신을 해칠까봐서가 아니라 더 큰 두려움 때문이었다. 그녀는 돌아서서 내달렸다. 머리 위에서 물떼새가 새된 소리로 울어대는 평평하고 푸른 초지를 가로질러 햇살 속으로 달려나가니, 울타리 기둥으로 쓸 노란 나무토막들이 수액으로 빛나며 미끈대는 껍질이 벗겨져 둥근 뒷면은 반짝이고 평평한 옆면은 거칠거칠하게 다듬어진 채 가닥가닥 갈라진 상처난 껍질 무더기 위에 뒤죽박죽 쌓여 있었다.

그녀는 토마세티 씨가 무슨 말을 하는지 알았다. 개울가의 고요한 그늘에서 누구나 느낄 수 있는 것이었다. 그녀는 이곳에서 영혼을 느꼈지만, 세례요한이나 갈릴리 예수 같은 기독교적 영혼은 아니었다. 그곳에는 그림자처럼 유동적인 다른 영혼과 다른 이야기들이 있었다.

그녀는 그렇게 말하고 싶었다. 자신의 견해를, 생각을 정리하고 적절히 제시할 수 있었지만, 기껏해야 답스 씨만 반길 게 뻔했다. 그는 책장에 기대선 채 브랜디를 벌컥벌컥 들이켜고 있었다. 그가 그녀를 보더니 다시 윙크했다. 마치 "토마세티가 멋진 쇼를 하는군. 재밌죠?"라고 말하는 듯했다.

맹그로브숲의 짐승이 울부짖었다. 루신다는 생각했다. 나는 여기 있어선 안 돼.

"토마세티 씨, 제가 정말 이해가 안 되는 건 당신이 어떻게 사냐는 거예요." 맬컴 양은 '신앙심도 없이'라고는 말하지 않았지만 모두가 질문의 의미를 이해했다.

하지만 버로스 부인이 자리에서 일어났다. 그 질문에 대한 대답을 막기 위해서든 아니든 결과적으로 대답을 막았다. 그녀는 앙상한 등에 뒷짐을 쥐고서 아픈 듯 나직이 탄성을 질렀다. "일찍 잠자리에 들면 일이 더욱 번창하는 법이죠." 버로스 부인이 말했다.

이 말은 버로스 부인이 그들의 카드 게임에 대해 안다는 뜻일까? 맬컴 양은 섀덕 양의 눈길을 붙잡기 위해 10도 정도 고개를 획 돌렸다. 섀덕 양의 눈은 변함없이 자수에 머물러 있었지만 토실토실한 하얀 목이 서서히 붉어졌다.

"그냥 여기 머무르시죠. 잠자리를 준비해드릴 테니." 답스 씨가 말했다.

"그래요, 오늘은 여기서 자도록 해요." 지금까지 무릎에 뜨갯거리를 놓은 채 말 한마디 없이 앉아 있던 답스 부인이 거들었다(답스 부인이 느릿느릿 뜨개질하는 모습을 볼 때면 섀덕 양은 늘 복장이 터졌다). 신참이고 주요 일원이 아닌 루신다를 제외하고 그들 중 누구도 답스 부인에게 동정적이지 않았다.

"감사하지만 사양할게요. 토마세티 씨가 집까지 바래다줄 거예요."

토마세티 씨가 목을 문지르며 방안으로 들어왔다. "가는 길에 르플래스트리어 양도 호텔에 데려다줄게요." 버로스 부인이 숄을 두르며 말했다.

"아뇨, 괜찮습니다." 루신다는 답스 씨에게 도움을 청하며 말했다.

답스 씨의 한쪽 눈썹이 올라갔다. 섀덕 양이 눈살을 찌푸리며 무테안경 너머로 바라보았다. 루신다가 지나치게 열렬히 사양했던 것이다.

"음." 버로스 부인이 말했다. 그녀 특유의 기교로, 다 알고 있다는 암시였다.

문가에서 남자 목소리가 우렁차게 울렸다. "우리를 부인에 비할 수야 없죠. 형편없는 인간들이니까요, 버로스 부인. 죽으면 우리는 부인과 함께 있지 못할 겁니다. 누가 부인을 탓하겠습니까?"

"말도 안 되는 소리." 답스 씨가 희색이 만면한 얼굴로 외쳤다.

"나를 건달이라고 여기시겠죠." 새 방문객이 버로스 부인에게 말했다. 토마세티 씨와 함께 떠나면서 그녀는 짐짓 근엄한 척했지만 동시에 그런 식으로 놀림받는 것을 즐거워했다.

"피그, 자넨 정말 불한당이야." 옷이 뜯어질 듯한 두두룩한 뱃살에 뺨이 불그스름하고 대머리인 남자를 향해 답스 씨가 얼굴을 찌푸렸다. 한껏 구긴 얼굴로 피그 씨에게 잠시만 조용히 하라고 간청하고 있었다.

"두번째 판을 시작했나?" 피그 씨는 크게 눈을 찡긋하더니 카드 섞는 시늉을 하며 물었다. 버로스 부인은 코트를 걸치고 있었다.

"이런 곳을 멀리해야 합니다." 그가 루신다에게 말하면서 손가락 하나를 흔들며 뺨을 홀쭉하게 빨아들였다. 이제 막 집을 떠난 여인을 형편없이 흉내낸 것이었다. 마침내 맬컴 양의 어깨에서 긴장이 풀렸다. "여기는 미치광이 집합소거든요." 피그 씨가 신이 나서 말했다.

답스 부인이 일어났다. 그리고 뜨개 도구함으로 쓰는 모자상자에 뜨갯거리를 집어넣었다. 루신다는 그녀의 말소리를 듣지 못했다.

"그렇게 해요, 헤니." 답스 씨가 아내에게 말했다.

루신다는 답스 부인이 이처럼 양팔로 가슴을 감싸고 어깨도 구부정하니 온몸으로 미안해하며 슬그머니 물러나야 한다는 게 유감스러웠다. 영혼이 반만 있는 사람이더라도 그녀의 눈이 물기 어린 잿빛 분노로 차 있다는 것을 알 수 있었다.

그녀는 자기 집에서 벌어지는 일을 마뜩잖아했다. 그러므로 이를 제지할 권리가 있었다. 남편은 그녀를 지지할 의무가 있었다. 만약 그가 착한 척하는 것만큼의 4분의 1이라도 진실이었다면 그것을 전혀 희생으로 여기지 않았을 것이다. 하지만 답스 부인의 입장에 서서 분노하는 루신다조차 지갑을 탈탈 털 때까지 카드 게임을 하고 싶은 마음이었다. 따라서 답스 부인의 어깨를 계속 구부정하게 만들려는 무리에 속해야 했다. 만약 답스 부인이 당당히 맞서기라도 하는 날에는 맬컴 양은 다음날 수업을 준비하라며 내쫓기고, 섀덕 양은 매쿼리 스트리트의 집으로 돌려보내지고, 피그 씨는 술이 깨면 다시 오라는 말을 들을 것이 자명했다.

물론 답스 부인은 이런 행동은 일절 하지 않았다. 그녀는 남편의 뺨에 키스하고 고개를 끄덕이며 상냥하게 웃은 뒤 침실로 떠났다.

루신다는 의자에서 일어나 답스 씨에게로 갔다. 그는 책장의 비밀 장소에서 카드를 꺼내고 있었다.

"행운이 느껴지나요?" 그가 그녀에게 물었다.

"네, 그럼요. 하지만 저 가엾은 짐승은 너무나 운이 없네요."

"피그, 자네가 어떤 이름으로 불리는지 똑똑히 들어야 해." 답스 씨가 큰 소리로 말했다.

"아뇨, 아뇨. 피그 씨, 그게 아니에요. 저는 진흙탕에 빠진 짐승을 가리킨 거예요." 루신다는 깔깔대며 해명했다.

"네?" 답스 씨가 물었다.

"사람을 보내 암소를 구해주면 어떨까 싶은데요."

답스 씨는 그녀를 바라보며 눈을 깜박였다. 루신다는 당황했다. 그의 마음을 상하게 한 것 같은데 무엇 때문인지 알 수 없었다.

"바로 조치를 취하죠." 답스 씨가 미소 지으며 말했지만 루신다는 마음이 편치 않았다.

"제가 주제넘게 나선 건 아닌지 모르겠네요."

"물론 아니죠, 전혀 아닙니다." 하지만 사실 답스 씨는 자기 집에서 '명령'이라고 할 만한 소리를 들은 것을 참을 수 없었고, 정원사 잭에게 소를 구해주라고 지시하려는 척 교묘한 몸짓을 해 보이며 방을 떠나고서도 아무런 조치를 취하지 않았다.

38
물 만난 고기

"하하, 저를 완전히 뭉개버렸네요, 피그 씨." 루신다가 말했다.

"그러게 말입니다, 르플래스트리어 양." 피그는 최근 발메인 예술학교에서 열린 '에티오피아 콘서트'에 갔었다. 그때는 검표원의 억양을 흉내내어 큰 웃음을 자아냈지만, 지금은 모음과 r 발음을 굴리고 있었다. "거액을 뜯어냈군요. 아가씨의 지갑을 쥐어짜내 금화란 금화는 탈탈 털었네요."

"이번엔 저를 뭉갰지만 다음번엔 어림도 없을걸요."

답스 씨는 지금의 루신다가 좋았다. 배짱도, 깔깔 웃는 태도도 마음에 들었다. 도톰한 아랫입술과 잠기 어린 눈꺼풀, 감히 상상 못할 무모한 짓도 불사하겠다는 분위기가 마음에 들었다. 그녀가 흥분할 때마다 매혹적으로 살짝 비틀리며 팽팽히 늘어나는 윗입술은 거의 뇌쇄적이었다.

“다 함께 소풍이나 갈까요?” 겉보기와 달리 그는 계산적으로 행동하고 있지는 않았다. 카드 게임을 하려고 호두나무 탁자에 깔아놓은 회색 담요에서 카드를 그러모으며 말을 이었다. “해리 브릭스가 증기선을 가져왔는데, 잠깐 빌릴 수 있어요. 피트워터까지 배를 타고 갑시다.”

“아, 좋아요. 피트워터는 정말 멋진 곳이에요.” 새덕 양이 말했다.

맬컴 양이 꿈꾸듯 멍하면서도 언뜻 업신여기는 표정으로 새덕 양을 바라보았다. 답스 씨는 이 표정이 드러내는 비밀을 간파했다. 조만간 맬컴 양을 해고하기란 불가피할 터였다.

르플래스트리어 양이 피그에게서 카드 뭉치를 받아들고 섞었다. 이 주 전만 해도 사방에 카드를 흘리던 그녀가 지금은 물 만난 고기처럼 카드 게임에 빠져들었다. 아리따운 여인이 클럽 딜러처럼 능숙하게 카드를 섞는 모습은 우스꽝스러운 동시에 사랑스러웠다.

두시 십분이었다. 루신다는 조금도 졸리지 않았다. 미지근한 계피 펀치를 한 모금 마시고 새 패를 돌리기 시작했다.

맬컴 양이 하품을 했다.

“오늘은 그만할까요?” 피그 씨는 그렇게 묻긴 했어도 답스 씨에게 직접적으로 말하지는 않았다.

“아, 제발요, 한 판만 더 해요.” 루신다가 대꾸했다.

“벌써 3기니나 잃었잖아요.” 맬컴 양이 한마디했다. 상냥한 어조가 아니었다. 아까 새덕 양에게 보내던, 바로 그 무거운 눈꺼풀에 경멸어린 표정으로 루신다를 보았다.

“한 판 더 합시다. 르플래스트리어 양에게 잃은 돈을 만회할 기회를 줘야죠." 답스 씨가 티나게 찌푸린 눈으로 맬컴 양을 보며 선언했다.

루신다는 새덕 양에게 카드를 돌렸다. 새 카드가 앞서 나눠준 카드들을 지나쳐 허공으로 날아갔다. 새덕 양이 카드를 낚아챘지만 도로 루신다를 향해 날려버리고 말았다. 카드는 루신다의 어깨에 맞고 발치로 떨어졌다. 루신다는 몸을 숙여 카드를 집어들었다.

그녀는 카드를 보지 않으려고 눈을 돌리다 그만 피그 씨가 벗어놓은 부츠를 보았다. 그의 다리가 탁자 아래에 쭉 뻗어 있었다. 양말 신은 발은 맬컴 양의 치마 사이에 들어가 있었다. 루신다는 생각보다 훨씬 덜 충격을 받았다. 그저 이렇게 생각했다. 우리 엄마라면 이런 집구석에 진저리를 치겠지. 그녀는 손실에 대한 질문에 대답했다.

"딱 이 판만 하고 가요." 그녀는 간청했다.

"물 만난 고기로군요." 답스 씨가 말했다.

루신다는 자신이 카드를 돌렸으니 이 판에서 이기리라는 것을 알았다. 자기 뜻대로 카드를 통제할 수 있었다. 그 증거가 바로 눈앞에 있었다. 5가 두 장에 줄줄이 하트였다. 5 한 장과 킹을 버리고 으뜸패인 5가 또다시 나오기를 바랐다. 그녀는 즉각 5와 킹을 버렸다. 하지만 받은 카드는 5가 아니었다. 문제없었다. 어차피 이길 테니.

나는 부자야, 그녀는 생각했다. 내가 하고 싶은 대로 할 수 있어. 겨우 푼돈으로 살짝 재미를 보는 것뿐이야. 엄마라면 나더러 평생 홀로 살아야 한다고 주장하지 않을 거야.

내일이 되면 그녀가 이겼는지 졌는지 결과가 나오겠지만, 어찌되었든 행복은 확실히 누리지 못할 터였다. 지금 당장은 행복하지만 내일은 아니었다. 만약 이긴다면, 스스로 강도로 여길 것이었다. 그녀는 이미 부자였다. 자기 힘으로 이룬 부가 아니었다. 더 많은 돈을 바라는 것은 죄악이요 탐욕이었다. 하지만 진다면, 더욱 나빴다. 회한 대신 공포를 느낄 것이었다. 돈은 그녀의 망토이자 갑옷이었다. 그녀는 돈을 헤아리며 다 날릴까봐 두려움에 떠는 구두쇠였다. 그녀는 이미 이를 알고 있었다. 겁을 먹고 울라라 사제관으로 달려가리라. 성경을 읽고 저녁예배에 참석하리라. 하지만 지금은 카드에 취해 게임을 더더욱 원했다. 카드는 깨끗하고 무늬가 선명했다. 파란 카드는 순수한 군청색을, 빨간 카드는 밝은 양홍색을 띠었다. 그녀는 맬컴 양의 눈에서 그 표정을 보았다. 개펄에서 짐승이 울부짖었다. 루신다가 목을 쓰다듬자 칠칠맞게 삐져나온 머리카락이 느껴졌다. 이런 꼬락서니라니! 엄마가 봤다면 당장 미친듯이 빗질을 할 테지만, 루신다는 카드와 다음 패에 무엇을 내놓을지 외에는 아무것도 신경쓰지 않았다.

"자, 내가 판돈을 얼마나 끝내주게 만드는지 다들 봐요."

그러고는 지갑에 든 것을 담요 위로 쏟아부었다. 잼 단지 열여섯 개와 맞먹는 금액이었다.

답스 씨는 기뻐하며 재미있어했다. 그녀를 어린애같이 순진하다고 단정지으려 했지만 그녀가 고개를 드는 순간 그 눈에서 또렷한 초록빛 도전을 감지했다. 그 순간의 느낌을 뭐라고 해야 할지 알 수 없었다.

39
개인 소지품

버로스 부인은 지나치게 매달리는 것을 좋아하지 않았다. 그녀를 맥빠지게 하는 행동이었다. 제프리스 씨와의 관계에 방해가 된 것도 바로 그것이었다. 그가 답스 씨의 직원이라는 점은 사실 문제되지 않았다. 토마세티 씨가 차가운 눈을 지니고 결코 열정을 드러내는 법이 없는 반면, 제프리스 씨에게는 가까스로 억제하고 있는 듯 느껴지는 타오르는 본성이 있었다. 그의 귀갑 빛깔 갈색 눈에는 금세 눈물이 그렁거렸다. 손은 종종 꽉 쥐거나 주머니에 찔러넣곤 했다. 그는 냉소나 빈정거림과 거리가 멀었다. 칼처럼 직접적이었다. 버로스 대위의 과부를 향한 뜨거운 열정 외에 그가 삶에서 강박적으로 추구하는 것은 미지의 땅을 탐험하는 것이었다. 그는 버크*처럼 키가 크지도, 미첼**처럼 학식이 높지도 않았다. 하지만 그의 말을 들으면 기필코 뜻을 이루리라는 걸 의심할 수 없었다.

제프리스 씨는 대단한 미남이었다. 석탄처럼 검은 숱 많은 머리와 높은 이마, 섬세한 모양의 도톰한 입술, 매섭고 생기 넘치는 짙은색 눈을 지녔다. 깔끔하고 꼼꼼하고 자기비판적이었다. 코벤트 가든*** 행상의 막내아들로 태어난 그는 스스로 삶을 개척하기 위해 최선을 다했다. 거의 모든 면에서 버로스 부인의 완벽한 짝이었지만, 문제는 그가 그녀를 간절히 원한다는 것이었다.

토마세티 씨도 열정이 있긴 했으나 종류가 달랐다. 그 열정은 따뜻한 방의 유리창처럼 차가웠다. 그녀는 그러한 열정을 신뢰했다. 늘 머나먼 오지의 숙영지에서 지내던 버로스 대위에게서 느꼈던 것과 같은 약간의 거리감이 좋았다.

토마세티 씨와 제프리스 씨의 차이는 버로스 대위의 부대장이 '버로스 대위 - 개인 소지품'이라고 써붙인 작은 주석 트렁크에 보인 반응에서 극명히 드러났다.

트렁크에는 장갑, 버로스 부인의 편지, 코사크 기병이 그려진 카드들이 담긴 봉투 외에도 지도와 여행담, 원주민 습격, 여러 숙영지와 도하 지점 등을 묘사한 작은 펜화가 포함된 가죽 장정 일지 열여섯 권이 들어 있었다.

일지를 같이 살펴보자고 초대받은 토마세티 씨는 그녀에게 남편이 펜화에 전혀 재능이 없다고 솔직히 말했다. 또한 작문 실력이 형편없

---

* 최초로 오스트레일리아를 남북 종단한 탐험대의 지도자.

** 오스트레일리아의 유명 탐험가이자 측량감독관.

*** 영국 런던의 유서 깊은 시장이 있는 광장.

다고 폄하한 뒤 버로스 대위가 쉼표나 마침표를 찍어야 할 곳에 줄표를 넣었다고 지적했다. 거기에서 끝나지 않았다. 그는 문장을 우스꽝스럽게 소리 내어 읽었다. 그리고 〈원주민에게 공격당한 이주민 오두막〉은 스케치가 완성되었을 시점에 이미 망친 그림이었다는 점을 보여주었다.

버로스 부인은 제프리스 씨와 마찬가지로 '개선'을 믿었다. 토마세티 씨는 무지막지하게 '개선점'을 제시했다. 혹은 적어도 버로스 부인이 개선을 위해 선행될 수밖에 없다고 배운 비난을 해댔다. 그런 발언 때문에 두 번이나 그의 뺨을 갈기긴 했지만 버로스 부인은 제프리스 씨의 열광적인 반응에 흥미를 잃지 않을 수 없었다.

제프리스 씨는 화요일과 목요일에 필기 용지와 펜을 갖고 왔다. 그의 영웅인 미첼 소령을 흉내낸 구식 박스플리츠 재킷 차림이었다. 그는 응접실의 접이식 탁자에 앉아 버로스 대위의 일지를 옮겨 적었다. 직접 고안한 깔끔하고 우아한 장식체로. 버로스 부인이 응접실을 꾸미느라 배치한 자잘한 싸구려 황동 제품이나 도자기 장식품에 대해 그는 무례한 표정을 짓지 않았다. 반면, 토마세티 씨는 처음으로 그 집에 그녀와 단둘이 있게 되었을 때 취향이 형편없다고 무뚝뚝하게 말했다. 그리고 장식품을 들었다 놨다 했다. 그녀는 응접실에 서 있었다. 손에 자그마한 코끼리 도자기를 들고 있었다. 그는 창을 등지고 그녀 맞은편에 서 있었다. 손에는 실크해트가 들려 있었다.

그들이 키스했을 때 그녀의 손안에는 여전히 코끼리 도자기가 있었다. 나중에 보니 화장대에 놓여 있었다.

제프리스 씨는 그 코끼리 도자기를 칭찬하며 그녀의 수준에 자신을 맞추었고, 이 수준은 과히 높지 않았다. 역설적으로 코끼리에 대한 그의 자연스러운 애정은 그녀가 그를 어릴 적 친구처럼 좋아하게 만들었다.

제프리스 씨도 토마세티 씨도 버로스 부인이 처한 특이한 상황을 깨닫지 못했다. 그녀는 평정을 잃은 기색을 일절 비치지 않았다. 애도 기간은 끝났고 상복은 자선단체에 보냈지만 그녀는 버로스 대위 살인사건이 남긴 상흔에 여전히 흔들리며 괴로워하는 중이었다. 소식은 세 차례의 연이은 파도에 실려 그녀에게 도달했다.

처음에는 어느 소령이 공손한 애도 편지를 보냈다. 이어서 신문에 기사가 실렸다. 버로스는 원주민이 매닝의 양털깎이에게서 훔친 도끼에 난도질당했다. 창으로 목과 눈이 꿰뚫렸다고 했다.

그런 다음, 그녀가 여전히 충격에 헐떡이고 있을 때 개인 소지품이 도착했다. 일지 사이에 끼어 있던 봉투에는 남자애들이 수집하는 담뱃갑 그림카드 같은, 1부터 16까지 번호가 매겨진 열여섯 장의 그림카드가 들어 있었다. 각 카드에는 '코사크 기병의 강간'이라는 제목이 달려 있었다. 그녀는 카드에 그려진 강간 장면이나 과장된 남자 성기에 충격받지 않았다(혹은 자신의 예상보다 덜 충격받았다). 하지만 함께 묘사된 검과 언월도, 난도질된 젖가슴, 공포로 눈이 불거진 채 고통으로 울부짖는 여자들의 모습에는 다소 충격을 받았다. 그러나 이토록 끔찍한 그림조차도, 그녀의 젖가슴에 나른하게 머리를 얹곤 했던 버로스 대위가 왜 이런 카드를 가지고 다녔는가 하는 의문에 비하면 아무것도 아니었다.

그녀는 그 그림들을 머릿속에서 지울 수 없었다. 불안하고 무서웠다.

하지만 이에 대해 얘기할 사람이 아무도 없었다. 화요일 밤, 혼자 카드 놀이를 하듯 접이식 탁자에 그 카드들을 늘어놓았을 때 그녀는 전혀 정상적인 정신상태가 아니었다.

제프리스 씨가 도착하자 그녀는 코트를 받아든 뒤 그를 늘 앉는 자리로 안내했다. 그는 자리에 앉아야 한다는 걸 알아챘다. 그래서 앉았다. 그가 카드를 살펴보는 동안 그녀는 코트를 든 채 그를 지켜보았다.

"그림을 보니 즐거운가요?" 그녀가 물었다.

"즐겁냐고요?"

그녀는 매끄러운 멋진 입술이 반쯤 벌어진 그를 바라보았다. 굳이 대답을 들을 필요도 없었다. 그녀는 그의 눈을 보았다. 그는 통제력을 잃었다. 자신이 본 것 때문에 겁에 질려 있었다. 이는 그녀에게 전혀 도움이 되지 않았다. 그녀는 이미 겁에 질려 있었다. 이 남자까지 겁에 질린다고 해서 무슨 도움이 되겠는가?

그녀는 카드를 모아 봉투에 담았다. 이 문제에 대해 그와 논의하기를 거부했다. 그는 그녀를 염려했다. 그녀는 염려받는 게 좋았다. 하지만 소심함은 싫었다. 그녀는 늘 그를 용감한 남자라고, 강하고 남자답다고 여겼었다. 이제 그녀는 그에게 끔찍한 이야기를 지극히 아무렇지 않게 늘어놓기 시작했다. 사실 숨가쁘게 속사포처럼 말하긴 했지만, 그녀는 원래 그런 식이었다. 그녀는 하얀 탁자보를 바로 하며 말했다. 검둥이들을 모조리 독살시켜야 한다고.

그녀는 자신이 왜 이런 이야기를 하는지 몰랐다.

대놓고 주장한다는 점만 다를 뿐 뉴사우스웨일스인들 대다수의 의견과 다르지 않다보니 그녀가 정상적인 상태가 아니라는 것을 제프리스 씨는 눈치채지 못했다. 그는 매닝과 매클레이의 원주민들을 두려워했다. 언젠가 그들과 마주칠 가능성이 컸다. 그는 원주민의 행동을 버로스 부인에게 설명하려 들었는데, 그녀를 진정시키기 위해서라기보다 설명하면서 자신의 불안을 가라앉히기 위해서였다. 그는 말했다. 원주민들이 그토록 살육을 일삼는 것은 자기네 땅을 빼앗긴 뒤 황폐한 좁은 고장인 '폴스'로 내쫓겼기 때문이라고. 그들로서는 배수진을 치고 싸우는 수밖에 없다고.

하지만 이런 종류의 대화는 버로스 부인의 마음을 풀어주지 못했다. 그녀는 그의 말이 들리지 않았고, 그저 '남자답지 않은'이라고 부를 만한 무언가의 냄새를 맡았을 뿐이다. 빰이 달아올라 얼굴이 얼룩덜룩해졌다. 이를 악다물어 뾰족해진 턱과 힘줄이 드러난 목 때문에 얼굴이 날카로워 보였다.

그녀는 군대를 소집해야 한다고, 원주민을 상대로 전면전을 벌여야 한다고 말했다. 제프리스 씨가 반박했지만, 그래 봤자 버로스 부인의 주장이라는 깊은 웅덩이에 낀 날카로운 살얼음에 불과했다. 그 웅덩이 안에는 원주민과 코사크 기병과 버로스 대위가 모두 칼처럼 날카로운 이빨을 가진 물고기의 모습으로 돌아다니고 있었다.

버로스 부인은 안전하다는 느낌이 들지 않았다. 이 말을 종종 했지만 아무도 이해해주지 않았다.

토마세티 씨와 함께 답스 씨의 집에서 돌아왔을 때 그녀는 그에게도 카드를 보여주기로 결심했다. 침대에서 노닥거리는 동안에도 그녀의 마음은 온통 카드에 사로잡혀 있었다. 그녀는 나중에 찻잔을 놓을 작은 협탁에 미리 카드를 올려두었다—그녀가 차를 끓여 둘이서 침대에 앉아 마시는 것이 습관이었다.

차를 마실 때 그녀는 토마세티 씨에게 봉투를 건넸다. 그는 담배에 불을 붙인 뒤 가느다란 연기 가닥을 허공으로 뿜었다. 그러고는 지루한 임무를 수행하는 듯 봉투를 열어 카드를 하나씩 넘겨보며 이따금 차를 마시고 담배 연기를 뱉었다. 그리고 비스킷을 먹었다. 아무 말도 하지 않았다.

토마세티 씨는 까무잡잡한 피부 아래 길고 강인한 근육이 자리하고, 작고 꼬불꼬불한 소용돌이 꼴로 난 검은 털이 몸을 뒤덮고 있었다. 경주용 개처럼 살이 없었다. 포경수술을 하지 않은 성기는 길고 가느다랬다. 다음 카드를 넘기는 순간 성기가 시트 아래에서 눈에 띄게 불뚝 솟았다.

그가 그녀를 보며 미소 지었다. 달콤한 표정이 아니었고, 약하기는커녕 물을 타지 않은 위스키처럼 무겁고 강렬했다. 그녀는 스태퍼드의 도예 공방에서 석고 거푸집에 젖은 점토를 눌러 붙였을 때처럼 그의 몸에 파르르 떨리는 자신의 몸을 단단히 밀착시켰다.

그녀는 기꺼이 그릇이 되리라, 오 하느님. 앞치마 두른 장식가들에게 그녀의 몸 가장자리에 춤추는 코사크 기병을 그리게 하리라. 또는 독을 탄 샘물 주변에 바큇살처럼 쓰러져 죽어 있는 원주민들을.

40
사랑이 아닐지니

울라라 교구사제는 사랑에 빠지지 않았다. 그녀는 그가 사랑에 빠질 만큼 미인이 아니었다. 또한 너무 어렸다. 그녀는 '적절하지' 않았다. 적절성을 판단하는 가장 큰 기준은 그의 개인적 욕망이 아닌 고도로 발달된 사회적 감각에 따른 평가였다.

시드니(혹은 그가 '시드니'라고 알고 있는 시드니의 지극히 작은 일부)는 그녀를 적절하다고 여기지 않을 터였다. 그리고 그는 사람들에게 사랑받기를 좋아했다. 자신을 급진적이라고 여기면서도 정작 안락한 우리 밖으로 밀려나는 것은 좋아하지 않았다. 비판받기 싫었다. 그런데 이런 일이 지금 끊임없이 그에게 일어나고 있었다. 주교를 제외하고 아무도 그의 면전에 대고 뭐라고 하지는 않았다. 하지만 사무변호사의 대기실에서 그녀와 함께 기다리고 있으면 사회적으로 오싹한 느낌이 들었다. 하다못해 점원이나 잔심부름꾼 사이에서도 마찬가지였다. 그는 지미 답스와 카드 게임에 대해 몰랐지만, 딱 꼬집어 말할 수는 없어도 무언가가 있다는 것은 알았다. 소용돌이치는 바닷물을 보고 암초의 존재를 가정하듯 징표를 알아보았다.

삼 주 전 시드니는 그녀를 몰랐다. 그녀가 페티스호텔의 프런트에 콜리플라워를 내려놓은 것이 불과 삼 주 전이었다. 그때는 그녀의 옷차림이 얼마나 괴상한지에 대해 말이 많았다—이때만 해도 그녀는 패러매타에서 아헌 부인이 지어준 크리놀린을 입고 있었다. 그런데 지금은 뒤바뀌어 그녀의 옷차림이 얼마나 훌륭한지를 떠들었다.

그녀는 지미 답스 등등과 카드놀이를 했다. 하지만 그러고 나서 울라라 교구사제와 차를 마셨다. 그녀는 마치 자연법칙에 어긋나서 얼음이면서 동시에 수증기인 듯했다. 그 둘은 양립할 수 없는데도.

울라라 교구사제는 그녀와 함께 쇼핑을 갔다. 쇼핑을 매우 친밀한 행위로 여기는 사교계는 적절히 추문을 터뜨릴 태세를 갖추며 차츰 높아지는 증기압을 느끼고 즐거워했다. 파이프가 신음하며 팽창하는 소리가 벽과 지하에서 울렸다. 사람들은 그가 그녀의 옷값을 내준다고 상상했다. 그렇지 않으며, 그녀의 지갑에 금화가 가득하다는 사실이—사제에게 줄마노 커프스단추 한 쌍을 사주고도 남을 만큼 돈이 넘친다고 소문이 났다—드러났을 때도 압력은 줄어들지 않고 그대로였다. 밸브에서 분노가 씩씩대는 지경까지 이르지는 않았지만 자그마한 개가 목구멍으로 으르렁대는 듯한 나지막한 소리가 계속 일었다.

사교계는—당신은 그렇게 부를지 몰라도 루신다는 아니었다—어찌할 바를 몰랐다. 그 둘이 함께 있는 꼴을 더이상 용인할 수 없었지만,

어떤 면에서는 재미있기도 했다. 그가 아무 잘못도 없는 양 남자답게 자신감 넘치는 걸음으로 걷는 모습을 보며 사교계는 들썩이고 얼굴을 찌푸리고 야유했다. 그가 숫염소 곁에서 걸으며 '자기'라고 부른다 해도 이토록 재미있지는 않았을 것이다. '그녀'로 말하자면, 팔을 흔들며 걸었다. 정말로 그랬다. 꼭 장난감 병정 같았다. 그녀가 '사랑스럽고 선량한 데니스 해싯' 곁에서 걷지만 않았어도 그리 문제되지 않았으리라. 지미 답스나 하비 피그나 이탈리아 무신론자 곁에서나 그렇게 걸을 것이지. 그들과 포도주를 마시고 춤을 추는 그런 인생을 즐긴다면 기꺼이 행운을 빌어주었으리라. 하지만 발리 윌크스 양이나 해리엇 크롤리 양이 마땅히, 고결하게 걸어야 할 자리에 그녀가 걷게 내버려두어선 안 되었다.

사람들은 울라라의 미남 교구사제를 창턱 위를 걷는 몽유병자를 보듯 지켜보았다. 그는 그녀와 함께 지미 답스의 사무실로 가서 유리공장의 인수를 의논했다. 심지어 이때도 알아차리지 못했다. 그는 들어갈 때와 똑같이 아무것도 모른 채 밖으로 나왔다. 친구들이 말해주려 했지만 그는 들으려고 하지 않았다. 이 일로 인해 그는 서양고전학 대학교수이자 '시드니의 유일한 지식인'이라고 그가 칭송하던 친구 톰 윌슨과 절교했다. 이 일은 마침내 유리공장을 산 날에 벌어졌다. 어차피 이론적으로 그와 르플래스트리어 양의 관계가 끝나야 할 시점이었다.

그의 '친구' 윌슨은 다른 사람들처럼 편협한 인간으로 드러났다. 그는 르플래스트리어 양이 하비 피그 같은 '작자'들과 밤새 도박을 한다고 주장했다. 이에 데니스 해싯은 양 손가락을 갈고리처럼 구부리며 외쳤다. "아." 그는 '불행'이라고 부를 만한 상태에 처해 있었다. 종이에 그 단어를 적은 뒤 갈기갈기 찢어 난롯불에 던졌다. 삐걱대는 의자에 앉아 몸을 앞뒤로 흔들며 생각해보니, 루퍼트 왕자의 유리구슬 공장 인수를 돕겠다고 제안하기 전까지만 해도 대체로 행복했던 것 같았다. 그리고 이내 서재에서 홀로 독서를 즐기거나, 윌슨 부인의 쾌적하고 매끄러운 친츠 안락의자에 몸을 쭉 뻗고 앉아 있으면 길고 탄탄한 육신이 사람들의 부러움을 사던 시절에 대한 향수에 빠졌다. 지금처럼 서재에 홀로 앉아 있을 수 있는 순간이 더러 있었지만 예전 같지 않았다.

분노가 검정파리처럼 방안으로 획 들어와 햇살을 가득 품은 유리창에 부딪히며 윙윙댔다. 그는 이런 분노를 이해하지 못했다. 전적으로 자신의 분노라고 여겼지만, 상당 부분 루신다의 분노였다. 그녀는 강렬함, 신경의 긴장을 동반했다. 지금껏 평화롭기 그지없던 안락의자도 그녀가 앉으면 자연법칙을 거스르며 어마어마한 에너지가 고여 있음을 느끼지 않을 도리가 없었다. 그녀가 없을 때조차도 그는 그녀의 들썩이는 기운을 느꼈다. 이로 인해 기독교인답지 않게 화가 났다. 교구민들의 요구로부터 벗어날 수 있었던 장소, 그의 삶의 고요한 한구석을 빼앗긴 것이었다. 디킨스나 윌키 콜린스의 소설에 집중할 수 없었다. 심지어 기도할 때도 화가 났다. 루신다가 사제관에 있으면 그는 어서 가버리기를 빌었다. 하지만 루신다가 사제관에 없으면 창가의 자그마한 의자에 앉아 먼지투성이 길을 하염없이 바라보며 그녀의 마차가 오는 것을 알려줄 먼지구름이 피어오르기를 빌었다—이것이 기도에 적합한 내용이라고는 생각하지 않았지만.

하지만 톰 윌슨과의 우정이 깨진 날 저녁에 그는 그녀를 기다릴 필요가 없었다. 루신다가 공장 인수를 축하하기 위해 해질 무렵 도착했던 것이다. 그녀는 제때 왔지만 두 사람의 마음은 어쩐지 통하지 않았다. 둘 다 의도와는 다른 기분에 빠져 있었다. 루신다는 카드를 하다 너무 많은 돈을 잃은 후처럼 가슴을 옥죄는 두려움에 휩싸여 있었다. 어딘가 확신이 없어서 그런 것은 아니었다. 도덕적으로 바람직해야 할 무엇 때문이었다. 즉, 공장 인수 말이다. 그녀는 의기양양해야 마땅했다. 따라서 의기양양해지려고 노력했다.

데니스 해싯은 여전히 윌슨 교수와의 말다툼으로 인한 상처에 연연하고 있었다. 마음이 아프고 화가 났다. 축배를 들려고 드라이한 셰리주를 따랐지만, 곧장 이야기를 꺼내고 말았다. 언성이 높아지고 날이 서며 눈은 의도와 달리 악의적으로, 비난하듯 루신다를 응시했다. 그 앞에서 그녀는 자리에 앉을 수도 없었다. 피고석에 선 사람이 윌슨이 아니라 그녀인 듯 똑바로 서 있었다.

데니스 해싯은 루신다가 어린애가 아니라는 사실을 종종 잊는 만큼이나 그녀가 그저 어린 여자라는 것을 잊곤 했다. 그는 그녀에 대해 떠도는 소문을 말해주었다.

루신다는 어깨를 똑바로 펴고 미소 지었다. 윗입술이 매우 얇아졌지만, 그 외에는 상처받은 기색을 드러내지 않았다. 자신이 왜 이토록 미움받아야 하는지 알 수가 없었다. 물론, 짐작은 갔다. 답스 씨가 껄껄 웃으며 즐겁게 지내기 때문에, 벨벳 스모킹 재킷*을 입고 기독교인답지 않게 무신론자와 태연히 함께 즐기기 때문에 사람들은 그를 싫어했다. 하지만 그녀는 어리둥절하기도 했다. 증오로 출렁대는 수벽水壁 앞에서

* 담배를 피울 때 입는 가운이나 재킷.

움츠러들고 나약해지는 기분이었다.

해싯 씨가 친구와 말다툼을 했다니 그녀는 유감스러워해야 했다. 그녀의 책임이었다. 그의 아픈 마음을 달래고 살피는 것은, 그녀의 부탁으로 그가 대신 협상을 성사시킨 공장 인수를 적절히 축하해야 하는 일만큼이나 마땅했다. 그녀는 잔을 들어올리고, 이런 모습이 매력적이라고 최근에 알게 된 대로 미소를 지었다. 입술을 오므리고 나른하게 눈을 내리떴다. 거울을 보며 연습했기 때문에 그녀는 이런 얼굴이 유머러스하면서도 대담해 보인다는 것을 알았다.

하지만 방은 추웠다. 커튼이 젖혀져 있었다. 초록색을 띤 멜버른산 유리는 까맣게 보였고, 열전도율이 뛰어난 탓에 매우 차가웠다. 그녀는 유리 앞에 섰다. 자신의 모습이 어둠 속에 걸린 초상화 같았다.

그녀는 돌아섰다. "그럼, 이만 가봐야겠어요."

그녀가 저도 모르게 말했다. 그러고는 데니스 해싯의 얼굴을 바라보았다. 그의 입이 살짝 벌어지고, 이마에 갑자기 주름이 두 줄 깊이 패었다.

"소고기 요리를 준비해놨답니다." 그는 잔을 내려놓았다. 그리고 두 손을 모았다. 그녀는 그의 불행에 자신까지 휩쓸리는 듯했다. 그의 실망을 견딜 수가 없었다. 그의 얼굴을 보며 거기에 밴 고통을 감당할 수 없었다.

"너무 졸려서요." 그녀는 하품을 했다.

머릿속에 떠오르는 생각이라곤 카드놀이를 해야 한다는 것뿐이었다. 그녀는 비열한 인간이었다. 그 순간 그녀는 비열하게 굴었고, 그뿐이었다. 하지만 가야만 했다. 그녀는 수많은 거짓말을 차례차례 늘어놓으며 카드로 만든 집처럼 불안정한 구조물을 쌓아올렸다. 이 모두는 사제관을 버리고 글렌모어 힐을 전속력으로 달려내려가, 회색 모직 담요가 깔린 탁자 위에서 카드들이 빛나고 있을 러시커터스 베이의 집에 이르기 위해서였다.

41
생선을 달라는데 뱀을 줄 사람이 있겠느냐?*

알지 모르겠지만, 노팅힐은 경마장을 세우려다 끝내 파산해버린 개발업자 존 화이트의 독특한 거리 설계에서 유래된 곳이다. 오리얼에서 보낸 세월은 오스카에게 경마에 대한 열정 외에도 천으로 장정한 얼룩투성이 공책 열여섯 권을 남겼다. 공책에는 뛰어난 종교학자의 사상이나 고대 철학에 대한 사색이 아니라 말 이름, 그 아비와 어미, 최근 출전에서의 등수, 최근 출전 날짜, 최근 출전 때의 부담 중량, 등급의 상승이나 하락, 말의 소유주, 기수 등등이 거미줄처럼 가느다란 파란색 글자로 페이지마다 기록되어 있었다. 옥스퍼드에 엉덩이를 붙이고 앉아 있어봐야 이런 정보를 모을 수 없다. 기차를 타고, 마차에 오르고,

* 마태복음 7장 10절.

도보로 돌아다녀야 했기에 여행 경로를 표시한 지도가 영국 남부를 가로지르는 거미집처럼 보일 지경이었다. 그는 이처럼 뜨거운 열정에 빠져(그 열정은 내가 묘사한 것보다 훨씬 광범위해서 그의 평가 시스템은 피츠버그 필*의 일지보다 훨씬 두꺼워졌다) 경마라는 땀을 뻘뻘 흘리는 진흙투성이 각시에게 아버지의 과학적 방법론이라는 신랑을 짝지어주었다. 노팅힐로 이사하면서도 그는 그곳 거리에 경마장의 흔적이 유령처럼 희미하게 새겨져 있다는 사실을 꿈에도 몰랐다.

그는 랜스다운 로드를 달리는 두 살짜리 말의 우레 같은 말발굽소리를 듣지 못했다. 스탠리 크레센트에서 오른쪽으로 돌면서 흩날리는 진흙을 보지 못했다. 물론 래드브로크라는 이름은 보았다. 노팅힐에서는 그 이름을 보지 않을 수가 없다. 래드브로크광장, 래드브로크 로드, 래드브로크 테라스 등 지금도 그 이름이 곳곳에 붙어 있다. 하지만 당시 래드브로크스는 런던에서 유명한 마권 회사가 아니었고, 거리 이름에 미래의 메시지가 암호화되어 들어 있었다 하더라도 오스카는 그 암호를 읽는 법을 몰랐다.

그는 그 지역에, 혹은 그 지역의 상류층 동네에 친숙했기 때문에 노팅힐에 거처를 정했다. 혹은 그렇다고 주장했다. 그는 래드브로크광장에 위치한 워들리피시 가족의 도시 주택에서 지내곤 했다. 1.5킬로미터 떨어진 노팅 데일에 자리한 양돈장에 대해서는 모르는 여왕의 주치의가 추정컨대 남동풍이 부는 날에 방문하고는 이곳이야말로 런던에서 가장 살기 좋은 지역이라고 주장했던 곳이기도 하다.

---

* 19세기 미국의 유명 도박사 조지 스미스의 별명.

오스카는 런던에 정착하기로 했지만 래드브로크광장에 계속 얹혀 지낼 수는 없었다. 어차피 그 집은 폐쇄되어 하인들도 뒷문으로 몰래 빼돌릴 남은 음식이나 비곗덩어리도 없이 월급이 반으로 준 채 레이디 위들리피시가 또다시 변덕을 부려 시골집에서 옮겨오기만을 기다리는 신세였다.

오스카의 숙소는 합승마차와 짐마차, 사륜마차의 달가닥달가닥하는 소음으로부터 한 블록 떨어진 억스브리지 로드의 남쪽에 자리했다. 교사가 된 그는 존 콜빌 남학교의 4층 다락방을 배정받았다. 신부로서 성직자용 칼라를 착용하기로 했지만, 지금 이 순간에는 그가 칼라를 두르고 있는지 아닌지 알 수 없었다. 옷을 다 차려입은 채 침대에 누워 가지런한 하얀 이 사이로 시트를 물고 있었기 때문이다.

그의 남부끄러운 신발은—뒤꿈치 안쪽이 새하얗게 닳아 있었다—조금 전 벗어서 내동댕이친 자리에 놓여 있었다. 오른짝은 검은 마룻널에 모로 쓰러져 있고, 왼짝은 앞코가 위로 휜 채 똑바로 서 있었다. 구두 수선공이 아니더라도 누구나 그 신발이 내 증조부에게 너무 크다는 건 알 수 있었다.

방은 추웠다. 난로가 있었지만 안은 텅 비어 있었다. 황동 불쏘시개 상자는 닫혀 있었는데, 어차피 불쏘시개도 없이 편지들만 들어 있었다. 티오필러스가 어찌된 영문인지 값비싸고 빳빳한 하얀 본드지에 작고 빽빽한 필체로 써서 보낸 편지는 이언 위들리피시 경의 간만큼이나 이미 상태가 악화되어 있던 양심을 갈가리 찢어놓았다.

그는 자신이 타락했음을 알고 있었다. 불결한 낡은 매트리스와 마찬가지로 군데군데 갈색 얼룩이 진 비스듬한 다락 천장을 눈을 크게 뜨고 응시했다. 오늘은 안식일이었다. 세인트존 복음주의 교회 종소리가 십여 분 전에 그쳤지만 그가 보기에는, 노팅 데일의 위험한 거주자들이 만들어내는 돼지비계의 악취야말로 이날 하루를 보다 정확히 알리고 있는 듯했다.

콜빌 학교가 자리한 그레이하운드 거리는 조용하고 우아했다. 펜 부인이 밀짚 빗자루로 쓰는 싹싹 소리만이 안식일의 침묵을 깨트렸다. 재단사인 펜 씨는 새로 칠한 초록색 셔터를 단단히 닫아놓았다. 그 옆의 정육점은 검은 에나멜을 칠한 묵직한 맹꽁이자물쇠에 번쩍이는 황동 고리가 채워져 있었다. 그 옆의 브루어 씨는 이날 치즈도 옥수수도 사탕꾸러미도 팔지 않고 필시 가족과 함께 세인트존의 신도석에 앉아 있을 터였다.

통행료 요금소 근처의 스완 인은 굳게 닫혀 있었지만, 콜빌 학교의 텅 빈 건물 꼭대기 침대에 누워 있던 오스카는 노란 하늘을 가로지르는 벽돌공장의 연기를 볼 수 있었다. 개가 짖어댔다. 개들이 살기에 더없이 좋은 곳이었고, 개를 좋아하는 사람에게도 개도둑에게도 좋은 곳이었다. 어떤 사람들은 또한 개를 두고 내기를 했다.

그는 타락했다. 타락은 노팅힐의 형태에 따른 산물일지도 몰랐다. 그는 그 모양을 닮아갔다. 혹은 저도 모르게 선택한, 자성을 띤 편자 모양의 거리에 쇳가루처럼 이끌렸다. 워들리피시와 친해진 후 그는 노팅힐로 오게 되었고, 그 시간 이후로 그는 타락했다.

그는 이 때문에 친구를 탓하지는 않았다. 친구는 더이상 도박을 하지 않았다.

워들리피시는 교구를 맡아 열심히 설교에 임했다. 어쨌든 도박은 타락한 것이 아니었다. 신의 은총이 가득한 도박을 통해 오스카는 스스로를 먹이고 입힐 수 있었다. 고독과 방황 속에서 배고프고 힘든 시기를 보낸 적도 있는 것은 사실이다. (1862년에 부활절부터 거의 삼위일체 축일까지 액운이 계속되었다.) 하지만 그런 와중에도 그는 경마장 용어대로 '치고 나갔다'. 열심히 했다. 뉴마켓과 뉴버리와 캐터릭과 샌다운 파크를 다녀왔다. 정보를 수집해 분류했다. 누가 그 결과물을 본다면 혼자 힘으로, 하느님의 도움 없이 해냈다고 감탄하리라. 하지만 오스카는 그렇게 생각하지 않았다. 마권업계에서 주목받는 말들이 다른 말들 사이에 끼어 앞으로 나아가지 못하거나, 굽이를 돌다가 뒤처지거나, 장애물을 뛰어넘다 고꾸라지거나, (극단적인 예이긴 하지만 그 말을 탄 기수가 사실이라고 단언한) 직선 코스 내내 말이 숨을 참은 덕분에 33 대 1의 배당률로 승리를 안겨준 일까지 모든 것에서 하느님의 손길을 보았다.

그는 자신의 시스템을 무시하고 베팅했다. 매그즈멘과 메이서스에게 돈을 날렸다. 말린 콩, 팽이, 끝부분이 금색인 지팡이 위를 나아가는 개미에게 돈을 걸기도 했다. 한 판당 이삼 파운드씩 걸고 크리비지 카드 게임을 했다. 하지만 결코 탐욕이나 욕심 때문에 도박을 하지는 않았다. 석탄통이나 신발 상태에서 고스란히 드러났다. 그는 그저 하느님의 뜻을 제대로 알기 위해 내기를 했다.

도박 자체가 타락은 아니었다. 타락한 것은 그의 열정, 과도한 흥분, 레이스란 레이스마다 빠짐없이 베팅을 하고 싶게 만드는 욕망이었다. 그렇게 하면 승률이 높아서가 아니라, 철도 매표소 직원이 그의 말을 못 알아들을 정도로 목이 쉴 때까지 점찍은 말들을 미친듯이 계속 응원

할 수 있기 때문이었다. 타락이란 노팅 데일에서 이제 곧 사람들이 개를 불러모으리라는 것을 아는 이 같은 순간, 그를 사로잡는 욕구였다.

그는 시트의 다른 곳을 물었다.

그가 아무리 하느님의 뜻에 따라 도박을 한다고 해도 안식일을 어기면서까지 하는 것은 결코 하느님의 뜻이 아니었다.

개와 관련된 도박은 사악했다. 그런 곳에 그를 데려간 사람도 바로 워들리피시였다. 그렇다고 그 친구의 잘못은 아니었다. 오스카는 충격을 받았지만, 또한 흥분했다. 도시 빈민의 위험한 냄새가 감돌았다. 퀴퀴한 면, 퍼스티언, 구운 청어. 남자들이 개를 데리고 벤치에 주르르 앉아 있었다. 나중에 시계가 돌아가자 고함을 질러댔지만, 처음 입장할 때만 해도 사람과 개 모두 기묘한 침묵에 잠겨 있었다. 그들은 개를 다독이고 쓰다듬었다. 비둘기집에서처럼 부드럽게 어르는 소리가 들렸다.

그들 모두 구덩이를 바라보았다. 지름이 2미터도 채 안 되는 그리 넓지 않은 공간은 새하얗게 칠해져 있었다. 구덩이 가운데에는 어두운 회색 무더기가 놓여 있었다. 폭신한 무더기는 움직이고 있었다. 한 덩어리로 엉겨 우글거리는 쥐떼였다.

사람들이 속삭였다.

그러다 멈추었다. 그들은 의자에서 몸을 들썩이고 침을 뱉고 기침을 하고 옆 사람에게 나직이 뭐라고 말하거나 걸걸한 목소리로 농담을 외쳤다.

폭스테리어 한 마리가 경기장에 있었다. 이름이 타이니였다. 개목걸이 대신 여성용 팔찌를 차고 있었다. 개는 그릇에서 과일을 집듯 쥐를 한 마리씩 물어올려 박살냈다. 그동안 시계가 돌아가고, 사람들이 요란하게 고함을 쳐대 일행의 말소리도 들리지 않을 지경이었다.

이 장면을 처음 목도한 날 오스카는 이따위 것에 내기를 걸고 싶은 유혹에 빠지리라고는 상상도 못했다. 하지만 유혹이 찾아왔다. 동물이 죽음에 처하는 모습을 보고 싶어서가 아니라, 안식일에는 달리 내기를 걸 데가 없었기 때문이다. 도박은 이와 같았다. 계속 먹이를 주어야 하는 괴물이었다.

그는 시트를 문 채 자문했다. 종종 그랬듯이. 기독교적 열망, 즉 대양이 주는 실체 없는 공포를 무릅쓰고 뉴사우스웨일스에 하느님의 말씀을 전파하기 위해 돈을 모으겠다는 소망을 한 꺼풀 벗겨내면 혹여 그 자리에 괴물을 먹이려는 욕망이 자리하고 있는 것은 아닌지 의심스러웠다.

하지만 괴물이 동기일 리 없었다. 왜냐하면 침대에 누워 쥐 때문에 전전긍긍하기 이 년 전, 그가 교회에 헌신하겠다고 맹세했을 때 자금을 지원받게 될 줄은 상상도 못했기 때문이다.

선교사협회가 운임을 대주기로 했다. 바다에 대한 공포를 극복하기 위해 필요한 것이라곤 해를 가려줄 모자(3실링)와 셀룰로이드 한 장(2실링)뿐이었다.

42
소명

워들리피시는 지인들을 좋아하지 않았다. 하나같이 지루했다. 무성한 초지에서 풀을 뜯어 씹고 삼키고 되새김질한 뒤 다른 쪽 끝으로 싸는 튼튼한 짐승을 보는 듯했다. 자연히 그는 감정을 드러내지 않았다. 유쾌하게, 심지어 애정 넘치게 행동했다. 멀찍이 떨어져 있으면 느끼기는 한다는 점에서 그런 겉모습이 전적으로 거짓은 아니었지만 확실히 과장되기는 했다. 그는 얼굴에서 피를 흘리는 아버지를 염려했고, 형이 들려주는 함정에 빠진 밀렵꾼 이야기에 박장대소했다. 사람들과 종일 말을 타고, 밤새 술을 마실 수 있었다. 그들은 어느 모로 보나 둥글둥글하고 편안했다. 현실에 안주한다는 안락한 쿠션을 뚫고 나올 날카로운 모서리라곤 없었다.

그리고 바로 이 점이 워들리피시가 그 당혹스러운 친구에게서 높이 사는 자질이었다. 모든 면에서 그는 모나고 불편한 사람이었다. 그에게는 탐탁잖은 점이 한둘이 아니었지만 적어도 현실에 안주하는 면모는 찾아볼 수 없었다.

이상한 녀석의 탐탁잖은 점은 무수히 많았다. 공포증, 집착, 괴팍한 부모만으로는 설명할 수 없는 너무나 괴이한 사고방식. 그의 아버지가 아무리 신앙 때문에 심상치 않아 보이긴 해도("자네는 구원받았나, 워들리피시 군?") 적어도 겉모습은 단정했다. 하지만 아들은 마권업자가 아무리 맥주에 젖은 돈다발을 쥐여준다 해도 외모를 가꾸는 데 일절 돈을 쓰지 않았다. 돈은 그의 것이 아니었다. 그의 견해가 그랬다. 하느님이 그의 교육을 위해 돈을 주셨는데 그저 허영심을 충족시키기 위해 돈을 쓰는 건 죄악이라고 했다. 따라서 그는 페티코트 레인에 유대인들이 벌인 냄새나는 좌판에서 옷을 사고, 청어 한두 마리와 초록색 실크 손수건 한 장(아마도 그의 할아버지가 소매치기로 손에 넣었을 구식 킹스맨) 외에는 내다팔 것이라곤 없는 연주창 걸린 행상에게서 신발을 샀다.

이런 옷차림은 워들리피시에게 자만으로 보였다. 예를 들어, 그 얼빠진 이상한 녀석이 복장을 전혀 갖춰 입지 않아 크리몬 가든스*에서 쫓겨난 것을 보았을 때는 순간적으로 화가 치밀었다.

워들리피시는 하얀 조끼와 연미복 차림이었다. 콧수염 끝에 왁스를 발라 한참을 공들여 모양을 다듬었다. 약간 늦은 건 인정하는데, 마차에서 내린 그는 웅장한 출입구에 차분히 서 있는 친구와 그 뒤에서 노

* 1845년부터 1877년까지 런던 첼시에 개장한 유원지.

려보고 있는 문지기를 발견했다. 이상한 녀석의 차림새는 신경쓴 흔적이 조금도 없었다. 약속 장소를 고른 것은 바로 그 녀석이었다. 여기가 어떤 곳인지 알면서도 전혀 신경쓰지 않았다니. 코트는 해져서 올이 드러나 있었다. 붉은 머리는 평소보다 더 엉망이라 제멋대로 뻗친 옆머리 못지않게 앞머리가 코르크 따개처럼 배배 꼬여 있었다. 문지기는 그런 모습이 청렴의 상징이라는 것을 몰랐다. 따라서 그의 입장을 허락하지 않았다.

이상한 녀석은 하얀 두 손을 가슴 앞에 맞잡고 멍한 미소를 띤 채 정원 너머를 응시하고 서서는 워들리피시가 도착해 일을 바로잡아주기를 참을성 있게 기다리고 있었다.

도둑놈 심보인 마부가 반 크라운을 요구했지만 워들리피시는 너무 짜증이 나 따질 겨를이 없었다. 오스카의 태도는 너무나 가식적이었다. 가식이 눈곱만치도 섞여 있지 않다고는 도저히 믿기지 않았다. 하지만 그렇더라도 이상한 녀석의 진실성을 잠깐이면 모를까 오래 의심할 수는 없었다. 경마로 얻은 수익이 필요 이상으로 많으면 그만큼 우승 마권을 버리거나, 지금 형편에 만족한다며 몇몇 교구의 헌금함에 하얀 5파운드 지폐를 넣는 모습을 여러 번 보았던 것이다. 변덕스러운 기부는 거기서 그치지 않았다. 코가 붉은 고향의 사제에게 화폐가 두둑이 든 등기우편을 보내곤 했다. 워들리피시가 보기에, 이 봉투는 수혜자에게 많은 감정을 불러일으키지만 그중 고마움은 없는 듯했다.

오스카의 성스러운 낭비에 워들리피시는 격분했지만, 바로 그 자선행위 때문에 그를 대단히 높이 평가했다. 한순간 첨탑으로 보이다가 다음 순간 깊은 갱도로 보이는 모순을 지닌, 〈펀치〉의 눈속임 그림 같은

면 때문에 그는 마음의 갈피를 잡지 못했다.

그는 친구의 반들반들해진 팔꿈치를 움켜잡고 앞으로 밀며 문지기를 지나쳐 크리몬 가든스로 들어갔다. 오후 다섯시로, 말하자면 조수가 이미 바뀌고 있는 시간이었다. 낮에는 대체로 점잖게 굴던 이용객들이 이제 보다 매혹적이고 위험한 존재로 변신하는 듯했다. 삼십 분 후면 문지기도 교대할 터였다.

오스카는 그냥 밀리는 대로 걸었다. 선택할 필요가 없어서 기뻤다. 사치가 자신을 집어삼키는 듯했고 부드러운 동시에 거친 느낌이 들었다. 탁자가 어렴풋이 눈에 들어왔다. 그는 팔에 걸고 있던 우산을 내려 의자 등받이에 기댔다. 가슴 주머니에서 둘둘 말린 꾸러미를 꺼내 탁자 아래 놓았다. 그러는 내내 느긋했다. 의자에 앉은 그에게서 동요를 눈치챈 낯선 이는 없었을 것이다. 그는 대단히 무시무시한 결정을 내리기 위해 여기에 왔다. 워들리피시를 향해 환하게 웃었다. 손가락으로 머리를 쓸어넘기고 의자를 당겨앉고 복음주의적 팔꿈치를 탁자에 똑바로 얹었다. 옷차림이야 어쨌든, 크리몬 가든스를 구경하러 온, 하지만 즐겨볼 생각은 없는 관광객의 모습이었다. 그는 둥근 가스등 받침, 빛나는 샹들리에, 화려하게 장식된 몰딩으로 마감하고 거울은 부착한 패널 벽, 결혼반지 없이 노골적으로 친밀하게 앉아 있는 커플들에게 감탄했다.

"정말 멋진 곳이야."

하지만 워들리피시는 이상한 녀석이 탁자 아래에서 초조하게 발을 떨고 있음을 감지했다. 발만이 아니었다. 손가락 역시 의자를 두드리고 있었다. 탁자 표면은 초조한 에너지가 흐르는 외피였다. 탁자를 만지기만 해도 불안을 느낄 수 있었다.

워들리피시는 샴페인을 주문했다. 그럴 만한 돈은 없었지만 대리석 탁자 아래의 불안을 견딜 수가 없었다. 이를 해소하기 위해서는 또다른 불안이 필요했다.

"정말 매혹적이야."

워들리피시는 오스카의 말을 곧이곧대로 듣지 않았다. 이상한 녀석은 '성스러운' 자세로 앉아 뜬금없는 소리를 늘어놓고 있었다. 그는 비판하기 위해 찬미했고, 이런 곳에 온 자신을 괴롭히기 위해 매혹되었다.

"여기서 만나기로 한 게 누구 생각이었는지 기억나?" 워들리피시가 물었다.

"내 생각이지!" 이상한 녀석이 대답하고는 잔에 따르고 있는 샴페인을 지켜보았다. 그의 떨리는 에너지가 바닥과 탁자에서 전해졌다. 낚싯줄 끝에서 파닥대는 송어처럼 생생했다. 모든 생명 에너지가 그 파동을 움직이지 않는 물체에 가하고 있었다.

워들리피시는 크리몬 가든스를 고대하고 있었다. 이곳은 그의 의식 가장자리에서 부드럽고 어렴풋한 약속으로 존재해왔었다. 그는 뭘 '하겠다'고 의도한 바는 없었지만, 더없이 매혹적인 피조물이 아까 들어오는 모습을 놓치지 않고 보았다. 그녀는 '여배우'였다. 크림 같은 피부에 금발머리는 교묘하리만치 자연스럽게 헝클어뜨렸다. 드레스는 물결무늬 호박단을 10미터나 들인 듯했다. 그는 샴페인이 든 첫잔을 벌컥벌컥 들이켠 뒤 금세 잔이 다시 채워지는 모습을 지켜보았다. 탁자는 어느새 떨림을 멈추었다.

고개를 드니 이상한 녀석의 연한 초록 눈이 그를 기다리고 있었다.

"피시." 이상한 녀석이 말했다.

워들리피시는 우울해졌다.

"피시, 오늘 오후의 대부분을 선교사협회에서 보냈어."

"그렇군."

"내가 원하면 보내주겠대."

"어디로?"

"뉴사우스웨일스로 갈 수 있는지 문의했지."

워들리피시는 샴페인 잔을 탁자에 내려놓았다. 이상한 녀석을 보지 않았다. 유리와 대리석이 자연스럽게 어우러지지 않고 너무 따로 논다고 생각했다.

"내 말 듣고 있어?"

"탁자 좀 그만 두드려. 신경에 거슬려."

워들리피시는 잔을 7센티미터쯤 오른쪽으로 밀었다가 도로 제자리로 밀었다. 오스카는 마치 제대로 끼울 수 없는 퍼즐이라도 되는 듯 손마디가 붉은 양손을 깍지 끼었다.

워들리피시가 입을 열자 매우 나직하고 부드러운 목소리가 흘러나왔다. "그런 생각을 하면서 겁먹을 필요 없어."

하지만 오스카는 긴장하고 새된 목소리로 대꾸했다. "그래야 해." 손톱으로 칠판을 긁는 소리 같았다.

"그럼 여기는 왜 왔어? 성전에서 환전상을 내쫓고 예쁜 창녀들을 정원으로 내몰 셈이야?" 워들리피시는 등받이에 몸을 기대며 하얀 조끼 위로 팔짱을 꼈다.

"여긴 멋진 곳이야, 피시. 정말 편안해."

"그럼 긴장 좀 풀어, 이상한 녀석아. 탁자도 그만 두드리고, 그만 좀

깩깩대며 꼼지락거려. 오늘밤 대학에 돌아가면 재미라고는 없다고."

잠시 그들은 잠자코 있었다. 워들리피시는 새 특허품으로 시가 끝을 자르느라 수선을 떨었지만, 제품은 광고대로 작동되지 않는 듯했다. 오스카는 양손을 탁자에 펼쳐 얹고 그를 바라보았다.

워들리피시가 시가에 불을 붙이자 오스카는 말했다. "하지만 나는 변했어. 날 봐. 내가 어떻게 변했는지 보라고."

"아, 웃기지 마." 워들리피시는 소리쳤다. 그리고 의자를 뒤로 밀었다. 조용한 장소에서 고함을 치면서도 개의치 않았다. "너는 이런 사람이 되지 않았어." 그는 오스카의 성격과 전혀 맞지 않는 덫들을 가리키느라 양손을 내저었다. "너는 정말 성가신 녀석이야. 기껏 한마디 한다는 게 완전 헛소리라니. 네가 세상 어디에도 속하지 않듯 여기에도 속하지 않아. 이상한 녀석아, 너는 여기에 어울리지 않음을 어서 깨닫도록 해."

"조용히 말해."

"너는 여기에 어울리지 않아. 넌 대단한 사람이야. 완벽하게 특이해. 스스로가 오리얼에 '어울린다'고 생각해?"

오스카는 잔을 내려다보았다. "친구도 사귀었는걸."

"누구?"

"페닝턴, 램지."

"페닝턴은 술주정뱅이에 퓨지주의자야. 램지는 마주치는 누구에게나 아양을 떨어. 헤나컴에는 친구가 있어? 그곳에는 네 자리가 있었어?"

오스카의 눈에 상처받은 고통스러운 빛이 떠올랐다.

"너는 여기에도 속하지 않아. 너는 너무 깨끗해. 네가 타락했다고 말하는 것조차 부적절할 정도야. 속죄를 위해 뉴사우스웨일스까지 갈 필요는 없어."

"그럼 너는?"

"나? 아, 나야 '잘 맞지'. 너무 '잘 맞다'고 감히 단언하는 바야." 워들리피시는 상체를 숙여 이상한 녀석의 손을 잡았다. 그리고 그 손목을 족쇄처럼 감쌌다. "하지만 내가 구원받을지도 모른다는 걸 네가 보여줬지." 그가 굳은 미소를 지었다. 오스카는 그의 큰 손이 떨리는 것을 느꼈다. "그러니 네 영혼을 구하기 위해 세계를 횡단해야 하는 척하지 마. 진실이 아니니까. 너는 떠나선 안 돼. 그리고 어차피……" 그는 손을 놓고 시가에 다시 불을 붙였다. "떠날 수도 없어."

오스카는 푸른 연기로 감싸였다. 눈을 깜박이고 손을 젓는 동안 입가에 천천히 미소가 떠올랐다.

"왜 떠날 수 없는데?"

"물이라면 벌벌 떠니까. 칼레*까지도 못 가잖아."

오스카는 몸을 숙여 바닥의 서류 사이에서 포장된 작은 원통을 집어 들었다. 천천히 포장을 푸는 내내 친구를 향해 싱글벙글 웃었다. 마침내 그가 들어올린 것은 투명하지만 유리처럼 아주 투명하지는 않은 유연한 물질이었다. 거기에 선들이 그어져 있었는데, 위도와 경도를 나타낸다고 나의 어머니는 짐작했었다.

"그게 뭐야, 오스카?"

워들리피시가 그를 오스카라고 부르는 것은 드문 일이었다. 그 이름

* 프랑스 북부의 항구도시.

의 치찰음이 지닌 슬픔에 이름 주인은 잠시 멈칫하다가 대답했다.

"셀룰로이드라고 하는 건데, 보이는 그대로야. 이 위에 표시를 할 수 있고, 어디든 가지고 다닐 수 있어. 매우 가볍고 편리하지."

"이게 공포증을 없앤다고?"

오스카는 셀룰로이드를 통해 바다를 보겠다는 계획을 설명했다. 한 번에 사각형 하나만 보고 그만큼의 바다만 참으면 된다. 광대함이 불러일으키는 공포를 '꽤 통제할 수 있게' 되는 것이다.

워들리피시는 굳이 그 이론을 반박하지 않았다. 친구는 너무 많이, 너무 빠르게, 너무 높은 음성으로 이야기하고 있었다. 셀룰로이드가 효과 있을 리 없었다. 그저 절망했기 때문에 그따위 물건을 믿는 것이다.

오스카가 말을 끝내고 셀룰로이드를 말아넣자 워들리피시는 물었다. "네가 '공포증'이라고 부르는 것 역시 사실은 하느님의 뜻이라는 생각은 해본 적 없어?"

"놀리지 마, 피시."

"사실 아주 진지하게 하는 말이야."

"'나 비록 음산한 죽음의 골짜기를 지날지라도.' 아니, 피시, 만약 내 영혼이 맑다면 무서울 것 없겠지. '막대기와 지팡이로 인도하시니 걱정할 것 없어라.'"*

"하지만 공포증은 물 근처에도 가선 안 된다는 하느님의 말씀일지 모른다는 생각은 해본 적 없어?"

"참 똑똑하다, 피시."

---

* 시편 23장 4절의 인용, 패러디.

워들리피시는 어깨를 으쓱했다. 아까 그 대단한 미모의 여인은 벌써 상대를 구했다. 이상한 녀석이 2실링을 탁자 위로 내밀자 그는 그것을 집어들었다가 도로 내려놓았다. "동전 던지기를 하자고?"

"부탁해, 피시."

"나는 내 동전으로만 한다는 거 알잖아." 그는 2실링을 도로 탁자 맞은편으로 밀고는 주머니를 뒤졌다. 잘생긴 얼굴에 느닷없이 피로가 엄습하며 눈가가 축 처졌다.

마침내 1페니짜리 동전이 나왔다. 그는 친구의 운명을 정하기 위해 동전 던지기를 하게 될 줄은 상상도 못했다는 듯 무기력하게 동전을 던졌다. 공중으로 날아오른 동전은 지저분하고 칙칙한 1페니였다.

"앞면 아니면 뒷면?"

이상한 녀석의 얼굴이 밀랍처럼 파리해졌다. 가슴에 대고 두 손을 단단히 깍지 낀 채 손가락만 꼼지락댔다. 사마귀 같았다.

"앞면, 뒷면?" 그가 너무 크게 외치는 바람에 금발 여인이 뒤돌아 쳐다봤다. 1페니가 손바닥으로 떨어졌다.

"못하겠어, 피시. 알잖아."

워들리피시는 동전을 손목 위로 옮겼다. 오른손으로 동전을 계속 가리고 있었다. "왜?"

"무서워. 무섭다는 거 알잖아." 오스카가 목소리를 낮추고 말했다.

"그럼 왜 그런 짓을 하겠다는 거야?" 워들리피시는 미소 지었다. "이봐, 이상한 녀석, 그러니까—"

"앞면." 오스카가 말했다.

워들리피시는 한숨을 쉬었다. 그리고 손을 들어 빅토리아여왕의 얼굴을 드러냈다.

이상한 녀석의 얼굴이 시체처럼 파리해졌다. 하얀 비누를 깎아 만든 가면 같았다. 하느님이 그를 뉴사우스웨일스로 보내고자 하신다는 것을 알기 위해 굳이 독심술사가 될 필요는 없었다.

1863년 4월 22일의 일이었다. 나의 증조부는 스물두 살이었다.

43
리바이어던

앞에서 말한 듯한데, 내 아버지는 자그마한 체구에 으스대며 걸었고, 뛰어난 크리켓 투수였고, 성냥처럼 가느다란 담배를 피웠고, 장난으로 남을 곧잘 놀렸다. 덩치는 작았지만 어깨를 펴고 똑바로 선 자신의 자세를 자랑스러워했다. 아버지가 칼 포스트 휴게소의 텅 빈 앞마당에서 덩치가 두 배인 헥터 톰슨과 싸우는 광경을 본 적이 있다. 도로 건너편의 술집에서 누가 싸움판이 벌어진 것을 알아차리기도 전에 아버지는 상대를 때려눕혀 입술을 터뜨리고 숨통을 짓눌렀다.

하지만 셀룰로이드에 관한 한 아버지는 겁쟁이였다.

셀룰로이드는 확고부동하게 어머니의 재산이었다. 오스카가 1865년 오스트레일리아로 올 때 가져온 바로 그 셀룰로이드였다. 이 대륙에 셀룰로이드가 소개되기는 그때가 처음이었다. 아마도 그것은 남반구 최초의 합성 장쇄 탄화수소였으리라. 이것은 교육받은 화학자인 아버지가 곰곰이 생각하던 주제였지만, 딱 한 번 입 밖에 내어 말했다. 아버지가 말해봐야 어머니는 들으려 하지 않았다. 그녀가 어리석어서가 아니라, 발화된 문장의 드러난 의미는 그저 외투에 불과하며 진짜 의미는 스카프와 단추 아래 있음을 잘 알기 때문이었다. 남자보다 여자가 이를 쉽게 간파한다.

아버지가 셀룰로이드의 과학사에 대해 말했을 때(공업화학을 전공했기에 그런 이야기를 할 자격이 있었다) 어머니는 아버지가 그것의 최초 용도와 의미와 역사에 대한 소유권을 넘보고 있다고 느꼈다.

그리고 어머니가 옳았다. 아버지가 "장쇄 탄화수소"라고 말했을 때 그는 "내가 옳아. 이건 내 거야"라고 말하고 있었던 것이다.

하지만 어머니는 순순히 뺏길 사람이 아니었다. 그 셀룰로이드는 그녀의 것이었다. 그것이 지닌 의미는 그녀의 소유였다. 거기에 그려진 선은—내가 수없이 들으며 자란 바로는—위도와 경도였다. 어머니는 여기저기 긁히고 누르스름해진 셀룰로이드를 셸사의 도로 지도 위에 펼치고는 사용법을 우리에게 설명해주곤 했다.

어머니는 종종 그렇듯이, 과거에 대해 이야기할 때면 감정이 북받쳤다. 오스카가 '선교사'이자 '성공회 개척자'이기를 바랐던 어머니 덕분에 우리는 오스카가 쾌속 범선 3등 선실의 북적이는 가난한 이민자들 틈에 섞여 여행했다고 상상하며 자랐다. 지도와 셀룰로이드와 성경과 기도서를 지니고 여행했다고. 성스러운 어조로 상세히 묘사하는 어머니 앞에서 당황스러워하며 꼼지락대는 와중에도 우리는 증조부가 사망한 아기들을 위해 슬픈 장례 예배를 집전하는 모습을 머릿속에 그렸다. 이가 다 빠진 돛 수선공이 자그마한 슬픈 꾸러미를 캔버스로 감싸 꿰매는 동안 타오르는 붉은 머리와 빨갛게 탄 우윳빛 피부의 젊은 오스카가 그의 위로 부풀어오르는 군청색 바다와 남반구의 태양을 실눈을 뜬 채 응시하고 있었으리라.

아버지는 오스카가 어떤 종류의 배를 타고 여행했는지 확실히 알고 있었다. 배의 이름을 알았으니, 어떤 배인지 당연히 '조사'도 했으리라. 어쨌든 아버지는 셀룰로이드에 그려진 선이 위도와 경도가 아니듯 리바이어던도 쾌속 범선이 아니었다는 사실을 입 밖에 내지 않았다.

리바이어던은 길이 210미터, 폭 25미터, 높이 17미터의 배였다. 노아의 방주는 (1큐빗이 52센티미터라고 추정한다면) 길이 156미터, 폭 26미터, 높이 15미터였다. 크리몬 가든스에서 운명적인 저녁을 보내고 이 주 후 리바이어던을 '발견'한 오스카는 이 우연을 놓치지 않았다.

당시 이스마엘 킹덤 르가레의 논란 많은 여객선은 타인사이드 조선소에서 위기를 겪고 있었고, 심지어 회사가 파산하리라는 예측이 난무했다. 이런 불확실성은 오스카에게 아무것도 아니었다. 그런 말에 아랑곳하지 않았다. 이 배가 자신이 여행할 때 타야 할 배라는 점에만 집중했다. 배가 가라앉을 리 없었다. 〈펀치〉에 의하면, 크기가 어마어마하고 복도와 통로, 트랩 등이 무수히 많은 이 배로 사우샘프턴에서 시드니까지 여행하는 사람은 신발 가죽이 다 닳도록 춤을 추고 단추가 터질 지경으로 식사를 할 수야 있겠지만, 아무리 헤매고 다녀도 대양 항해의 가장 간단한 필수요소, 즉 바다가 내다보이는 현창은 찾을 수 없으리라고 했다.

이것이야말로 오스카가 원하는 바로 그런 배였다. (빙산을 대비해)

이중 선체로 되어 있고, 셀룰러덱*이 설치되었으며, 여정에 필요한 석탄 전부를 배에 실을 수 있었다.

오스카 홉킨스는 내 어머니의 상상과 달리 대단히 호화롭게 오스트레일리아로 여행했다. 주위 사람들이 그의 이런 측면을 알아차리지 못할 만큼 그는 세속적인 것과 거리가 멀고, 암적색 실크 재질의 칸막이 커튼이 주는 즐거움에 무신경한 사람으로 보였지만, 크리몬 가든스와 마찬가지로 리바이어던도 오스카가 골랐다는 점을 명심해야 한다. 티오필러스의 금욕적인 석회석 집에서 자란 사람이라면 그 둘에 무관심할 수가 없었다.

물론 선교사협회가 이런 호화로운 배의 운임을 대줄 리 없었다. 그가 용기를 내어 뱃삯을 지원해달라는 뜻을 내비치자 협회는 얼마간 반감을 보였지만, 그는 미처 눈치채지 못했다.

그는 직접 운임을 지불했다. 오직 하느님만이 그런 거액을 마련해줄 수 있었다.

그는 개와 말에 돈을 걸었다.

마음 깊은 곳에서는 자신이 선한지 악한지, 신성한지 타락했는지 몰랐다. 뜨거운 물을 쓸 수 있어도 찬물로 목욕했다. 석탄을 살 돈이 있어도 석탄 없이 지냈다. 그러고는 금요일 오후에 워들리피시를 만나면 분홍빛 샴페인을 마셨다.

* 벌집 모양으로 형성된 갑판용 플레이트.

44
주교의 사위

워들리피시는 소액을 거는 내기를 대단히 좋아했다. 하지만 해머스미스의 부사제 자리와 약혼녀, 임박한 결혼이라는 상황의 결합으로 인해 그는 드루리 레인 근처의 어디로 보나 '의심스러운' 주소를 포기해야 했고—미래의 아내와 한집에서 살 게 되리라는 걸 아무도 '의심하지' 않는 듯했다—따라서 모험적인 삶을 등져야 했다. 포기해야 할 이유야 수두룩했지만, 홀본 카지노에서, 아니 엡섬이라면 더 좋겠지만, 아무튼 딱 한 시간만 놀고 싶었다. 그것도 당혹스럽고 부끄러운 친구와 함께. 하지만 그들은 이제 어른이 되었고, 그는 주교의 딸과 약혼한 잘생긴 젊은이였다.

워들리피시가 늘 농담거리로 삼는 혐오스러운 남자를 찾아가기 위해 지금 주교의 마차를 빌리려 한다는 것을 약혼녀인 멜로디 클러터벅은 몰랐다. 그녀는 그들의 우정이 거의 끝났다고 생각하고는 그 골치 아픈 문제를 마음에서 털어냈다. 다만, 닭 모가지를 한 미치광이가 오스트레일리아로 타고 갈 배가 완공되지 못하면 어쩌나 하는 걱정이 늘 있었기에(〈타임스〉는 배가 미완성으로 남을 가능성이 높다고 점쳤다) 완전히 마음에서 털어낼 수는 없었다. (런던 금융가인 '시티'에서 이 건이 정체에서 위기 상태로 급변한 탓에) 리바이어던 이야기가 나올 때마다 내 증조부의 사마귀 같은 머리와 때가 껴 반질대는 소맷자락에서 삐져나온 우스꽝스러운 기다란 흰 손목이 떠올랐다. 믿기 어려운 우정의 역사를 모르기에 그녀는 홉킨스 신부가 약혼자에게 나쁜 영향을 주었다고 상상했다. 이러한 오해 때문에 워들리피시는 더없이 불편했지만 그렇다고 오해를 바로잡을 용기는 없었다. 그녀는 이상한 녀석을 조금도 동정하지 않았다. 예를 들어, 도박으로 번 돈을 자신의 안락을 위해 쓰는 것은 옳지 않기에 석탄통을 빈 채로 둔다는 말을 들었을 때—지금 워들리피시가 안절부절못하는 것도 바로 이 때문이었다—그녀는 그저 이미 알고 있는 사실을 확인했을 뿐이다. 그 어리석은 복음주의자는 정신도 온전하지 않은 것이다.

워들리피시는 이상한 녀석을 깎아내리며 온갖 농담을 일삼았기에 약혼녀에게 자신의 행동을 정당화할 수 없었다. 설명할 길이 없는 일들이 있었고 그중 하나는 이것이었다. 왜 버린 박엽지로 싼 '물건'이 담긴 예쁜 대바구니를 들고 예비 장인의 집 계단을 살금살금 내려가야 하는가. 약혼녀는 어머니와 함께 나이츠브리지의 아침 예배에 갔다. 장애물은 주교뿐이었다. 안식일을 지키는 데 집착하지 않는 주교는 자신이 '잡동사니 골동품'이라고 부르는 것들을 서재에서 분류하고 있었다. 잡동사니란 엘긴 경*의 승리 덕분에 베이징에서 쓸어온 전리품을 의미했다. 주교는 집중력이 높았다. 서재 밖에서 나는 소리를 들을 가능성은 거의 없었다. 하지만 워들리피시는 너무나 천천히 계단을 내려오며 부자연스러운 삐걱삐걱 소리를 내고 있었다. 계단을 다 내려와 검은 우산이 삼나무 우산꽂이에 큰박쥐처럼 꽂혀 있는 어스레한 복도로 들어섰다. 곧 현관문을 무사히 나가 마구간으로 향할 터였다. 하지만 그 순간에 이르기 전에 서재 문이 벌컥 열리고, 50센티미터도 안 떨어진 곳에 주교가 서 있었다—유약이 갈라진 화병을 응접실에서 가져올 참이었다.

"호."

놀라서 내뱉은 말이 아니었다. 주교는 쉽게 놀라지 않았다. 수줍음과 예의에서 나온 소리였다. 두 남자는 늘 서로를 어색해했다. 그들은 호의를 보여주지 못해 안달했다. 주교는 와이셔츠 차림이었고, 뭉툭한 코에 노안용 안경을 걸고 있었다. 손에는 분홍색 색인 카드 뭉치를 든 채였다.

"사과인가?" 그가 쾌활하게 물으며 하나를 쥐었다. 박엽지 안의 딱딱하고 불규칙적인 형태로 보아 사과일 리 없었기에 그는 당황했다. 손님방에 들어갔다가 옷을 벗는 중인 손님과 마주친 듯한 기분이었다. 어찌해야 할지를 몰랐다. 아무렇지 않게 들고 있어야 할지, 아니면 도로 바구니에 놓고 서재로 되돌아가야 할지. 그는 덥수룩한 눈썹을 주름이 깊이 팬 이마로 추켜올리며 워들리피시를 바라보았다.

* 중국과 톈진조약, 베이징조약을 체결한 제임스 브루스 엘긴 백작.

"석탄입니다." 워들리피시는 대답하긴 했지만, 그저 잠자코 있기에는 너무 초조했기 때문이었다.

주교가 박엽지를 벗겨보니 정말 예비 사위의 말대로였다. 주교는 엄지와 검지로 석탄을 약간 바스러뜨려서 코에 대고 냄새를 맡아보았지만, 그러고 나니 더이상 할 게 없었다. 왜 이렇게 특별히 포장했는지 묻고 싶지 않았다. 예비 사위도 말하기 곤란해 보였다. 우스꽝스러운 작은 바구니에 석탄 스무 덩이를 담은 채 계단 아래에 서 있던 워들리피시는 사정을 설명할 수 없었다. 하물며 그 자신에게조차.

45
찬가

그다음주 화요일에 워들리피시는 우연히 마틴데일 서점에 들렀다. 플러머 부인의 로맨스 소설 팬인 약혼녀가 최신판에 대해 문의하고 있는 동안(주위 상황에 맞지 않게 너무 크고 당당한 목소리였다) 워들리피시는 이상한 녀석의 아버지가 쓴 『헤나컴 산책』을 뜻밖에 발견했다. 그는 팔에 우산을 걸고 책을 펼쳐보다가 오스카가 '여자애 같은 작은 식물학자'로 묘사된 부분을 발견했다. 물론 그는 빙그레 웃었다. 하지만 뒷부분을 읽는 동안 미소가 점점 사그라들다 이내 완전히 사라졌다.

마치 집이라는 연못에서 오스카를 그물로 건져올려 처음으로 제대로 살펴보는 듯한 느낌이었다. 물론 헤나컴의 나무 바닥을 깐 휑뎅그렁한 오두막을 방문해 홉킨스 목사가(그는 열린 창문으로 들어오는 얼음장 같은 바람에 면역이 된 듯했다) "최후의 심판이 우리가 살아 있는 동안 내려져야 한다"는 소망을 한참 늘어놓는 것을 경청한 적은 있지만, 이제야 그는 그 연못이 자신이 목격한 대로도 아니고 오스카가 묘사한 대로도 아님을 책을 통해 깨닫게 되었다.

워들리피시는 그가 다른 사람의 흥을 깨고 아무것도 사랑하지 않는 남자라는 인상을 받았었다. 혹여 경마의 흔적을 눈치챌까봐 아들이 생일선물조차 보낼 수 없고, 어린아이의 입에서 자그마한 크리스마스 푸딩을 낚아채는 남자. 하지만 삶을 부정하는 엄격한 영혼을 발견하게 되리라 예상한 곳에서 산울타리와 이끼와 울새와 작디작은 해양생물에 전율하고 다정히 감탄하는 모습을 목격하자 심지어 워들리피시조차 ('심지어'라고 생각한 사람은 바로 그 자신이었다) 깊이 감동받았다. 여성용 모자 판매점에서 아내를 기다리고 있는 남자처럼 잔뜩 어색한 모습으로 마틴데일 서점의 카운터에 기댄 채 그는 책을 읽었다. "어여쁜 초록색 플로이세라 오셀라타가 많이 보이지만, 가장 번성한 동시에 가장 아름다운 종은 정교한 에올리스 코로나타다. 막을 형성한 관들이 촉수를 에워싸고, 진홍색과 푸른색 돌기가 송이송이 모여 보석 같은 빛을 발한다."

이 무렵 워들리피시는 스스로를 남자다운 남자로 여기며 브랜디와 고급 시가에 빠져 있었다. 편의상 경마를 포기한다 하더라도 사냥까지 관둘 생각은 없었다. 가능할 때마다 애머셤에서 여전히 말을 탔다. 게다가 그는 스스로를 멍청하다고 생각했다. 그런 말을 워낙 귀가 따갑게 들어오기도 했고, 아버지의 명이 아니었다면 그는 결코 사제가 될 생각을 하지 않았을 터였다. 어릴 적 그의 꿈은 법을 공부하는 것이었지만, 법률가가 되기에는 지능이 부족하다는 말을 들었다. 그는 이런 평가에 의문을 제기하지 않았고, 인맥을 통해, 특히 결혼이라는 가장 효율적인 수단을 통해 출세하는 길만이 유일한 희망이라고 오리얼에 다니던 시절에 결론내렸다.

그는 시나 음악을 잘 모른다고 생각했지만 홉킨스의 아름다운 산문에 감동받은 나머지 숨이 막힐 지경이었다. 지옥불과 겨자 습포제를 예상했던 곳에서 공작고사리와, 띠 모양을 이룬 알덩어리를 본 것이다. "색깔이라곤 없이 완전히 투명한 둥근 알에 제각각 감싸인 새끼들은 완벽한 형태를 갖추고 있었다."

이런 것을 느끼고, 이처럼 아름다운 찬가로 하느님의 작업을 찬미할 수만 있다면 워들리피시는 무엇이든 기꺼이 포기할 수 있었다. 이 박물학자의 단순한 묘사에서 그는 "나의 하느님, 나의 임금님, 내가 당신을 높이 받들며 언제까지나 당신 이름 찬양하오리이다"*로 시작되는 시편에서 마땅히 느껴야 했으나 결코 느끼지 못했던 것을 느꼈다.

그는 감동적인 이야기라도 읽은 양 촉촉해진 눈으로 고개를 숙인 채 카운터 앞에 서 있었다. 약혼녀는 돌아보았다가 그의 돌변한 분위기와, 건방진 눈빛의 종업원이 포장하고 있는 꾸러미를 발견하고는 그 둘 사이에 인과관계가 있음을 눈치챘다. 따라서 그 책이 좋게 생각되지 않았다. 그녀는 약혼자를 밝고 쾌활한 사람으로 여겼다. 빨간 재킷을 입고 말에 올라탄 그를 가장 좋아했다.

그들은 서점 앞에서 마차를 잡아타고 켄싱턴으로 향했다. 새까만 나무들마다 초록 싹이 돋아나는 하이드파크를 지나는 동안 그는 일전에

* 시편 145편 1절.

몰래 석탄을 챙겨 친구를 방문한 이후 계속 머리를 떠나지 않던 것을 생각하고 있었다. 친구는 새 한 마리 없는 하늘만을 벗삼은 채 무시무시한 항해를 고대하며 방안에 스스로 유폐되어 있었다.

한번은 그가 어릴 때, 해로에 있는 기숙학교에 들어가기도 전일 만큼 어릴 때 아버지의 방대한 수집품 중 우표 하나를 건드린 적이 있었다. 백조가 그려진 푸른색 낱장 우표였다. 대단히 조심스럽게, 거의 경건하리만치 조심스럽게 만졌지만 어찌된 일인지 우표 가장자리가 손상되었다. 물론 아버지에게 발각되었다. 나중에 그가 유모의 하얗게 풀먹인 가슴옷자락에 안겨 엉엉 운 것은 회초리를 맞아서가 아니라, 그저 경탄을 표할 생각이었는데 우표에 돌이킬 수 없는 해를 입혔기 때문이었다.

실수에 대한 죄책감을 안고 가는 것이 그의 성격이었고, 그건 오스카에 대해서도 마찬가지였다. 그는 죄책감을 내려놓을 수 없었다. 마음에서 떨칠 수가 없었다.

마차가 서펜타인을 가로지르는 다리로 덜컹거리며 올라갔고 워들리 피시는 약혼녀의 투덜거림을 듣고 돌아보았다가 자신이 이 여자를 좋아하지 않는다는 것을 깨달았다. 그녀의 포동포동한 작은 손목이 역겨워 보였다. 밀실에 갇힌 듯 가슴이 콱 막혔다. 특히 그녀의 보조개가 팬 뺨에 바른 분가루 때문에 더 답답했다.

그는 아프리카로 갔더라면 싶었다. 한동안 그 생각을 했었다. 그러다가 이상한 녀석의 머리에 그 생각을 주입시켜버렸다. 크리몬 가든스에 가기 한참 전, 그들은 함께 아프리카로 가는 것에 대해 이야기했다. 하지만 물 공포증이 문제였다. 그런데 지금 돌이켜보니 아프리카로 갔어야 했다는, 주교의 딸에게 구애하게 이끈 야망은 경멸받아 마땅하다는 생각이 들었다.

약혼녀가 아버지 홉킨스의 책을 좋아하지 않으리라는 걸 알면서도 그는 책을 좀 읽어줄까 하고 권했다. 그녀를 자극하기 위해서가 아니라 자신이 틀렸을지도 모른다는 희망에서였다.

"멜로디, 나와 당신은 비밀을 공유해야 해요." 그들은 웨스트엔드를 떠난 후로 이야기를 하지 않았다. 이런 침묵은 평소답지 않았기에 그녀의 마음이 불편하리란 걸 그는 알았다. 보통 그는 책을 전혀 읽지 않았다. 책을 산 것이 이상해 보이리라. 그는 초록색 꾸러미를 묶은 끈을 잡아당기며 약혼녀를 향해 기묘한 미소를 지었다.

"이제 곧 도착할 텐데요, 내 사랑." 그녀가 그의 손에서 포장지와 끈을 가져가 정리하기 시작했다. 책망하는 어조를 워들리피시는 알아채지 못했다.

"조금만 읽어줄게. 있지, 이상한 녀석의 아버지가 쓴 책인데 예상과 전혀 달라."

그녀는 고개를 끄덕였다. 자신이 엄한 분위기를 풍겼길 바랐다.

워들리피시는 처음부터 읽지 않고 중간의 아무데나 펼쳤다. "'몸체의 폭은 약 4센티미터이고, 높이 역시 비슷하다.'" (그가 읽어주려고 했던 대목은 이런 내용이 아니었다.) "'자줏빛 도는 갈색 바탕에 흐린 연보랏빛 세로줄이 그어져 있는데, 각 줄의 가장자리는 더 짙은 색을 띠고 있다.'"

멜로디 클러터벅은 당혹해서 약혼자를 바라보았다. 마차가 말을 탄 근위부대를 지나쳤다. 평소 그녀가 사랑하는 풍경이었다. 하지만 지금은 알아채지도 못했다. 그녀는 이 글의 비도덕적 향취에 반대하기 위해—달리 생각하기 어려웠다—입을 열었다. 확실히 숙녀에게 적절하지 않아 보였다. 하지만 약혼자가 한 발 빨랐다. 그는 이미 더 좋은 증거를 찾아 달리고 있었다. 여기 이 문단. 저기 이 문장.

"이것 봐, 이것 봐." 그가 눈을 촉촉이 반짝이며 탄성을 질렀다. 그녀는 이처럼 흥분하는 그를 말과 관련된 경우가 아니면 본 적이 없었다. "정말 대단한 사람이야. 충격적이야. '그래!'라는 말이 딱 맞아. 안 그래, 멜로디? 장인어른의 '그래!'나 칼라일 씨의 '영원한 긍정!'이라는 표현은 이럴 때 쓰는 거겠지. 왜, 장인어른이 즐겨 쓰는 말 있잖아."

"이언, 제발!"

"이곳으로부터 불이 없는 방까지." 그는 뜨거운 감정을 담아 책을 흔들었다.

"내 사랑, 말도 안 되는 소리는 그만해요."

"'하루이틀 후 같은 종에 속하는 다른 두 개체가 알을 낳는다.' 아니, 아니, 자기. 이건 식물학이라든가 동물학이라고. 이 사람은 철저한 복음주의자라서 우리가 적절성에 대해 염려할 필요는 없어."

하지만 말은 그렇게 하면서도 그는 자신이 너무 멀리 갔음을 깨달았다. 그녀가 왼손을 내밀자 그는 책을 넘겼고, 그녀의 다른 손도 가세하는 모습을 지켜보았다. 턱에 힘이 들어가 단호해 보였지만 무척 동요한 그녀는 책을 다시 포장하기 위해 양손을 놀리느라 애를 먹었다.

그녀가 무서워, 그는 생각했다. 저런 걸 이해하기에는 너무 어려.

귀족인 메리 브레이든로치의 집에서 홈파티가 열리는 날이었다. 젊은 사제는 능숙하게 행동했다. 멜로디 클러터벅은 그가 사람들의 칭송을 받자 기뻐하며 마차에서의 무례를 이내 용서했다. 따라서 대화가 잠시 끊겼을 때 그의 사랑스러운 눈이 죽은듯 생기 없는 것을 보고 깜짝 놀랐다. 그의 눈이 노팅힐 거리의 4층 창문에서 보이는 무한한 하늘을 담고 있으리라고는 짐작조차 못했다.

46
순식간에

루신다 르플래스트리어에게 리바이어던을 타고 시드니로 돌아가라고 권한 사람은 팩스턴 씨였다. 수정궁을 설계한 바로 그 팩스턴이었다. 그가 말하길, 엔지니어로서 단언컨대 "우리 업계에서 분별이라는 게 기본조건인 한" 그런 건 다시는 못 볼 거라고 했다.

루신다는 그렇게 묘사된 배에 생명을 맡긴다는 데 의구심을 표했다. 그는 마치 배에 대단한 결함이 있는 것처럼 말했다.

"그 배가 물위에 뜰 가능성은 상업적으로 성공할 가능성에 반비례하죠. 코끼리처럼 튼튼하니 걱정 말아요. 멋진 경험이 될 겁니다. 아무렴. 게다가 귀한 경험이기도 하고요. 이 년 후에는 도산하고 말 테니. 그러면 르가레 씨는 그의 분야인 다리 건설로 돌아가게 되겠죠."

배표를 살 때도 그녀는 가격으로 인한 습관적 혼란을 겪었다. 2등석이 55파운드였다. 너무 거액이었다. 1등석은 70파운드였다. 감당할 만했다. 그래서 1등석 표를 끊었지만, 이 결정의 옳고 그름을 놓고 갈팡질팡하면서도 설마 역사상 최대 규모의 배가 이토록 휑할 줄은 상상도 못했다. 런던에서 충분히 고독했었다. 그런데 여기는 더 심했다. 바로 이 때문에, 그 웅장하고 오만한 공간 때문에 그녀는 다시 부두로 내려갔다. 땅에 발을 딛는 순간, 한결 행복해졌다.

시청에서 나와 시장에 들어서듯 느닷없이 사방에 활기가 넘실댔다. 부두를 따라 늘어선 강철 선로와 앞뒤로 구르는 크레인과 텅텅대는 소형 증기기관, 뭉게뭉게 피어오르는 하얀 증기, 심지어 부츠를 적시는 비까지도 흥겹게 느껴졌다. 그녀는 다시 땅에 발을 딛고 현실적인 사람들에게 둘러싸이게 되어 기뻤다. 석탄, 코크스, 무연탄, 석유 등 현실적인 냄새가 감돌았다. 석유 냄새에 유리공장이 떠올랐다. 떠나 있는 동안 유리공장에 대한 애정과 애착은 더욱 깊어져갔다. 인수할 때 느꼈던 걱정이나 긴장은 까맣게 잊었다. 사우샘프턴부두에서 석유 냄새를 풍기는 남자에게 마음이 끌렸다. 엔지니어인 듯한 그 스코틀랜드인은 주근깨투성이 얼굴이 잔뜩 굳어 있었는데, 메리 앤 에번스의 응접실에서는 결코 환영받지 못할 사람이었다. 그녀의 유리공장에서는 바로 이런 냄새가 났다. 모든 유리공장이 그랬다. 그녀는 트렌트와 런던의 유리공장을 방문했다. 심지어 팩스턴 씨를 위해 유리판을 제작하는 노팅엄의 공장도 방문했다. 어디서나 달링 하버에 있는 그녀의 공장과 똑같은 냄새가 났다. 꽃병의 굽을 다듬는 데 쓰는 배나무는 물만이 아니라 석유에도 담가놓았다. 시드니를 떠나올 때만큼이나 그녀는 얼른 돌아가 배나무와 석유가 타는 향, 초록색과 노란색으로 산화되는 황산염과 크롬

산염의 매캐한 화학물질 냄새를 맡고 싶다는 조급함이 불현듯 일었다.

그녀는 스물네 살이었고, 회색 무아레 태피터로 지은 드레스를 멋지게 차려입고 있었다. 유행에 따라 뒷면이 굴곡을 그리도록 엉덩이 부분이 튀어나왔지만 당시 조지 엘리엇의 신랄한 편지에서 암시된 정도는 아니었다. 그 유명 소설가에 따르면, 소논문 집필자의 딸은 엉덩이가 어찌나 튀어나왔는지 그 위에 찻쟁반을 얹어놓을 수도 있다고 했다. 하지만 조지 엘리엇은 마흔여섯 살이었고, 신장결석 때문에 심술궂었고, 루신다를 완전히 오해하고 있었다.

> 그녀는 '그저 그런' 애로, 대홧거리라곤 없어 보여. 양손을 무릎에 포개 얹고 입을 꼭 닫고 앉아 있으면서도, 자신의 형편없는 사교성을 전혀 의식하지 못하는 모양이야. 두 시간이 지난 후에도 그애를 가여워하기란 대단히 어려워. 조지[루이스]*가 친절하게도 그애를 대영박물관에 데려간 뒤 함께 차를 마셨는데, 그애가 시험삼아 그를 유혹해보려고 한 것 같아. 이런 도발 외에 그애는 할말이 거의 없는 것 같아. 어떤 의도로 대화를 나누든, 말없는 상대와 이야기를 이어가기란 너무나 어려운 법이지.

루신다는 어머니의 친구가 어머니와 같은 열정을 지녔으리라 기대했었다. 하지만 조지 엘리엇이 엘리자베스의 에세이와 소논문을 격려했다고 해서 공장에 대한 '엘리자베스의 광적인 열광'을 공유한 것은

---

* 메리 앤 에번스의 연인.

아니었다. 고아 소녀가 실제로 공장을 인수했다는 사실에 흥미를 보였지만 유리 제조에 대해 논의할 마음은 없었다. 루신다가 여자 유리 불기공을 고용했더라면 아마도 상황이 달라졌겠지만, 딱 한 번 찾아봤으나 성과가 없었다. 조지 엘리엇은 관심 없었고, 달리 할일도 있었다.

루신다는 조지 엘리엇을 속물이라고 생각했다. 팩스턴 씨가 더 마음에 들었다. 그는 대놓고 그녀를 놀렸지만, 그럼에도 자신의 새 프로젝트에 대해 설명하고, 개괄적인 계획이 담긴 청사진을 보여주고, 자신이 거래하는 공장에 소개장을 써주었다. 팩스턴 씨의 후원을 받는 것은 저명인사인 어머니의 친구에게 무시받는 일보다 훨씬 유쾌한 경험이었다.

루신다는 런던을 '고향'이라고 여기며 영국으로 왔다. 하지만 이 거대한 검댕투성이 기계는 결코 고향이 아님이 이내 명확해졌다. 그녀는 결혼과 자녀를 염두에 두고 시드니를 떠났었다. 데니스 해싯에게 화가 난 채 출발했는데—이 사실을 떠올리자 마음이 편치 않았다—그는 믿음직한 좋은 친구이긴 했지만 그녀를 적절한 신붓감으로 여기지 않는 것이 분명했다. 그가 후회로 속을 끓이기를 바랐다. 재산 때문에라도 런던에서 청혼을 받으리라 믿어 의심치 않았다. 달갑지 않은 구혼자는 내치리라며 마음을 굳게 먹었다. 하지만 그런 일은 일어나지 않았다. 그저 엄격한 팩스턴 씨가 신사답지 않은 행동을 두 번 한 것이 다였다.

증기 크레인이 선로를 따라 지나가도록 뒤로 물러섰다가 무엇을 싣고 가는지 보려고 고개를 든 그녀는 폴 헤리퍼드종 소 한 마리가 캔버스천 고리에 몸통 중간이 걸린 채 크레인에 매달려 울어대는 광경을 목격했다. 크레인이 멈추고 리벳으로 고정된 거대한 절벽 같은 리바이어던 상단에 화물을 내려놓기 시작했다.

부두는 경매장의 가축우리를 닮았고, 그 때문에 맞춤형 태피터 드레스를 입은 여인은 돼지를 사거나 송아지를 팔러 아버지와 함께 패러매타로 가던 시절이 떠올랐다. 공기 중에 두려움과 젖은 털 냄새가 섞여 있었다. 가축들이 설사를 해댔었다. 생각이 여기에 미치자 그녀는 더이상 공중의 가축들 아래 서 있지 않기로 결정했다.

그녀는 우리에 갇힌 동물들을 지나쳐 걸어갔다. 왜 저런 계급의 여자가 빗속에서 분주한 부두를 걷고 있는지 의아해하는, 방수포를 걸친 양치기들의 시선 따위는 개의치 않았다. 이런 종류의 시선에 익숙했다. 그네들 눈빛에 내포된 위협을 느꼈지만—남자 무리가 행하는 부두교 의식—이제 그녀는 그 남자들을 고용하는 여자였고, 예전에 남자들의 모욕적인 자신감에 직면하면 느꼈던 두려움은 자신의 경제적 힘에 대한 인식 덕분에 누그러졌다. 그녀가 이런 힘을 지닌 것은 잘못된 일이지만, 그래도 힘을 지녀서 다행으로 여기며 기뻐했다. 그녀는 남자들더러 눈을 내리깔라고 명령하지는 않았지만, 그렇게 할 수 있는 힘을 이미 갖고 있었다. 이 힘은 돈에 기초한 것이긴 해도 돈이 있다고 더욱 커지거나 하지는 않았다. 바로 이것, 자신의 힘에 대한 격렬하고 종종 화가 치미는 이 자각 때문에 그녀는 런던에서 고독했다. 조지 엘리엇조차 그녀의 소설이 시사하는 바와는 달리 젊은 여자들이 그녀를 어려워하며 시선을 내리까는 일에 익숙했다. 루신다는 그러지 않았다. 두 여인은 서로를 똑바로 응시했고, 조지 엘리엇은 (앞서 인용된 편지에서) "사람을 똑바로 응시하는 기이한 버릇"에 대해 언급했다. 그녀가 그토록 이질적으로 보였던 요인은 잡다하게 뒤섞인 억양이나 상업적 관심,

대화 기술의 부족, 이따금 내뱉는 직설적인 의견, 숙녀답지 않게 코를 푸는 방식—바다코끼리 같다고 조지 엘리엇은 말했다—이 아니라 똑바로 응시하는 시선이었을 가능성이 크다. 그리고 마침내 그녀가 눈을 내리깔았을 때 나른한 눈꺼풀은 관능적이었다. 그것은 "교활하다"고 가차없이 묘사된 분위기를 자아냈다.

그녀는 퍼즐 조각처럼 빽빽이 밀어넣어진, 주둥이가 길쭉한 더비종 돼지 무리를 지나친 후 비에 젖은 녹슨 우리가 산처럼 쌓인 곳에서 우리 하나를 놓고 말다툼하는 두 남자를 보았다. 그들을 스치듯 지나가는 이륜마차에 사제들이, 혹은 그렇게 보이는 이들이 타고 있었다. 그중 한 명이 유달리 빨간 머리였지만 마차는 이미 지난간 뒤라 우리 하나를 둘러싼 말다툼에 더 관심이 쏠렸다. 우리 안에서 비에 젖어 부들부들 떠는 토끼들은 아무래도 누군가 실수로 집어넣은 모양이었다.

"아이고 하느님!" 키 작은 남자가 외쳤다. 무성한 모래색 눈썹에 내리덮인 눈을 깜박이니 표정이 간절해 보였다. "잘난 식민지는 이미 토끼 때문에 반이 뜯겨나갔는데, 어쩌자고 토끼를 더 가져간단 말야?" 얼굴이 일그러지며 목소리가 가성으로 높아졌다.

"선생님, 저한테 묻지 마세요. 여기 그렇게 적혀 있으니."

"다른 건 다 가져가겠지만 토끼는 안 돼."

"죄송합니다, 선생님. 그건 곤란해요. 다 가져가든지 아니면 다 두고 가든지 합쇼."

루신다는 우리 사이로 걸어갔다. 토끼, 비둘기, 꿩의 수신인은 모두 뉴사우스웨일스 풍토순화협회라는 곳이었다. 사슴도 있었는데 암컷 여섯 마리, 수컷 세 마리로, 수컷은 각각 우리에 갇혀 있었고 한 마리는 머리 주위에 피가 심하게 흐르고 있었다. 마지막으로 라마들이 있었고 저마다 따로 우리에 갇혀 비에 젖은 채 가만히 서 있었는데, 접촉을 일절 금지한다는 엄중한 표지가 붙어 있었다. 루신다가 암컷 사슴을 쓰다듬으려 하자 사슴이 고개를 휙 젖혔고, 그래도 그녀가 계속하자 물려고 들었다.

그녀는 1등석 승객용 건널 판자로 돌아갔다. 빗줄기가 가늘어지며 런던에서 좀더 일상적인 이슬비로 바뀌기 시작했다. 이탈리아인처럼 끈 장식이 달린 옷을 차려입은 승무원이 그녀에게 경례를 붙였다. 시드니까지 오십오 일이 걸렸다. 오십오 일 후에는 데니스 해싯이 해리엇 버러데일인지 엘리자베스 파머인지와 과연 결혼했는지 알게 될 것이다—그녀는 아랫입술을 깨물며 눈을 질끈 감았다. 그는 편지에서 '더없이 끔찍한 무도회'에 대해 썼지만 그녀는 그 묘사를 믿지 않았다. 하느님 아버지, 제발 그가 여전히 독신이게 해주옵소서. 그와 결혼할 생각은 아니지만 그가 여전히 제 친구로 남을 수 있게 해주옵소서. 하느님 아버지, 함께 이야기 나눌 수 있는 사람을 부디 제게 남겨주소서.

굵은 빗방울이 다시 떨어지며 건널 판자 위쪽이 어슴푸레 보였다. 네번째 계단에서 그녀는 제대로 보려고 우산을 들어올렸다. 환자 때문에 문제가 생긴 듯했다. 그녀는 아까 마차에 타고 있던 붉은 머리 사제를, 아니 정확히는 그 머리를 알아보았다. 환자는 바로 그 남자였다. 머리를 아래쪽에 둔 채 사람을 건널 판자로 옮기다니 이상했다. 하지만 그 순간, 올라가는 것이 아니라 내려오는 것임을 알았다. 바로 이렇게 그녀는 처음으로 오스카를 만났다. 하지만 그가 양손으로 얼굴을 감싸고 있어 제대로 보이지 않았다.

오스카 홉킨스 신부가 머리를 아래쪽에 둔 채 신음하며 리바이어던에서 내려오는 동안 루신다는 부두로 물러났다. 이언 워들리피시 신부가 친구의 발이 놓인 쪽의 들것 손잡이를 잡고 있었다. 휴 스트래턴 신부는 아픈 등에도 불구하고 앞쪽 손잡이를 쥐고 있었다. 일행 가운데는 스트래턴 부인과 멜로디 클러터벅과 티오필러스 홉킨스도 있었다. 손질이 필요하리만치 기다란 눈썹에 얼굴이 음울한 티오필러스는 특별히 아들을 위해 만든 납땜용 도구가 가득 담긴 상자를 들고 있었다.

루신다가 지켜보는 동안 붉은 머리 사제의 눈이 가려졌다.

금발 턱수염을 기른 잘생긴 사제가 손뼉을 쳤다. 붉은 머리는 여전히 신음하고 있었다. 금발 턱수염이 말했다. "속도. 우리는 속도가 필요해, 홉킨스. 그럼 될 거야." 그러고는 다시 손뼉을 치더니 뱀을 죽일 막대기를 찾는 사람처럼 주위를 두리번거렸다. 그는 쫄딱 젖어 있었다.

희끗희끗한 턱수염의 노인은 흠뻑 젖은 채 실망스러운 목적지에 도착한 마법사처럼 선물을 들고 있었다. 그가 방수 재킷의 목단추를 만지작거리며 말했다. "오스카, 정말 걸을 수 있겠니?"

옥스브리지* 억양에 목소리가 크며 가슴이 거대한 초라한 몰골의 덩치 큰 금발 여자가 앞으로 나와 노인의 재킷을 잡아당겼다. "갑시다, 가요. 먼저 배에 올라가 있는 게 좋겠어요."

루신다는 그들 때문에 문제가 더 생기기 전에 서둘러 건널 판자를 올라갔다. 그 영국인들은 대단히 성가셔 보였다. 그녀는 다시 한번 과시적인 경례를 받은 뒤 부리나케 객실로 향했다. 빗물이 뚝뚝 듣는 우

---

* 옥스퍼드대학과 케임브리지대학을 함께 일컫는 말.

산을 문가에 내려놓고 모자와 부츠를 벗은 뒤 스타킹만 신은 맨발로 자그마한 책상에 앉아 일기를 쓰려고 했다.

그녀에게 일어난 온갖 일, 그녀가 만난 온갖 사람들, 그녀가 이동한 수킬로미터의 대양에도 불구하고 기록할 만한 가치가 있는 건 이것뿐이었다. "어디서든 느껴지는 과도한 짜증과 동요 때문에 으리으리한 객실까지 엉망으로 느껴진다. 어서 크리비지 카드 게임을 하고 싶다."

크레인의 소형 증기기관 소리가 들렸다. 커다란 우리가 현창 앞에서 흔들거리자 소를 보려고 상체를 내민 그녀는 무의식적으로 움찔했다. 우리에는 세 명의 사제가 타고 있었다. 안색이 좋지 않은 눈을 가린 사제가 가운데에 웅크리고 앉아 있었다. 입이 벌어져 있었다. 그 소리까지는 그녀에게 들리지 않았다. 나이든 사제가(그는 나이 먹은 소년처럼 보였다) 눈을 가린 사제의 양팔을 잡고 있었다. 입을 꾹 다문 파리한 얼굴의 노인은 매우 고요해 보였다. 하지만 얼굴에 사마귀가 난 금발 사제는 대단히 활기찼다. 그는 두 손을 번쩍 들고 있었다. 눈동자가 막 춤추고 있었다. 금방이라도 허공으로 뛰어내리려는 듯했다.

루신다는 그의 말을 아주 똑똑히 들었다.

"눈 깜짝할 새에 끝날 거야. 그렇다니까, 홉킨스. 눈 깜짝할 새야."

47
바빌론

리바이어던의 홀과 객실은 천장이 매우 높고 화려했다. 조각 장식과 소용돌이무늬와 플러시천으로 둘러져 있었다. 루신다 르플래스트리어가 외로이 서 있는 웅장한 홀은 그녀의 키보다 세 배 가까이 높았고, 길이 19미터, 폭 11미터에 달했다. 홀 안을 두 개의 거대한 굴뚝이 지나갔지만 여덟 장의 패널로 덮여 있었다. 개중 큰 네 개에는 거울이 달려 있고, 작은 네 개는 어린아이를 그린 그림과 바다를 상징하는 무늬로 장식되어 있었다. 붉은 플러시천이 덮인 소파, 위트레흐트 벨벳 안락의자, 조각을 새긴 마호가니 오르간, 우아하게 조각된 호두나무 카운터와 탁자, 서정적인 그림들이 걸린 아라베스크 무늬 패널. 바닥에는 브뤼셀 카펫이 깔리고, 암적색 실크 커튼이 드리워져 있었다. 워들리피시는 이 커튼을 꼴사납게 화려한 리바이어던의 정수를 보여주는 예로 꼽았다.

지금 루신다처럼 웅장한 홀 난간 너머로 상체를 내밀면 2등석 승객용 산책로가 내려다보였다. 이스마엘 킹덤 르가레가 그곳을 호화롭게 치장하지 않은 것은 사실이지만, 그래도 널찍한 공간과 편안함이라는 측면에서는 마찬가지로 인색하지 않았다. 철 대들보가 볼썽사납게 2등석 천장을 가로지르긴 해도—루신다는 이미 내려가 살펴보았다—(동양풍으로) 보기 좋게 장식되어 있었다. 푸른색과 붉은색으로 번갈아 칠해진 대들보는 아랫면이 금도금되어 있고, 그사이 공간은 화사한 색깔과 금으로 장식된 패널로 덮여 있었다.

2등석을 내려다보면서 루신다는 지금 머무는 곳보다 저곳을 더 마음에 들어했다. 그녀는 생각했다. 또 저질렀군.

그녀의 '특권'에 걸맞은 장소에 머무르기 위해 돈을 썼으나, 15파운드를 날린 뒤에야 특권이 자신을 압박하고 위축시킨다는 사실을 깨닫고서 다른 이들에게만이 아니라, 아니 아마도 다른 이들에게가 전혀 아니라 그녀 자신에게 거친 목소리로 투덜대게 된 것이었다. 혈관에 따듯한 피가 흐르는 사람이 이같이 차갑고 번드르르한 거리감이 느껴지는 1등석에서 편안함을 느끼리라고는 도통 믿기지 않았다. 그녀는 그들 중 하나인 척했지만, 그렇지 않았다. 그래서 2등석에 있었다면 훨씬 편안했으리라는 생각이 들었다. 2등석 객실 배치가 좋아 보였다. 작은 계단식 관람석처럼 2층으로 늘어선 객실들이 모두 이 중앙 공간인 산책로를 향하고 있었다. 자신의 안녕을 빌어주는 사람이 주변에 없다는 것을 의식하던 그녀는 2등석 사람들의 유대감에 좀더 이끌렸다. 그들은 우리에 실려 배에 오른 사람들 주위에 모여 있었다. 그녀가 그들 사이에 끼기를 바란 이유는 호기심만이 아니라, 보다 강하고 육체적인 무엇이었다. 우리 안의 토끼나 더비종 돼지처럼 자신의 종족과 함께 있고 싶었다.

사제들을 에워싼 군중은 그녀가 아까 건널 판자에서 처음 보았을 때보다 늘어나 있었다. 남학생들도 있었다. 아까는 넷이었는데 지금은 셋이었다. 그들 세 명이 붉은 머리 사제에게 송별사를 전하자 사제가 답례로 짧게 연설을 했다. 그는 말하는 내내 양손을 가만두지 않았다. 그리고 코를 풀었다. 박수가 이어졌다. 턱수염이 덥수룩하고 어깨가 넓은 남자가—사제가 아니라 교사가 분명했다—아이들을 한구석으로 데려가 차와 케이크를 들게 했다. 그때 네번째 남학생이 돌아왔다. 그녀는 누가 여행을 가고, 누가 남는지 궁금했다. 짐을 2등석 객실로 옮길까 다시 한번 고려했지만, 승무원의 권태롭고 거만한 얼굴을 보자 용기가 꺾였다.

붉은 머리 사제는 검은 턱수염을 기른 노인(아무래도 아버지?)과 2등석 산책로를 이리저리 거닐며 왕립미술원에 막 입학 허가를 받은 젊은 예술가처럼 열정적인 몸짓을 했다. 무척 조심조심 걷는 노인은 자부심 넘치지만 최근 쇠약해진 인물을 맡았다. 무리에 있던 젊은 여자는 벨벳 소파에 (유행에 따라 멋지게 차려입었으므로 조심스레) 앉아 양손으로 눈을 누른 뒤 고개를 들었다. 그녀의 미소에 루신다도 미소로 화답했지만, 미소 지었다고 생각한 상대가 사실 찡그리고 있었음은 몰랐다.

멜로디 클러터벅은—그녀가 바로 얼굴을 찡그린 사람이었다—이런 곳에 있다는 사실에 당혹스러운 나머지 거의 속이 울렁거릴 정도였다. 자신에게 걸맞지 않은 장소에 있자니 거북했다. 배 때문에 겁을 먹긴 했지만, 그녀를 불편하게 하는 것은 배가 아니었다. 일행이 달랐다면 결코 이런 기분이 들지 않았을 터였다. 만약 이언과 단둘이 있었다면 전혀 달랐으리라. 아니면 아버지와, 혹은 웬만하면 아는 사람 누구와 있더라도 달랐을 것이다. 하지만 불공평하고 맹목적인 상황에 떠밀려 그녀는 이 배와 어울리지 않는 사람들과 함께 있어야 했고, 그 결과 그녀까지 그들 무리가 되었다. 그들 중 누가 최악인지도 모르겠다. 그들은 어찌나 형편없는지 차마 눈뜨고 볼 수 없는 공연단 같았다. 예를 들어, 스트래턴 부부는 멜로디 클러터벅이 익히 잘 아는 유형이었다. 아주 어린 시절부터 주교인 아버지의 저녁 식탁에서 저런 사람들을 보아왔었다. 먼지와 셰리주 냄새를 풍기고 옷이 때에 절어 반질거렸다. 남자들은 일 초도 시선을 마주보지 못하고 불안정하게 눈을 돌려댔고, 여자들은 의견을 강력히 주장하며 포크와 나이프를 쨍강거렸다. 최대한 예의를 갖춰 표현하자면, 그들은 '원기왕성'했다. 스트래턴 부부는 바로 그 계급의 특징을 고스란히 보여주었다. 그들은 아이들을 대접하기 위해 준비된 번빵 접시에 달려들었다. 더이상 빵을 집어먹을 수 없을 만큼 입안이 가득찬 짧은 순간에는 가구의 가치를 감정하러 온 소더비 직원처럼 이리저리 살펴보았다. 물론 그들은 지저분했지만 멀리서는 눈에 잘 띄지 않았다. 때가 천에 속속들이 배어 아예 그 일부처럼 보였고, 사실상 일부였다. 교양 있는 목소리로 말했는데, 이 같은 말씨와 외모의 대비야말로 무엇보다도 신경에 거슬렸다.

하지만 이들은 오늘 그녀의 일행 중 가장 나은 편이었다. 적어도 예전에 만나본 적 있는 '부류'였다. 짜증스럽다 해도 저 별난 무리 사이에서 정해진 자리가 있었다. 하지만 오스카는—오스카를 생각하자 몸이 오싹해지며 두 손이 서로 파고들었다. 뇌에 혼란을 충분히 일으켜 고통의 연막으로 더 큰 고통을 가리려는 듯 손톱이 살을 파고들었다. 저 앙상한 삼각형 머리통을 견딜 수가 없었다. 삼각형이면서 길기까지 했다. 입은 너무 작은 자리를 차지하고 있었다. 머리카락은 믿기지 않을 지경이었다. 콧수염이 희미하게 자라 있었는데, 너무 성겨서 굳이 기를 필요가 없다는 점을 콕 집어 말해주고 싶은 마음이 굴뚝같았다. 그녀는 목록을 만들었다. 아주 긴 목록이었다. 예를 들어, 그의 피리 같은 목소리와, 끔찍하게 흔들어대는 손과, 그를 향한 그녀의 감정에 완전히 둔감한 것이 너무나 싫었다. 그렇게 둔한 덕분에 그는 온갖 단점에도 불구하고 그녀에게 더없이 친절한 미소를 지었다. 심지어 그가 이런 호화로운 선박의 승무원에게 코코아를 주문하는 꼴까지 보기 싫었다. 순진한 정도를 넘어 백치가 아닐까 싶었다. 척 봐도 승무원들은 더없이 끔찍한 속물이 분명했다. 저따위 인간의 시중을 들어야 한다는 사실에 멜로디 클러터벅은 그들을 동정했다(그러면서도 한낱 승무원에 지나지 않는다고 깔보았다). 1등석에서는 당혹스러운 일이 없겠거니 싶었다. 그리고 1등석의 숙녀를 올려다보며 얼굴을 찌푸리자 상대방도 마주 얼굴을 찌푸리기에 기뻤다.

그 유명한 티오필러스 홉킨스는(그는 〈타임스〉에 다윈을 공격하는 편지를 보내 스스로를 바보로 만들었다), 만약 그런 상태가 가능하다면, 심지어 아들보다도 형편없었다. 꼭 몽유병자 같았다. 눈은 그녀를 보고 있었지만 자신이 무엇을 보고 있는지 자각이 없는 눈치였다. 무척 소중한 이의 유골이 담겨 있기라도 한 듯 주석 상자를 들고 다녔다. 그가 의자에 앉더니 주석 상자를 무릎에 얹고 그 위에 찻잔을 놓았다. 하지만 멜로디가 언짢아하는 것은 형편없는 매너 때문이 아니었다. 사실 상자

위에 잔과 받침을 올려놓을 수도 있고, 거의 바람직하다고도 할 수 있었다. 그보다는 그가 제정신이 아니라는 점이 그녀를 불안하게 했다. 나름 잘생긴 사내였고, 꽤 적절히 차려입었다. 크고 거친 손은 신사보다는 상인의 손 같았다. 하지만 이런 것은 하등 문제되지 않았다. 문제는 그가 이 배가 바빌론이라는 생각에 빠질 것 같다는 점이었다. 이언은 그것을 두려워했다. 그녀는 노인이 무슨 짓을 할지 몰라 조심스레 지켜보았다. 이미 기도가 두 차례나 행해졌다. 한 번은 건널 판자 앞에서, 또 한 번은 한없이 창피하게도 크레인의 도움으로 배에 오를 때였다. 이언은 예수가 성전에서 환전상을 내쫓을 때처럼 저 노인네가 그에게 채찍을 휘두를지도 모른다고 생각했다. 그녀는 주석 상자 안에 실제로 뭐가 들었는지 궁금한 마음에 대신 들어주겠다고 제안하기도 했다. 하지만 그는 정중하게 사양했다. 그는 진홍색 칸막이 커튼을 응시하고 있는 듯했다. 이언은 그가 저 커튼부터 트집잡을 거라고 장담했었다.

하지만 그들 일행은 이 산책로에 모여 있는 유일한 무리가 아니었다. 남자가 훨씬 많았는데, 그들 중 일부는 새 양복을 차려입긴 했으나 식민지 주민 중에서도 좀더 거친 유형으로 보여 안심이 되었다. 미치광이가 난동을 부리더라도 재빨리 제압할 터였다.

그가 주석 상자를 집어들었다. 그녀는 마음을 단단히 먹었다. 아들이 그의 팔을 잡았다. 그들이 잠시 걷더니 멈추었다. 아버지의 검은 눈이 사방을 두리번거렸다.

48
누가 감히 그 얼굴 문을 열겠느냐?

『데번 해안의 산호말』의 저자는 아주 미묘한 차이도 구별해낼 만큼 잘 훈련된 눈을 가지고 있었다. 우리는 그것을 열정에 의해 빚어진 시냅시스의 결과물이라고, 헤나컴의 서재 벽에 그가 걸어놓은 포충망처럼 각각의 매듭이 필요에 의해 생겨나고 사용에 의해 강화되며 수백만 개에 이르도록 연결된 것이라고 여기겠지만, 영국 왕립학술회 회원이자 자부심 강한 남자인 티오필러스 홉킨스는 그의 노고를 인정하는 어떠한 해석에도 평생 맞서 싸웠다. 그가 자신의 재능을 '하느님의 은총'이라고 불렀을 때 그것은 비유가 아니라 설명이었다. 어쨌든 그의 뛰어난 재능은 평생을 바친 작업인 해양생물 그림들이 웅변하고 있다.

리바이어던이라는 상황에서 이러한 재능은 계속 발휘되고도 남을 만했다. 나비를 십 초만 보고도 몸통과 날개의 형태와 색깔을 정확히 떠올리는 그는 당대의 뛰어난 세밀화가라고 해도 과언이 아니었다.

이 남자는 리바이어던에서 아무것도 보지 않았다. 나중에 거의 아무 인상도 남지 않았다. 그저 배의 옆면에 달린 거대한 외륜들이 배의 유일한 이동수단이라는 점에 대한 (불필요한) 염려밖에 기억나지 않았다. 따라서 멜로디 클러터벅의 생각처럼 그의 눈이 '사방을 두리번거리는' 동안 실제로 본 것은 2등석 산책로나 홀이 아니었다. 하느님이 앗아간 사랑하는 아들에게 관절염 통증을 감추려 애쓰며 힘겹게 지나다닌(한 번에 한 걸음씩 30센티미터 이내로 디뎠다) 도서관이나 오락실, 식당 등 어느 곳도 눈에 들어오지 않았다.

오스카는 1857년에 아버지의 집을 떠났다. 지금은 1865년이고, 그동안 두 사람은 겨우 네 번 만났다. 그 만남은 견딜 수 없을 만큼 고통스러웠는데, 아들이 '도박을 즐기는 신사'가 되었기 때문은 아니었다. 아버지는 아들의 수입원에 대해 전혀 몰랐고 성공회의 후원을 받는 모양이라고 짐작했다. 그보다는 성공회는 신학의 가장 기본 뿌리에서부터 사상이 완전히 달랐기 때문이다. 그럼에도 매일 아침저녁으로 티오필러스는 아들의 영혼을 위해 기도하며 최후의 날에 아들이 하느님 곁에 앉기를, 어머니와 아버지와 오스카를 포함한 자식들이 모두 다시 만나 성인들 사이에 영광스레 설 수 있기를 빌었다. 기계적으로 읊는 기도가 아니라 매번 새로운 기도였다. 몰리로 이어지는 기나긴 붉은 길을 마침 지나가던 사람들이 기도에 담긴 유별나리만치 세세한 정보를 듣기 일쑤였다.

티오필러스의 슬픔에서 가장 내밀한 세부사항을 헤나컴 사람 모두가 화제로 삼았다. 하지만 그가 직접 슬픔을 털어놓을 만한 사람은 없었다. 스트래턴 부부는 그에게 친절했다. 그들은 가난했다. 그보다 훨씬 더 가난했다. 그들은 그에게 건포도가 든 푸딩과 죽을 가져다주었다. 하지만 그는 그 문제에 대해 그들과 이야기를 나눌 수 없었다. 그들은 그 행복한 날에 하느님 곁에 서 있지 않을 테니까.

스트래턴 부인의 육촌이 런던의 선교사협회에서 근무했다. 그 덕분에 스트래턴 부부는 오스카가 뉴사우스웨일스로 떠난다는 사실을 알게 되었다. 아들이 용기가 없어 감히 전하지 못한 소식을 티오필러스에게 전한 것이 바로 그들이었다. 티오필러스는 살짝 화가 났다. 아니 그보다 나빴다. 질투심을 느꼈다. 그는 아랫입술을 찢어지도록 깨물었다. 기차를 함께 타고 가서 아들에게 작별인사를 하자며 그들의 초대를 받은 상황을 견딜 수가 없었다.

하느님은 나를 이교도에게로 보내 사악한 자들의 손에 맡기셨구나.

하지만 그는 견뎌야 했다. 스트래턴 부부는 잘못된 믿음을 갖고 있긴 해도 친절한 사람들이었다. 그는 자만에 빠져선 안 되었다. "나를 종종 더없이 괴롭히는 죄악"에 빠지지 않도록 막아달라고 하느님에게 기도했다.

그는 사우샘프턴까지 그들과 함께 2등석 객차를 타고 갔다. 너무 달고 우유를 너무 많이 탄 그들의 차를 마시고는 스스로를 기만적이라고 느꼈다. 그는 아들을 구할 생각뿐이었지만, 오스트레일리아로 가지 못하게 막으려는 것이 아니라 이단인 성공회로부터 벗어나게 할 계획이었다. 이 목적을 위해 그는 성경을 탐독했다. 객차에 난방이 되지 않아 외투로 몸을 감쌌다. 기차가 틴머스의 길고 나지막한 다리를 덜컹덜컹 지나자 안개 낀 푸르스름한 하늘 아래 반짝이는 개펄에서 여자들이

다리를 훤히 드러낸 채 조개를 캐는 아름다운 풍경이 펼쳐졌지만 그는 고개도 들지 않았다. 성경을 통째로 외우고 있어서 누가 한 구절만 인용해도 이어서 다음 구절을 줄줄 읊어 제발 그만하라고 사정하게 만들 수도 있는 그였다. 하지만 이날 기차가 엑스머스를 지나는 동안 그는 종이를 가늘게 찢어 거기에 깨알 같은 글씨로 메모를 했다. 그리고 종잇조각들을 책갈피 삼아 성경에 끼워놓아 아들에게 즉각 기도문을 외울 만반의 준비를 했다.

성공회 교도들은 계속해서 수다를 떨었다. 온통 돈 이야기뿐이었다. 그는 그들의 형편이 어렵다는 것을 알았다. 약간 동정심이 일었다. 하지만 그토록 역겨운 물질주의적 인간들은 난생처음이었다. 스트래턴 부인이 그에게 말한 바로는, 그녀는 어느 출판사와 소설을 내기로 계약했다. 티오필러스는 예의상 고개를 끄덕였다. 하지만 속이 부글부글 끓고 있었다. 소설은 사탄의 목소리라고 그는 믿어 의심치 않았다. 스트래턴 부인은 그가 출판사와 어떤 조건으로 계약을 했는지 알고 싶어했다. 그는 그녀의 계획에 도움이 될지도 모를 이야기는 일절 하고 싶지 않았다. 스트래턴 씨는 오스카가 어떻게 항해 비용을 마련했는지 알고 싶어했다. 직접적으로 묻지는 않았지만, 굽도리널 근처에서 얼쩡대는 회색 쥐가 일단 멈추었다가 다시 종종거리며 나아가듯이 그 주제로 접근했다. 티오필러스는 부적절하다고 생각했다. 그는 양해를 구하고 성경 연구로 돌아갔다. 하지만 스트래턴 부부는 그치지 않고 페니니 실링이니 하며 서로 떠들어댔다. 식료품점 주인 내외와 같은 객차에 앉아 있는 듯했다.

티오필러스는 스트래턴 부부 때문에 몹시 언짢아졌고—이렇게 노여워하는 것이 기독교인답지 않다고 생각하면서도—그러다보니 아들과 재회할 준비가 안 되어 있었다. 근육이 싸울 태세를 취하기도 전에 얻어맞은 것이다. 그는 그을음투성이의 잿빛 사우샘프턴역에 녹초가 되어 서 있었다. 스트래턴 부인이 그의 아들을 포옹하는 모습을 지켜보았다. 질투가 그를 갈가리 찢었다. 몸이 파르르 떨렸다. 그는 아들을 안지 않았다. 격식을 차려 아들과 악수를 하면서도 머리가 어질어질한 게 혹여 기절할까봐 두려웠다. 신발끈을 묶어야겠다고 둘러대며 벤치로 향했지만 막상 도착해서는 몸을 숙였다가 피가 머리로 쏠릴까봐 두려워 가만히 앉아 있었다. 주석 상자를 옆에 내려놓고 그 위에 성경을 올렸다. 성경에서 책갈피용 종잇조각이 여럿 떨어졌다. 스트래턴 씨가 종이들을 주워주었다. 티오필러스는 그것들이 그저 낙엽에 불과한 듯 외투 주머니에 쑤셔넣었다.

계속해서 기절할 것만 같았다. 에든버러로 가는 줄 알았는데 오사카에 도착한 사람 같았다. 모든 것이 낯설고 기이하고 떨렸다. 아들은 너무나도 아름다워 보였다. 그의 심장에서 아가*가 울려퍼졌다. 아들은 제 어머니를 닮아 하트 모양의 섬세한 얼굴이었다. 정액이 뿜어져나오던 그 황홀한 순간에 그는 그녀의 얼굴을 양손으로 감싸쥐었었다. 가슴에 품은 유향 꽃송이 같은 내 사랑.** 아들은 어머니에게서 매혹적인 머리카락과 우윳빛 피부를, 활기와 열정을, 큰 눈을, 무엇보다도 희망을 물려받았다. 자부심이나 질투심의 먹이가 되는 시커먼 얼굴과는 거리가 멀었다. 멋진 얼굴, 훨씬 더 멋진 얼굴이었다. 그는 선물을 주었다.

* 구약성서 중 한 편으로, 남녀의 아름다운 연애를 찬양한 노래로 구성되어 있다.

** 아가 1장 13절.

가진 것이라곤 그것뿐이었다.

알다시피 그것은 납땜 도구가 담긴 주석 상자였다. 납땜은 티오필러스가 대단히 높이 사는 기술이었지만, 아들은 제대로 익힌 적이 없었다. 그는 상자뿐만 아니라 납땜인두의 나무 손잡이까지 손수 깎아 만들었다. 산酸과 융제를 담으려고 가장 아끼는 유리병 두 개를 내놓았다. 수지樹脂를 담을 작은 상자도 만들었다. 에칭 기법으로 'O.J.P. 홉킨스, 아버지로부터'라고 새긴 작은 구리판을 뚜껑에 붙였다.

하지만 아들이 상자를 건네받고 감사인사를 하는 이 순간조차 티오필러스는 마음이 들끓었다. 아들과 함께 무릎을 꿇고 기도하고 싶었다. 사우샘프턴 기차역에서 그렇게 하지 않은 것은 수줍음 때문이 아니었다. (그는 공개적으로 남들의 시선을 받는 걸 결코 부끄러워하지 않았다.) 감정을 가누지 못하리라는 두려움 때문이었다. 그가 천성적으로 지닌 단점이자 결함이었다. 예측이 불가능했기에 더더욱 두려웠다. 가장 적대적인 청중 앞에서도 담대하게 설교할 수 있는 반면, 공개적인 자리에서 통제력을 잃고 무너질 수도 있었다. 그는 아내의 장례식에서 불명예스럽게 굴었더랬다. 그때 그는 아내를 위해 기도하려고 했다. 사람들이 그를 데리고 나갔다. 그는 말이 제대로 나오지 않았다. 목구멍에서 나오는 목소리가 낯설었다.

그가 리바이어던이라는 이름을 들었을 때 그들이 탄 마차는 항구를 향해 미끄러운 거리를 달리고 있었다. 그는 배를 떠올리지 않았다. 물론 배라는 건 알았다. 스트래턴 부부는 그 배에 대해 대단히 권위적으로 설명을 늘어놓았었다. 하지만 사우샘프턴에서 리바이어던이라는 단어를 들었을 때 그는 하느님이 욥의 무지와 무력함을 일깨워주고자 만든 거대 생물을 떠올렸다.

그 사지와 그 힘과 그 튼튼한 뼈대를 내가 말하지 않을 수 있겠느냐? 누가 그 가죽을 벗길 수 있느냐? 누가 두 겹 비늘 사이를 뚫겠느냐? 누가 감히 그 얼굴 문을 열겠느냐? 그 둘러난 이빨이 무시무시하니 말이다. 그 비늘은 단단히 봉인된 듯 붙어 자랑이 된다. 비늘이 서로 꽉 붙어 있어서 바람도 통하지 않는다. 그것들이 서로 단단히 조여 있고 함께 붙어 있어 떨어지지 않는다.*

티오필러스가 본 리바이어던은 이와 같았다. 그는 부두에 서서 배를 응시했다.

리바이어던을 마주하고 부들부들 떠는 아들을 보았다.

빗방울이 활짝 핀 꽃송이에 그러하듯 아들의 머리카락 끄트머리에 맺혀 있었다.

"아무렴, 오스카, 아무렴, 넌 걸어올라갈 수 있어." 티오필러스는 말했다. 하지만 어느새 들것과 눈가리개와 우리가 등장했다. 그는 기도를 해주고 싶었지만 막상 그가 시작하자 아무도 주의를 기울이지 않았다. 관절염 통증이 무딘 철사가 꿰어진 빛나는 바늘처럼 그의 하루를 내내 뚫고 지나갔다. 고통 때문에 정신을 온전히 집중할 수 없었지만 리바이어던이라는 이름이 그와 함께하며 뜻밖에 기묘한 위로를 주었다. 하느님의 뜻을 의심하지 말라고, 하느님이 보는 것을 그는 보지 못하며, 아

* 욥기 41장 12~17절.

들이 종국에는 저주받지 않을 수도 있다고 일깨워주었다.

티오필러스 홉킨스는 그 배를 사탄의 작품으로 보지 않았다. 새틴이나 실크나 플러시천처럼 탐탁지 않은 것에는 아예 눈길도 주지 않았다. 실내장식이 무언가를 연상시켰다면, 성공회의 대성당이었다. 하지만 그는 어떤 세부사항도 눈에 담지 않기로 했다. 오직 아들의 얼굴만을 기억하고 싶었다.

그는 갑판으로 나가고 싶었다. 깨끗한 공기를 쐬고픈 마음이 간절했다. 바다는 타락하지 않고 깨끗했다.

오스카는 갑판으로 나갈 수 없었다. 따라서 부자는 아래에 머물며 팔짱을 낀 채 이리저리 거닐었다. 티오필러스는 이탈리아에서 남자들이 그렇게 걷는 모습을 본 적이 있었다.

오스카는 자연적 조명과 철저한 통풍을 칭찬했다. 그 원리를 확실히 이해하고 있었다.

그들은 오스카의 객실로 갔다. 그곳에는 셀룰로이드 한 장이 있었는데, 티오필러스는 그 새로운 물질을 글로 접하긴 했지만 직접 본 적은 없었다. 격자무늬로 줄이 그어진 셀룰로이드가 현창에 붙어 있었다. 그것이 어떤 기능을 하는지 제대로 설명을 듣지는 못했지만 굳이 캐묻지 않았다. 그는 아들과 함께 기도를 드릴까 생각했다. 그러자 기차에서 준비한 기도문이 과연 적절한지 의심스러워졌다(질투와 자만에 기반해 쓴 것이었다).

오스카는 어떻게 침대를 낮에는 접고 밤에는 펼치는지 보여주었다. 펼친 침대에 걸터앉자 티오필러스는 잠시나마 관절이 편안해졌다. 오스카는 맞은편의 등받이가 조각된 나지막한 의자에 앉았지만 한시도

가만있지 못한 채 무릎을 달달 떨고 손을 조몰락거렸다.

그때 티오필러스가 오스카에게 두번째 선물을 주었다. 하얀 박엽지로 감싼 뒤 검은 리본으로 묶은 자그마한 꾸러미였다. 불길해 보였다. 검은 리본은(티오필러스의 서랍장에 남아 있던 장례용 리본이었다) 자궁으로 이 선물을 만들어낸 여인을 기리기 위해 쓴 듯했다. 그것은 오스카가 태어날 때 머리에 덮여 있던 양막이었다. 양막을 보관하면 아이가 익사하지 않는다는 말 때문에—물론 미신이었다—아이 어머니가 고이 간직해두었더랬다.

"여기, 네 양막이란다." 그는 눈에 띄리만치 떨리는 손으로 선물을 내밀었다. 오스카가 이해하지 못하자 말을 이었다. "네가 태어났을 때 머리에 쓰고 있던 거야."

그가 주머니에서 손수건을 꺼내자 윌리엄스 부인의 다리미판 향기가 훅 끼쳤다. 아들의 반응을 살피지 않고 그는 코를 풀었다. 데번의 어느 길 위에 서 있던 아내와 어린 아들이 떠올랐다. 향기로운 도금양 산울타리 아래 부드러운 붉은 진흙이 부츠에 잔뜩 엉겨붙는 바람에 모자는 꿈속의 존재인 듯 쩍쩍 무거운 걸음을 옮겼었다.

오스카는 양막을 납땜 상자에 넣었다. 마땅한 공간이 없어 밀어넣었다. 산酸이 든 병과 수지 상자 주위로 욱여넣었고, 그 바람에 박엽지가 구겨지고 장례용 리본은 찌그러졌다. 양막을 손상시키고 싶지 않았다. 그 선물에 깊이 감동받았던 것이다. 그는 뚜껑을 꽉 닫고는 상자를 머리 뒤쪽 기다란 선반에 올려놓느라 수선을 떨었다. 드디어 몸을 돌려 아버지를 마주한 아들은 두건을 쓴 듯 표정을 숨기고 경계하는 기색이 역력했다.

티오필러스의 감정에 겁먹었던 것이다. 오스카는 그 감정에 이름을 붙일 수가 없었다. 형태와 색깔을 짐작도 못했다. 남은 평생을 그때 그 감정이 무엇인지 궁금해하며 보내게 되겠지만 정작 그것이 하얀 탁자보 위의 나이프와 포크처럼 눈앞에 선연히 전개될 것 같던 당시에 그는 잔뜩 움츠러들고 말았다.

그는 아버지의 피부를 기억했다. 뺨의 검은 수염이 듬성듬성해지는 곳, 거기부터 울퉁불퉁한 개펄 만 같은 눈 밑까지 이어지는 부분. 너무 오래 감싸여 있던 무언가를 보는 듯했다. 그리고 냄새가 있었다. 불쾌하면서도 친숙한 냄새로, 한 계절 동안 비워둔 집의 냄새와 비슷했다. 친근감과 거리감이 뒤섞인 이 결합은 더없이 불안했다. 소음도 있었다. 한동안 소리가 들려왔다. 전기 확성기였다. 곧 출항할 시간이라고 했다. 오스카의 뒷목에 끝없이 펼쳐진 바다가 느껴졌다. 셀룰로이드 위의 선이 바다를 조각내어 작은 사각형으로 나누어버렸지만, 그 조각들은 선이 번지며 하나로 합쳐졌다가 조각났다가 또다시 합쳐졌다가 조각났다가 합쳐졌다.

오스카는 뭔가 유쾌한 말을 한 뒤 서둘러 산책로로 나갔다.

공기 중에서 새 페인트와 흥분의 냄새가 끼쳤다. 뭔가 증발한 냄새도 감돌았다. 브랜디 같기도 하고, 애스컷 경마를 앞둔 주중에 세인트 제임스의 구두 가게에서 나는 가죽냄새 같기도 했다. 이 모든 냄새 사이로 바다 내음이 미묘하지만 끈질기게 이어졌다. 오스카는 리바이어던의 움직임을 느낀 듯했다. 그는 객실 문 밖에 서 있었다. 왼손으로 벽에 달린 가로대를 움켜쥐었다. 그리고 멜로디 클러터벅을 향해 씩 웃었다.

클러터벅 양은 찡그린 해골 같은 얼굴을 거의 쳐다보지도 않았다. 그녀가 걱정한 것은 아들 뒤쪽 문가에 서 있는 아버지였다. 2층 객실에서 슬그머니 나오는 그를 지켜보며 설교단에 서듯 주위를 둘러본다고 생각했다. 그의 느릿느릿한 걸음이 통증 때문이라고는 생각하지 않았다.

그녀는 일어나 다른 계단으로 향했다. 은행에서 대기 줄 앞쪽에 서 있는 사람들이 은행 강도인 것 같지만 자신의 직감을 확신하지는 못하는 고객처럼.

그렇게 그녀는 당혹감을 떨치지 못했다. 파리하게 질린 얼굴로 가만히 서 있었다. 차를 마시느라 벗은 장갑을 꽉 쥔 토실토실한 손에 피가 몰려 얼룩덜룩했다. 그녀는 늙은 홉킨스의 무릎이 꺾이는 모습을 보았다. 신음소리를 들은 듯했다. 그녀는 생각했다. 복음주의자들은 무릎을 꿇지 않아!

노인 쪽으로 가려다가 승무원이 보였다. 사마귀가 아버지에게로 몸을 수그렸다. 앙상한 무릎이 카펫으로 떨어지는 쿵 소리를 언뜻 들은 것도 같았다. 하지만 그 카펫은 웬만한 소리는 흡수하고도 남을 만큼 두꺼운 것이었다. 바로 그때, 약혼자와 눈이 마주쳤다. 하지만 찰나에 불과했다. 왜냐하면 그가—아, 이런 바보, 이 바보 같으니라고—근본주의자를 흉내내고 있었기 때문이다. 스트래턴 부부를 보니 남편은 이미 번들대는 무릎을 꿇고 있었고, 아내는 커다란 손으로 남편의 어깨를 짚고서 몸을 숙이고 있었다. 이어서 클러터벅 양은 이 한심한 일행과 관련이 없는 타인들을 살폈다. 젖은 동물 냄새를 풍기는 작달막한 사내가 다가와 그녀 곁에서 무릎을 꿇었다. 머리가 벗어져가는 그의 정수리에는 끔찍하리만치 친밀한 뭔가가 있었다. 크리스털 포도주잔을 들고 있던 몇몇이 동참했다. 승무원들은 자리에 그대로 서 있었지만, 심지어 그들도 침례교도들이 흔히 그러듯 양손을 깍지 끼고 고개를 숙이고 있었다. 밖에서 확성기가 계속 떠들어댔지만 배 안은 고요했다. 비국교도로 보이기 싫은 마음에 멜로디 클러터벅도 무릎을 꿇었다.

긴 침묵이 이어졌다. 일 분, 어쩌면 이 분 후 영국 왕립학술원 회원인 티오필러스 홉킨스가 기도를 시작했다.

"오, 하느님 아버지." 그의 목소리가 엉클어졌다. 그는 다시 시작했다. "오, 하느님 아버지. 이 아이는 제 아들입니다."

다음 침묵은 더 짧았지만 더 고통스레 느껴졌다.

"이들은 그의 친구들과 이 배의 승객들입니다."

스트래턴 부인이 천식 환자처럼 씨근덕거리며 숨을 쉬었다. 무릎 꿇은 몸이 약간 흔들리고 있었다. 스트래턴 씨가 그녀의 등을 문질렀다.

"오, 하느님 아버지." 오스카의 아버지가 말했다. 굵은 목소리가 갈라져 많은 이들이 마지막 단어를 제대로 듣지 못했다. "우리가 무엇을 할 수 있겠나이까?"

그리고 그는 일어났다. 아주 잠깐 아들을 쓰다듬었다. 아주 가볍게 스치는 손길이라 오스카는 혹시 자신이 착각한 것은 아닐까 늘 궁금해하게 된다. 아버지는 고통 속에서 재빨리 계단을 올랐다. 특이하게 다리를 절며—얼굴을 잔뜩 찌푸리고 잰걸음을 놀렸다—시야에서 사라졌다. 사람들이 천천히 몸을 일으켰고, 서로 시선을 피했다.

부두에서 티오필러스 홉킨스는 다시 기도했다. 그가 리바이어던 앞에 서자 주위에 사람들이 몰려들었다. 하지만 거대 생물의 비늘은 단단히 맞물려 있어 그의 목소리가 산책로에 계속 남아 있는 아들에게 닿지 않았다.

오스카는 아버지가 돌아오기를 기다렸다. 그러다 아버지가 영영 떠났다는 것이 그에게도 분명해지자 오스카는 아버지가 빠져나간 북적이는 출구만을 하염없이 바라보았다. 친구들 가운데 서 있었지만, 거대한 고통이 심장을 옥죄고 폐를 움켜잡아 공기가 벌어진 붉은 입술 사이로 그를 구하러 조금도 들어오지 못했다.

그는 생각했다. 다시는 아버지의 지혜로운 늙은 얼굴을 보지 못할 거야.

그는 생각했다. 아버지를 홀로 두고 떠나다니 나는 형편없는 아들이야. 그는 스트래턴 부인을 껴안은 다음, 워들리피시와 클러터벅 양과 콜빌 씨와 제자들과 악수했다. 뱃고동소리, 종소리, 폭죽소리가 요란하게 울려퍼졌다. 위쪽에서 내려다보던 루신다는 왜 사제가 새빨간 소파에 홀로 앉아 있는지 의아해했다.

배의 기하학적 중심에서 오스카는 공포증이라는 거미줄에 사로잡히고 말았다. 그는 모두가 떠나버린 줄로만 알았다.

49
시스템

오스카는 스트래턴 씨 때문에 화들짝 놀랐다. 그가 얼굴을 바짝 들이댔던 것이다. 그것도 느닷없이. 그는 공짜 셰리주가 담긴 마지막 잔을 쥐고 카펫 위로 살금살금 걸어갔다. 청년은 고개를 들지 않았지만 스트래턴 씨는 자신이 안 보일 리가 없다고 생각했다. 하지만 전혀 그렇지 않았다. 그는 산책로에 남아 있는 유일한 방문객이었다. 배를 떠나라는 요청을 이미 두 번이나 받았다. 무시하는 자신에게 이목이 집중되고 있음을 그도 느꼈다.

그는 오스카가 자신을 기다리고 있다고 생각했다. 그의 관점에서 보자면 지극히 자연스러운 일이었다. 둘 사이에 꼭 이야기해야 하나 오래도록 미루기만 한 사안이 있었던 것이다. 그는 좀더 일찍 그 이야기가 나오리라 기대했지만 예상이 빗나갔기에 지금이라도 말을 꺼내야 했다. 그는 시계와 시간표에 전전긍긍하며 얽매이는 사내였다. 종소리, 알람소리, 뱃고동소리. 이 모두가 그의 생리에 직접적인 영향을 끼쳤다. 하지만 오늘만큼은 그딴 소리에 겁먹지 않을 셈이었다. 필요하다면 배를 다시 해안으로 돌릴 마음도 있었다.

스트래턴 씨는 오스카와 1미터 떨어진 소파에 앉았다. 그리고 술잔을 소파 등받이에 놓았다. 균형을 잡아 잘 놓긴 했지만, 광택제를 바른 표면에 얼룩이 생긴다 해도 상관없었다.

오스카는 그를 쳐다보지 않았다. 그의 눈에 보이는 것이라곤 망막에 새겨진 떠나간 아버지의 얼굴뿐이었다. 특히 눈 아래 1페니 동전만한 여린 피부가 생생히 떠올랐다.

"더이상 미룰 수 없지." 스트래턴 씨가 오스카에게 얼굴을 바짝 들이대며 말했다.

오스카는 앉은 자리에서 5센티미터는 족히 뛰어올랐다.

"어이쿠."

스트래턴 씨의 얼굴은 득의양양했지만 손은 뒤로 돌아가 셰리주를 찾아 소파 가장자리를 더듬더듬 훑고 있었다.

오스카는 스트래턴 부부를 여전히 매우 좋아했다. 스트래턴 씨에 대한 연민으로 그의 애정이 식기는커녕 오히려 그 반대였다. 하지만 예전에는 그토록 순수하고 어린애 같던 얼굴에서—타락한 현재의 얼굴에서도 과거의 얼굴이 언뜻언뜻 보였다—지금은 너무나 역력히 교활함이 어른거리자 역겨워졌다.

오스카는 아버지와의 이별에 정신이 팔린 나머지 신부의 의도를 제대로 이해하지 못했다. 그래서 스트래턴 씨의 어깨에 한 손을 얹고 말했다. "때가 됐네요. 그것도 슬픈 때가요."

하지만 스트래턴 씨의 얼굴은 의심으로 굳어 있었다. 세상은 일반적으로 보이는 모습과 다르다는 것을 아는 얼굴이었다. 어디에나, 주교, 학장, 왕, 심지어 시골 주임사제의 속임수와 장난이 판을 친다는 것을 아는 얼굴이었다. 심지어 전지전능한 만군의 주 하느님조차 무지와 자만에 기반한 허풍선이로 만들 이단에 빠질 만반의 준비가 된 얼굴이었다.

"밀고 당기기는 충분히 했어. 그러니 이제 다 털어놓아라." 스트래턴 씨는 오스카의 눈을 똑바로 보며 말했다.

스트래턴 씨의 눈을 본 오스카는 처음으로 그 눈을 들여다보는 것 같았다. 이전에는 그래 봤자 불행만 보일 것이 뻔하기에 예의상 혹은 약한 비위 때문에라도 눈길을 피했던 것이다. 하지만 지금은 피할 도리가 없었다. 물기 어린 푸른색 눈이었다. 누리끼리하고 핏줄과 얼룩이 돋은 흰자는 몰리에 있는 주점인 스완의 도자기 세면대 같았다.

스트래턴 씨의 손이 술잔을 입으로 가져갔다. 아랫입술이 술을 고대하며 비쭉 튀어나왔다. 유리잔의 굽이 오스카의 코에 닿을 듯했다.

"우리는 네 아버지를 최선을 다해 돌보았어. 우리 입에 들어갈 게 없을 때도 네 아버지에게 먹을 걸 갖다줬지. 아무 대가도 못 받으리라는 걸 알면서도. 적어도 지상에서는 말이야. 마찬가지로 너를 돌봤어. 우리가 이득을 염두에 두었다고는 너도 생각하지 않을 거야." 스트래턴 씨가 웃었다. 얕은 소음이 목 뒤쪽 묵은 공기에서 튀어나왔다. "우리가 너를 교육시켰고 네가 그 산증인이야. 부자를 위해 그런 희생을 할 생각은 없었어."

스트래턴 씨가 화려한 실내를 강조하듯 산책로를 둘러보았다. 무대 위였다면 형편없는 삼류 연기에 불과했겠지만 이곳에서 벌어졌기에, 그것도 한창 가슴 아픈 와중에 벌어졌기에 오스카의 마음은 그저 수치심으로 가득찼다.

"감사합니다. 저는 늘—"

"감사인사는 아까도 받았어. 고급 커피나 미심쩍은 화폐 뭉치로 조롱하고 넘겨도 될 도움이었다고는 생각지 않아."

순간적으로 오스카는 화가 났다. 그가 스트래턴 부부에게 보낸 돈은 결코 적은 액수가 아니었다.

"당연히 너도 우리에게 털어놓고 싶겠지. 더이상 우리를 조롱하고 싶진 않을 테니." 스트래턴 씨의 입이 살짝 벌어졌다. 다른 사람이 말하기를 기다릴 때 하는 그의 습관이었다. 분홍색 혀끝이 셰리주로 끈적이는 입술을 재빨리 핥았다.

뱃고동이 울렸다. 박자가 바뀌어 이제는 짧고 날카롭고 끈질긴 소리가 마치 팽팽한 하얀 캔버스를 단검으로 찌르는 듯했다.

"오, 하느님. 이제 말해봐. 이대로 떠날 순 없어." 그가 오스카의 손목을 꽉 움켜잡았다. 놓아주지 않았다. 손목이 아파왔다. "기독교 사제가 이런 호화 여행을 할 돈이 어디서 나지? 등쳐먹으려고 이러는 게 아냐. 돈을 보내달라고 애걸복걸하려고 온 게 아냐. 물론 형편없는 신세지만 그렇게까지 타락하지는 않았어. 그러니 어떻게 돈을 구했는지 말해봐."

"마음에 들 만한 얘기가 아닌데요."

"내 마음에 대해선 걱정 말게, 젊은이." 그가 손목을 더 꽉 움켜쥐었고 그 순간 입술이 분노로 비틀렸다. "내 가난은 그런 연약한 마음 따위는 허락하지 않거든."

"저를 자랑스러워하지 않을 거예요."

"않을 거라고? 지금도 자랑스러워하지 않아. 오, 하느님, 이 녀석이 쓸데없는 말을 그만 좀 지껄이게 해주소서."

"제가 신부님에게 말했다가는 아버지 귀에도 들어갈 테고, 그럼 아버지가 못 견디게 괴로워할 거예요."

"그런 일은 절대 없을 거라고 맹세하지." 여전히 주저하는 오스카를 보며 휴 스트래턴이 말을 이었다. "아, 오스카, 내 말 믿어."

"도박을 했어요. 오래전 신부님이 의심했던 대로요."

"그래." 스트래턴 씨는 숨을 토하고는 말을 이었다. "도박을 했군."

"배가 출발할 것 같아요."

"그럼, 너만의 시스템이 있겠지? 그렇게 부르는 거 맞지?"

"시스템요?"

"그래, 시스템. 템플한테 도박에 대해 들은 적 있어. 네 시스템을 나한테 적어줘."

그리고 정말로 반질거리는 코트의 잡동사니로 가득한 주머니에서 낡은 봉투와 몽당연필을 꺼내 오스카에게 내밀었다. 그러는 동안에도 아프게 움켜쥔 오스카의 손목을 결코 놓지 않았다.

"그리 간단하지 않아요. 그냥 적을 수 있는 그런 게 아니에요. 이러다가 너무 늦겠어요."

스트래턴 씨의 움켜쥔 손이 느슨해지며 턱살이 축 처졌다. 얼굴 피부가 생기를 잃고 무너져내린 듯했다. 부엌의 맨 아래 선반에서 꺼낸 헌 물건 같았다.

오스카는 손목을 빼내고 싶었지만 그러지 않았다.

"제발 부탁이니, 적어줘. 이렇게 간청할게."

그는 자신이 무엇을 간청하고 있는지도 몰랐다. 그건 불가능한 일이었다. 시스템을 구성하는 도표와 표는 검은 클로스 장정 공책 열여섯 권에 담겨 있었다. 공책들은 오스카가 아버지의 집에서 분류하던 단추 상자처럼 깔끔하게 세로단과 구획으로 정리되어 있는 동시에 얼룩과 반점으로 지저분했다. 그의 손은 정신을 온전히 따라가지 못했다. 손은 굼벵이였으나, 정신은 소맷단이 새하얀 깔끔쟁이이자 모든 게 제자리에 있어야 하는 폭군이었다.

공책들은 그의 트렁크에 들어 있었다. 뉴사우스웨일스에 가면 아무 쓸모가 없을 터였다. 확실히 객실로 달려가 공책들을 스트래턴 씨에게 건넬 시간은 있었다. 사제는 당연히 봐도 모르겠지만 그가 편지로 설명해줄 수 있을 테고, 중요한 것은 선물을 준다는 점이었다. 기독교적 근면을 발휘하기만 한다면 경마장에서 상당한 돈을 벌 수 있다는 사실을 그 공책들이 증명했기 때문이다.

하지만 아니, 그는 공책을 내줄 수 없었다.

왜 그런지는 몰랐다. 설마 이런 부탁을 받으리라고는 상상하지 못했고, 막상 부탁을 받고 보니 관대해지는 게 아니라 분노와 혼란을 느꼈다. 공책들은 그의 삶과 너무도 밀접히 이어져 있어, 그의 인생이자 강박관념이자 일기이자 하느님과의 대화이자 계속 먹이를 주어야 하는 괴물과의 끈이었다. 그리고 사적인 것이었다. 비밀이었다. 오 년의 삶이 녹아 있었다. 그는 잉글랜드 남부를 샅샅이 여행하며 공책에 암호화된 정보를 기록했다. 얼룩자국만 빼면, 그는 태터솔 경마대회의 어떤 마권업자도 견줄 수 없을 역사를 담아냈다. 경주마 525마리의 순위, 부담 중량, 등급 상승, 몸무게 증가, 우승마와의 거리차, 경주로 상태 등등. 암말이나 암망아지에게는 돈을 걸지 않았지만 암컷에 대한 정보도 모두 수집해놓았다.

"제발 그만 가세요, 신부님." 오스카가 부드럽게 말했다. "제 아주 곤란한 비밀을 알고 있는데 제가 뉴사우스웨일스에서 어찌 편지를 안 쓰겠어요? 어떻게 경마에 이기는지 상세히 알려드릴게요."

그는 구두쇠였다. 기독교인답지 않았다. 그깟 공책은 내주어야 했다. 설령 스트래턴 부부에게 빚진 게 없다 해도 공책을 내주어야 했다. 하지만 그는 교활하게 변명을 대고 대안을 제시하는 족제비였다.

"시드니에서 빠른우편으로 편지를 보낼게요. 하느님 앞에 엄숙히 맹세해요. 제가 신부님 형편을 생각지 않는 무심하고 몰인정한 놈이라는 말은 정말 옳아요. 그저 신부님이 제 아버지한테 그 이야기를 할까봐 두려워서 그랬어요."

휴 스트래턴은 젊은이의 맑은 눈을 똑바로 응시했지만 쉽사리 믿을 수 없었다.

"지금 적어주게."

"그리 간단하지 않아요. 하고 싶어도 못해요."

"하느님 앞에 맹세하나?"

"그럼요."

그는 무엇을 맹세했는가? 그저 오 분 만에 공책의 내용을 옮겨적을 수 없다고 맹세했다. 진실이었다. 하지만 그는 일말의 진실도 아닌 것을 모호하게 얼버무려 일종의 '진실'로 만드는 재주가 있었다.

"경마로 돈을 번 건가?"

그에게 공책을 주어라. 주어라.

"네."

스트래턴 씨가 손목을 놓았다. 그리고 고개를 끄덕였다. 뭔가를 말하려는 듯 입을 열었지만 뱃고동소리가 이겼다. 그는 다시 고개를 끄덕이더니, 또다시 끄덕였다. 도박 자금을 마련하기 위해 위험한 결정을 내리고 있었다. 계단을 달려올라가며 좌골신경통 때문에 얼굴을 찡그렸다. 계단 위에서 그가 뭐라고 외쳤지만 오스카에게는 들리지 않았다. 그는 스트래턴 씨가 피부에 남긴 새빨간 팔찌를 살펴보았다. 호화로운 동굴인 2등석 산책로에서 자신의 타락을 새로이 자각하며 홀로 앉아 있었다.

50
파친코

내가 존재하기 위해서는 두 도박꾼이 만나야만 한다. 한 명은 강박적이고, 다른 한 명은 충동적이다. 특정 시점에 문이 열려야 한다. 문 맞은편에는 붉은 플러시천 소파가 있어야 한다. 모두 합쳐 880쪽에 이르며 페이지마다 열 개의 세로단으로 나뉜 공책 열여섯 권을 지닌 강박적인 도박꾼은 구깃구깃한 바지 무릎에 성공회 기도서를 펼친 채 붉은 소파에 앉아 있어야 한다. 충동적인 도박꾼은 열린 문으로 들어가고픈 욕구에 떠밀려야 한다. 그녀는 강박적인 도박꾼을 향해 걸어가 거짓을 말해야 한다(자신의 입에서 그런 말이 나오리라고는 꿈에도 몰랐지만). "저는 고해성사를 하는 습관이 있답니다."

하지만 둘 중 능동적인 쪽이 스테인리스스틸 파친코 공 못지않게 복잡한 여정을 거친 끝에(홈이 파인 금속 터널을 지나 경사로를 내려가 옆으로 틀어 리바이어던의 뱃속으로 들어갔다가 다시 올라가 옆으로, 위로, 위로 간 끝에야 붉은 소파가 안쪽에 놓여 있는 문 앞에 이르렀다) 성사된 이 만남조차도 리바이어던의 통풍 시스템에서 설계자들이 완전히 인지하지 못했던 별난 문제점이 한 가지 발생하지 않았더라면 실현되지 못했을 것이다.

별난 문제점이란 이것이었다. 객실에서 객실로 말소리가 전해졌고, 그리하여 무료한 승무원들이 밤새 카드놀이를 하는 소리에 루신다가 사로잡혔던 것이다. 승무원 객실은 바로 옆 객실도 아니었다. 옆방은 비어 있었다. 선박 회사의 안내책자를 보며 그녀가 항해하는 동안 말동무를 사귈 수 있으리라 상상했던 것과는 달리 나머지 1등석 객실은 텅텅 비어 있었다. (황실용 1등석에 바이에른 사람들이 있긴 했으나 그곳은 파란색 실크 밧줄로 분리되어 있었다.) 승무원들은 주르르 늘어선 빈 객실에 묵고 있었다. 승무원들 숙소가 더 가까웠더라면 통풍 시스템 설계상 그녀는 도박하는 소리를 전혀 듣지 못했을지도 모른다.

그들의 대화가 고스란히 전해지는 게 마치 저마다 확성기라도 차고 있는 듯했다.

그러다보니 그녀는 책을 읽을 수가 없었다. 시끄러워서가 아니었다. 그들이 하는 놀이 때문이었다. 투페니를 하는구나, 이제 블라인드 잭을 하는군, 이번엔 포커야, 그녀는 생각했다. 새된 목소리의 런던 토박이가 가장 실력이 뛰어났다. 그녀는 그가 마음에 들었다. 그녀는 상상했다, 모래색 머리가 삐죽삐죽 튀어나와 있고, 눈을 찌푸리는 버릇이 있으리라. 자주 씩 웃고, 때때로 판을 싹쓸이하리라. 아무 낌새도 보이지 않으리라. 패가 좋으면 항상 말이 빨라지는 사내도 있었다. 그는 리버풀 출신이었다. 새 일자리 때문에 그들 중 가장 걱정이 많았다. 과거 '소브레이언'의 수석 승무원이었다는데, 덕분에 루신다는 소브레이언이 높이 평가받는 배임을 전에는 몰랐을지라도 이제는 알게 되었다. 그는 상사의 분노를 사는 바람에 다른 배로 옮겨야 했고, 그 상사가 다시는 자신을 고용하지 않으리라고 말했다. "어떤 경우에도 불가능해"라는 말만 되풀이했다.

승무원들은 스스로를 '일류 중의 일류'라고 여겼다. 그들의 일에 자부심을 가지고 있었다. 멜로디 클러터벅이 상상한 그런 단순한 속물이 아니었다. 속물은 바로 그녀였다. 이들은 완벽주의자였다. 유리 불기공만큼이나 자부심이 컸다. 하지만 그들은 속았다. 그들의 능력을 존중해줄 혹은 적어도 알아줄 사람들을 위해 일하게 되리라 기대했지만, 그들이 마주친 이들은 그들 위에 군림하려 드는 식민지 깡패이기 일쑤였다. 2등석에는 버러데일 씨라는 논쟁을 좋아하는 부자가 있었는데, 술에 취해 환기구에 비스킷을 던져넣곤 했다.

루신다는 승무원들을 직접 보지는 못했지만 그들 모두가 마음에 들었다. 그들과 함께 탁자에 둘러앉아 게임을 하고 싶었다. 그들이 담배를 피우고 술을 진탕 마셔도 개의치 않을 것이다.

널따랗고 휑한 곡선 공간에 고동색 카펫, 호화롭고 번쩍이는 장식이 더해진 객실은 그녀에게 어울리지 않았다. 심지어 벌링턴 아케이드에 위치한 메리 앤 에번스의 단골 양장점에서 산 세련된 옷도 그녀에게 어울리지 않았다. 첫날밤 객실에서 『바체스터의 탑』을 무릎에 내려놓은 채 생각해보니 평범한 사람들 사이에서 마음 편히 있을 수 있었던 곳은 답스 씨의 집뿐이었다.

답스 씨, 피그 씨, 맬컴 양과 함께 있는 그녀를 만났더라면(결코 일어날 수 없는 일이지만) 승무원들도 거리낌없이 그녀와 카드를 할 텐데. 웃고 술도 마시는 그녀를 보게 될 테고, 조심하지 않았다가 새벽 세시에 봉급을 몽땅 털리기도 할 텐데. 사실 답스 씨의 집은 저속했고, 여러 면에서 도덕적으로 다분히 수상쩍은 곳이었다. 그런 곳에—이류에, 식민지 스타일이고, 하물며 어리석었다—'어울린다'는 깨달음은 충격적이지만, 그녀는 그곳 탁자에 앉아 있을 때면 관습의 코르셋에 숨이 막히지 않았다. 목과 팔과 가슴이 무시무시하게 옥죄이지 않았다.

식당에서 승무원들은 무대에서 목소리를 바꿔 연기하는 배우들 같았다. 밤에 들은 목소리와 낮에 시중을 드는 목소리를 연결시킬 수가 없었다. 탁자에 앉아 있노라면 그녀는 공모자가 된 기분이었다. 그들도 그녀처럼 사회적 역할에 의해 제약이 따르리라고 그녀는 상상했다.

어쨌든 식사 시간은 당혹스럽기 짝이 없었다. 세로 홈이 새겨진 기둥을 비롯해 온통 고대 그리스풍으로 꾸며진 식당은 텅텅 비어 있었다. 고급 선원 네 명이 마지못해 그녀와 함께 식사를 하게 되었다. 그녀는 얼굴이 빨개져서 들어갔다. 그리고 예의범절이 허용하는 선에서 빨리 식사했다. 이 자리에서는 자신의 성격, 열정, 직업이 모두 부적절할 뿐만 아니라 심지어 충격적이리라는 것을 그녀는 알았다(혹은 그렇게 상상했다). 함께 식사하는 선원들은 그녀를 쥐라고 생각했다. 그녀는 쥐였다. 그들이 그녀를 쥐로 만들었다. 차라리 블라인드 잭이나 포커를 하고 싶었다. 회색 로스트비프를 썰면서 그녀는 카드 게임을 하면 좋은 점이 얼마나 많은지 떠올렸다. 다른 사람인 척할 필요가 없는데다, 입을 다물고 있어도 지루해 보일 걱정 없고, 얼굴을 찌푸려도 무슨 안 좋은 일이 있느냐며 사람들이 수선을 떨지 않고, 남자를 이겨도 되고, 남자를 이겼을 때 난처해하며 키득거리거나 선웃음 치지 않아도 되었다. 남아도는 시간을 죽이고, 외로움을 없애고, 다시는 볼 일 없는 사람들과 친구가 되고, 즐거운 일이 곧 일어나리라는 예상, 즉 주기적으로 기대에 차서 달콤하고 알딸딸한 기분을 맛볼 수 있었다. 즐거움이 반드시 이익이나 탐욕과 관련된 것은 아니었다. 돈을 잃었다는 사랑스럽고 어찔어찔한 느낌을, 재산의 토대에서 벽돌 한 장이 뽑혔다는, 지갑이 옷핀과 먼지와 물결무늬 실크 안감 외에는 텅 비었다는 깨달음을 경험할 수 있었다. 이로 인해 내일 어떤 회한과 공포에 빠진다 하더라도 돈을 잃은 그 순간만은 강렬한 안도감에 휩싸였다. 더이상 책임질 필요도, 선택할 필요도 없었다. 킹즐리* 씨의 낭만적인 이야기에서 강물에 떠내려가는 코르크 마개가 된 듯했다.

루퍼트 왕자의 유리구슬 공장의 주인으로서 맞이한 처음 몇 달 동안 그녀는 작업중 휴식 시간에 직원들과 함께 크리비지를 했다. 이를 통해 그들과 친분을 쌓을 수 있으리라 보았다. 하지만 한 달이 채 안 되어 그들은 그녀에게 메시지를 보냈는데(하고많은 사람 중에 답스 씨를 통해 전했다), 이런 식으로 계속하는 것은 '적절하지' 않다는 내용이었다.

페티스호텔 로비에서 답스 씨가 당혹스러워하며 전한 이 메시지를 떠올릴 때마다 그녀는 거부당했다는 생각에 날카로운 통증을 느끼지 않을 수 없었다. 가당치도 않게 마음이 아팠다. 도저히 떨칠 수가 없었다. 그녀는 생각했다. 내가 게임을 즐기는 내내 그들은 날 창녀나 더 형

* 19세기 영국 소설가 찰스 킹즐리.

편없는 존재로 여겼어. 그녀는 자신의 어리석음에 울고 싶은 심정이었다. 또는 어리석은 그들을 찰싹 갈겨주고 싶었다.

그녀는 공장에서 만들어낸 제품들이 자랑스러웠다. 사람들이 힘을 합쳐 분투하는 모습을 볼 때면 늘 그렇듯 그녀는 유리 제조 과정을 보면서도 감동받았다. 자신이 인수한 유리공장이 험한 곳이고, 앞으로도 변함없이 험한 곳이리라는 점은 알았지만, 한쪽 끝에는 혼돈이, 다른 쪽 끝에는 문명이 자리한 사슬을 하나하나 이루고 있는 직원들의 모습에 그녀는 감격했다. 자그마한 몸집에 사팔뜨기인 첫번째 유리용액 수거공, 다부진 체격에 가슴팍이 딱 바라진 두번째 유리용액 수거공, 나이가 많지만 주임 자리를 한사코 마다하는 잘생긴 세번째 유리용액 수거공, 어린애 다리통만한 굵은 팔뚝과 거대한 회색 수염을 자랑스러워하는 유리 불기공, 나뭇가지 위의 찌르레기처럼 종종거리며 뛰어다니고, 날래고, 몸을 숙인 채 일하는 꼼꼼한 병주둥이 절개공. 용광로 상태에 맞춰 직원들이 새벽 세시에(혹은 밤 열시나 꼭두새벽에) 일어나 물에 적신 곡물 자루를 둘러쓰고 일하는 곳에서 자신이 주인 노릇을 한다는 것이 그녀는 아무래도 부당하게 느껴졌다. 그들의 고단한 삶을 결코 낭만적으로 보지는 않았지만, 그렇더라도 그 기능적인 동료의식은 부러웠다. 그래서 그들의 일부가 되려는 마음에 카드놀이라는 방법을 선택했던 것이다. 그녀가 그들의 '주인'일지라도 제조 공정에서 쓸모있는 역할을 맡고 싶은 마음뿐이었다.

그들이 거부하니 그녀의 가슴에 더없이 비기독교적인 열정이 일어났다. "신사는 숙녀와 도박을 하지 않습니다"라고 그들은 말했다. 그녀는 울부짖는 아기를 바닥에 내팽개치고 싶은 부모의 심정이 되었다.

리바이어던의 승무원들이 주고받는 말에 귀기울이며 그녀는 그들이 흔쾌히 자신을 카드놀이에 끼워주는 상상에 빠졌다. 그들의 방문을 두드린다. 그리고 자신을 소개하는 것이다.

물론 그녀는 그들이 즉시 '승무원' 역할로 돌아가리라는 것을 알았다. 일고의 여지도 없이 크나큰 사생활 침해일 터였다. 하지만 분명 어딘가에서 도박판이 벌어지고 있었다. 그녀는 갑판 사이에 자리를 잡은 엔지니어와 목수들을 상상했다. 그녀는 올드 본드 스트리트에서 구입한 새 카드를 한 벌 가지고 있었다. 압착 롤러로 누른 종이 뒷면에 새겨진 멋진 검은색과 황금색 줄무늬가 특별한 행운을 불러온다고 그녀는 늘 믿었는데, 바로 그런 무늬가 박힌 웨더비 슈프림 카드였다. 카드를 고정한 그리핀 모양의 봉인을 뜯고 작은 손으로 노련하게 카드를 섞자, 흥분할 때면 늘 그렇듯 윗입술이 땅겼다—포커를 하기에 유용한 버릇은 아니었다. 카드를 두 뭉치로 나누고 카드 사이사이에 다른 뭉치의 카드를 끼워넣어 도로 한 뭉치로 만들었다. 통증이 일었다. 오금과 손마디에 유쾌한 동시에 참을 수 없는 긴장이 느껴졌다.

예를 들어 그녀가 '갑판 사이'라고 알려진 곳으로 그냥 걸어가기만 하면 문이 열려 있으리라. 게임이 벌어지고 있다. 그녀는 서서 구경한다. 그들은 개의치 않는다. 머릿속에 생생히 그려졌다. 탁자에 둘러앉은 일꾼 네 명. 그녀는 그들에게 자신의 카드를 보여준다.

어리석긴. 말도 못하게 바보 같잖아.

그녀는 웨더비 슈프림 카드를 벨벳 지갑에 집어넣고 객실을 나갔다. 산책을 할 생각이었다. 그뿐이었다.

그녀는—당연히—선창의 화물을 살피러 내려갈 생각이었다. 이것은 그녀의 권리였다. 그녀는 제조업자가 아닌가. 선생님 눈에는 제조업자처럼 보이지 않을지 몰라도, 그것은 그저 선생님이 지닌 식민지인의 좁은 시야 때문입니다. 모든 제조업자가 구레나룻을 기르고 시가를 피우지는 않는답니다.

화물은 챈스브러더스사에서 구입한 설비였다. 그것으로 뉴사우스웨일스에서 처음으로 창유리를 제작할 것이다. 그녀는 이로 인해 자신의 이름을 딴 도시가 생기리라고는 예상하지 못했다. 또한 사람들이 자신에게 이래라저래라 가르치려 들리라는 것도 예상하지 못했다.

그녀는 C갑판으로 통하는 문을 열고 계단을 내려갔다. 자신이 무엇을 하고 있는지는 생각하지 않았다.

루신다는 카드놀이 판을 찾고 있었다.

강철 창자 같은 텅 빈 복도를 지났으나 탁자에 둘러앉은 네 남자는 없고, 새 매트리스의 갈색 종이 포장도 풀지 않은 빈 객실들만 나왔다. 심지어 D갑판의 일부 방에는 톱밥과 대팻밥이 널려 있었다. 목수의 연장통에 들어 있던 날카로운 끌 때문에 호기심 많은 승객은 그만 손가락을 베였지만 지혈에 쓸 것이라곤 톱밥밖에 없었다.

도무지 배 안에 있다는 실감이 들지 않았다. 리벳으로 고정된 다리나 거대한 기계 괴물, 대서양의 하늘 위로 굴뚝이 우뚝 솟은 제국의 뱃속 안에 들어와 있는 듯했다.

동물을 실은 E갑판은 양, 소, 라마가 갇힌 우리가 계속 이어졌다. 일종의 공포가 만연한 분위기였다. 공기가 쾌적하지 않았다. 여전히 스스로를 똥과 진흙과 동물과 친숙한 시골 여자로 여기는 그녀조차 구역질이 날 만큼 냄새가 짙었다. 새장에 든 새도 있었다. 한 젊은이가 있었는데, 그는 동물에게 먹이 주는 것이 자기 일이라면서 배 꼭대기 층은 어떨지 너무나 궁금하다고 했다. 균형 잡힌 몸매에 튼튼했지만 얼굴은 파리했다. 악취가 진동하는 어둠 속에서—9미터 간격으로 노란 불빛 전등이 설치되어 있었다—그의 얼굴이 불쑥 튀어나왔다. 그녀는 그의 공격적인 호기심이 불편했다. 그는 그녀가 찾던 것이 아니었다.

그가 그녀에게 보모냐고 물었다. 그녀는 아니라고 대답했다. 그러자 그는 듣자하니 꼭대기 층 신사숙녀들이 테니스를 치고 굴렁쇠놀이를 한다던데 사실이냐고 묻고, 동물을 잘 다루고 손재주도 좋으니 시드니에 도착하면 자신을 고용하지 않겠느냐고 제안했다. 그러면서 저 끔찍한 영국으로 다시는, 살아생전 다시는 돌아가지 않겠다고 말했다. 그녀는 듣는 둥 마는 둥 했다.

그녀는 선창이 어디 있냐고 물었다. 그는 모르면서 아는 척했다. 그가 거짓으로 방향을 일러주고 있다는 건 그녀도 알았다. 하지만 추잡한 도박판을 찾아 열에 들떠 두리번대는 짐승인 자신과 순수한 그를 비교하자니 연민이 일었다.

그녀는 잘못해서 기관실로 갔다. 실제로 들어간 것은 아니고, 석유 냄새가 심하게 풍기는 리벳으로 고정된 거대한 문을 열어보기만 했다. 아찔한 강철 구덩이를 내려다보니 거대한 연접봉 두 개가 회전하고 있는 모양새가 거인 가르강튀아의 악몽 같았다. 까마득한 아래에서 웃통을 벗은 채 일하고 있는 남자들은 조그만 삽을 든 재투성이 상아 인형 같았다. 여기도 카드놀이를 하는 사람은 없었다. 인부들이 일손을 멈추고 침입자를 올려다보았다. 그녀는 물러서서 문을 닫았다.

만약 시드니에서 이렇게 기분이 좋지 않았다면 중국인을 찾아가 열정을 식혔을 것이다. 하지만 여기에는 중국인이 없었다.

배는 승차감이 별로였다. 배는 비스케이만에서 코르크 마개인 양 들썩들썩했고, 기다란 강철 복도는 온통 땀으로 도배된 듯했다. 배에서 활기라곤 느껴지지 않았다. 레크리에이션 위원회에서 숙녀들을 위한 운동회 일정을 잡긴 했지만, 선상에 숙녀라고는 거의 없는데다 그나마도 대다수가 달리기를 할 나이가 아니었기에 운동회는 열리지 않을 것 같았다. 그녀는 철제 계단을 올라 위로 향했다. 고급 선원과 마주쳤는데, 생각지도 못한 곳에서 여성을 본 그는 얼굴을 붉혔다. 그녀는 선창이 어느 쪽에 있는지 묻지 않았다. 그저 계속 올라갔다. 안쪽에서 뭔가 부적절한 일이 벌어지고 있는 듯한 문을 지나쳤다.

마침내 차와 토스트 등을 준비하는 작은 부엌에 다다랐다. 문이 두 개 있었다. 그녀는 오른쪽 문을 선택했다. 눈앞에 붉은 머리 사제가 붉은 플러시천 소파에 앉아 있었다. 그곳은 2등석 산책로였다. 그녀는 '현장에서 들켜' '현행범으로 체포'된 기분이었다. 돌아서는 것은 품위 없는 행동 같았다. 그녀는 고개를 꼿꼿이 들고 어깨를 폈다. 그리고 앞으로 나아갔다. 곧장 사제에게로 걸어갔다. 그녀가 자기소개를 한 뒤 그가 이름을 말했지만 그녀는 제대로 듣지 않았다.

"저는 고해성사를 하는 습관이 있답니다."

"그렇군요."

"고해를 들어주시겠어요?"

"네, 물론 그래야죠."

"그럼 혹시 편할 때 제게 시간을 좀 내주실 수 있을까요?" 그녀는 자신이 무슨 짓을 했는지 모른 채, 특히 왜 그랬는지 모른 채 오스카가 쫓아갈 엄두도 못 내는 배의 영역으로 달아났다.

바다는 음울한 물의 불모지 같았다. 동쪽에서 케이프 피니스테레가 출렁거리는 얼룩처럼 보였다. 머리 위로 솟은 거대한 굴뚝이 배의 내장 속 내용물을 방출해, 시커먼 배출물이 창공으로 쏟아져나왔다.

51
버러데일 씨와 스미스 씨

얼티모에서 온 버러데일 씨와 풍토순화협회의 스미스 씨는 종종 젊은 사제를 지켜보았다. 그는 십사 일 동안 매일 같은 자리에 앉아 있었다. 심지어 버러데일 씨가 갑판의 해먹에 누워 지낼 만큼 날씨가 따뜻해진 지금도 아교 단지는 꿈쩍도 하지 않았다. 생전 처음 영국을 벗어난다고 선선히 인정하고서도 테네리페*를 보러 갑판으로 올라오지도 않았다. 테네리페 항구에서 아교 단지는 비스케이만을 항해중일 때 그랬던 그대로 무릎에 성경을 올려놓고 입술을 달싹이며 앉아 있었다. 그 모습을 먼저 알아차린 버러데일 씨는 사제가 성경을 읽고 있다고 짐작했다. 비록 덩치 큰 친구의 의견에 반박하지 않는 편이 낫다고 생각했

* 북아프리카 근처 에스파냐령 카나리아제도 중 가장 큰 섬.

어도 퍼시 스미스는 사제가 기도를 올리고 있다고 확신했다. 저런 식으로 성경을 읽기에는 지나치게 고등교육을 받은 사람이었다. (일만 파운드 자산가인 버러데일 씨는 글을 읽을 때 꼭 입술을 움직였다. 스미스 씨가 직접 목격한 바 있다.)

"별난 사람이야, 틀림없다니까." 트위드 재킷 차림에 구레나룻을 아래쪽이 넓게 기르고 턱 가운데가 움푹 팬 버러데일 씨가 말했다. 환기구에 비스킷을 던져넣은 바로 그 사람이었다.

"네. 완전 그렇죠." 퍼시 스미스는 말은 그렇게 했지만 박정한 투는 아니었다. 키는 작달막해도(정수리가 버러데일 씨의 어깨에 닿지 않았다) 걷어올린 소매 아래로 드러난 팔이 튼튼하고 보나마나 허벅지와 종아리도 굵을 게 뻔한 건장한 체격이었다. 걸을 때 농부처럼 살짝 좌우로 건들거리는데다, 모래색 혹멧돼지를 연상시키며 푸근한 인상을 주는 귓가에 무성한 센머리로 인해 다소 시골 사람 같은 분위기가 짙었다. 하지만 시골풍 외양에도 불구하고(재킷에 늘 털이 붙어 있고, 몸에는 그가 돌보는 동물들의 냄새가 배어 있었다) 그는 교양 있는 남자였다. 만약 교양이 수지 양초 불빛에 의해 조금씩 느는 것이라면 그는 교양에서 결코 뒤지지 않았다.

퍼시 스미스는 그 사제와 많은 이야기를 나누었지만, 왜 늘 같은 자리에 앉아 있는지 묻거나 산타크루즈의 풍차를 보러 가지 않겠느냐고 권하지는 않았다. 그들은 다윈에 대해 토론했다. 그 주제와 관련해 평정을 잃지 않는 사제의 모습에 스미스 씨는 놀랐다. 그럼에도, 만약 다윈이 잘못 알았다면 하느님이 호모사피엔스에게 혼란을 주기 위해 지상에 공룡 화석을 갖다둔 것이 틀림없다는 오스카의 견해를 재미있어했다. 스미스 씨는 그 말을 일기에 적어두었다. 말의 내용뿐만 아니라 말하는 방식도 마음에 들었다. 가볍고 투명한 태도는 '사랑스러운 옛 잉글랜드'에서 배태된 모든 사랑스럽고 세련된 것을 대변하는 듯했다—오스트레일리아에 대한 열정에도 불구하고 그는 '고향'에 대한 감상에 빠졌다. 스미스 씨는 오스카가 말하는 방식을 잘 살릴 수 없었고, 그러다보니 버러데일 씨에게 사제의 견해를 들려주었을 때는 부적절한 말을 한 것 같았다. 그는 버러데일 씨를 올려다보며 반응을 기다렸다. 스미스 씨가 눈을 깜빡였는데, 그도 어쩔 수가 없었다. 아무리 눈에 힘을 주어도 그는 늘 소심한 인상을 풍겼다.

버러데일 씨는 툴툴대더니 카우패스처스에서 들짐승을 총으로 잡은 이야기를 꺼냈다. 입술을 침으로 축이며 그가 우겼다. 그것은 악마였다고. 스미스 씨는 이 논쟁에서 악마가 어느 편이라는 건지 종잡을 수 없었다. 당혹스러운 그는 고개를 끄덕이고 덩치 큰 사내의 눈을 응시하긴 했지만 더욱 격렬하게 눈을 깜박였다.

"아무렴요." 그렇게 말하고 퍼시 스미스는 무릎에서 열심히 먼지를 떨어냈다.

버러데일 씨는 생각했다. 벼룩에 시달리는 개 같군.

오스카는 산책로 맞은편 늘 앉는 자리에 있었다. 타키투스의 저서를 가지고 있었다. 성경과 성공회 기도서도 있었다. 플로리다수* 병, 찻잔과 받침, 〈펀치〉 한 부를 마땅한 탁자가 없어서 플러시천 소파에 올려두었는데, 이런 지속적인 습관 덕분에 소파는 찌는 듯한 대기에 당근색

* 미국식 오드콜로뉴.

머리칼이 마구 헝클어지고 심하게 꼬불거리는 사제와 마찬가지로 지저분하고 축축해졌다.

사랑에 빠진 지 얼마 안 된 사람들처럼 주위의 모든 이에게 짝을 지어주고자 하는 승객들이 있었다. 사제는 자신이 어떤 저녁노을을 놓치고 있는지 몰랐다. 그들은 그에게 그 소식을 들려주었다. 또한 산들바람과 따스한 미풍, 밤하늘 아래 해먹에 누워 있는 느낌을 전해주었다. 북극성이 여전히 보였지만 조만간, 어쩌면 영원히 그들의 삶에서 사라질 것이었다. 뼈대가 가늘고 도자기처럼 하얀 얼굴의 젊은 사제는 미소 지으며 고개를 끄덕이고, 햇볕에 그은 열띤 얼굴들을 초록빛 눈으로 신중하게, 거슬리지 않고 공손하게 응시했다. 비록 미소 짓고 고개를 끄덕이긴 했지만, 어찌된 영문인지 그는 땀을 뻘뻘 흘리면서도 양복 차림을 고수했다. 이 같은 고집불통에 간혹 성을 내는 사람들도 있었지만, 오스카에게는 다스려야 할 공포증의 부작용들이 있었고, 그중에서도 가장 시급한 사안은 이것이었다. 르플래스트리어 양의 객실 창문은 얼마나 클까?

그는 그녀의 고해를 들어주기로 약속했지만, 승무원이 말하길, 1등석 현창은 엄청나게 커서 '일본까지 다 보일 정도'였다. 반드시 피해야 할 풍광이었다. 상상만 해도 아찔했다.

하지만 이미 약속을 했다. 이틀이 지나자, 이 해결하지 못한 의무가 그의 가슴을 무겁게 짓눌렀다.

많은 성공회교도가, 다수가 고해성사를 대단히 퓨지주의적이라고 받아들였다. 즉, 가톨릭교적인 의식이므로 잘못되었다고 여겼다. 하지만 죄를 고백하는 의식은 성공회 기도서에도 나와 있었다. 그는 낯선

이에게 행한 적은 없지만 가엾은 워들리피시의 고해를 종종 들어주었다. 친구는 자신의 죄악에 대해 주기적으로 괴로워한 나머지 심한 우울증으로 심신이 쇠약해지곤 했다. 극심할 때면 자신의 영혼이 저주받았다는 생각이 머릿속을 온통 차지했다. 그러면 오스카가 사랑의 실천으로서 고해성사를 들어주었다. 친구를 병간호하듯이. 이것은 종종 악취를 내뿜기도 했지만(영혼의 분비물은 육체에서 나온 것만큼이나 불쾌할 수 있었다) 의식이 끝나고 나면 깊은 만족감을 얻었다.

르플래스트리어 양의 경우에는 고해를 듣는 일이 그렇게까지 힘들지는 않을 터였다. 저런 아가씨가 사소한 자만이나 탐욕 이상의 죄를 저질렀으리라고는 상상할 수 없었다. 그녀에게 하느님의 평화를 안겨줄 수 있다면 기쁠 것이다. 하지만 만일 유리창이 그가 지금 두려워하는 만큼 아찔하도록 크다면 고해를 들어주기란 불가능했다.

이토록 겁쟁이인 자신 때문에 고통스러워하고 있던 차에 버러데일 씨가 와서 식민지들 간의 관세라는 화제를 꺼내 그의 관심을 돌렸다. 덕분에 머리 위쪽 1등석 갑판에서 산책하고 있는 르플래스트리어 양의 모습이 주변 시야에 어른거렸지만 좀더 쉽게 무시할 수 있었다. 한갓 인간은 헤아릴 수 없는 성스러운 평화를 그가 가져다주기를 기다리면서 그녀가 자신을 내려다보고 있다고 오스카는 상상했다.

버러데일 씨는 워동가* 주민들이 멜버른에서 생산된 물건을 구입하는 데 관세를 물어야 한다는 점에 분개했다. 오스카는 정치와 지리 양쪽 다 무지했다. 질문을 많이 하는 성격이 아닌 버러데일 씨는 그 점을

* 오스트레일리아 빅토리아주와 뉴사우스웨일스주의 경계에 위치한 도시.

명확히 알아차리지 못했다. 그는 질문은 일절 않고 할말만 늘어놓는 사람이었다.

그는 카우패스처스에서 악마를 총으로 쏘아죽였던 경험을 이야기했다. 악마의 털가죽과 위장 속 내용물을 상세히 묘사했다. 그리고 뉴사우스웨일스에 사제가 필요하며, 정부 지도에 전 지역이 '교구'로 칭해져 있건만 정작 사람들은 신앙심이 없고, 아이들은 학교를 구경도 못해보고, 심지어 그와 같은 세속적인 사람에게조차 충격적인 신성모독과 욕설이 버젓이 행해지는 곳들이 널렸다고 했다.

만약 오스카가 원주민을 개종시킬 생각이라면 시간을 낭비하지 않는 편이 나을 것이라고 했다. 그런 '녀석들'의 가장 큰 특징이라면 바로 신앙심의 철저한 부재였다. 아무리 야만적인 나라라고 해도 나무나 돌로 만든 신이나 우상이 있기 마련이건만, 오스트레일리아 원주민들은 자기들을 잡아먹는다고 생각하는 악마 중의 악마만을 믿는다는 것이었다. 그렇게 단언하며 버러데일 씨는 매부리코의 콧등 중간쯤 특이하게 납작한 곳을 문질렀는데, 마치 가죽 의자의 팔걸이처럼 세월에 닳아 반질반질해 보였다. 어디서 주워들은 풍문이 아니라, 행동거지 때문에 '거세한 수소'라고 그가 이름 붙인 원주민에게서 직접 들었다고 했다.

오스카는 버러데일 씨의 커다란 검은 구두를 몰래 힐끔거리지 않을 수 없었다. 그렇게 큰 발은 난생처음 보았다. 또한 버러데일 씨의 풀 먹인 줄무늬 커프스에서는 크고 난폭한 손이 쑥 나와 있었다. 손톱을 물어뜯어 생살이 드러난 상태였다. 오스카는 구부렸다 폈다 하는 그 손을 바라보았다. 버러데일 씨는 시드니에 아편과 도박이 있다고 말했다. 그 말을 할 때 오스카의 눈을 똑바로 보며 오스카가 짐작할 수 없는 뭔가를 주장했다. 그의 눈꺼풀 바깥쪽은 늘어지고, 흰자는 상하고 핏발이 서 있었다. 버러데일 씨는 우울하게 말했다. '유쾌한 여자'들이 있는 술집이 있다고. 또한 그곳이 실용적인 장소이고, 오스카가 모자를 잘 쓰고 있지 않다가는 얼굴이 시뻘겋게 달아오를 거라고도 했다. 감사기도는 저녁 식탁에서 올려도 된다며, '신부님'이 홀로 앉아 있기를 그만둘 적절한 때라고 했다. 그러고는 자신은 곧 갑판으로 나가 산책을 할 거라고, 2바퀴를 돌면 1.5킬로미터라고 했다. 오스카 자체가 아교 단지일 뿐만 아니라 아교 단지 위에 앉아 있는 듯 보이기 때문에("하하하") 아교 단지라는 별명에 새로운 의미를 더한 '신부님'에게 같이 가자고 해봐야 아무 소용 없다는 것을 안다고도 덧붙였다.

버러데일 씨는 (안락의자에 앉아 졸고 있던) 스미스 씨를 불러 (넓은 가슴을 아기 담요처럼 덮고 있던) 〈일러스트레이티드 런던 뉴스〉에서 일으켜 날치를 볼 수 있을지도 모른다며 함께 계단을 올랐다.

오스카는 1등석의 어여쁜 숙녀가 지켜보고 있다고 상상했다. 그는 권위 있게 비치기를 바라며 자세를 가다듬었다. 다리를 꼬고, 허리를 곧추세우고, 일정한 간격으로 책장을 넘겼다. 스미스 씨에게 부탁해 그 대신 1등석 창문의 크기를 알아봐달라고 할 생각이었다. 오스카는 타키투스를 뚫어져라 보며 기다렸다. 이십 분가량 같은 페이지를 보았을 즈음 스미스 씨의 식민지 사람 특유의 부드러운 모음이 들렸다.

"안녕하세요, 신부님. 여전히 공부중인가요?"

스미스 씨가 옆에 털썩 앉자 오스카는 간발의 차로 플로리다수를 치웠다.

"어이쿠, 버러데일은 빨리 걷는답니다." 퍼시 스미스는 땀으로 번들거리는 벌건 이마를 손수건으로 훔치며 말을 이었다. “아직도 위에 있어요. 보폭이 1.5미터는 될걸요. 나를 뱃머리에 내버려두고 혼자 어찌나 성큼성큼 건던지.”

오스카는 책을 치우며 물었다. “산책할 때 1등석 객실을 지나치시나요?”

“아 네, 그렇습니다. 하지만 워낙 서둘러 걸어서요.” 퍼시 스미스는 껄껄대며 말했다. “주변을 둘러보기는커녕 그냥 다 스쳐지나가는걸요. 버러데일의 기다란 다리를 따라잡기도 바쁘답니다. 탓하는 건 아닙니다. 감탄하는 거죠. 하지만 이런 더운 날씨에 제가 실망스러운 동반자가 된 것 같아 미안하군요. 그런데 이제 보니……” 그가 오스카의 정강이를 탁탁 두드리며 말을 이었다. “신부님은 체격이 좋으시군요. 버러데일 씨가 신부님한테 눈독을 들이고 있답니다. 그라면 분명 신부님을 데리고 갑판에 나갈 겁니다. 제가 장담하죠.”

“아뇨, 아뇨.”

“그렇게 하겠다고 호언장담하던걸요.” 스미스 씨가 놀려댔다.

“맙소사.”

“제 다리를 신부님 다리와 비교하며 흉보던데요.”

“아마 길이 면에서는 낫겠지만 강인함의 면에서는 전혀 그렇지 않습니다.”

“강인함도 높게 사던걸요.”

“잘못 본 겁니다.”

“강인함이며 모든 면에서 제 다리보다 우월하죠.” 퍼시 스미스는 빙그레 웃었다. “아뇨, 아무래도 신부님이 선택받았습니다. 저는 은퇴했

거든요. 제가 말이었다면 분명 총으로 쏴죽였을 겁니다."

"하지만 저는 갑판으로 나갈 수 없습니다, 스미스 씨. 그건 불가능해요."

"카드놀이를 거절했을 때 버러데일 씨는 신부님을 이해했습니다. 대단히 존경스럽다고 하더군요. 하지만 그는 감정적인 사람입니다. 신부님의 거절을 일종의 모욕으로 받아들일 수도 있어요. 제가 잘못 안 것일 수도 있지만요. 서로 만난 지 얼마 안 됐으니. 하지만 감정적인 건 맞습니다. 제가 장담하죠. 할머니가 스페인 미녀라고 하더군요. 아마 그 때문일 겁니다."

"네. 하지만 제가 갑판을 산책하지 못하는 이유는 버러데일 씨와 전혀, 전혀 상관이 없습니다."

"버러데일 씨는 그런 식으로 보지 않을 겁니다." 딱 꼬집어 말하기는 어렵지만, 그의 절제된 미소에는 버러데일 씨에 대한 비판이 어려 있었다.

오스카에게는 끈질긴 면이 있어서 곤경에 직면하여 초조한 흥분에 휩싸인 와중에도 외곬으로 한 가지 생각에 매달렸다. 그 탓에 스미스 씨의 꿍꿍이를 감춘 미소를 알아챌 여유가 없었다. "하지만 저는 병이 있어요." 오스카가 말했다.

신부가 병이 있다는 소리에 퍼시 스미스는 턱을 바짝 당겼다. 모래색 눈썹이 상냥한 푸른 눈에 무겁게 내려앉았다. 그는 할퀸 자국투성이 두 팔로 가슴 앞에 팔짱을 꼈다.

오스카는 경첩 달린 뚜껑인 양 두 손을 열었다 닫았다 하며 설명했다. "1등석 창문 크기를 물으려고 한 것도 그 병 때문입니다."

"현창이라고 부르죠." 퍼시 스미스가 정정했다. "그런데 어떤 병이죠?" 그렇게 물으면서도 그는 1등석 창문으로 내다보려는 이유는 딱 하나라고 성급히 결론을 내렸다. 1등석에는 승객이 한 명뿐이었고, 그녀는 등허리에서 엉덩이로 이어지는 곡선이 멋졌다—버러데일 씨는 그녀의 외모에 대해 거슬릴 정도로 열광적으로 언급했다.

"현창은 적절한 용어가 아닌 듯합니다. 창문이 매우 크다고 들었거든요. 하지만 병 때문에 제가 직접 가서 확인할 수가 없답니다."

"저를 여자아이처럼 놀리는군요. 지금 무슨 스무고개라도 하는 건가요?"

"미안합니다. 그저 병 이야기를 하자니 당혹스러워서요."

"혹시 젊은 숙녀와 관련된 병인가요?" 퍼시 스미스는 웃고 있지 않았다. 하지만 아랫입술을 깨물고 있었고, 모래색 눈썹은 더이상 눈을 무겁게 내리덮고 있지 않았다.

오스카는 귀에 피가 몰리는 게 느껴졌다. 양쪽 귓불에 뜨거운 피가 고이는 듯했다. "아뇨, 아뇨." 정말로 그는 다분히 내숭 떠는 것처럼 보였다. "결코 비신사적인 병이 아닙니다. 창문 크기만 알면 됩니다. 실제로 제가 염려하는 것은 바다 풍경입니다. 바다의 크기가……"

"바다의 크기요?"

"네, 바다의 크기, 물의 양이요. 1등석에서는 바다가 보이잖습니까?"

그는 꽤나 성이 난 듯했다. 구깃구깃한 바지의 허벅지 부분에 묻은 그레이비소스 얼룩을 잡아뜯었다. "이건 전문적인 문제입니다, 스미스 씨. 그러니 제발 비웃지 마세요. 연애질을 하려는 게 아닙니다."

스미스 씨는 불안해하는 동물을 진정시키듯 오스카의 어깨를 다독였다. “자, 자, 우리 젊은 신부님, 저는 전혀 상관하지 않습니다. 입도 무겁고요. 신부님이 결백가가 아니라는 걸 제가 알고, 신부님도 제가 결백가가 아니라는 걸 알잖습니까.”

오스카는 그런 표현을 난생처음 들었지만, 먼저 더 심각한 오해부터 풀어야 했다.

퍼시 스미스가 재킷에서 동물 털을 집어내며 말을 이었다. “그럼 우선 마음을 편히 먹고 제 말을 들어봐요. 듣고 있나요?”

“물론입니다. 하지만 스미스 씨가 알지 못하는데도 뭔가를 안다는 듯한 미소를 짓고 있잖습니까.”

“말해줄 테니, 젊은 신부님, 긴장을 풀어요. 오늘은 어떻게 할 수 없을 겁니다. 하지만 아마도 내일은 가능해요. 그러고 나면 캐풀렛 집안 창문 아래 선 웬 몬터규 놈처럼 하염없이 서성일 필요가 없을 겁니다.”

그들의 대화는 버러데일 씨에 의해 중단되었다. 갑판 위에서 고리던지기놀이를 하자며 스미스 씨를 데리러 온 것이다. ‘고리 하나당 1페니’가 걸려 있으니 아교 단지는 관심을 보이지 않을 거라고 버러데일 씨가 큰 소리로 떠들었다.

52
몽테뉴

버러데일 씨는 여성과 함께 식사하는 것을 좋아하지 않았다. 자연스러운 대화의 흐름이 끊기고 주제에 제약이 많았다. 거의 모든 문이 순간순간 눈앞에서 잠기며 앞으로 나아가지 못하게 되었다. 이야깃거리라곤 없이 족쇄와 쇠사슬에 묶여 있어야 했다. 아무것도 없다고? 아니면 뭐가 있나? 꽃? 어린이의 건강? 분수를 모르거나 하인과 놀아난 골칫거리 하녀? 하지만 자고로 신사라면 여자 앞에서 정치에 대해 논하거나(여자는 정치에 무지하므로) 하느님의 존재를 두고 토론할 수 없었다(여자들이 경악할 것이므로). 사업 이야기도 적절하지 않았다. 스포츠도 마찬가지였다. 평소라면 흥겹게 주고받았을 술병이 사이드보드에 그대로 놓인 채 제구실을 못했다.

따라서 버러데일 씨는 남반구의 저녁 햇살처럼 가볍고 낭랑하게 방귀를 두 번 꿔며 2등석 식당으로 들어섰다가 식탁에 젊은 신부만이 아니라(그가 직접 초대했다) 1등석의 숙녀까지 앉아 있는 광경에 무안하기 짝이 없었다. 스미스 씨가 마음대로 그녀에게 함께 식사하자고 초대했던 것이다. 물론 버러데일 씨도 알고 있었다. 스미스 씨가 자신의 주제넘은 짓을 이야기해주었더랬다. 하지만 버러데일 씨는 까맣게 잊고 있었다. 물론 이제 기억이 났다. 갑판에서 정확한 거리를 산책하고, 바다의 신선한 공기를 깊이 들이마시고, 마찬가지로 고급 코냑을 흡족하게 들이켜며 그가 공들여 가꾼 행복이 산산이 무너졌다.

그는 말없이 앉았다. 자신처럼 덩치 큰 사람은 침묵도 무겁다는 것을 알고 있었다. 그는 안경을 걸치고 메뉴를 살폈다. 인사하는 소리를 짐짓 못 들은 척했다. 그리고 포도주 담당 승무원을 찾으면서 더불어 이 크나큰 실수의 주모자를 찾아 주위를 둘러보았다. 소심해빠진 그 작자는 갑판 사이를 돌며 그의 짐승들을 살피고 있었다. 마찬가지로 오지랖 넓은 유람선 사무장은 술을 입에도 대지 않는 콘월 출신 농부들 사이에 앉아 있었다.

여자처럼 가느다란 손목과 피리처럼 새된 목소리를 지닌 사제가 여자에게 어떤 책을 읽고 있느냐고 물었다.

"몽테뉴를 읽는답니다."

버러데일 씨는 목이 따끔거리는 느낌이었다. 진드기 두세 마리가 들러붙기라도 한 듯했다. 그는 진드기에 물렸을 때처럼 긁는 대신 그저 커다란 손가락을 따끔거리는 곳으로 가져갔다. 피부 말고는 아무것도 없었다.

"아, 네. 몽테뉴를 읽으시는군요." 사제가 대답하며 하얀 손가락을 깍지 끼더니 기도할 때처럼 고개를 끄덕였다.

버러데일 씨는 이런 종류의 대화가 전혀 마음에 들지 않았다. 그는 실리적인 사람이었다. 아버지는 수레바퀴 제조공이었고, 그 역시 도제로 들어가 일을 익혔다. 그런데 그가 '실리적'이라고 말하는 것은 대팻밥이 바닥에 수북하고 은행 잔고는 텅텅 비다시피 한 상황을 의미하지는 않았다. 그는 사제를 자신보다 훨씬 위에 있는 사람으로 보면서도 그 점을 못마땅해했다. 하지만 적어도 몽테뉴의 경우에는 그렇지 않았다. 설령 그렇다 하더라도 벽돌 한 장에 올라서 있는 정도의 차이에 불과했다. 딱 그만큼이었다. 혹은 쓸 만한 벽돌이 없어 모로 세운 책에 올라서 있는 정도일 뿐이었다. 오스카는 '몽테뉴'라는 이름을 입에 담긴 했지만 그 이상 덧붙일 말이 없었다. 몽테뉴에 대해 완전히 무지했다. 무릎에 곰팡내나는 책을 놓은 채 사흘 밤을 졸며 읽은 것이 다였다. 심지어 ('나태'에 관한) 2장에 들어가기도 전에 그의 뾰족한 턱이 가슴에 박히고, 독서용 안경이 무릎에 떨어졌다. 그 결과, 대단히 안타깝게도 몽테뉴가 냄새에 관해 쓴 부분을 읽지 못했다. 오스카의 후각이 아버지의 시각만큼이나 뛰어나다는 점에서 애석한 일이었다. 첫 문장은 특히 그의 마음에 들었을 것이다. "알렉산더대왕 시절에 어떤 사람들은 땀에서 달콤한 향기가 나는 희귀하고도 특이한 체질을 가졌다는 기록이 있다."

안타깝게도 퍼시 스미스 씨는 그런 체질이 아니었다. 요란스레 사과를 늘어놓으며 도착한 그는 이때껏 돌보다 온 신경질적인 라마의 냄새를 묻혀왔다. 루신다는 그 냄새가 불쾌하지 않았다. 오히려 버러데일 씨의 시가와 브랜디 냄새에 비해 '진솔하다'고 여겨졌다.

스미스 씨가 콩소메 수프를 먹기 위해 고개를 숙이자 버러데일 씨는 그 요리가 그저 납작한 접시에 담긴 소고기 국물에 지나지 않는다고 평했다. 스미스 씨는 고개를 끄덕였지만, 고개를 들었을 때는 모래색 눈썹 아래의 눈을 깜빡이며 무슨 대화중이었는지 물었다. 사제와 다윈에 대해 토론하면서 무척 즐거웠던 그는 '몽테뉴'라는 대답을 듣자 두 사람이 잘 어울리겠다고 판단했다. 그는 몽테뉴에 대해 잘 모르니 이야기해달라고 실토하려던 참이었다. 얼굴에 실핏줄이 불긋하게 드러난 사무장이 빠진 덕분에 식사 자리의 모양새가 훨씬 좋았다. 전체적으로 좀더 친근한 분위기를 띠었다.

스미스 씨의 질문에 답한 것은 루신다였다. 몽테뉴를 입에 올린 사람도 그녀였다. 버러데일 씨는 그 이름의 발음이 전혀 마음에 들지 않았다. 그 때문에 가상의 진드기가 세 마리나 더 생겨났고, 하필이면 손을 넣어 긁을 수도 없게 칼라 아래쪽에 들러붙어 있었다. 젊은 여자가 '산mountain'이라고 말하면 될 것을 가식적으로 외국어 단어를 쓰고 있다고 그는 어림짐작했다. 전적으로 확신하지는 못했지만, 비교적 안전한 방법으로 아는 척하고 싶었다.

"몽테뉴, 몽테뉴, 언덕배기, 둔덕." 그는 안경을 도로 재킷에 넣으며 짐짓 꽤나 껄껄거렸다.

이 말은 어리둥절한 침묵을 야기했지만, 침묵이 일이 초 이상 길어지기 전에 퍼시 스미스가 이해했다는 듯 껄껄거렸다—더 빨리 웃을 수도 있었지만 콩소메를 먹느라 지체되었다. 그는 버러데일 씨의 예민한 성격을 잘 알고 있었다.

"브리타인. 부르고뉴. 브르타뉴. 몬태나, 아주 좋죠." 버러데일 씨는 생소한 지역에서 무성한 덤불을 베어내는 사람처럼 밀고 나갔다. 퍽, 퍽. 어느 덤불이 그의 발을 휘감고, 어느 가시나무가 그의 살을 찌르는지는 하느님이 아시리라. 싹둑. 그는 이제 배꼽이 빠져라 웃고 있었다. 그렇게 덩치 큰 사람이 소리 높여 웃으니 폭죽이 터지는 듯했다. 눈물이 뺨을 타고 흘러내려 콧수염 속으로 사라졌다. 그는 커다란 코를 풀었다. "아, 이런. 부상당한 고모가 생각나는군요."

두 남자는 중요한 뭔가를 놓쳤음을 느꼈다. 루신다 르플래스트리어는 그의 말뜻을 이해하지는 못했지만 버러데일 씨의 웃음 뒤에 자리한 가시를 감지했다. 그러자 그동안 잊고 있던 시드니의 특징들이 떠올랐다. 이 남자는 시드니에서 부유한 권력자였다. 그녀는 그를 몰랐지만 그가 총독 관저의 저녁 만찬에 참석하는 사람이라고 장담할 수 있었다. 그는 교양이라곤 눈곱만치도 없었다.

"하지만 진지하게 말하자면," 콘비프가 앞에 놓이자 버러데일 씨는 (나이프를 꽂아 조각조각 썰었지만 품질에 대해서는 언급하지 않았다) 스미스 씨와 오스카를 번갈아 보며 말했다. "진지하게 말하자면 말입니다, 수지獸脂에 대한 신부님의 의견을 듣고 싶군요."

"별 의견이 없답니다." 오스카는 빙그레 웃고는 주머니에 든 무엇인가를 만지작거렸다. 그를 곁눈으로 흘끗 본 루신다는 버러데일 씨가 마음에 안 드는 만큼이나 오스카의 대답을 마음에 들어했다. 버러데일 씨가 누구인지 별안간 기억났던 것이다. 그는 땅을 사서 쪼개 팔아 큰 재산을 모은 사람이었다. 그것은 그녀에게 크나큰 분노를 몰고 왔는데, 그녀가 어린 나이에 토지 분할의 희생자가 되었기 때문만은 아니었다.

이 사람이 버러데일 씨였던 것이다. 그의 이름을 딴 거리도 있었다.

"수지에 대한 의견 없이……" 버러데일 씨가 한 번에 너무 많이 삼키느라 말을 멈췄다. "실례합니다." 그는 버건디 포도주로 목을 씻어내렸다. 그러고는 축 늘어진 콧수염 사이로 드러난, 움푹 팬 턱 가운데에 묻은 번들거리는 음식 부스러기를 훔쳤다. "수지에 대한 의견 없이 뉴사우스웨일스로 가다니 말도 안 됩니다. 맹세컨대 신부님, 그건 우산 없이 아일랜드로 가는 것과 똑같지요. 그게 라마라면 전혀 모르든 아니든 눈곱만큼도 문제가 안 됩니다. 스미스 씨도 여기에 동의할걸요. 하지만 수지라면, 젊은 신부님, 반드시 알아야 할 필수 품목입니다. 우리가 방문한 도시의 수지 가격이 50킬로그램에 2파운드라면 조금이라도 자산이 있는 한 반드시 투자해야 마땅하죠."

"하지만 가격이 변할지도 모르잖아요." 루신다가 말했다.

버러데일 씨가 그녀를 보고 눈을 깜박였다.

이것은 반론을 허용할 수 있는 주제가 아니었다. 설령 반론자가 치마에 의해 보호받고 있다 할지라도. 그는 양고기를 얻기 위해 양을 기르고자 하는 사람을 상대할 시간이 없었다. 식민지에는 이미 양고기가 넘쳐흘렀다. 그는 수지에 관한 한 전문가였다. 직접 동물의 비계를 자르고 끓여 수지를 만드는 사람이었다. 그런 사실을 밝힐 기회를 가지기를 좋아했다.

"가격이 변한다고!" 그는 나이프와 포크를 들어올린 채 반질반질한 콧대 아래로 그녀를 내려다보았다. "하느님, 여자들이란. 당연히 가격이 변하지. 시세가 오를 테니."

오스카는 호통소리에 화가 치밀었다. 모욕적인 언사가 마음에 들지 않았다. 더구나 저렇게 크고 힘센 덩치에서 나오는 호통은 그 충격이 훨씬 컸다. 자그마한 르플래스트리어 양은 그런 독설을 들을 만한 짓은 전혀 하지 않았다. 이 상황은 공정성이라는 그의 관념에 위배되었고, 그는 공개적으로 그녀를 옹호하기로 마음을 굳혔다.

그렇다고 '편'을 가를 생각은 아니었다. 그저 식탁의 분위기를 화기애애하게 만들 책임을 느껴 객관적으로 심판하고자 했다. 이것은 실로 그의 뛰어난 재능이었다. 덕분에 좋은 교사가 될 수 있었다. 그는 선천적으로 불화를 증오하고 큰 소리를 두려워했다. 이런 약점은 결과적으로 장점이 되었다. 그는 공정성을 모든 사회적 상황에 적용하여 뛰어난 사회주의자처럼 호기심과 관심을 구분하고, 여러 관계자의 요구에 따라 공평하게 분배했다. 그가 아는 세속적인 화젯거리 중 대화를 이끌어낼 만한 것이라고는 경마를(이제는 경마에서 손을 씻었다고 생각했다) 빼고 나면 리바이어던의 건조(이 식탁에 앉은 모든 이들이 아주 잘 아는 주제였다)밖에 없었다. 콜빌 학교의 제자들이 그보다 더 세상사에 밝았다.

"그럼 어디에 투자하시겠습니까, 르플래스트리어 양?" 아무 의도 없이 던진 순수한 질문이었다. 그는 그녀가 뭔가에 투자할 만한 위치라고는 생각하지 않았다.

루신다 르플래스트리어는 나이프와 포크를 접시에 내려놓았다. 포크의 날이 위를 향하고 있었다. 그녀는 자신의 머리가 보기 흉하다는 것을 알았다. 클립에서 빠져나온 머리카락이 느껴졌다. 뺨이 발갛게 달아올랐지만 그녀는 말하기에 앞서 애써 천천히, 식탁에 앉은 이들을 하나하나 바라보았다. 시드니에서 이러한 기술을 익혔다. 감정의 광풍을 늦추기 위해 던지는 닻과 같았다. 사실 그녀는 몰랐지만 이 기술은 그녀에게 거의 여왕과 같은 위엄을 선사했다.

"저라면……" 그녀는 셈을 세었다. 위엄은 사라졌다. "저라면 재산을 제가 매우 사랑하는 것에 투자할 겁니다."

"대단하군요." 버러데일 씨가 말하며 박수치는 시늉을 했다.

"아마도 '사랑'은 부적합한 표현인 것 같군요, 버러데일 씨. 내적인 기쁨을 얻을 수 있는 것에 투자하겠다고 말하는 편이 낫겠네요. 예를 들어, 그게 땅이라면 저는 제가 원하는 걸 재배할 수 있는 땅을 우선 찾을 겁니다. 좋은 시기도 있고 나쁜 시기도 있을 테니 철저히 대비하기는 하겠지만, 여전히 제 땅을 소중히 여길 겁니다."

"이런 아가씨……"

루신다는 얼굴을 약간 찌푸렸는데, 찡그린 것도 웃는 것도 아닌 그 중간의 고통스러운 감정에서 빚어진 표정이었다.

"하지만 홉킨스 씨, 일반적으로……" 그녀는 오스카를 향해 말했다(그는 상체를 앞으로 내밀었고, 그러다보니 무례를 범할 생각은 없었지만 버러데일 씨를 배척하는 데 그 역시 가담하게 되었다). "달란트의 우화가 우리에게 주는 교훈에 따라 자본을 투자하라고 저는 충고하는 편입니다. 전에는 없던 무언가를 만들라고요. 수지 제조를 좋아하지 않는다는 것은 인정합니다, 버러데일 씨." 그녀는 관심을 그에게로 돌렸다. 그녀의 목소리는 부드러웠고, 심지어 애석하다는 듯한 어감까지 띠었다. "수지를 만드는 과정에서 더없이 불쾌한 냄새가 나는데다, 제가 농장에서 나고 자랐는지라 가축이 그렇게 하찮은 물건을 만들기 위해 도축되는 걸 견딜 수 없기 때문입니다. 저를 어리석은 여자라고 부르는 것도 당연하죠."

"이런 아가씨, 그런 생각은 결코 하지 않았답니다." 하지만 더 나쁜 생각들을 하고 있었고 눈꺼풀 바깥쪽이 늘어진 핏발 선 눈은 그것들을 차례차례 드러냈다. 은밀한 눈빛이었기에 퍼시 스미스는 알아차리지 못했다. 그는 루신다에게 미소 짓고는 멍청하기 짝이 없으며 가르치려 드는 듯한 태도로 고개를 절레절레 저었다. 이에 그녀는 그에 대한 좋은 평가를 즉각 철회했다.

"버러데일 씨, 확실히 좋은 원칙이지 않습니까?" 오스카가 거들고 나서며 그들 모두 교감을 나누도록 이끌었으나, 사람들은 심지어 루신다조차 더이상 마음을 나누고 싶어하지 않았다.

"아, 하느님." 버러데일 씨는 씩씩대더니 신성모독적인 말이 튀어나오기 전에 자제하려고 꾹 참았다. 너무 뜨거운 음식을 먹고서 뱉어버리고 싶지만 예의상 그럴 수 없는 사람처럼 잠시 입을 벌리고 있었다. 그는 뒤로 물러설 수 없었다. 앞으로 무조건 밀고 나가야 했다. 다음 걸음이 그를 어디로 이끌지 모른다는 것은 문제가 되지 않았다. "뒷모습만 보고도 당신이 사제인 줄 알았죠. 걸음걸이만 봐도 알 수 있답니다." 그는 포도주를 벌컥벌컥 들이켰다. "이것참, 내가 직접 보여주죠."

루신다는 숨을 삼켰다. 심지어 욱하는 성질머리, 상처와 모욕과 복수 같은 친구의 돌발적이고 정력적인 성향에 이제는 익숙해진 스미스 씨조차 놀란 표정으로 계절에 맞지 않게 뜬금없는 건포도 푸딩* 옆에 스푼과 포크를 내려놓았다. 하지만 버러데일 씨는 그치지 않았다.

오스카와 루신다는 마치 간통이라도 저지른 양 얼굴이 새빨갛게 달

* 건포도 푸딩은 영국의 크리스마스 음식이다.

아올랐다.

버러데일 씨는 거울이 달린 기둥을 등지고 서서 바보처럼 웃었다. 콧수염 양끝을 살짝 비틀었다. 그리고 막 노래를 시작하려는 바리톤 가수처럼 셔츠 소매 끝을 잡아당겼다. 물론 그는 취해 있었다. 표정을 가다듬었지만 얼굴은 중요하지 않았다. 핵심은 이것이었다. 버러데일 씨가 걸음걸이를 '흉내'내리라.

그는 커다란 두 손을 가슴 앞에 맞잡았다. 그리고 상체를 뒤로 젖혔다. 볼살을 빨아들여 혈색 좋은 뺨을 홀쭉하게 만들고 행진하는 성가대원처럼 시선을 위로 향했다. 그리고 걸었다. 줄이 엉켜버린 나무 꼭두각시인형 같았다. 다리가 옆으로 휘청거리며 휙휙 올라갔다. 닻을 내린 채 높은 파도에 시달리는 범선의 돛대처럼 상체가 좌우로 흔들렸다. 두 손을 놓았다가 다시 맞잡았다가 도로 놓더니 뭔가를 잡으려고 휘저었다. 무엇을? 나비? 희망? 기도?

건축양식에 따라 우아하게 기둥과 가구 등이 배치된 식당을 버러데일 씨는 미소를 띤 채 물결치듯 옆으로 흔들거리며 한 바퀴 돌았다.

사무장이 바닥 긁는 소리를 내며 의자를 뒤로 밀었다. 버러데일의 '장난'에 대해 일찍이 불평했던 2등석 승객들은 기대에 차서 사무장을 바라보았다. 하지만 그는 말썽꾼을 제지하려는 것이 아니라 박수를 치려고 의자를 뒤로 민 것이었다. 버러데일 씨는 붉은 머리 사제와 똑같이 걷고 있었다. 아니, '똑같이'는 아니었다. 사제와 전혀 같지 않았지만 그 핵심을 잡아내고 있었다. 흔들흔들 움직이는 해골 꼭두각시가 춤추는 소년을 닮았듯 그의 움직임은 사제의 걸음걸이를 닮아 있었다.

버러데일 씨의 턱 가운데가 팬 커다란 얼굴이 흥에 겨워 벌겋게 달아올랐다. 그는 경중경중 걸었다. 고개를 뒤로 젖히고, 양팔을 휘둘렀다. 어느새 너 나 할 것 없이 박수를 치고 있었다.

아, 어렸을 때 힘없는 애들을 꽤나 괴롭혔겠군, 루신다는 생각했다. 더없이 정확한 흉내를 보고 있자니 웃지 않으려는 굳은 결심에도 불구하고 웃음이 났다. 하지만 박수를 치지는 않았다. 그의 의도가 너무도 잔인했던 것이다. 젊은 사제의 선량함과 친절을 온통 경멸받아 마땅한 나약함으로 바꿔놓았다. 그녀는 웃은 것이 부끄러웠다. 따라서 그녀가 마침내 놀림거리가 된 당사자를 돌아보았을 때 그가 함박 웃는 정도가 아니라 사무장의 식탁에 있는 깡패들만큼이나 열광적으로 박수치고 있는 모습을 보고 놀라지 않을 수 없었다.

그녀는 숨이 막혔다. 이 얼마나 자신감 넘치는 사람이란 말인가. 바로 그 순간 그녀는 그를 더 잘 알아야겠다고 결심했다.

"이런, 이런." 오스카가 감탄했다. 그는 루신다가 짐작한 것처럼 자신감이 넘치지 않았다. 그저 스스로에 대해 신기할 정도로 무지하기 때문에 태연했던 것이다. 버러데일 씨의 걸음걸이가 웃기고 괴상하다는 것을 그라고 모를 리가 없었다. 하지만 자신의 신체적 특징을 흉내냈다는 생각은 한순간도 들지 않았다. 그는 자신을 결코 이상한 사람이라고 여기지 않았다. 그저 버러데일 씨의 과장된 걸음새를 오스카의 내적 현실을 드러내는 연극적 장치라고만 여겼다. 따라서 맞잡은 손은 탈속脫俗을, 휘적대는 다리는 열정을, 바보 같은 미소는 상냥함을 상징한다고 보았다. 불쾌하지 않았다. 오히려 자신이 그토록 애써 수련해온 자질들을 버러데일 씨가 손쉽게 파악했다는 점에 감동받았다.

오스카는 의자 등받이에 기대어 손마디를 꺾으며 말했다. "이런, 이런. 아무리 가슴속 비밀을 숨기려 해도 예리한 눈을 가진 사람한테는 당할 재간이 없다니까요." 그는 어깨 너머에 우뚝 서서 히죽대고 있는 버러데일 씨를 올려다보았다. "축하드립니다, 버러데일 씨, 그토록 뛰어난 재능을 타고나다니."

버러데일 씨가 성질이 나는 것도 당연했다. 그는 상체를 숙여 사제의 포도주잔을 '빌려' 양해도 구하지 않고 히죽대며 마셔버렸다.

"대단한 재능이에요." 오스카는 긴 목을 틀어 버러데일 씨를 똑바로 보려 하면서도 뒤쪽 벽에 늘어선 현창에 시선이 가지 않도록 주의했다. "연극적 재능을 말하는 게 아닙니다. 저는 그쪽으로 문외한이라 판단할 수가 없거든요."

버러데일 씨는 언짢았다. 사제의 포도주잔을 내려놓고 자기 자리로 돌아가려고 발걸음을 떼었다. 그때였다. 지금껏 오스카가 성공적으로 피해온 것이 그의 시야에 들어왔다.

비단처럼 펼쳐진 아찔한 바다가 그의 목구멍에 재갈공을 틀어막았다.

그는 말을 멈추었다.

"연극적 재능이 아니라면." 스미스 씨가 얼른 끼어들었다. 자신이 적어도 존경과 칭찬 비슷한 말을 듣고 있다는 점을 깨달은 버러데일 씨는 예의바르게 자리에 앉아 피해자가 무슨 말을 하는지 잘 듣기 위해 상체를 내밀었다.

오스카는 공황 상태에 빠져 콱 막힌 목구멍을 마른 빵조각으로 다스리며 대꾸했다. "제가 감히 판단할 순 없지만, 우리가 쉽게 세상에 드러내지 않는 내적 자아에 대한 감수성과 통찰력을 지녔다니 실로 감탄스러울 따름입니다, 버러데일 씨. 대부분의 사람들이 숨기기 급급한데 말이죠."

버러데일 씨는 매우 기쁜 얼굴이었다.

루신다는 물잔을 들어 즐거운 내색을 감추었다.

"그건 재능이죠." 오스카는 무게가 좀 나가는 조그만 상자를 잡으려는 듯한 손 모양을 만들며 상체를 앞으로 내밀었다. "긴 항해에 지루해하는 승객들을 웃기는 데만 사용하기에는 너무 아깝습니다. 기독교도로서 평생을 써야 할 재능이죠."

말을 할수록 오스카는 버러데일 씨가 섣불리 흉내낼 수 없을 만큼 중요하고 별난 인물이 되어갔다. 흥분과 당혹과 약간의 포도주 덕분에 그는 워들리피시가 사랑하는 친구이자, 콜빌 학교의 학생 육십 명이 여전히 열렬히 사모하고 있을 교사의 모습에 가까워졌다. 그는 활기가 넘쳤다. 기다란 팔을 탁자 위에서 휘저었지만 포도주잔과 백포도주 병을 비껴갔다. 이는 어디까지나 같은 식탁에 앉은 사람들이 그의 팔이 닿는 곳의 물건들을 재빨리 치운 덕분이었다. 그의 목소리는 더욱 높아져 그 유명한 피리 같은 소리를 냈다. 오스카는 한 사람 한 사람 얼굴을 보며 부글부글 끓어오르는 그의 열광 속으로 그들을 끌고 들어가 결국 그들 또한 자신이 목격한 것은 잔인한 흉내가 아니라, 긍정이자 통찰, 뭐랄까 처음에 생각했던 것보다 멋진 순간이라고 느끼게 만들었다. 그들은 그 일을 돌아보며 점점 윤을 더하고 광을 낸 끝에 무례하고 모욕적인 가해자 버러데일 씨가 적어도 일시적으로나마 뭔가 훌륭한 일을 해냈다고 미화하기에 이르렀다.

홉킨스 씨를 그저 영리하다고만 생각했던 루신다는 그 순간 그의 열광에 어떠한 속임수도 없다는 것을 깨닫고는 그의 선량함에 깊이 감동받은 나머지 눈가가 촉촉해졌다.

버러데일 씨도 감동받았지만 방식은 달랐다. 잠시나마—삼십 분 정도였다—그는 다른 사람이 되었다. 다른 승객들의 감정과 의견에 흥미를 보였다. 그리고 루신다 르플래스트리어를 바라보는 그의 눈은 방금 전까지만 해도 매우 심술궂게 드러내던 외과의사의 수술 도구 같은 차가운 냉기를(그러면 그렇지. 저것 좀 봐!) 더이상 품고 있지 않았다.

배 옆에서 푸른 인광이 발했다. 수석 승무원이 이 소식을 알리자 망원경으로 잘 볼 수 있는 자리를 차지하려고 사람들이 우르르 갑판으로 몰려갔다. 사람들을 붙잡아두고 싶었던 오스카는 뜨겁게 타오르는 열광을 인광이라는 주제로 돌렸지만, 식당 현창을 가득 채운 선명한 빛은 한 번도 돌아보지 않았다.

53
인광(1)

그는 자신의 언설이 식탁 동료들을 어디로 이끌 것인지 알 수 있었다. 아무리 애를 써도 결국 그들은 계단을 올라 따뜻한 밤공기로 들어설 테지만, 그는 공포증 때문에 감히 그럴 수 없었다. 묘사와 설명을 늘어놓으며 그들을 지체시킬수록 결국에는 그를 떠나 그가 지금 열렬히 설명하고 있는 기적을 구경하러 갈 터였다.

그는 주로 르플래스트리어 양을 향해 말했다(그녀의 윗입술은 매혹적이고 호기심어린 눈은 반짝였다). 마침내 그의 열광이라는 척력이 이 경이로운 현상의 인력과 만나자 그들은 탁자에서 몸을 일으켰고 그도 일어났다. 그는 함께 갑판으로 가겠다고 약속하지는 않았지만 갈 수 없다고 명확히 말하지도 않았다. 지상의 법정은 의도적으로 오해를 유발했다고 판결하지 않겠지만 천상의 법정은 그렇게 쉽게 속지 않으리라.

상층 갑판으로 이어지는 매끄러운 웅장한 계단 앞에서 그는 소란스러운 일행을 말없이 떠났다. 자신이 동화 속 슬프고 못생긴 괴물 같았다. 빛에서 영원히 추방당해 어두운 강철 지하로 살금살금 숨어드는, 휘둥그런 눈에 땀으로 번들대는 파리한 얼굴을 한 괴물.

54
인광(2)

리바이어던의 뱃머리로 밀려와 우유처럼 새하얗게 부서지는 바닷물에 환한 푸른 빛방울이 점점이 박혀 있었다. 우유가 엉겨붙었다. 칠흑 같은 바닷물이 사이사이에 섞여들어 대리석 무늬를 그렸다. 양동이가 배 아래로 내려졌다. 흔들리며 텅텅 부딪치다 암흑 속으로 사라졌다. 흰구름은 흩어졌지만 빛방울은 그대로 반짝였다. 빛방울 하나가 별안간 폭발했다. 수면 아래에서 불꽃이 확 타올랐다. 거대한 배는 액체로 이루어진 빛 위에 떠 있었다. 양동이는 아직 바다에 닿지 않았다. 루신다는 빛나는 바다에서 더없이 아름다운 불덩이가 예언서에서 언급되듯 내달리고 빙그르르 도는 것을 목격했다.

하지만 그녀는 놀라운 장관에 별 흥미가 없었다. 빛나는 바다를 보는 것에 만족했다면 1등석에 홀로 남아 있었을 것이다. 하지만 그녀는 지성과 친절에 목말랐고, 인광은 그저 이러한 감정을 위한 매개체이자 도관에 지나지 않았다. 홉킨스 씨는 그 둘 다, 장관에 대한 지식과 인간적인 친절을 제공했다. 그녀는 그 어떤 경이로운 현상보다 그의 전혀 영국인답지 않은 손짓이 마음에 들었다. 그는 터질 듯한 생기로 가득차 있었다. 칼라 단추가 풀어져 있었는데, 이 역시 다른 면모만큼이나 루신다의 마음에 들었다.

"그럼 올라가요. 올라가서 기적을 두 눈으로 직접 보도록 해요." 그녀가 식탁에서 일어나며 말했었다. 비꼬는 어조였지만 정작 당사자는 조금도 비꼴 의도가 없었다.

사람들이 일제히 일어나 문밖으로 나가고 계단을 올라가는 내내 그녀는 버러데일 씨의 안내하는 손 바로 앞에 있었다. 그녀 혼자서는 제대로 지나갈 수 없는 위험한 암초라도 있는 양 그는 그녀의 길을 인도하려고 했다. 그녀는 뒤돌아보지 않았다. 홉킨스 씨가 여전히 함께 있으리라 짐작했다.

갑판을 가득 메울 만큼 승객이 많지는 않았다. 하지만 인광이 조수처럼 끌어당기는 통에 사람들이 지위와 관습을 불문하고 따뜻한 밤공기로 빨려나오거나 밀려나와 배 중앙의 거대한 해수 냉각기 곁에 와글와글 모였다. 승무원, 객실 사환, 엔지니어 외에 동물을 돌보는 젊은이도 올라왔고, 라임하우스, 홀본, 리버풀, 맨체스터 억양의 3등석 승객들도 섞여 있었다. 사람들 사이로 헤치고 들어간 루신다는 그제야 홉킨스 씨가 없다는 사실을 발견했다. 아무래도 자신의 잘못인 듯했다. 또 너무 나댄 것이다. 그녀의 고압적인 태도에 그가 겁을 먹고 물러난 것이었다. 그녀의 비꼬는 어조가 무례하게 들렸을 터였다. 그녀는 충분히 얌전을 떨지 않았다. 하지만 왜 항상 얌전을 떨어야 한단 말인가? 두 발목을 실크 밧줄로 한데 묶어 족쇄를 찬 듯 걸어야만 하는 것 같았다. 심지어 데니스 해싯조차 그녀더러 성큼성큼 걷지 말고 보폭을 줄이라고 권했었다. 크리놀린에 베일 수 있다고 그는 핑계를 댔지만 그녀가 보기에는 그것이 이유가 아닌 듯했다.

그의 충고에 따라 스스로를 속박하는 게 현명하리라. 하지만 어차피 사방에서 그녀를 속박하지 못해 안달이었다. 어른이 된 후 언제나 구속감을 느꼈다. 고래수염과 고무 밴드라는 관습은 거부했지만, 그럼에도 그녀는 여전히 짓눌리고, 물집이 생기고, 조이고, 절룩거렸다.

루신다는 인광에 화가 났다. 이따위 것 때문에 훨씬 소중한 뭔가를 내던지다니. 바다를 바라보는 그녀의 윗입술이 윙윙대는 불빛과 느글대는 사탕과 저속한 호객꾼이 있는 장터를 보듯 얇아졌다. 버러데일 씨가 친절하게 구는 것도 불쾌했다. 그는 빛방울이 해파리라고 했다. 그가 육중한 몸을 숙여 그녀의 귀에 바싹 대고 말하는 것이 싫었다. 홉킨스 씨가 그러한 정보를 알려줄 때 그 자리에 그녀도 있었다는 사실을 그는 잊고 있었다. 저 인간의 정신 구조는 어떻게 되어 있는지 가늠할 수가 없었다. 저녁 식탁에서 들은 말을 그대로 되풀이하고 있었다. 해파리는 메두사라고 불리며, 불꽃처럼 보이는 것은 실제로 엔토마스트라카라고 했는데, 제대로 발음조차 못했다.

"엔트로미스테리오사." 작은 목소리로 말하지도 않았다.

하지만 홉킨스 씨는 그녀에게 작별인사조차 하지 않았다. 그녀는 자신이 그런 무례를 당할 만큼 큰 잘못은 하지 않았다고 생각했다.

인광은 물론 멋졌다. 어찌 멋지지 않겠는가? 하지만 하느님의 위대한 기적에 대한 경이로움조차도 자신이 어리석고 불행하게 느껴질 때는 지속될 수가 없는 법이다. 루신다는 갑판에서 십오 분을 질질 끈 후 이만하면 충분히 보았다고 선언했다.

하지만 스미스 씨 때문에 내려갈 수 없었다. 그녀의 재킷 소매를 엄지와 검지로 잡았지만 올빼미처럼 눈을 끔뻑이는 그에게 화를 낼 수는 없었다. 친근한 태도에서 그가 적어도 그녀를 우호적으로 여긴다는 사실을 알고 루신다는 기뻤다.

"아직 양동이가 안 올라왔어요, 르플래스트리어 양. 양동이는 보고 내려가도록 해요."

"그렇게 해요." 버러데일 씨가 거들었지만, 속삭이는 입에서 몸을 돌린 탓에 그의 친절도 끝났다는 걸 그녀는 느낄 수 있었다.

"양동이에 담겨 있는 거랑 바다에 있는 거랑 같지 않나요? 달리 특별할 것도 없을 텐데요." 루신다는 말했다.

"기다려요. 저기, 올라왔어요." 스미스 씨가 말했다.

"앞으로 가게 좀 비켜주세요." 버러데일 씨가 말했다.

그가 루신다의 발을 밟았다. 그녀는 너무 아팠지만 아무 소리도 내지 않았다. 그가 호들갑스레 사과하며 큰 손을 그녀의 팔이나 어깨에 올려놓을 가능성을 감수할 수는 없었다.

양동이가 갑판으로 올라오자 사람들이 우르르 몰려들었다. 그녀는 그중 가장 덩치가 작았다. 주위에서 사람들이 그녀를 밀쳐댔다. 비슷한 부류의 사람들을 느끼고 냄새 맡고 싶어 2등석으로 왔던 루신다는 그들의 몸에 짓눌리고 숨이 막혔다. 그녀는 간신히 앞으로 나아갔지만 양동이 안을 보기 위해서가 아니라 인간의 지독한 체취에서 벗어나기 위해서였다. 양동이에는 발광체가 잔뜩 담겨 있었다.

"어서 하게, 스미스." 버러데일 씨의 거친 목소리가 들렸다.

"잠시만, 버러데일. 엔지니어를 기다리는 중이야." 퍼시 스미스의 어조는 평소보다 훨씬 독립적이었다.

"제가 엔지니어인데요." 루신다 곁의 남자가 말했다. 냄새가 강했지만 석유가 아니라 위스키 냄새였다.

엔지니어는 간유리 마개로 닫혀 있는 병을 내밀었다. 스미스 씨는 루신다의 어깨 너머로 상체를 뻗어 병을 받아들었다. 그리고 탁한 아연빛깔의 양동이 옆에 비어 있는 좁은 공간으로 옮겨가서는 유리병의 마개를 열고 군중 사이에서 루신다를 찾았다. "H_2SO_4, 즉 황산이죠." 그가 설명하더니 무릎을 꿇고 양동이에 황산을 약간 떨어뜨렸다. "이제 더 빠르고 강하게 빛날 겁니다." 그가 물러서며 말했다.

루신다는 사람들에게 떠밀리는 바람에 차마 보고 싶지 않은 '광경'을 피할 수가 없었다. 양동이의 빛방울이 더욱 환해졌다. 어떤 것은 흰색이고, 어떤 것은 노란색이었지만 하나같이 강렬해져 마치 하늘의 자그마한 별들이 갑자기 폭발하는 듯했다. 이윽고 빛이 깜박이더니 점점 사그라들다가 사라졌다. 양동이가 암흑으로 변했다.

"보라고, 버러데일, 증명됐지." 스미스 씨가 소리쳤다.

루신다는 생각했다. 저 머저리 같은 인간. 상상력이라곤 없는 머리로 하느님을 살해하는군.

버러데일 씨가 커다란 목소리로 증명된 건 아무것도 없다고 주장하는 동안 그녀는 사람들을 비집고 뒤쪽으로 빠져나가 갑판의 텅 빈 부분을 가로질러 한층 더 비어 있을 자신의 객실로 향했다. 북극성을 보려고 고개를 들었지만 리바이어던이 하늘을 시커먼 담요로 뒤덮은 탓에 천상은 양동이 안쪽만큼이나 죽어 있었다. 그녀는 생각했다. 공장은 싫어. 나는 여전히 엄마를 기쁘게 하기 위해 살고 있는 걸까. 그녀는 1등석 산책로로 들어갔고, 무엇을 보게 될지 모른 채 2등석 산책로를 내려다보았다.

오스카 홉킨스가 홀로 앉아 있었다. 그녀가 보기에는 여봐란듯이 앉아 있었다. 그가 손을 흔들자 그녀는 못 본 척했다.

55
질투

워들리피시가 크리몬 가든스에서 한 말은 진실이었다. 그는 어디에도 속하지 않았다. 2등석 산책로에 홀로 있는 모습만 보아도 확연했다. 그는 별종이고, 괴짜이고, 사마귀이고, 얼간이이고, 이상한 녀석이었다. 그는 물을 두려워했다. 그는 삶 그 자체와 분리되어 있었다. 환자용 의자에 앉은 병자처럼 소파에 눌러앉은 채 바다의 경이를 양동이 안의 빛으로 졸아든 모습으로나 보아야 했다.

얼근히 취한 스미스 씨가 계단을 내려와서 진이 담긴 유리잔에 해파리 한 마리를 담았다. 그리고 미국에서 유명한 술이라며 우겼다. 해파리가 샛노란 빛을 발하고는—빛으로 내지르는 비명—죽었다.

스미스 씨는 오스카더러 "불쌍한 친구"라며, 버러데일 씨와 엔지니어와 함께 포커를 치러 가버렸다. 승무원들이 양동이를 치우고 카펫을 스펀지로 문질렀다.

오스카는 여러모로 겸손한 사람이었다. 하지만 주변의 모든 사람이 저주받을 때 자신만은 구원받으리라는 것을 아는 비국교도의 정신적 습성 또한 지니고 있었다. 예를 들어 버러데일 씨가 저녁식사 자리에서 그에게 아무리 영향력을 행사할지라도 오스카는 은연중에 자신이 그보다 '한 수 위'라고 여겼다. 그래서 저따위 인간이 계단을 올라 인광을 구경하고 있을 때 이 배에 탄 누구보다도 그 경이로운 현상에 대해 잘 아는 자신은 그럴 수 없어서 심히 속상했다.

계단을 내려오는 저녁식사 일행을 바라보는 그의 시선은 예전에 헤나컴에서 하지를 맞아 노래하고 춤추는 이교도들을 보았을 때와 비슷했다. 당시 그는 커다란 보닛 모자를 쓴 여자들이 춤추고 깔깔대는 모습을 나무 뒤에 몰래 숨어서 보며 질투심에 휩싸였다. 바다에 나가 있는 아버지를 볼 때도 똑같은 감정을 느꼈다. 심지어 물이 두려운데도, 거대한 공포에 빠져 있는 와중에도 질투가 그를 휘갈겨댔다.

그는 산책로에 있는 르플래스트리어 양을 보았다. 손을 흔들었지만 근시인 탓에 그녀의 반응이 제대로 보이지 않았다. 그녀를 실망시켰다고 생각하니 견딜 수가 없었다. 그녀의 고해성사를 듣는 것은 명예로운 의무라고 그는 생각했다. 그녀의 커다란 눈이나 어여쁜 윗입술이 아니라 바로 그러한 이유로 그는 마침내 플러시천 소파에서 일어나 자신의 객실로 비틀비틀 걸어갔다.

그는 작은 삼나무 서랍에서 빗과 손거울을 꺼냈다. 좀더 교양 있어 보이려고 뻣뻣한 붉은 머리를 힘줘서 빗었지만 빗질을 할수록 머리칼이 자꾸 옆으로 뻗쳤다. 몸단장을 마치고 보니 위쪽 머리가 바람에 옆으로 누운 나무의 이파리들 같았다. 그는 풀린 칼라 단추를 발견하고는 다시 잠갔다. 코에 자그마한 여드름이 올라오기 시작한 것을 알아차렸다. 그는 (머리카락을 정돈하는 데 쓰는) 포마드가 담긴 도자기 단지를 찾아내 뚜껑을 열고 코를 킁킁거린 뒤 도로 닫았다.

납땜 상자를 열고 포장된 양막을 꺼냈다. 재킷의 허리 쪽 주머니에 양막을 쑤셔넣었다. 공포증을 줄이는 데 조금도 도움이 되지 않았다. 그는 밖으로 나가 1등석 산책로로 이어지는 계단을 올랐다. 산책로에서 그가 르플래스트리어 양의 객실을 묻자 승무원은 안내하면서 그의 너무나 애절한 어조를 공포증 때문이 아니라 심각한 영혼의 위기 때문이라고 짐작했다.

56
미끼

루신다는 카드를 꺼내 섞었다. 새 왁스 표면이 반들반들 윤이 나고, 그 아래에 새겨진 잉크가 수족관의 색깔 자갈처럼 반짝였다. 그녀는 예쁜 호두나무 탁자 앞에 서서 포커 규칙에 따라 직접 패를 나누었다. 가장자리에 허벅지가 눌릴 정도로 탁자에 몸을 바싹 갖다대고 서 있었다. 그녀는 카드 다섯 장을 뒷면이 보이게 늘어놓고 손톱으로 한 장을 넘겼다. 스페이드 킹이었다. 그 카드를 도로 뒤집었다. 실제로 손이 아릿아릿했다. 그녀는 두 손바닥을 맞대고 서로 밀었다. 탁자를 빙 돌아가 반대쪽에 늘어놓은 카드 다섯 장 앞에 섰다. 그녀는 다섯 번 더 패를 돌렸다. 카드 더미를 나누었다. 다이아몬드3이 나왔다. 그녀는 탁자를 바라보며 서 있었다. 만약 카드가 놓인 자리에 앉아 있었다면 상대방의 어깨 너머로 밝은 달 아래 잔잔한 바닷물을 보았으리라. 하지만 실제로 카드놀이를 하는 중이었다면 바다는 아예 존재하지도 않을 터였다. 떼어놓은 카드 더미가 정확히 기하학적 중심이 되는 작은 구球 형태의 세계 외에는 아무것도 존재하지 않았을 것이다.

그녀는 책상으로 걸어갔다. 꿈꾸는 듯한 기색이라곤 일절 없는 단호한 걸음이었다. 책상 서랍에서 지갑을 꺼냈다. 그리고 탁자로 가져갔다. 내용물을 탁자에 쏟았다—큼직한 1페니 동전들, 두툼한 금화들, 1파운드 지폐들, 딱 하나 있는 5파운드 지폐.

그녀는 스타킹 신은 발로 탁자를 빙글 돌며 방을 어슬렁거렸다.

남자들이 카드놀이하는 소리가 들렸다. 자기들만 카드를 사랑하는 게 아님을 보여주자. 그녀는 금색 술이 끝에 달린 빨간 줄을 당겼다. 승무원을 호출하는 신호였다. 하지만 객실에 들어온 승무원의 눈은 그녀가 준비한 멋진 미끼를 보기를 거부했다. 그는 객실을 나가 은쟁반에 차를 담아 돌아왔다. 그는 그녀의 시선을 피하지도, 별달리 응시하지도 않았다. 즐거운 저녁시간을 보내라고 인사했다.

그녀는 하루에 두 번 바보짓을 했던 것이다.

57
고해성사

문 앞에 서 있는 홉킨스 신부를 발견했을 때 그녀가 가장 먼저 떠올린 것은—그러니까 정신을 차린 후에—카드였다. 미끼로 늘어놓긴 했지만 그 상대는 신부가 아니라, 어디까지나 신부를 제외하면 누구라도 좋았다. 하지만 그 생각도 한순간 사고가 정지되었다가 떠올랐다. 그녀의 입은 열린 문을 연상시켰다.

바로 그때 생각이 미쳤다. 카드. 신부에게 카드나 돈을 보여선 안 된다. 동전과 지폐들. 웨딩드레스의 베일만큼 새하얀 5파운드 지폐는 향기를 내뿜어, 다리를 더듬거리는 곤충을 불러들이는 반짝이는 하얀 치자꽃 같았다. 곤충은 저도 무엇을 하는지 모른 채 꽃가루를 옮겨 짝을 맺어주었다. 이 모든 건 눈을 사로잡기 위해 계산된 것이지만, 저 눈이 아니라 다른 눈이었다.

그녀는 생각했다. 얼마나 사랑스러운 얼굴인가. 얼굴에서 드러나는 극도의 섬세함과 우아함은 그녀에게 깊은 인상을 심어주었다. 그가 샤프롱 없이 찾아왔는데도 그녀는 이 방문의 적절성을 의문시하지 않았다. 아직은. 하지만 이내 거기까지 생각이 미치고, 뜨거운 위스키를 한 모금 마신 양 안절부절못하게 될 터였다. 그녀는 고해성사를 하고 싶다고 했던 자신의 부탁을 까맣게 잊고 있었다. 너무 나댄 탓에 자기에게 정떨어지지는 않았을까 걱정하고 있던 바로 그 호감 가는 남자만 그녀의 눈에 들어왔다.

"들어오세요." 입 밖으로 나온 말은 이게 전부였다. 그녀는 그를 포커판에서 멀리 유인하기 위해 객실의 둥근 구석으로 이끌려고 했다. 빛나는 바다를 가리킬 생각이었다. '멋진 경치'가 보이는 창문이라는 이점을 활용해 그 사실에 대해 대화를 나누어야겠다고 생각했다. 하지만 그는 말 그대로 창문을 등지고 반대 방향으로 게처럼 옆으로 걸어가 눈먼 사람처럼 의자를 더듬어 찾더니 그녀가 제발 앉지 않기를 바랐던 바로 그 탁자 앞에 앉았다.

그녀는 악행이 발각될 것이라는 공포에 경악한 나머지 그의 기괴한 행동까지 생각할 겨를이 없었다. 그의 이마에 땀이 맺혀 있었는데, 한참 뒤에 사건이 일단락된 후에야 그녀는 땀에 대해 의아해했다.

그녀가 서 있는데 그가 양해도 구하지 않고 덥석 앉다니 이상했다. 바로 그때 그가 말했다. "정말 죄송합니다. 이제야 오다니 말입니다."

그녀는 빙그레 미소 지으며 고개를 숙였다. 그대로 서서 그가 그녀를 올려다보느라 탁자에 펼쳐진 것에 시선이 못 가게 할 셈이었다. 그는 이미 보았다. 못 봤을 리가 없었다. 하지만 그는 못 본 듯했다. 대체 무슨 이야기를 하는 거지? 이제야 오다니? 갑판에? 그녀는 탁자를 덮을 만한 천이 없을까 궁리했다.

"실은 제가 바다공포증이 있답니다. 아주 어릴 때부터 그 증상 때문에 고생했죠. 아시다시피 제 아버지는 박물학자라 항상 바다에 들어가 있었죠. 저도 조그만 꼬마 때부터 아버지를 따라다녔고요."

"그렇군요." 하지만 그녀는 알아듣지 못했다. 그가 불안해하며 땀을 흘렸지만 그녀는 알아차리지 못했다. 그녀는 그리스어를 들을 줄 알았다가 스페인어를 듣게 된 사람 같았다. 그가 탁자에서 카드 한 장을 집어 만지작거렸다.

"어쨌든 바다를 무서워하게 되었습니다. 고소공포증과 비슷하지요. 오늘 저녁 함께 갑판으로 나가거나 고해성사를 듣기 위해 이렇게 사방에 창문이 나 있는 객실로 올라오면, 저는 감당할 수 없는 커다란 두려움을 느끼죠."

하지만 그녀는 그에게 죄를 고백할 수 없었다. 그녀는 그의 마음에 들고만 싶었다.

"스미스 씨나 버러데일 씨에게는 알리지 않았습니다. 솔직히, 모르는 편이 낫다고 생각합니다. 하지만 늘 시간이 남아도는데도 고해를 들으러 빨리 오지 못한 점에 대해 사과드립니다."

하지만 그녀는 고해를 할 수 없었다. 그가 카드를 내려놓았으면 싶었다. (확실히 그는 그것이 무엇인지 알았다.) 그녀는 조지 루이스에게서 들은 말을 되풀이하되, 느릿느릿한 그보다 열 배는 빨리 말했다—여왕이 크레이시에서 장로교도들과 기도를 한 후 무릎을 꿇고 기도와 고해성사를 하는 일의 위험성을 깨닫고 열렬히 반대하게 되었다고. 따라서 고해는 바람직하지 않다고.

"아, 네. 여왕 폐하가 그러셨죠. 하지만 아시다시피……" (이 대목에서 그가 작은 탁자 아래에서 다리를 번쩍 드는 바람에 동전이 쨍그랑 울렸다.) "여왕 폐하가 좋아하지 않는다는 건 충분한 이유가 못 됩니다. 성공회 기도서에 엄연히 고해에 대해 쓰여 있고, 그 항목을 삭제하는 일은 여왕 폐하도 주님도 못하고 의회에서만 가능하죠. 법을 바꿔야만 가능하죠. 그런 식으로 교회가 돌아가는 걸 저는 찬성하지 않습니다, 르플래스트리어 양. 원한다면 얼마든지 고해성사를 해도 좋습니다. 이는 결코 이단이 아닙니다."

오스카는 세로 7.5센티미터, 가로 5센티미터의 자그마한 기도서를 가지고 있었다. 그는 마치 매일 고해를 듣는 양 능숙하게 기도서를 펼쳐 넘겼다.

루신다는 이제 공황에 빠졌다. 이 젊은 남자에게 고해를 할 수는 없었다. 아름다운 손이 이어진 길고 하얀 손목이, 흘러내린 양말과 접힌 바짓단 사이로 드러난 살짝 멍이 든 정강이가 보였다. 얼굴은 단테이 게이브리얼 로세티가 그린 천사처럼 하트 모양이었다. 그에게 고해할 수는 없었다. 하지만 고해성사는 이미 시작되고 있었다. 그는 웨스트컨트리 특유의 부드럽게 구르는 모음으로 발음했다. 그녀는 말문이 막힌 듯했다.

그녀가 말할 차례였다. 그때 갑판에서 목소리가 들려왔다. 벨기에인들이 포메라니안 강아지를 큰 소리로 부르며 찾고 있었다. 그녀는 의자 등받이를 양손으로 꽉 쥐었다. 기어드는 목소리가 나왔다. 탁자 아래에서 나뭇가지처럼 삐죽 튀어나온 그의 신발과 정강이를 바라보았다. 신발이 달달달 떨렸다. 종교의식에 어울리지 않는 신발이었다. 하지만 고개를 들어 천사 같은 머리카락과 아주 고요하고 맑은 회녹색 눈을 보는 순간 그녀는 고해를 했다. 나직한 목소리에 그는 그녀 쪽으로 상체를 기울여야 했다.

은구슬이 살며시 구르는 듯한 목소리였다. 그 내용에 전혀 어울리지 않았다. 그는 발 떨기를 그쳤다. 회개하는 자는 눈을 꼭 감고 있었다. 그녀는 빠르지만 나직이, 은구슬이 또르르 굴러가듯 말했다.

그녀는 팬탠*을 할 생각으로 드루리 레인의 어느 집을 찾아갔다고 고백했다(비록 사람들이 쳐다보자 달아나긴 했지만).

그녀는 '경마꾼'들로 가득찬 기차에서 흔한 주사위놀이를 한 것을 고백했다. 경마장까지 가지는 않았지만, 그런 기차에서 그런 일들이 일어난다는 기사를 읽고는 일부러 주사위놀이를 하려고 그 기차에 탔다고 했다. 하지만 남자들이 여성인 그녀에게 반감을 보이며 그만 나가달라고 요청했다.

그녀는 팩스턴 씨에게 닭싸움에 데려가 달라고 졸랐다.

그녀는 승무원들의 대화를 몰래 엿들었다. 그들에게 덫을 놓으려고 방에 카드를 늘어놓았다. 그녀는 포커를 치고 싶었다.

다른 문제들도 있었지만 고해 신부는 거의 듣지 않았다. 그는 고개를 숙인 채 미친듯이 두방망이질하는 심장을 가라앉히고 있었다. 깍지 낀 양손을 다리 사이에 넣고 꼭 눌렀다. 그가 신음했다.

루신다는 그 소리를 들었다. 감히 그를 올려다보지 못한 채 머리를

---

* 중국 도박의 일종.

숙이고 있었다. 그저 사면을 기다렸다. 또다른 웅얼대는 소리가 났지만 무슨 말인지 불분명했다. 이제 우리는 친구가 될 수 없겠구나 싶었다. 그녀는 눈을 꼭 감고 스치는 생각을 쫓으려 애썼다. 어찌나 꼭 감았는지 망막의 검은 바다에 빛나는 점들이 둥둥 떠다녔다.

오스카는 옳은 판단을 내리려고 할 때면 늘 아버지를 떠올렸다. 지금도 그렇게 하고 있었다. 이 때문에 신음한 것이었다. 그 엄격하고 다정한 남자에게 자신이 안겨준 고독이라니.

승무원들 목소리가 환기구를 통해 들렸지만 둘 다 흘려들었다.

여전히 사제는 사면을 해주지 않았다.

"기차에서 했다는 주사위놀이는 더치 해저드입니까?"

루신다는 고개를 발딱 들었으나 사제는 고개를 그의 오른쪽 어깨 쪽으로 모로 꼬고 있었다. "네. 그랬습니다. 다른 게임도 했죠."

"아마도 올드 브리티시였겠죠."

루신다는 숙이고 있는 목이 울긋불긋해지는 것이 느껴졌다. "뉴사우스웨일스에서는 세븐스 맨이라고 부른답니다."

피와 열기로 피부가 달아오르자 그녀의 마음이 집중하지 못하고 산란해졌다.

오스카는 아버지의 모습을 계속 또렷이 그릴 수 없었다. 무모한 기쁨이 번개를 품은 구름이나 안개 같은 무정형의 형태로 생겨나 따분하리만치 신성한 생각을 대체했다.

"그건 누가 했죠? 피터를 제공한 사람이 누구였나요?" 그는 깍지 낀 손을 풀어 탁자에 올려놓으며 물었다.

루신다 르플래스트리어는 고개를 갸웃했다. 눈을 떴다. 사제는 멍한,

거의 멍한 얼굴이었다. 입을 아주 살짝 다물고 있는 덕분에 완전히 멍한 얼굴은 면할 수 있었다.

루신다는 초록 눈을 가늘게 떴다. "피터라고요?"

"모르는 용어입니까?"

그녀는 그 입을 바라보고 있었다. 그 입에서 본 것을 결코 믿을 수가 없었다. 그녀는 신중히 대답했다. "아니요, 잘 알아요."

"그럴 줄 알았죠." 오스카 홉킨스는 자그마한 기도서를 덮고는 양막이 든 주머니에 넣었다. 손에 양막이 닿자 등뒤의 바다가 떠올랐다. 척추가 살짝 따끔거릴 뿐이었다.

"그런 용어를 잘 아나보죠?"

"안타깝게도 그렇답니다." 그는 환한 미소를 지으며 대꾸했다.

루신다도 미소를 지었지만 별로 확신은 없었다. "신부님, 그것은 더없이 부적절하지 않나요?"

오스카는 재킷 주머니에서 손수건을 꺼내 먼저 축축한 손을 닦은 뒤 땀이 맺힌 이마를 훔쳤다. "아? 사실 저는 그렇게 생각하지 않습니다." 그는 혼자서 아주 신이 난 기색이었다.

"하지만 저의 죄를 사해주지 않았어요."

"무슨 죄를 저질렀기에요?"

그녀는 충격을 받았다. 그가 내뱉은 말보다는 그의 기분이 변해서 더욱 놀랐다. 사제는 전혀 그답지 않게 분개하다시피 열정적으로 그 말을 했다. 눈빛이 단호했다. 그가 탁자 위의 카드를 손으로 휙 가리켰다—아! 결국 그는 카드를 보았던 것이다. "우리의 믿음 전체가 도박입니다, 르플래스트리어 양. 우리는 내기를 하죠. 파스칼이 모두 설명해놓았죠. 대단히 지혜롭게도요. 여왕 폐하라면 그가 장로교도로서 어림없는 소리를 했다고 할지도 모르겠지만요. 아무튼 우리는 내기를 합니다, 하느님이 존재한다고요. 그 내기에 우리 삶을 걸지요. 우리가 천국에서 성인 곁에 앉을 확률과 수익을 계산하죠. 내기에 대한 걱정으로 우리는 이른새벽 식은땀으로 뒤덮인 채 깨어나고요. 심지어 한겨울에도 침대에서 나와 바닥에 무릎을 꿇습니다. 그리고 하느님은 우리가 고통을 감내하는 것을 보죠. 우리가 침대 곁에서 기도하는 모습을 본 하느님이 어떻게……" 손이 휙휙 움직였다. 그에게는 일종의 야성적인 열정이 있었다. 턱이 뾰족한 얼굴에 박힌 눈에서 전등빛이 반사되어 빛났다. 루신다는 목덜미의 털이 곤두서는 것을 느꼈다. 눈꺼풀이 감겼다. 만약 그녀가 고양이였다면 가르랑거렸으리라.

"우리의 필멸의 영혼을, 덧없는 존재인 우리의 매 초를 내기에 걸 것을 본질적으로 요구하는 하느님이…… 이건 사실입니다! 우리는 주어진 수명의 모든 순간을 내기에 겁니다. 하느님의 존재라는 증명할 수 없는 사실에 모든 걸 걸어야 하죠."

루신다는 몸이 떨렸지만, 한기로 인한 불쾌한 떨림이 아니었다. 이 무의식적인 전율에는 너무나 많은 이유가 있었다. 특히 자신의 악행에도 불구하고 친구를 잃지 않으리라는 깨달음이 크게 작용했다. 하지만 이 전율은 또한 그에게서 그녀 자신을 보았다는 인식 때문이기도 했다. 도박사의 열정에 어려 있는 돌연한 차가움을 보았던 것이다. 도저히 거부할 수 없는 강철 같은, 심지어 분노한 듯한 무엇이었다. 한편으로 그녀는 힘들게 고해했는데 사제가 고백의 가치를 대수롭지 않게 여긴다는 점에 마음이 언짢았다. 식사가 차려진 식탁에서 식탁보를 확 잡아빼는 듯한 태도는 그녀의 감정에 분노의 소금을 뿌렸지만, 그러는 동안에도 그녀는 나의 증조부가 강력한 옹호의 논거를 차곡차곡 쌓아올리는 것에 기뻐하는 정도가 아니라 환희를 느꼈다. 야성적으로 헝클어진 머리의 시계제조공 천사가 믿음이라는 빛나는 장치에 자그마한 톱니와 위태로운 스프링을 끼워넣기 전에 하나하나 들어 확인하고 살피듯 그는 논거를 펴나갔다.

"매 순간 말입니다." 오스카가 손가락 하나를 들어 환기구에서 들려오는 낮고 굵은 웃음소리로 주의를 돌렸다.

"바로 저것이죠." 그가 의기양양하게 말했다. 마치 그 웃음소리를 발견한 듯, 그 웃음소리야말로 이 모든 것의 핵심이라는 듯. 허공으로 뛰어오른 메뚜기를 손안에 잡고는 기적이 손바닥을 간질이는 양 빙그레 웃는 사람 같았다.

"저것. 우리는 저 사람이 바로 저렇게 웃는 것을 다시는 들을 수 없습니다. 그 순간은 지나가버리기 때문이죠."

지금 오스카 홉킨스를 보았다면 누구라도 그가 도박을 끊겠다고 맹세하고 더이상 '일상적으로 행하지' 않는 사람이라고는 생각하지 않을 것이다. 그의 견해는 열정적일 뿐만 아니라 굳건히 확립된 듯했다. 설령 그 견해에 동의하지 않더라도 그의 확신만은 의문시할 수 없을 터였다.

루신다는 신부 자신에 대한 죄책감 어린 옹호를 듣고 있다고는 꿈에도 생각지 못했다. 온갖 생각이 드는 와중에도 거기까지는 생각이 미치지 못했다. 얼마나 보기 드물고 놀라운 사람인가 하고 그녀는 생각했다. 객실에 단둘이 있어선 안 된다고 생각했다. 그와 함께 카드놀이를 하면 어떨까 생각했다. 그녀는 생각했다. 결혼할 수도 있을 것 같아, 저 사람 말고, 물론 저 사람은 아니고 비슷한 사람이라면 결혼해도 될 것 같아. 그러자 마음이 대단히 가벼워졌다.

"매 순간이 내기입니다." 그가 말했다.

그녀는 그를 아주 잘 아는 듯 느껴졌다. 구원을 향한 열정뿐만 아니라 지옥에 대한 두려움도 능히 짐작되었다. '이른새벽'에 그를 사로잡을 두려움이 눈에 보였다. 그녀가 보고 있는 것은 거울이었다. 거울이자 창문이었다.

"우리가 고뇌와 떨리는 희망 속에서 내기를 건다는 걸 아는 하느님이 어찌……" 그 순간 말을 멈춘 그가 떨리는 양손을 경이롭게 바라보았다. 손의 떨림은 자신이 드러낸 열렬한 믿음 때문이기도 하지만, 또 다른 흥분 역시 한몫하고 있었다. 르플래스트리어 양의 솔직하고 찬미하는 얼굴로 인해 야기된 흥분이었다. "그러한 하느님이 한낱 동물이 결승선에 먼저 도착할 가능성에 몇 파운드 걸었다고 해서 우리를 나무라겠습니까?" (이 대목에서 기쁨의 웃음을 짓느라 입술이 벌어졌다. 단연코 그 웃음은 이 순간 그를 사로잡은 새로운 생각 때문이라기보다 루신다의 찬미하는 얼굴 때문이었다.) "성스러운 하느님이 우리에게 부여한 본능에 따른 일반적 즐거움을 신성모독이라고 여기지 않고서야 말입니다. 지금껏 그런 말은 들어본 적이 없습니다."

루신다는 마침내 의자에 앉으며 말했다. "홉킨스 씨, 우리는 공상 때문에 영혼을 위험에 처하게 만들어선 안 됩니다."

그 말은 진심이었다. 또한 전혀 진심이 아니기도 했다. 공상보다 그녀가 더 좋아하는 것은 없었다. 그녀는 공상을 대단히 중요시했고, 평소 그 단어를 무시하는 투로 내뱉거나 하지도 않았다. 그 무엇보다 찬미하는 건물인 수정궁은 일종의 공상 그 자체였고, 그녀는 그것의 철학적 등가물인 강철과 유리로 지은 거대한 대성당을 향한 열정을 남몰래 불태우며 계획의 구상을 확고히 품고 있었다.

"그건 공상이 아닙니다." 오스카는 말했다.

그는 카드들을 집어 하나로 합쳤다. 카드놀이를 하려는 의도는 아니었다. 카드를 치자고 권한 사람은 루신다였다. 하지만 나중에 오스카를 더 잘 알게 되었을 때 그녀는 털어놓았다. 그가 카드놀이를 하고 싶어 하는 듯 보이길래 그렇게 말했을 뿐이라고.

58
평판

벌써 추문이 돌았다. 스미스 씨와 버러데일 씨에게, 캐러웨이 씨와 멘지스 부인과 존스턴 부부에게도 알려졌다. 그들은 판사일 뿐만 아니라 전달자로서 1등석부터 3등석까지 그리고 리벳으로 고정된 강철 내부까지 굽이굽이 움직였다. 다만 (다가오는 태풍에 대비해 가축을 돌보던) 젊은 매스터 스미긴스까지는 소문이 닿지 않았다. 어떤 숙녀가 '평판을 잃었다'는 걸 그도 알긴 했지만, 수습 엔지니어인 코가 긴 클리먼스에게서 들었다. 설마 그가 자신을 고용해주지 않겠느냐고 물어보았던 바로 '그' 숙녀인지는 몰랐다.

"그 여자 인생 종쳤어. 완전히 바닥이야, 바닥." 동물을 무서워하는 클리먼스가 말했다.

"뭐가?" 매스터 스미긴스가 물었다.

"평판 말이야. 내가 말했잖아? 알아묵었냐?"

"물론 더럽게 잘 알아묵었지. 나도 여동생이 있는데. 어서 꺼져. 이것들을 돌봐야 해, 폭풍이 칠 거야."

"니놈 엉덩이나 들썩이다 끝나겠지." 클리먼스는 그러면서도 뒤로 물러나며 도망칠 준비를 했다.

매스터 스미긴스는 암컷 라마의 엉덩이를 걷어차 바글대는 우리로 밀어넣었다. 그리고 문을 단단히 잠갔다.

"이제 다 가뒀네. 배가 뒤집혀도 우리 밖으로는 못 나오지." 그는 수사슴을 처리하러 갔다. "그게 뭐 어떻다고 호들갑이야." 그렇게 말하고 주위를 둘러보았다. 클리먼스는 가고 없었다. "평판을 잃었다라." 그는 수사슴을 찌르려고 막대기를 집어들었다.

"물론이지, 물론 더럽게 잘 알아묵었지."

59
주께서 들끓는 바다를 다스리시니

루신다는 회색 모직 담요가 깔린 탁자에서 포커를 치는 것을 좋아했다. 물론 답스 씨 저택에서 처음으로 크리비지를 하면서 생긴 습관이었다. 바람 부는 밤이면 때때로 그녀는 롱노즈 포인트의 임대 오두막에서 방수포를 깐 식탁 위에 담요를 펼치고 참을성 있게 홀로 카드를 돌렸다. 그것은 그녀의 위안거리였다. 차 마시기, 스토브의 쇠살대 흔들어 재 떨기, 미끄러운 카드 아래의 부드러운 담요 느끼기. 도박장의 탁자에서는 그런 애정이 느껴지지 않았다. 단언컨대 그녀는 카드놀이를 좋아했다. 하지만 그녀의 집과 답스 씨의 집에서 회색 담요로 덮인 탁자에서 느끼는 '애정'과는 다른 종류였다. 도박장 탁자는 차갑고 미끄러웠다. 그것은 훨씬 냉정한 즐거움, 화려한 무용수의 전율로, 활짝 핀 딱딱한 미소랄지 에나멜가죽 구두 같은 것이었다.

객실에 사제와 단둘이 있는 상황에서 루신다는 침대의 담요를 가져와 작은 탁자를 덮었다. 예의에 어긋나는 행동이었지만 그녀는 개의치 않았다. 꼭 이렇게 해야 했다. 시야를 좁히면 된다. 사제가 충격을 받았다 한들 그녀가 그를 보지 않으면 그만이었다. 모든 것이 제자리에 있어야 했다. 그녀는 작은 호박색 램프를 들어 한쪽에 놓았다.

그녀는 생각했다. 침실에 사제와 단둘이 있다니.

"다 됐군요." 그녀는 그렇게 말하면서도 차마 눈을 들어 사제를 똑바로 볼 수 없었다. 담요 위에 한 손을 펴서 올려놓았다. 손톱을 물어뜯은 흔적이 역력했다. 그녀는 그 증거를 손바닥 아래로 감추었다.

"그럼." 그녀는 대담하게 그의 눈을 응시했다.

그의 얼굴은 그녀의 상상과 달랐다. 상상 속에서 못마땅한 표정의 길쭉한 얼굴을 만들어냈지만 현실의 그는 긴 속눈썹 아래의 그녀를 바라보는 부드러운 눈이 암사슴 같아 예쁘장하기까지 했다.

"게임을 시작할까요?" 그가 물었다.

루신다의 얼굴이 발그레해졌다.

그들은 푼돈을 걸고 카드를 쳤다.

정적 속에 판이 흘러갔다. 아까 그가 한껏 동요해서는 자리에 앉은 채 발을 차고 비비고 몸을 꼼지락거렸던 사실이 없었다면—저녁식사 때 옆자리의 그를 생생히 느꼈는데, 그녀가 앉은 의자의 다리를 통해, 탁자를 통해 그의 활기찬 생명력이 전해졌다—그녀는 이런 특성에 주목하지 않았으리라. 하지만 지금은 집중된 고요만이 느껴졌다. 이것은 활기 없는 고요가 아니었다. 포커를 칠 때 대부분의 남자들이 무표정한 가면을 쓰고 조각상처럼 텅 빈 눈이 되는 것과 달랐다. 그는 첼로이자

바이올린이며, 돛대에 묶인 오디세우스*처럼 팽팽히 묶여 있었다.

그녀는 패했다. 너무도 가벼운 잠자리 날개처럼 무게 없는 느낌이 들었다. 잃을 때면 늘 그랬다. 잃고 난 후에는 깊은 죄책감과 두려움에 빠진 나머지 자신이 패배를 좋아한다고는 생각하지 않았다. 하지만 이 느낌은 언제나 패배와 함께 찾아왔다. 언젠가 개미들에게 속이 전부 뜯어먹혀 섬세하고 종잇장처럼 얇디얇은 껍데기만 남은 메뚜기 사체를 보았을 때, 그녀는 저 가볍고 사랑스러운 껍데기가 자신이 패배했을 때 드는 느낌이 형상화된 것임을 깨달았다.

그녀는 돈을 내던져버렸다. 패를 버렸다. 1페니, 1페니, 3페니. 홉킨스 씨는 대단히 정교하게 포커를 쳤다. 다른 여자가 상대의 왈츠 솜씨를 칭찬하듯 그녀는 그를 칭찬했다. 그녀는 허리를 꼿꼿이 펴고 앉았다. 카드를 깔끔하게 부채꼴로 펼쳤다. 1파운드를 잃었지만 그만하고 싶지 않았다. 자신이 이제 완벽한 항해를 하게 되었음을 알았다. 너무나 행복했다.

한시 삼십분에 배가 거센 바람에 들썩이기 시작했다. 파고가 높고 주기가 긴 풍랑에 배가 실린 것이 느껴졌다. 배에서 나는 소음에 루신다는 피아니스트가 손마디를 꺾는 소리를 떠올렸다. 배가 흔들리니 그녀의 행복함이 더해졌다.

그녀는 오스카를 향해 미소 지었다. 그도 미소로 답했다. 그리고 왼쪽 발목을 무릎에 얹었다. 왼발을 떨었지만 탁자에 부딪히지 않아 그녀는 알아차리지 못했다.

* 오디세우스는 세이렌의 노래에 홀리지 않도록 자신의 몸을 돛대에 묶었다.

두시 삼십분에 판세가 다시 뒤집혔다. 그가 허세로 밀고 나가 세 판을 내리 이겼다. 그는 입으로 숨을 쉬고 있었다. 그의 이마에 땀이 맺혔지만 그녀는 열기를 띤 게임 탓으로 여겼다.

배가 이렇게나 큰데 마치 작은 배처럼 흔들린다고 그가 말했다. 그리고 바다의 크기에 대해 말했다. 광막하다고. "누가 바닷물을 손바닥으로 되었느냐? 하늘을 장뼘으로 재었느냐? 땅의 모든 흙을 말로 되었느냐? 산을 저울로 달고 언덕을 천칭으로 달았느냐?"* 그가 미소 지으며 가지런한 아랫니를 드러냈다.

그녀도 미소 지었다. 그의 공포증을 전혀 알아차리지 못했다.

그가 판돈을 올렸다. 1크라운을 던졌고, 그녀도 응했다. 그의 목소리가 떨렸는데 윌리엄스 부인이라면 무슨 연유인지 알았을 터였다.

게임이 바뀌었다. 더이상 고요하고 차분하지 않았다. 루신다는 더이상 등받이에 기대앉아 있지 않았다. 상체를 앞으로 숙이고 있었다. 그녀는 목을 문질렀다. 마찰 때문에 자잘한 붉은 반점이 생겼다.

오스카는 창백했다. 카드를 치며 밭은 숨을 끊어 쉬었다. 발로 탁자다리를 톡톡 쳤다. 그녀는 전혀 개의치 않았다. 그가 2파운드 5실링을 땄다. 그녀가 다시 판돈을 올렸다. 그녀는 너무나 가벼운 느낌에 아찔할 지경이었다. 소리 내어 행복하다고 고백했다. 배가 위아래로 요동쳐도 거의 알아차리지 못했다. 모자 상자가 선반에서 떨어졌고, 보조 탁자에 아무렇게나 놓아둔, 조화가 꽂힌 꽃병이 미끄러져 떨어져서도 깨지지 않은 채 바닥을 굴러다녔다.

* 구약성서 이사야 40장 12절.

세시 이십삼분이었다. 첫번째 파도가 갑판을 씻어내렸다. 그들은 고개를 돌려("우와" 하고 오스카가 말했다) 다음 파도를 보았다. 파도의 하얀 마루가 한밤중의 유령처럼 그들을 내려다보고 있었다.

섬뜩했다. 루신다는 겁이 났다. 그녀는 실없는 소리를 몇 마디 지껄이며 상대를 돌아보았다. 허옇게 질린 얼굴에 입을 쩍 벌린 그는 탁자로 몸을 웅크리고 카드를 보지도 않은 채 집으려 하고 있었다. 도박사가 아니라 야만인처럼 카드를 주워대고 있었다. 그리고 주머니에 쑤셔넣었다. 그는 반복적인 소리를 내고 있었다. "어-어-어-어." 목구멍 안쪽, 위장 위쪽에서 나는 소리였다.

파도가 갑판을 강타했다. 몸속 생명유지 기관에 파도의 무게가 느껴졌다.

"어-어-어." 그는 더 많은 카드를 구겨댔다. 그녀는 화가 났다. 그것은 올드 본드 스트리트의 헤어스에서 구입한 웨더비 슈프림 카드였다.

"제가 당신을 타락으로 이끌었습니다." 그가 말했다. 이제 탁자 가장자리를 움켜쥐고 서 있었다. 그녀를 보지 않았다. 주머니에서 종이 꾸러미를 끄집어내고 있었다. 그러느라 구겨진 카드가 무더기로 쏟아졌다.

물론 그 꾸러미는 그의 양막이었다.

배가 높이 치솟았다가 곤두박질치자 뱃속이 철렁 내려앉는 게 느껴질 정도였다. 그토록 거대한 배가 파도에 그토록 멀리 던져지리라곤 누구도 상상 못하리라.

함교에서는 열 명의 선원이 앞발을 들어올리고 날뛰는 야수를 조종하는 데 매달리고 있었다.

그녀는 소음(삐걱대는 소리, 신음하는 소리, 문이 쾅 닫히는 소리)

사이로 종이 울리는 소리를 들었다.

그는 말했다. "부디 저를 용서하십시오."

꽃병이 그녀의 발을 지나쳐 굴러갔다. 그녀는 저렇게 추한 물건이 왜 안 깨지는지 의아해하며, 아마도 배가 난파해서 아름답고 유용한 물건이 모두 바닷속으로 가라앉아도 저 혼자 살아남겠지 하고 생각했다. 그녀는 꽃병을 집어들었다. 그리고 무릎에 올려놓았다. 사제는 꽉 쥔 주먹으로 허벅지를 마구 때리고 있었다.

"네, 네, 물론이죠, 용서해요." 그녀가 소리쳤다.

하지만 그녀는 그의 말을 이해하지도 못했다. 카드와 폭풍, 그 두 가지를 하나로 연결시키지 못했다. 하나가 원인이고, 다른 하나가 결과라는 생각은 들지 않았다. 그런 원시적인 사고는 그녀와 거리가 멀었다. 인광이 해파리에 의해 발생하는 현상임을 아는 사람이 폭풍이 하느님의 계시라고 믿을 수 있으리라고는 짐작도 못했다.

하지만 오스카는 그저 즐거움을 위해 도박을 해서는 안 된다는 것을 알았다. 도박에 대한 그의 옹호론이 하느님의 심기를 거슬렀던 것이다. 젊은 여인을 죄악으로 이끈 것이다. 파도가 배를 정면으로 때렸다. 물이 상갑판으로 밀려들었다. 웅장한 리바이어던이 솟구치더니 옆으로 구르며 풍랑의 절벽을 가로질렀다.

"오, 이런, 정말 두렵군요." 오스카가 말했다.

현창은 작은 손잡이를 돌리면 열 수 있었다. 그는 양막을 가슴에 대고 움켜쥔 채 비틀비틀 오르막을 올라 창가로 갔다. 그리고 멈춰 서서 바다의 시커먼 웅덩이를 내려다보며 더없이 두려워하는 일을 하도록 스스로를 몰아붙였다. 손잡이를 돌리는 것이다.

루신다는 그가 토하고 싶나보다고 생각했다. 그를 도와주기 위해, 내리막으로 변한 바닥을 휘청거리며 걸어갔다. 바로 그때 그녀는 그가 무엇을 하고 있는지 보았다. 웨더비 슈프림 카드를 창문으로 내버리고 있었다. 잭과 퀸이 편지인 양 날려갔다.

"안 돼요." 그녀는 그의 귀에 대고 소리쳤다. 손을 낚아채고 그를 현창에서 떼어내려 했다. 그의 입술이 달싹이고 있었다. 눈은 꼭 감겨 있었다. 그녀는 그의 손등을 할퀴었지만 그를 멈추게 할 수는 없었다. 클로버2와 다이아몬드5를 구한 것이 다였다. 그녀의 감정은 뒤죽박죽이었다—분노, 연민, 경악. 그가 고개를 돌렸고 눈동자가 왔다갔다했다. 그가 그녀를 꽉 쥐었다. 그녀는 겁이 나 뒤로 물러섰다. 그가 그녀의 발치로 쓰러지며 기절했다.

그녀는 그가 얼마나 아픈지 몰랐다. 무슨 일이 일어났는지도 잘 알 수 없었다. 그의 맥박을 확인한 뒤 칼라를 풀어주려고 했지만 어떻게 하는지를 몰랐다. 똑딱이 단추를 찾아보려 했다. 그런데 그의 목은 따뜻한데다 지나치게 은밀하게 느껴졌다. 화를 내선 안 되었지만 그녀는 화가 났다. 카드에 대해, 그가 카드 탁자에서 벗겨낸 담요에 대해. 방은 추문이 벌어진 현장 같은 몰골이었다. 그녀는 돈과 담요를 집어들었다. 벽에 두 번이나 내동댕이쳐진 끝에 담요를 도로 침대로 가져가 되도록 반듯하게 깔았다.

선의船醫를 불러야겠지만 새벽 네시였다. 아무렴 그가 곧 일어나지 않을까? 그녀는 앉아서 기다렸다.

오스카가 깨어났다. 하지만 부축 없이 혼자서 그녀의 객실에서 나갈 수가 없었다. 동트기 직전 그녀는 승무원 두 명을 불러야 했다. 그들로

서는 달갑지 않은 업무였다. 이제는 배가 시시한 정도로만 요동쳤지만 걷기는 어려웠다. 이 와중에 아가씨의 객실에서 뻣뻣한 사내를 끌고 나와 계단을 내려가서 그의 객실 침대에 뉘어야 했다.

60
케이프타운에서 핀치것*까지

그 광경은 버러데일 씨에게 목격되었다. 혹은 그랬다고 그는 주장했다. 다음날 아침식사 때 밀랍처럼 창백하고 다소 속이 안 좋은 스미스 씨에게 그는 추문을 세세히 묘사했다.

선장 역시 루신다를 방문했다. 아마도 그의 태도는 자신의 거대한 배가 악천후로 난항을 겪은 일에 영향을 받았으리라. 조타수 한 명은 팔이 부러져 의무실에 있었다. 하지만 루신다가 보기에 그는 자기 같은 사람이 식민지인을 시중들다니 말도 안 된다고 여기는 해러즈백화점의 장갑 판매원처럼 고상한 체하며 못마땅해하고 있었다.

루신다는 이 모든 일에 상처받았지만 견딜 수 있었다. 그녀는 홉킨

* 시드니 근처의 작은 섬.

스 씨를 제외한 배에 승선한 모든 사람에 맞서 마음을 단단히 먹고는 그가 회복되기를 기다렸다. 그가 마땅히 사과하리라고 예상하며, 사과할 것이 전혀 없다고 그녀가 진심으로 대답할 순간을 고대했다. 사과해야 할 사람은 선장이었다. 만약 그녀에게 힘이 있다면 선장을 사과하게 만들었을 것이다. 그녀는 앙심을 품는 성격이었고, 스스로도 이 점을 인식하고 떳떳하지 않게 여겼다. 사소한 일로 시작된 앙심은 선장과 같은 남자들이 제공한 영양분으로 무럭무럭 자라났다. 출렁이는 미끄러운 선미 갑판에서 마주치자 버러데일은 방수모를 쓴 채 낄낄댔고, 옆에 선 하인 같은 인간도 히죽댔다.

그후 그녀는 다시는 갑판에 나가지 않았다. 물론 마음대로 홉킨스 씨를 찾아갈 수도 없었다. 그가 그녀의 객실을 방문한다고 해서 그녀의 명예를 회복하지는 못하겠지만 적어도 그녀에게 우정과 지지를 보여줄 수는 있었다.

아프리카 해안을 따라 내려가는 내내 바다는 거칠었다. 그녀는 왜 홉킨스 씨가 객실에 처박혀 있는지 이해했지만 닷새나 객실에서 죄수처럼 갇혀 지내자니 적절한 사과를 받아야 마땅하다고 느껴졌다.

그는 오지 않았다.

그녀는 객실에서 식사를 했다. 잿빛 하늘과 고양이의 초록색 눈 빛깔을 띤 바다 때문에 방은 더없이 불쾌한 열기로 가득했다.

그녀는 케이프타운에서 해변으로 피신했다가 펜할리곤 부인의(콘월 출신 농부의 아내였다) 우월감 섞인 '쯧쯧' 소리를 감내해야 했지만 홉킨스 씨는 여전히 그림자도 비치지 않았다.

케이프타운을 떠나자 바다가 다시 거칠어졌고 오스카는 파랗게 질려 신음하며 객실에서 꿈쩍도 하지 않았다. 사이드보텀이라는 우스꽝스러운 이름의 승무원이 그를 돌봐주었다. 그가 양막을 한시도 손에서 놓지 않은 탓에 안절부절 꼼지락거리는 손동작과 땀이 함께 작용해 양막은 더없이 불쾌한 물체가 되었다. 그의 위는 소고기 국물과 버터를 바르지 않은 토스트만 받아들였다. 눈이 춤추는 활자를 견딜 수 있을 때면 성경을 읽었다. 그는 기도했다. 다시는 도박을 하지 않겠다고 하느님에게 약속했다.

나의 증조부는 핀치것의 대포들이 시드니항으로 들어오는 거대한 배를 반기며 예포를 발사할 때에야 객실에서 나올 수 있었다. 마침내 생애 최악의 항해에서 벗어난 루신다 르플래스트리어는 배의 기하학적 중심인, 2등석 산책로의 붉은 플러시천 소파에 앉아 있는 그를 보았다.

그가 올려다보며 미소를 지었다. 하지만 루신다는 너무 오래 기다린 나머지 막상 보니 그 미소가 열병에 시달리는 동안 사로잡혀 있던 무엇처럼 느껴졌다. 그것은 마침내 벗어난 질병의 뒤틀린 압제를 떠올리게 하는 불쾌한 효과를 자아냈다.

(2권으로 이어집니다)

문학동네 세계문학전집 발간에 부쳐

세계문학은 국민문학 혹은 지역문학을 떠나 존재하는 문학이 아니지만 그것들의 총합도 아니다. 세계문학이라는 용어에는 그 나름의 언어와 전통을 갖고 있는 국민문학이나 지역문학의 존재를 인정하면서 그것을 넘어서는 문학의 보편적 질서에 대한 관념이 새겨져 있다. 그 용어를 처음 고안한 19세기 유럽인들은 유럽문학을 중심으로 그 질서를 구축했지만 풍부한 국민문학의 전통을 가지고 있는 현대의 문학 강국들은 나름의 방식으로 세계문학을 이해하면서 정전(正典)의 목록을 작성하고 또 수정한다.

한국에서도 세계문학 관념은 우리 사회와 문화의 변화 속에서 거듭 수정돼왔다. 어느 시기에는 제국 일본의 교양주의를 반영한 세계문학 관념이, 어느 시기에는 제3세계 민족주의에 동조한 세계문학 관념이 출현했고, 그러한 관념을 실천한 전집물이 출판됐다. 21세기 한국에 새로운 세계문학전집이 필요하다는 것은 명백하다. 우리의 지성과 감성의 기준에 부합하는 세계문학을 다시 구상할 때가 되었다.

문학동네 세계문학전집은 범세계적으로 통용되는 고전에 대한 상식을 존중하면서도 지난 반세기 동안 해외 주요 언어권에서 창작과 연구의 진전에 따라 일어난 정전의 변동을 고려하여 편성되었다. 그래서 불멸의 명작은 물론 동시대 세계의 중요한 정치·문화적 실천에 영감을 준 새로운 작품들을 두루 포함시켰다.

창립 이후 지금까지 한국문학 및 번역문학 출판에서 가장 전문적이고 생산적인 그룹을 대표해온 문학동네가 그간 축적한 문학 출판 경험을 바탕으로 새로운 세계문학전집을 펴낸다. 인류가 무지와 몽매의 어둠 속을 방황하면서도 끝내 길을 잃지 않은 것은 세계문학사의 하늘에 떠 있는 빛나는 별들이 길잡이가 되어주었기 때문이다. 우리가 자부심과 사명감 속에서 그리게 될 이 새로운 별자리가 독자들의 관심과 애정에 힘입어 우리 모두의 뿌듯한 자산이 되기를 소망한다.

문학동네 세계문학전집 편집위원

민은경, 박유하, 변현태, 송병선, 이재룡, 홍길표, 남진우, 황종연

지은이 **피터 케리**

1943년 오스트레일리아의 바커스 마시에서 태어났다. 1974년 첫 소설집 『역사 속의 뚱보』를 출간해 엄청난 성공을 거두었다. 1981년 발표한 첫 장편소설 『더없는 기쁨』으로 마일스 프랭클린상을 수상했다. 1988년 『오스카와 루신다』로 부커상과 마일스 프랭클린 상을 받으며 세계적인 명성을 얻었다. 2001년 『켈리 갱의 진짜 이야기』로 두번째 부커상과 영연방작가상을 수상했고, 2010년 『패럿과 올리비에 미국에 가다』로 전미도서상과 부커상 후보에 올랐다. 그 밖의 작품으로 『잭 매그스』 『세무조사원』 『나의 가짜 인생』 『도둑질, 연애 이야기』 『눈물의 화학작용』 『기억상실』 『집으로부터 멀리』 등이 있다. 2012년 오스트레일리아 훈장을 수훈했다.

옮긴이 **김시현**

전문번역가. 코맥 매카시의 『카운슬러』 『모두 다 예쁜 말들』 『국경을 넘어』 『평원의 도시들』 『핏빛 자오선』을 비롯해, 『힐 하우스의 유령』 『우먼 인 블랙』 『하우스 오브 카드』 『리시 이야기』 『시스터스 브라더스』 등을 우리말로 옮겼다.

세계문학전집 197
오스카와 루신다 1

초판 인쇄 2021년 7월 30일
초판 발행 2021년 8월 17일

지은이 피터 케리 | 옮긴이 김시현
책임편집 손예린 | 편집 홍지은 오동규 | 독자모니터 조혜영
디자인 강혜림 최미영 | 저작권 김지영 이영은
마케팅 정민호 정진아 김혜연 정유선
홍보 김희숙 함유지 김현지 이소정 이미희 박지원
제작 강신은 김동욱 임현식 | 제작처 영신사

펴낸곳 (주)문학동네 | 펴낸이 염현숙
출판등록 1993년 10월 22일 제406-2003-000045호
주소 10881 경기도 파주시 회동길 210
전자우편 editor@munhak.com | 대표전화 031)955-8888 | 팩스 031)955-8855
문의전화 031)955-8896(마케팅), 031)955-2654(편집)
문학동네트위터 http://twitter.com/munhakdongne
북클럽문학동네 http://bookclubmunhak.com

ISBN 978-89-546-8167-4 04840
978-89-546-0901-2 (세트)

잘못된 책은 구입하신 서점에서 교환해드립니다.
기타 교환 문의 031) 955-2661, 3580

www.munhak.com

1, 2, 3 안나 카레니나 레프 톨스토이 | 박형규 옮김
4 판탈레온과 특별봉사대 마리오 바르가스 요사 | 송병선 옮김
5 황금 물고기 르 클레지오 | 최수철 옮김
6 템페스트 윌리엄 셰익스피어 | 이경식 옮김
7 위대한 개츠비 F. 스콧 피츠제럴드 | 김영하 옮김
8 아름다운 애너벨 리 싸늘하게 죽다 오에 겐자부로 | 박유하 옮김
9, 10 파우스트 요한 볼프강 폰 괴테 | 이인웅 옮김
11 가면의 고백 미시마 유키오 | 양윤옥 옮김
12 킴 러디어드 키플링 | 하창수 옮김
13 나귀 가죽 오노레 드 발자크 | 이철의 옮김
14 피아노 치는 여자 엘프리데 옐리네크 | 이병애 옮김
15 1984 조지 오웰 | 김기혁 옮김
16 벤야멘타 하인학교-야콥 폰 군텐 이야기 로베르트 발저 | 홍길표 옮김
17, 18 적과 흑 스탕달 | 이규식 옮김
19, 20 휴먼 스테인 필립 로스 | 박범수 옮김
21 체스 이야기 · 낯선 여인의 편지 슈테판 츠바이크 | 김연수 옮김
22 왼손잡이 니콜라이 레스코프 | 이상훈 옮김
23 소송 프란츠 카프카 | 권혁준 옮김
24 마크롤 가비에로의 모험 알바로 무티스 | 송병선 옮김
25 파계 시마자키 도손 | 노영희 옮김
26 내 생명 앗아가주오 앙헬레스 마스트레타 | 강성식 옮김
27 여명 시도니가브리엘 콜레트 | 송기정 옮김
28 한때 흑인이었던 남자의 자서전 제임스 웰든 존슨 | 천승걸 옮김
29 슬픈 짐승 모니카 마론 | 김미선 옮김
30 피로 물든 방 앤절라 카터 | 이귀우 옮김
31 숨그네 헤르타 뮐러 | 박경희 옮김
32 우리 시대의 영웅 미하일 레르몬토프 | 김연경 옮김
33, 34 실낙원 존 밀턴 | 조신권 옮김
35 복낙원 존 밀턴 | 조신권 옮김
36 포로기 오오카 쇼헤이 | 허호 옮김
37 동물농장 · 파리와 런던의 따라지 인생 조지 오웰 | 김기혁 옮김
38 루이 랑베르 오노레 드 발자크 | 송기정 옮김
39 코틀로반 안드레이 플라토노프 | 김철균 옮김
40 어두운 상점들의 거리 파트릭 모디아노 | 김화영 옮김
41 순교자 김은국 | 도정일 옮김
42 젊은 베르테르의 슬픔 요한 볼프강 폰 괴테 | 안장혁 옮김
43 더블린 사람들 제임스 조이스 | 진선주 옮김
44 설득 제인 오스틴 | 원영선, 전신화 옮김
45 인공호흡 리카르도 피글리아 | 엄지영 옮김
46 정글북 러디어드 키플링 | 손향숙 옮김
47 외로운 남자 외젠 이오네스코 | 이재룡 옮김
48 에피 브리스트 테오도어 폰타네 | 한미희 옮김
49 둔황 이노우에 야스시 | 임용택 옮김
50 미크로메가스 · 캉디드 혹은 낙관주의 볼테르 | 이병애 옮김

51, 52 염소의 축제 마리오 바르가스 요사 | 송병선 옮김
53 고야산 스님·초롱불 노래 이즈미 교카 | 임태균 옮김
54 다니엘서 E. L. 닥터로 | 정상준 옮김
55 이날을 위한 우산 빌헬름 게나치노 | 박교진 옮김
56 톰 소여의 모험 마크 트웨인 | 강미경 옮김
57 카사노바의 귀향·꿈의 노벨레 아르투어 슈니츨러 | 모명숙 옮김
58 바보들을 위한 학교 사샤 소콜로프 | 권정임 옮김
59 어느 어릿광대의 견해 하인리히 뵐 | 신동도 옮김
60 웃는 늑대 쓰시마 유코 | 김훈아 옮김
61 팔코너 존 치버 | 박영원 옮김
62 한눈팔기 나쓰메 소세키 | 조영석 옮김
63, 64 톰 아저씨의 오두막 해리엇 비처 스토 | 이종인 옮김
65 아버지와 아들 이반 투르게네프 | 이항재 옮김
66 베니스의 상인 윌리엄 셰익스피어 | 이경식 옮김
67 해부학자 페데리코 안다아시 | 조구호 옮김
68 긴 이별을 위한 짧은 편지 페터 한트케 | 안장혁 옮김
69 호텔 뒤락 애니타 브루크너 | 김정 옮김
70 잔해 쥘리앵 그린 | 김종우 옮김
71 절망 블라디미르 나보코프 | 최종술 옮김
72 더버빌가의 테스 토머스 하디 | 유명숙 옮김
73 감상소설 미하일 조셴코 | 백용식 옮김
74 빙하와 어둠의 공포 크리스토프 란스마이어 | 진일상 옮김
75 쓰가루·석별·옛날이야기 다자이 오사무 | 서재곤 옮김
76 이인 알베르 카뮈 | 이기언 옮김
77 달려라, 토끼 존 업다이크 | 정영목 옮김
78 몰락하는 자 토마스 베른하르트 | 박인원 옮김
79, 80 한밤의 아이들 살만 루슈디 | 김진준 옮김
81 죽은 군대의 장군 이스마일 카다레 | 이창실 옮김
82 페레이라가 주장하다 안토니오 타부키 | 이승수 옮김
83, 84 목로주점 에밀 졸라 | 박명숙 옮김
85 아베 일족 모리 오가이 | 권태민 옮김
86 폭풍의 언덕 에밀리 브론테 | 김정아 옮김
87, 88 늦여름 아달베르트 슈티프터 | 박종대 옮김
89 클레브 공작부인 라파예트 부인 | 류재화 옮김
90 P세대 빅토르 펠레빈 | 박혜경 옮김
91 노인과 바다 어니스트 헤밍웨이 | 이인규 옮김
92 물방울 메도루마 슌 | 유은경 옮김
93 도깨비불 피에르 드리외라로셸 | 이재룡 옮김
94 프랑켄슈타인 메리 셸리 | 김선형 옮김
95 래그타임 E. L. 닥터로 | 최용준 옮김
96 캔터빌의 유령 오스카 와일드 | 김미나 옮김
97 만(卍)·시게모토 소장의 어머니 다니자키 준이치로 | 김춘미, 이호철 옮김
98 맨해튼 트랜스퍼 존 더스패서스 | 박경희 옮김
99 단순한 열정 아니 에르노 | 최정수 옮김

100 열세 걸음 모옌 | 임홍빈 옮김
101 데미안 헤르만 헤세 | 안인희 옮김
102 수레바퀴 아래서 헤르만 헤세 | 한미희 옮김
103 소리와 분노 윌리엄 포크너 | 공진호 옮김
104 곰 윌리엄 포크너 | 민은영 옮김
105 롤리타 블라디미르 나보코프 | 김진준 옮김
106, 107 부활 레프 톨스토이 | 백승무 옮김
108, 109 모래그릇 마쓰모토 세이초 | 이병진 옮김
110 은둔자 막심 고리키 | 이강은 옮김
111 불타버린 지도 아베 고보 | 이영미 옮김
112 말라볼리아가의 사람들 조반니 베르가 | 김운찬 옮김
113 디어 라이프 앨리스 먼로 | 정연희 옮김
114 돈 카를로스 프리드리히 실러 | 안인희 옮김
115 인간 짐승 에밀 졸라 | 이철의 옮김
116 빌러비드 토니 모리슨 | 최인자 옮김
117, 118 미국의 목가 필립 로스 | 정영목 옮김
119 대성당 레이먼드 카버 | 김연수 옮김
120 나나 에밀 졸라 | 김치수 옮김
121, 122 제르미날 에밀 졸라 | 박명숙 옮김
123 현기증. 감정들 W. G. 제발트 | 배수아 옮김
124 강 동쪽의 기담 나가이 가후 | 정병호 옮김
125 붉은 밤의 도시들 윌리엄 버로스 | 박인찬 옮김
126 수고양이 무어의 인생관 E. T. A. 호프만 | 박은경 옮김
127 맘브루 R. H. 모레노 두란 | 송병선 옮김
128 익사 오에 겐자부로 | 박유하 옮김
129 땅의 혜택 크누트 함순 | 안미란 옮김
130 불안의 책 페르난두 페소아 | 오진영 옮김
131, 132 사랑과 어둠의 이야기 아모스 오즈 | 최창모 옮김
133 페스트 알베르 카뮈 | 유호식 옮김
134 다마세누 몬테이루의 잃어버린 머리 안토니오 타부키 | 이현경 옮김
135 작은 것들의 신 아룬다티 로이 | 박찬원 옮김
136 시스터 캐리 시어도어 드라이저 | 송은주 옮김
137 고독한 산책자의 몽상 장자크 루소 | 문경자 옮김
138 용의자의 야간열차 다와다 요코 | 이영미 옮김
139 세기아의 고백 알프레드 드 뮈세 | 김미성 옮김
140 햄릿 윌리엄 셰익스피어 | 이경식 옮김
141 카산드라 크리스타 볼프 | 한미희 옮김
142 이 글을 읽는 사람에게 영원한 저주를 마누엘 푸익 | 송병선 옮김
143 마음 나쓰메 소세키 | 유은경 옮김
144 바다 존 밴빌 | 정영목 옮김
145, 146, 147, 148 전쟁과 평화 레프 톨스토이 | 박형규 옮김
149 세 가지 이야기 귀스타브 플로베르 | 고봉만 옮김
150 제5도살장 커트 보니것 | 정영목 옮김
151 알렉시 · 은총의 일격 마르그리트 유르스나르 | 윤진 옮김

152 말라 온다 알베르토 푸겟 | 엄지영 옮김
153 아르세니예프의 인생 이반 부닌 | 이항재 옮김
154 오만과 편견 제인 오스틴 | 류경희 옮김
155 돈 에밀 졸라 | 유기환 옮김
156 젊은 예술가의 초상 제임스 조이스 | 진선주 옮김
157, 158, 159 카라마조프가의 형제들 표도르 도스토옙스키 | 김희숙 옮김
160 진 브로디 선생의 전성기 뮤리얼 스파크 | 서정은 옮김
161 13인당 이야기 오노레 드 발자크 | 송기정 옮김
162 하지 무라트 레프 톨스토이 | 박형규 옮김
163 희망 앙드레 말로 | 김웅권 옮김
164 임멘 호수 · 백마의 기사 · 프시케 테오도어 슈토름 | 배정희 옮김
165 밤은 부드러워라 F. 스콧 피츠제럴드 | 정영목 옮김
166 야간비행 앙투안 드 생텍쥐페리 | 용경식 옮김
167 나이트우드 주나 반스 | 이예원 옮김
168 소년들 앙리 드 몽테를랑 | 유정애 옮김
169, 170 독립기념일 리처드 포드 | 박영원 옮김
171, 172 닥터 지바고 보리스 파스테르나크 | 박형규 옮김
173 싯다르타 헤르만 헤세 | 권혁준 옮김
174 야만인을 기다리며 J. M. 쿳시 | 왕은철 옮김
175 철학편지 볼테르 | 이봉지 옮김
176 거지 소녀 앨리스 먼로 | 민은영 옮김
177 창백한 불꽃 블라디미르 나보코프 | 김윤하 옮김
178 슈틸러 막스 프리슈 | 김인순 옮김
179 시핑 뉴스 애니 프루 | 민승남 옮김
180 이 세상의 왕국 알레호 카르펜티에르 | 조구호 옮김
181 철의 시대 J. M. 쿳시 | 왕은철 옮김
182 카시지 조이스 캐럴 오츠 | 공경희 옮김
183, 184 모비 딕 허먼 멜빌 | 황유원 옮김
185 솔로몬의 노래 토니 모리슨 | 김선형 옮김
186 무기여 잘 있거라 어니스트 헤밍웨이 | 권진아 옮김
187 컬러 퍼플 앨리스 워커 | 고정아 옮김
188, 189 죄와 벌 표도르 도스토옙스키 | 이문영 옮김
190 사랑 광기 그리고 죽음의 이야기 오라시오 키로가 | 엄지영 옮김
191 빅 슬립 레이먼드 챈들러 | 김진준 옮김
192 시간은 밤 류드밀라 페트루솁스카야 | 김혜란 옮김
193 타타르인의 사막 디노 부차티 | 한리나 옮김
194 고양이와 쥐 귄터 그라스 | 박경희 옮김
195 펠리시아의 여정 윌리엄 트레버 | 박찬원 옮김
196 마이클 K의 삶과 시대 J. M. 쿳시 | 왕은철 옮김
197, 198 오스카와 루신다 피터 케리 | 김시현 옮김

● 문학동네 세계문학전집은 계속 출간됩니다